EEN NIEUWE ZOMER

EERDER VERSCHENEN IN DE O'NEIL BROERS-SERIE

Winters paradijs

SARAH MORGAN

EEN NIEUWE ZOMER

Vertaling Angela Knotter

HarperCollins

Voor het papieren boek is papier gebruikt dat onafhankelijk is gecertificeerd door FSC® om verantwoord bosbeheer te waarborgen.
Kijk voor meer informatie op www.harpercollins.co.uk/green.

HarperCollins is een imprint van Uitgeverij HarperCollins Holland, Amsterdam.

© 2014 Sarah Morgan
Oorspronkelijke titel: *Suddenly Last Summer*
Copyright Nederlandse vertaling: © 2015 HarperCollins Holland
Vertaling: Angela Knotter
Omslagontwerp: © Olha Rohulya; © digitman 2006 / Canva
Zetwerk: Mat-Zet B.V., Huizen
Druk: CPI Books GmbH, Germany, met gebruik van 100% groene stroom

ISBN 978 94 027 1234 6
ISBN 978 94 027 6532 8 (e-book)
NUR 302
Eerste druk in deze editie april 2023

Originele uitgave verschenen bij Harlequin Enterprises ULC, Toronto, Canada.
Deze uitgave is uitgegeven in samenwerking met Harlequin Books SA.
HarperCollins Holland is een divisie van Harlequin Enterprises ULC.
® en ™ zijn handelsmerken die eigendom zijn van en gebruikt worden door de eigenaar van het handelsmerk en/of de licentienemer. Handelsmerken met ® zijn geregistreerd bij het United States Patent & Trademark Office en/of in andere landen.

Alle rechten voorbehouden inclusief het recht op gehele of gedeeltelijke reproductie in welke vorm dan ook.

www.harpercollins.nl

Niets uit deze uitgave mag openbaar worden gemaakt door middel van druk, fotokopie, internet of op welke andere wijze dan ook zonder voorafgaande schriftelijke toestemming van de uitgever. Het e-book is beveiligd met zichtbare en onzichtbare watermerken en mag niet worden gekopieerd en/of verspreid. Alle in dit verhaal voorkomende personen zijn ontleend aan de fantasie van de schrijver. Elke gelijkenis met bestaande personen berust op toeval.

Hoofdstuk 1

'Telefoon voor u, dokter O'Neil. Ze zegt dat het dringend is.'
Sean draaide met zijn schouders om de spanning eruit te werken, met zijn gedachten nog in de operatiekamer.
Zijn patiënt was een veelbelovende voetballer. Hij had de voorste kruisband van zijn linkerknie gescheurd, een maar al te vaak voorkomende blessure, die aan menige sportcarrière een voortijdig einde had gemaakt. Sean was vastbesloten dat deze keer niet te laten gebeuren. De operatie was goed verlopen, al was dat nog maar het begin. Er zou nog een lange revalidatie volgen, die van alle betrokkenen grote inzet en vastberadenheid zou eisen.
Terwijl hij in zijn hoofd nog bezig was met hoe hij de verwachtingen zo reëel mogelijk kon houden, nam hij de telefoon van de verpleegkundige aan. 'Sean O'Neil.'
'Sean? Waar was je verdomme gisteravond?'
Voorbereid op een totaal ander gesprek, fronste Sean geïrriteerd zijn wenkbrauwen. 'Veronica? Je moet me hier niet bellen. Er werd gezegd dat het dringend was.'
'Dat is het ook!' Het was wel duidelijk dat ze woest was. 'Als je me nog eens voor een etentje uitnodigt, heb dan ook het fatsoen te komen opdagen.'
Shit.
Een verpleegkundige die de operatiekamer uit kwam, gaf hem een formulier.
'Veronica, het spijt me.' Hij klemde de telefoon tussen wang en schouder, en vroeg met een gebaar om een pen. 'Ik kreeg een oproep van het ziekenhuis. Een collega had problemen met een patiënt, ik moest opereren.'
'En je had me niet even kunnen bellen? Ik heb een uur zitten wachten in dat restaurant. Een uur, Sean! Een man probeerde me al te versieren.'
Sean tekende het formulier. 'Een leuke man?'

'Dit is niet grappig. Het was het gênantste uur van mijn leven. Doe me dat nooit, maar dan ook nooit meer aan.'

Met een glimlachje gaf hij het papier weer aan de verpleegkundige.

'Jij vindt dat ik dan maar een patiënt moet laten doodbloeden?'

'Ik vind dat je je afspraken moet nakomen.'

'Ik ben chirurg. Een afspraak met een patiënt gaat altijd vóór.'

'Zeg je nu dat je, als je moest kiezen tussen mij en je werk, voor je werk zou gaan?'

'Ja.' Dat ze dat überhaupt vroeg, gaf al aan hoe slecht ze hem kende. 'Dat zeg ik, ja.'

'O, verdomme, Sean, ik háát je.' Haar stem trilde echter een beetje. 'Ligt dit aan mij, of heb je dat bij alle vrouwen?'

'Het ligt aan míj. Ik ben gewoon slecht in relaties, dat weet je. Op dit moment staat mijn carrière op de eerste plaats.'

'Op een dag word je wakker in dat mooie appartement van je, alleen, en krijg je spijt van al die tijd die je aan werken hebt besteed.'

Hij besloot haar er maar niet op te wijzen dat het zijn eigen keus was alleen wakker te worden. Hij nam nooit vrouwen mee naar zijn appartement. Zelf was hij er ook maar zelden. 'Mijn werk is belangrijk voor me. Dat wist je vanaf het begin.'

'Belangrijk wil zeggen dat je je werk met toewijding doet maar daarnaast ook nog een privéleven hebt. Voor jou, Sean O'Neil, is je werk een obsessie. Daarop ben je zo gefocust dat er niets anders meer voor je bestaat. Dat maakt je als arts misschien briljant, maar om mee te daten ben je waardeloos. En voor het geval je het nog niet wist, je kunt nog zo charmant zijn, en goed in bed, maar je blijft een egoïstische, aan zijn werk verslaafde klootzak.'

'Sean?' Naast hem was een andere verpleegkundige opgedoken, die, te oordelen naar haar blozende wangen, die laatste woorden maar al te goed had kunnen horen. 'De coach staat buiten te wachten op nieuws, samen met de ouders van de jongen. Ga jij met hen praten?'

'Luister je wel?' klonk Veronica's scherpe, geïrriteerde stem in zijn oor. 'Heb je tegelijkertijd ook nog een gesprek met iemand anders?'

Shit. Sean deed zijn ogen even dicht. 'Ik kom net uit de operatiekamer.' Hij wreef met zijn vingers over zijn voorhoofd. 'Ik moet met de familie gaan praten.'

'Die kunnen wel vijf minuten wachten.'

'Ze maken zich zorgen. Als jouw kind net was geopereerd, zou je ook willen weten hoe het met hem was. Ik moet ophangen, Veronica. Het spijt me echt heel erg van gisteravond.'

'Nee, wacht! Niet ophangen!' Haar stem had een dringende klank gekregen. 'Ik hou van je, Sean. Ik hou echt van je. Ondanks alles denk ik dat wij samen iets bijzonders hebben. We kunnen hier iets van maken. Je moet je alleen iets flexibeler opstellen.'

Zweet prikte in zijn nek. Hij zag dat de verpleegkundige hem met grote ogen aankeek. Hoe was hij in vredesnaam in deze situatie terechtgekomen? Voor het eerst in jaren had hij iemand verkeerd ingeschat. Hij had Veronica aangezien voor een vrouw die het prima vond met de dag te leven. Dat bleek hij dus helemaal mis te hebben gehad.

'Ik móét ophangen, Veronica.'

'Oké, dan stel ík me wel flexibeler op. Het spijt me dat ik zo bitchy deed. Zal ik vanavond voor je koken? Ik beloof je dat ik niet zal klagen als je laat bent. Je mag komen wanneer je wilt. Ik zal –'

'Veronica,' viel hij haar in de rede, 'ga je nu niet zitten verontschuldigen, terwijl ik dat eigenlijk zou moeten doen. Je moet een man zoeken die je de aandacht kan geven die je verdient.'

Er viel een gespannen stilte. 'Bedoel je nu dat het voorbij is?'

Wat Sean betrof, was er nooit iets begonnen. 'Ja, dat bedoel ik, ja. Er lopen honderden kerels rond die zich maar al te graag heel flexibel voor je willen opstellen. Zorg dat je er daarvan een aan de haak slaat.'

Hij verbrak de verbinding, zich er maar al te zeer van bewust dat de verpleegkundige nog steeds naar hem stond te kijken. Hij was zo moe dat hij zich haar naam niet eens meer kon herinneren. Ann? Nee, dat was het niet. Angela. Ja, ze heette Angela.

Als een dikke grijze mist daalde de vermoeidheid over hem neer, zijn denkproces vertragend. Hij moest echt slapen. Hij was voor zonsopgang al begonnen met opereren, een spoedgeval. Nog even, en de adrenaline zou zijn uitgewerkt, en dan zou hij volledig instorten, dat wist hij. Als dat gebeurde, wilde hij in de buurt van zijn bed zijn. Liever dan gebruik te maken van de kamer in het ziekenhuis waarover hij altijd kon beschikken, ging hij terug naar zijn appartement, waar hij met een biertje nog even over het water kon gaan zitten staren.

'Dokter O'Neil? Sean? Mijn excuses. Ik zou je dat telefoontje nooit hebben doorgegeven als ik had geweten dat het privé was. Ze zei dat ze arts was.' De blik in haar ogen maakte hem duidelijk dat ze er geen enkel bezwaar tegen zou hebben Veronica's plaats in te nemen. Ze zou zich allesbehalve gevleid voelen als ze wist dat hij haar bestaan even totaal was vergeten, dacht Sean.

'Daar kon jij niks aan doen. Ik ga met de familie praten.' Heel even overwoog hij eerst een douche te nemen, maar bij de herinnering aan het witte gezicht van de moeder toen ze in het ziekenhuis was aangekomen, besloot hij dat die douche nog wel even kon wachten. 'Ik ga nu naar ze toe.'

'Je hebt een superlange dag achter de rug. Mocht je zin hebben om straks na het werk bij mij langs te komen, dan kan ik mijn befaamde macaroni met kaas voor je maken.'

Ze was lief, zorgzaam, en mooi. Voor veel mannen zou Angela het beeld van de ideale vrouw aardig benaderen.

Niet voor hem. Voor hem was de ideale vrouw een vrouw die niets van hem wilde. Een relatie bracht opofferingen en compromissen mee, twee dingen waartoe hij absoluut niet bereid was. Daarom was hij ook overtuigd vrijgezel.

'Zoals je net hebt gemerkt, ben ik waardeloos in afspraakjes.' Hij schonk haar een, naar hij hoopte, ontwapenende glimlach. 'Ik zou óf alweer aan het werk zijn en niet komen opdagen, óf zo moe zijn dat ik op je bank in slaap zou vallen. Je verdient beter.'

'Ik vind je een geweldige arts. Ik werk met heel veel artsen, en jij bent verreweg de beste. Als ik ooit een chirurg nodig zou hebben, zou ik willen dat jij me opereerde. En ik zou het helemaal niet erg vinden als je op mijn bank in slaap viel.'

'Jawel, dat zou je wel erg vinden.' Uiteindelijk vonden ze dat allemaal vervelend. 'Ik ga nu met de familie praten.'

'Dat is aardig van je. Zijn moeder maakt zich grote zorgen.'

Hij zag onmiddellijk hoe bezorgd de moeder was. Ze zat bewegingloos, met haar handen in de stof van haar rok klauwend in een poging haar ongerustheid, die door het wachten alleen maar groter was geworden, onder controle te houden.

Haar man stond met de coach te praten, zijn handen in zijn zakken gepropt, zijn schouders een beetje naar voren.

Sean had de coach al eens eerder ontmoet. Hij had hem toen nogal hard en meedogenloos gevonden, en zo te zien had de operatie op zijn sterspeler daarin geen verandering gebracht. Dit was een man die wonderen verwachtte, en dan nog het liefst gisteren. Sean wist dat de prioriteit van deze coach niet lag bij de gezondheid van de jongen op lange termijn, maar bij de toekomst van zijn team. Als specialist in sportblessures had hij voortdurend met spelers en coaches te maken. Er waren fantastische mensen bij, maar ook mensen die maakten dat hij wilde dat hij rechten had gestudeerd in plaats van geneeskunde.

Zodra de vader Sean in het oog kreeg, sprong hij op hem af, als een rottweiler op een indringer. 'En?'

De coach dronk water uit een plastic bekertje. 'Is hij weer heel?'

Alsof hij het over een gat in het dak had, dacht Sean. Een verse spaan, en het was weer zo goed als nieuw. Verwissel de band, en de auto rijdt weer. 'De operatie was alleen maar het begin,' zei hij. 'Het wordt nog een lang proces.'

'Misschien had u hem sneller moeten opereren, niet zo lang moeten wachten.'

En misschien moet jij je niet bemoeien met dingen waarvan je geen verstand hebt, dacht Sean.

Bij het zien van de moeder, die haar nagels in haar been boorde, besloot hij echter niet in discussie te gaan. 'Onderzoek heeft aangetoond dat het resultaat beter is wanneer de operatie wordt uitgevoerd op een pijnvrij gewricht.' Dat had hij hun een week eerder ook al verteld, maar toen hadden de coach en de vader niet willen luisteren. En dat wilden ze nu nog steeds niet.

'Wanneer kan hij weer spelen?'

Sean vroeg zich af hoe het voor de jongen moest zijn op te groeien met die twee mannen op zijn nek. 'Het is nog te vroeg om het daarover te hebben. Als we te snel willen gaan, zal hij helemaal nooit meer spelen. We moeten nu eerst focussen op de revalidatie. Die moet hij heel serieus nemen. En u ook.' Zijn toon was even bot als zijn woorden. Hij had gezien hoe veelbelovende carrières om zeep werden geholpen door coaches die veel te snel alweer veel te veel eisten, en door spelers die het geduld niet hadden te begrijpen dat het herstel van een lichaam zich niet aan een sportschema hield.

'We leven in een competitieve wereld, dokter O'Neil. Aan de top blijven lukt je alleen met de grootste vasthoudendheid.'

Sean vroeg zich af of de coach het nu over de jongen had, of over zichzelf. 'En met een gezond lichaam.'

De moeder van de jongen, die tot dan toe had gezwegen, kwam overeind. 'Gaat het goed met hem?'

Die woorden leverden haar een geïrriteerde blik op van haar man. 'Dat heb ik hem toch net gevraagd? Probeer eens wat beter te luisteren.'

'Dat heb je helemaal niet gevraagd.' Haar stem trilde. 'Je hebt gevraagd hoe snel hij weer kan spelen. Dat is het enige wat jou iets kan schelen. Hij is een mens, Jim, geen machine. Hij is onze zoon.'

'Toen ik zo oud was als hij nu, was ik –'

'Ik weet wat jij op die leeftijd deed, en als je zo doorgaat, zul je je relatie met hem grondig verpesten. Hij zal je voor altijd haten.'

'Hij zou me dankbaar moeten zijn dat ik hem zo achter zijn broek zit. Hij heeft talent. Ambitie. Dat moet worden gekoesterd.'

'Het is jóúw ambitie, Jim. Dit was ooit jouw ambitie, en nu probeer je al je dromen via je zoon waar te maken. En wat jij doet, noem ik geen koesteren. Je zet hem onder druk, en voert die druk zo hoog op dat de arme jongen er bijna door wordt verpletterd.' Plotseling zweeg ze, alsof ze was geschrokken van haar eigen uitbarsting. 'Neem me niet kwalijk, dokter O'Neil.'

'U hoeft zich nergens voor te verontschuldigen. Ik begrijp dat u bezorgd bent.' Hij voelde de spanning in zijn lichaam toenemen. De druk van familieverwachtingen begreep hij als geen ander. Daarmee was hij immers opgegroeid.

Weet je wel hoe het is constant de dromen van een ander als een loden last op je schouders te voelen? Weet je wel hoe dat is, Sean?

De stem in zijn hoofd leek zo echt, dat hij de neiging moest bedwingen achterom te kijken om te zien of zijn vader daar stond. Hij was inmiddels al twee jaar dood, maar soms voelde het alsof hij gisteren pas was overleden.

Haastig drukte hij de onverwachte golf verdriet de kop in, niet op zijn gemak nu zijn privéleven zomaar in zijn werk opdook. Blijkbaar was hij harder aan slaap toe dan hij had gedacht. 'Het gaat heel goed met Scott, Mrs. Turner,' zei hij. 'De operatie is prima verlopen. U mag zo bij hem.'

De vrouw ontspande zichtbaar. 'Dank u, dokter. Ik... U bent echt fantastisch voor hem geweest, vanaf het begin. En voor mij ook. Als hij weer gaat spelen...' Ze wierp haar man een snelle blik toe. '...hoe weten we dan dat dit niet nog een keer kan gebeuren? Hij was niet eens bij een andere speler in de búúrt. Hij zakte gewoon in elkaar.'

'Tachtig procent van de scheuringen in de voorste kruisbanden zijn geen contactblessures.' Sean negeerde zowel haar echtgenoot als de coach en richtte al zijn aandacht op de vrouw. Hij had met haar te doen, omdat ze de scheidsrechter was in een strijd die om ambities draaide. 'De voorste kruisband verbindt het dijbeen met het scheenbeen. Bij normale, dagelijkse bezigheden doet hij niet zo heel veel, maar voor het beheersen van rotatiekrachten bij draaibewegingen is hij van wezenlijk belang.'

Niet-begrijpend keek ze hem aan. 'Rotatiekrachten bij draaibewegingen?'

'Bij springen, draaien en abrupt van richting veranderen. Het is een veelvoorkomende blessure bij voetballers, basketballers en skiërs.'

'Had uw broer Tyler dat ook niet?' bemoeide de coach zich weer met het gesprek. 'Dat heeft toch een einde gemaakt aan zijn skicarrière? Moet echt vreselijk zijn geweest voor zo'n getalenteerde sportman als hij.'

De blessure van zijn broer was een stuk gecompliceerder geweest, maar daarover praatte Sean nooit. 'Met een operatie proberen we te zorgen dat het kniegewricht weer zo goed als stabiel is en normaal kan functioneren, maar dat is niet meer dan een onderdeeltje van het totale pakket, waarin revalidatie een belangrijke plaats inneemt. Scott is jong, gezond en gemotiveerd. Ik heb er alle vertrouwen in dat hij volledig zal herstellen en dat hij weer net zo sterk zal worden als vóór deze blessure. Zolang jullie hem tenminste aanmoedigen om de revalidatie net zo enthousiast en serieus aan te pakken als de sport.' Op scherpere toon, om vooral maar tot hen door te dringen, voegde hij eraan toe: 'Wanneer jullie té snel té veel van hem eisen, gaat dat niet lukken.'

De coach knikte. 'Kunnen we wel gelijk met de revalidatie beginnen?'

Tuurlijk, gooi hem gewoon een bal toe, terwijl hij nog op apegapen ligt.

'Het helpt meestal wel te wachten tot de patiënt uit de narcose is bijgekomen.'

Een lichte blos was op de wangen van de man verschenen. 'U denkt dat ik die jongen ergens toe wil dwingen, maar hij wil alleen maar spelen, en het is mijn taak ervoor te zorgen dat daarvoor alles in het werk wordt gesteld. Daarom zijn we hier,' besloot hij op norse toon. 'Ze zeggen dat u de beste bent. Iedereen die ik sprak, zei: met een knieblessure moet je naar Sean O'Neil. U bent gespecialiseerd in voorstekruisbandreconstructies en sportblessures. Een paar weken geleden pas realiseerde ik me dat u de broer van Tyler O'Neil bent. Kan hij het een beetje aan, dat hij geen wedstrijden meer kan doen? Dat moet toch moeilijk zijn.'

'Het gaat prima met hem.' Dat antwoord was een soort automatisme geworden. Op het hoogtepunt van Tylers skicarrière was de hele familie voortdurend lastiggevallen door de media, en ze hadden wel geleerd ontwijkend te antwoorden op vragen, zowel over Tylers fabelachtige talent, als over zijn kleurrijke privéleven.

'Ik heb ergens gelezen dat hij alleen nog maar recreatief kan skiën.' De coach trok een gezicht. 'Dat moet zuur zijn voor een man als Tyler. Ik heb hem ooit een keer ontmoet.'

Bedenkend dat hij zijn broer misschien af en toe wat meer medeleven moest betonen, kwam Sean weer ter zake. 'Nog even over Scott.' Nogmaals nam hij de toestand van de jongen met hen door, herhalend wat hij al eerder had gezegd. Het kostte hem nog twintig minuten om hen van de ernst van de situatie te doordringen.

Tegen de tijd dat hij een douche had genomen, nog even bij een paar van zijn patiënten had gekeken, en in zijn auto was gestapt, was het alweer twee uur later.

Het weekend strekte zich voor hem uit: de komende achtenveertig uur had hij de tijd aan zichzelf, en daarvan zou hij ieder moment koesteren. Maar eerst ging hij slapen.

Toen zijn privételefoon ging, vloekte hij, in de veronderstelling dat het Veronica was. Bij het zien van de naam van Jackson, zijn tweelingbroer, op het scherm, fronste hij zijn voorhoofd. Onmiddellijk was daar ook weer het schuldgevoel dat voortdurend aan hem vrat, hoe diep weggestopt ook. Hij vroeg zich af waarom zijn broer hem zo laat op vrijdagavond nog belde. Een crisis thuis?

Het Snow Crystal Resort was al vier generaties lang in bezit van hun familie. Het was nooit bij iemand opgekomen dat dat niet nog vier generaties zou kunnen duren. Na de plotselinge dood van zijn vader was de waarheid echter aan het licht gekomen: het bedrijf verkeerde al jaren in moeilijkheden. Dat hun thuishaven werd bedreigd, was voor de hele familie als een enorme schok gekomen.

Jackson was degene geweest die een bloeiende onderneming in Europa had opgegeven om terug te keren naar Vermont en Snow Crystal van een ondergang te redden die geen van de drie broers had zien aankomen.

Sean staarde naar de telefoon in zijn hand. Inmiddels was zijn schuldgevoel bijna tastbaar nu. Hij wist immers dat het niet door zijn drukke baan kwam dat hij zo weinig thuis kwam. Hij haalde eens diep adem en leunde achterover in zijn stoel, zich voorbereidend op een update van het thuisfront en zich plechtig voornemend dat hij de volgende keer degene zou zijn die zou bellen. Hij moest echt meer moeite doen het contact te onderhouden.

'Hé, hallo,' zei hij met een glimlach op zijn gezicht. 'Je bent gevallen, je knie is aan gort en nu zoek je een goede chirurg?'

Aan de andere kant werd niet op zijn grapje ingegaan. 'Je moet hierheen komen. Er is iets met opa.'

Het runnen van het Snow Crystal Resort was één grote strijd tussen Jackson en hun grootvader. 'Wat heeft hij nu weer gedaan? Wil hij dat je de huisjes sloopt? Of dat je de sauna sluit?'

'Hij is in elkaar gezakt. Hij ligt in het ziekenhuis, en je moet komen.'

Het duurde even voor de woorden volledig tot hem doordrongen, maar toen had hij het gevoel of alle zuurstof plotseling uit de lucht was verdwenen. Net als iedereen had hij altijd gedacht dat Walter O'Neil er niet onder te krijgen was. Hij was net zo sterk als de bergen die al zijn hele leven zijn thuis waren. En hij was tachtig.

'In elkaar gezakt?' Sean klemde zijn vingers nog iets steviger om de telefoon, denkend aan al die keren dat hij had gezegd dat zijn grootvader zijn geliefde Snow Crystal alleen in een ambulance zou verlaten. 'Wat wil dat zeggen? Zijn hart, of iets neurologisch? Een beroerte of een hartaanval? Gebruik de medische termen.'

'Ik weet de medische termen niet! Ze denken dat het zijn hart is. Afgelopen winter had hij ook al last van pijn, weet je nog? Ze doen nu onderzoek. Het belangrijkste is dat hij nog leeft. Erg veel hebben ze niet verteld, en bovendien had ik al mijn aandacht voor mam en oma nodig. Jij bent de dokter, en dus moet je als de donder hiernaartoe komen om alle doktersverhalen voor ons te vertalen. Het bedrijf kan ik wel aan, maar dit is jouw terrein. Je moet naar huis komen, Sean.'

Naar huis? Zijn huis was zijn appartement in Boston, met zijn geavanceerde geluidsinstallatie. Niet een meer, omgeven door bergen en bos, waar hun familiegeschiedenis in iedere boom gekerfd stond.

Hij liet zijn hoofd achterover zakken, starend naar de volmaakt blauwe lucht, die een scherp contrast vormde met de duister emoties die door zijn binnenste raasden. Hij zag zijn grootvader voor zich, bleek en hulpeloos, gevangen in de steriele omgeving van een ziekenhuis, ver weg van zijn dierbare Snow Crystal.

'Sean?' Jacksons stem klonk door de speaker. 'Ben je er nog?'

'Ja, ik ben er nog.' Zijn andere hand sloot zich zo hard om het stuur dat de knokkels wit werden. Er waren dingen die zijn broer niet wist. Dingen waarover ze niet hadden gepraat.

'Mama en oma hebben je nodig. Jij bent de dokter van de familie. Het bedrijf kan ik aan, maar dit niet.'

'Was er iemand bij hem toen het gebeurde? Oma?'

'Niet oma. Élise was bij hem. Als zij niet zo snel had gehandeld, zouden we nu een heel ander gesprek hebben.'

Élise, de chef-kok van Snow Crystal.

Sean staarde voor zich uit, denkend aan die ene avond, afgelopen zomer. Heel even was hij terug, ademde hij haar geur in, herinnerde zich de onstuimigheid, Nog iets waarvan zijn broer niets wist. Hij vloekte binnensmonds. Toen pas drong het tot hem door dat Jackson nog steeds tegen hem praatte.

'Hoe snel kun je hier zijn?'

Sean dacht aan zijn grootvader, roerloos in een ziekenhuisbed, terwijl zijn moeder, zoals gewoonlijk, haar best deed de hele familie bij elkaar te houden, en Jackson meer op zijn bordje kreeg dan redelijk was voor één man. Hij was ervan overtuigd dat zijn grootvader niet zou willen dat hij kwam, maar de rest van de familie had hem nodig.

En wat Élise betrof... dat was maar één nacht geweest, meer niet. Ze hadden geen relatie en zouden die ook nooit krijgen, dus er was geen enkele reden het daarover met zijn broer te hebben.

Haastig begon hij te rekenen. De rit zou hem minstens drieëneenhalfuur kosten, en daarbij kwam nog de tijd die hij nodig had om naar huis te rijden en een tas in te pakken. 'Ik kom zo snel mogelijk. Ik zal nu eerst zijn artsen bellen, om te horen wat er precies aan de hand is.'

'Kom dan gelijk naar het ziekenhuis. En rij voorzichtig. Eén familielid in het ziekenhuis is wel genoeg.' Na een korte stilte voegde hij eraan toe: 'Het zal goed zijn je weer op Snow Crystal te hebben, Sean.'

De reactie daarop bleef steken in zijn keel. Hij was opgegroeid aan het meer, omringd door weelderige bossen en bergen. Hij wist niet wanneer hij zich precies had gerealiseerd dat dat niet de plek was waar hij wilde zijn. Wanneer die plek hem was gaan irriteren, wanneer het op alle fronten was gaan schuren, van zijn huid tot aan zijn ambities. Het was ook niet iets wat hij hardop onder woorden had kunnen brengen: toegeven dat er een volmaaktere plaats dan Snow Crystal bestond, zou binnen de familie O'Neil regelrechte ketterij zijn geweest. Behalve voor zijn vader. Michael O'Neil had zijn gemengde gevoelens gedeeld. Zijn vader was de enige persoon die het zou hebben begrepen.

Het schuldgevoel leek nu als een mes in zijn ribben rond te draaien, omdat er behalve de ruzie met zijn grootvader, en zijn heftige avontuurtje met Élise nóg iets was wat hij zijn broer nooit had verteld.

Hij had hem nooit verteld hoezeer hij het haatte naar huis te komen.

'Ik 'eb Walter vermoord! Dit is allemaal mijn schuld! Ik wilde het boothuis zo graag op tijd voor het feest af hebben dat ik een man van tachtig aan het terras heb laten werken.' Élise ijsbeerde over de veranda van haar huisje aan het meer, buiten zichzelf van ongerustheid. '*Merde*, ik ben een slecht mens. Jackson zou me moeten ontslaan.'

'Snow Crystal heeft al problemen genoeg zonder dat Jackson ook nog zijn chef-kok ontslaat. Het restaurant is het enige onderdeel van dit bedrijf dat winstgevend is. O, goed nieuws.' Over de balustrade boven het water leunend, las Kayla een sms'je. 'Volgens de artsen is Walter stabiel.'

'*Comment?* Wat betekent dat?'

'Het betekent dat je hem niet hebt vermoord,' verklaarde Kayla, haastig een berichtje terug typend. 'En nu moet je een beetje kalmeren, anders moeten we voor jou straks ook nog een ambulance bellen. Zijn alle Fransen zo dramatisch als jij?'

'Dat weet ik niet. Ik kan er niets aan doen.' Élise haalde een hand door haar haar. 'Ik kan mijn gevoelens nooit goed verbergen. Dat lukt 'eel even, maar dan komt het allemaal naar buiten en ontplof ik.'

'Dat weet ik. Ik heb al een paar keer puin moeten ruimen na zo'n ontploffing van je. Gelukkig is je personeel dol op je. Ga nu maar lekker pizzadeeg maken, of wat je ook doet om de stress eruit te werken. Je slikt je h's in, en dat is nooit een goed teken.' Kayla verstuurde het bericht, en las een volgend. 'Jackson wil dat ik naar het ziekenhuis kom.'

'Ik ga met je mee.'

'Alleen als je belooft niet in mijn auto te ontploffen.'

'Ik wil met mijn eigen ogen zien dat Walter nog leeft.'

'Denk je dat we allemaal tegen je liegen?'

Aangezien haar benen trilden, liet Élise zich op een stoel bij het water vallen. 'Hij is heel belangrijk voor me. Ik hou van hem zoals je van een grootvader houdt. Niet zoals mijn echte grootvader, want dat was een vreselijke man, die na mijn geboorte niet meer met mijn moeder heeft gepraat, dus eigenlijk heb ik hem nooit ontmoet, maar zoals ik denk dat een grootvader moet zijn. Ik weet dat je dit begrijpt, omdat jouw familie ook waardeloos was.'

Kayla glimlachte even, maar ging er niet tegenin. 'Ik weet hoe hecht je relatie met Walter is. Je hoeft mij niets uit te leggen.'

'Hij komt voor mij nog het dichtst in de buurt van familie. En Jackson, uiteraard. Het maakt me heel gelukkig dat jullie binnenkort gaan trouwen. En Elizabeth, en die lieve Alice. En Tyler is als een broer voor me, al zou ik hem zo af en toe graag een dreun verkopen. Maar dat is normaal tussen broers en zussen, volgens mij. Ik hou echt zielsveel van jullie allemaal.' De donkere kant van Élises leven was zorgvuldig weggesloten in het verleden. Eenzaamheid, angst, en diepe vernedering waren een verre herinnering. Hier was ze veilig. Veilig en geliefd.

'En Sean?' Kayla trok een wenkbrauw op. 'Welke plaats neemt hij in, in je geadopteerde familie? Niet die van nog een broer, neem ik aan?'

'Nee.' Alleen al bij de gedachte aan hem begon haar hart sneller te kloppen. 'Hij is geen broer.'

'Dus je gaat tegen hem niet zeggen dat je van hem houdt? Ben je niet bang dat hij zich dan een beetje buitengesloten voelt?'

Élise fronste haar voorhoofd. 'Je bent niet grappig.'

'Is dit een goed moment om je te waarschuwen dat hij naar huis komt?'

'Natuurlijk komt hij naar huis. Hij is een O'Neil. In moeilijke tijden vormen de O'Neils één front, en Sean is al een tijd niet thuis geweest.'

En ze was bang dat dat háár schuld was.

Was het vanwege wat er tussen hen was gebeurd?

'Het wordt dus niet ongemakkelijk voor je, als hij opduikt?'

'Waarom zou het ongemakkelijk voor me worden? Vanwege afgelopen zomer? Het was maar één nacht. En zo moeilijk is dat toch ook niet te begrijpen? Sean is *un beau mec*.'

'Wát is hij?'

'*Un beau mec*. Een lekker ding. Sean is bijzonder sexy. We zijn twee volwassen mensen die ervoor hebben gekozen een nacht samen door te brengen. We zijn allebei single. Waarom zou dat ongemakkelijk zijn?' Voor haar was het de perfecte nacht geweest. Geen verplichtingen. Geen complicaties. Een beslissing die ze had genomen met haar hoofd, niet met haar hart. Nooit meer zou ze haar hart ergens bij betrokken laten raken. Geen risico's. Geen fouten.

'Dus je vindt het niet vervelend hem weer te zien?'

'Absoluut niet. En het is niet de eerste keer. Met kerst heb ik hem ook gezien.'

'En toen hebben jullie geen woord of blik gewisseld.'

'Kerstmis is voor mij de drukste tijd van het jaar. Weet je wel hoeveel mensen ik toen in het restaurant heb gehad? Ik had wel wat belangrijkers aan mijn hoofd dan Sean. En dat is nu ook zo. Waarschijnlijk hebben we amper tijd elkaar gedag te zeggen. Hij denkt alleen aan zijn werk, en dat geldt ook voor mij. Nog maar een week tot de opening van het Boathouse Café, en op dit moment heeft het nog geen terras.'

'Hoor eens, ik weet hoe belangrijk dit project voor je is – voor ons allemaal – maar niemand kan er iets aan doen dat Zach met zijn crossmotor is gecrasht.'

Élise fronste haar wenkbrauwen. 'Hij is hun neef. Familie. Hij had meer verantwoordelijkheid moeten tonen.'

'Verre neef.'

'Nou en? Hij had eerst mijn terras moeten afmaken, voor hij zich te pletter reed.'

'Dat heeft hij vast ook tegen de steen gezegd, die plotseling voor zijn motor sprong.' Berustend haalde Kayla haar schouders op. 'Hij heeft O'Neil-DNA. Natuurlijk stort hij zich in gevaarlijke sporten, en krijgt hij ongelukken. Tyler zegt dat hij met ware doodsverachting op zijn snowboard staat.'

'Hij had helemaal niks met doodsverachting mogen doen voordat mijn terras af was.'

'Wil dat zeggen dat Zach van de lijst wordt gestreept van mensen van wie je houdt?'

'Je lacht me uit, maar het is belangrijk dat je tegen mensen zegt dat je van ze houdt.' Voor haar zelfs van levensbelang. Ze probeerde het treurige gevoel dat zich door haar lichaam dreigde te verspreiden te onderdrukken door eens diep adem te halen. In de loop der jaren had ze geleerd dat gevoel onder controle te houden. Te zorgen dat haar leven er niet door werd verstoord. 'Ik had Walter nooit moeten laten helpen. Het is mijn schuld dat hij daar nu ligt, met allemaal slangetjes en –'

'Hou op!' Kayla trok een gezicht. 'Zo is het wel genoeg.'

'Ik zie gewoon steeds voor me –'

'Niet doen. Zullen we het over iets anders hebben?'

'We kunnen het hebben over hoe ik alles heb verpest. Het Boathouse Café is belangrijk voor Snow Crystal. We hebben de verwachte inkomsten al ingecalculeerd. We hebben een feest gepland! En dat kan nu niet doorgaan.'

Gefrustreerd kwam Élise overeind, en ze bleef over het meer staan uitkijken, haar best doend weer een beetje tot rust te komen. De avondzon toverde zilveren en gouden vlakken op het kalme water. Dit zag ze maar zelden. Normaal gesproken was ze op dit tijdstip in het restaurant, voorbereidingen aan het treffen voor het diner. Meestal zat ze alleen in het donker op haar veranda, nadat ze in de kleine uurtjes was thuisgekomen. Of 's ochtends vroeg, met een kop verse koffie, genietend van de stilte.

In de zomer was de ochtend haar favoriete tijd van de dag, wanneer het bos nog in nevelen was gehuld, en het slaperige zonnetje het ragfijne witte web dat over de bomen lag, nog moest wegbranden. Dat deed haar denken aan het gordijn in een theater, dat het spektakel nog even verborgen hield voor een verwachtingsvol publiek.

Heron Lodge, haar huisje, bestond slechts uit één slaapkamer en een woonkamer annex keuken, maar dat het niet zo groot was, deerde haar niet. Ze was opgegroeid in Parijs, in een piepklein appartement op de Rive Gauche, met uitzicht over daken, en nauwelijks ruimte om een pirouetje te draaien. Op Snow Crystal woonde ze aan het meer, haar huisje omringd door bomen. In de zomer sliep ze met alle ramen open. Zelfs wanneer het te donker was om iets van het uitzicht te kunnen zien, school er nog schoonheid in de geluiden. Water dat zacht tegen haar veranda klotste, het wieken van de vleugels van een overvliegende vogel, de gedempte roep van een uil. Wanneer ze niet kon slapen, lag ze urenlang te genieten van de zoete geuren van de zomer, luisterend naar de geluiden van de heremietlijsters, en de Amerikaanse matkoppen.

Als ze in Parijs met haar raam open zou hebben geslapen, zou haar nachtrust voortdurend zijn verstoord door een kakofonie van claxons en automobilisten die elkaar de huid vol scholden. Parijs was druk en lawaaiig. Een stad waarin het volume voortdurend op maximaal stond, en waar alle mensen zich door de straten haastten alsof ze gisteren nog ergens wilden zijn.

Snow Crystal was rustig en vredig. Geen moment in haar tumultueuze verleden had ze kunnen vermoeden dat ze ooit op zo'n plek zou komen te wonen.

Ze wist dat de familie O'Neil op het punt had gestaan het kwijt te raken. Ze wist ook dat de situatie nog verre van veilig was, en dat dat nog steeds een reële optie was. En ze was vastbesloten er alles aan te doen om dat te voorkomen.

'Kun je echt niet nog een andere timmerman voor me vinden? Weet je zeker dat je iedereen hebt geprobeerd?'

'Er is niemand, sorry.' Vermoeid schudde Kayla haar hoofd. 'Ik heb al de nodige telefoontjes gepleegd.'

'In dat geval zijn we allemaal verloren.'

'Er is helemaal niemand verloren, Élise.'

'We moeten de opening uitstellen en het feest afgelasten. Je hebt zoveel belangrijke mensen uitgenodigd. Mensen die reclame voor ons konden maken, en het bedrijf vooruit konden helpen. *Je suis désolée.* Het Boathouse is mijn verantwoordelijkheid. Jackson heeft mij een openingsdatum gevraagd, en die heb ik hem gegeven. Ik rekende op een drukke zomer. Nu moet Snow Crystal misschien wel sluiten, en raken we allemaal onze baan en ons huis kwijt, en dat is míjn schuld.'

'Maak je maar geen zorgen, met jouw dramatalent vind je makkelijk een baan op Broadway.' Kayla begon heen en weer te lopen, duidelijk hard nadenkend. 'Kunnen we dat feest niet in het restaurant houden?'

'Nee. Het moest een sprookjesachtige avond in de buitenlucht worden, waarop de charmes van het nieuwe café duidelijk naar voren zouden komen. Ik heb het allemaal geregeld: het eten, de verlichting, dansen op het terras... het terras dat er niet is!' Met een ellendig, gefrustreerd gevoel beende Élise naar binnen om de tas eten te pakken, die ze voor de familie had klaargezet. 'Laten we maar gaan. Ze zitten al uren in dat ziekenhuis. Ze zullen wel honger hebben.'

Terwijl ze over het pad langs het meer naar de auto liepen, bedacht Élise voor de zoveelste keer wat een geluk het was dat Jackson Kayla ooit had ingehuurd. Het was pas een halfjaar geleden dat ze voor het eerst op Snow Crystal was gearriveerd, de week voor kerst, om een publiciteitscampagne op te zetten voor het tanende resort. Eigenlijk was het plan geweest dat ze maar een week zou blijven en dan weer zou terugkeren naar haar flitsende baan in New York, maar dat was voordat ze verliefd was geworden op Jackson O'Neil.

Élise werd overvallen door emoties.

Kalme, sterke Jackson. Hij was de reden dat ze hier was, dat ze dit fantastische leven kon leiden. Hij had haar gered. Gered van de puinhopen van haar eigen leven. Hij had haar een uitweg geboden uit een probleem dat ze zelf had gecreëerd, en die had ze met beide handen aangegrepen. Hij was de enige die de waarheid over haar kende. Ze stond diep bij hem in het krijt.

Met het Boathouse Café had ze iets voor hém kunnen doen. Ze had van het begin af aan geweten dat Snow Crystal iets méér nodig had dan het traditionele restaurant en de kleine koffieshop die deel uitmaakten van het resort. Tijdens haar eerste wandeling langs het meer had ze het verwaarloosde botenhuis ontdekt, en onmiddellijk een eetcafé aan het water voor zich gezien. Nu was haar droom bijna werkelijkheid geworden. Samen met een architect uit de buurt had ze iets gecreëerd waarmee ze allebei heel tevreden waren.

Het nieuwe Café had aan drie kanten glas, zodat niets van het uitzicht verloren ging voor mensen die binnen zaten te eten. In de winter bleven de deuren dicht, maar in de zomermaanden konden de glaswanden bij mooi weer helemaal worden opengeschoven, zodat de gasten optimaal van de adembenemende locatie konden genieten. In de zomer zouden de meeste tafels sowieso op het terras boven het water worden gezet. Het had in juni helemaal af moeten zijn, maar door slecht weer hadden de werkzaamheden enige achterstand opgelopen, en toen was Zach ook nog eens met zijn motor gecrasht.

Kayla schoof achter het stuur, en met een kalm vaartje verlieten ze het resort. 'Hoelang denk jij dat Sean zal blijven?'

'Niet lang.' En dat zou haar prima uitkomen. Waarschijnlijk zouden ze amper met z'n tweeën alleen zijn, en ze was niet van plan zich druk te gaan maken over iets wat ze sowieso niet als bedreigend ervoer.

Sean was aangenaam gezelschap, charmant en ja, onbehoorlijk sexy, maar ze koesterde geen gevoelens voor hem. Die zouden er ook nooit meer komen. Voor niemand.

Herinneringen staken de kop op, donker en drukkend, en ze huiverde even, haar blik op de bomen langs de weg gericht. Ze was in Vermont, niet in Parijs. Dit was nu haar thuis. En ze hoefde het ook niet helemaal zonder liefde te stellen. Ze had de O'Neils. Die waren nu haar familie.

Met die gedachte in haar hoofd kwam ze in het ziekenhuis aan, en zag hoe Kayla zich in Jacksons armen stortte. Ze zag dat hun vingers zich verstrengelden, zag dat haar vriendin op haar tenen ging staan om hem een kus te geven, die op de een of andere manier tegelijkertijd heel discreet en bijzonder intiem was. Zij bestond op dat moment niet meer voor hen. Van gevoelens was hier wel degelijk sprake.

Het tafereel benam haar even de adem. Ze voelde een steek in haar binnenste en wendde haastig haar blik af.

Dit wilde zij niet.

'Ik ga vast kijken hoe het met Walter is, en dit eten afgeven, terwijl jullie bijpraten. Mag ik de autosleutels, Kayla?' Ze hield haar hand op. 'Jij kunt straks met Jackson meerijden. Ik zal proberen Alice over te halen nu met mij mee naar huis te gaan.'

Daar slaagde ze niet in. Walter zag er bleek en kwetsbaar uit, en toen ze uiteindelijk de kamer weer verliet, zat Alice, al zestig jaar zijn vrouw, nog steeds naast zijn bed, haar hand op de zijne, haar breiwerk op haar schoot. Alsof ze door elkaars hand vast te houden konden voorkomen dat hun leven samen uit elkaar begon te vallen.

Alice had het alleen maar over Sean gehad. Haar vertrouwen dat haar kleinzoon wonderen kon verrichten was zowel ontroerend als verontrustend.

Élise was al weer onderweg naar buiten toen ze hem zag.

Hij straalde zelfvertrouwen en gezag uit, volkomen op zijn gemak in deze steriele, hypermoderne medische omgeving. Het goed gesneden pak en smetteloos witte overhemd konden zijn brede schouders en de ingehouden kracht van zijn lichaam niet verhullen, en haar hart deed spontaan een rondedansje.

Ondanks de airconditioning begon haar huid te gloeien. Het was maar één nacht geweest, maar wel een nacht die ze niet snel zou vergeten. En hij ook niet, mocht ze aannemen.

Net als zij was Sean absoluut niet geïnteresseerd in een diepgaande, romantische relatie. Zijn werk vereiste totale controle en emotionele afstandelijkheid. Dat hij die regels ook in zijn privéleven had doorgevoerd, had alles een stuk eenvoudiger gemaakt.

Met resolute passen liep ze door de hal op hem af, vastbesloten aan zichzelf en iedereen die hiervan per ongeluk getuige was, te bewijzen dat deze ontmoeting beslist niet ongemakkelijk was. 'Sean.' Ze ging op haar tenen staan, legde een hand op zijn schouder, en kuste hem op beide wangen. '*Ça va?*' Ik vind het zo erg van Walter. Je bent vast gek van de zorg.'

Niks aan de hand. Helemaal niet ongemakkelijk. Misschien dat haar Engels iets minder vloeiend was dan normaal, maar dat gebeurde soms als ze moe of gestrest was.

Toen haar wang langs zijn ruwe kaak streek, werd ze overvallen door een overweldigende vlaag seksuele chemie. Even uit balans gebracht klemde ze haar vingers iets steviger om zijn schouder, zodat ze zijn harde spieren door de stof van zijn pak heen kon voelen. Een beetje naar links en haar lippen zouden op de zijne liggen. Onthutsend, zo graag als ze dat wilde.

Sean draaide zijn hoofd een klein stukje naar haar toe. Zijn ogen vonden de hare en leken haar een ogenblik lang te hypnotiseren.

Zijn ogen hadden dezelfde opvallend blauwe kleur als die van zijn tweelingbroer, maar die van Jackson hadden beslist niet dezelfde gevaarlijke uitwerking op haar. Misschien dat sommige mensen lyrisch over blauwe luchten of saffieren zouden zijn begonnen, maar voor haar straalden die ogen vooral seks uit. Een ogenblik lang was ze zich niet meer bewust van de mensen om hen heen, was ze zich helemaal nergens meer van bewust, behalve van de seksuele energie en de herinneringen aan die ene nacht. Ze had haar ogen niet dichtgedaan, en hij ook niet. Een dwaas, adembenemend moment lang was er iets tussen hen geweest. Dat was het enige waaraan ze kon denken terwijl ze haar hielen weer op de grond liet zakken en een stap achteruit deed.

Haar hart ging als een razende tekeer. Haar mond was droog. Het kostte haar al haar wilskracht zijn schouder los te laten. 'Goede reis gehad?'

'Kon erger.'

'Heb je al gegeten? Ik heb eten meegebracht. Alice heeft de tas.'

'Er zit zeker geen goede pinot noir in die tas?'

Een typische Sean-reactie.

Zelfs tijdens een crisis straalde hij kalmte uit, en die leek nu ook een beetje over haar neer te dalen, als een koele bries tijdens een hittegolf. Voor het eerst sinds dat vreselijke moment dat Walter voor haar voeten ter aarde was gestort voelde ze de druk iets minder worden, alsof iemand iets van de last had overgenomen die ze had meegezeuld.

'Geen pinot noir. Wel zelfgemaakte limonade.'

'O, nou ja, je kunt niet alles hebben. Als jij het hebt gemaakt, is het vast lekker.' Met zijn lange sterke vingers trok hij zijn das wat losser, koel en beheerst, en ze vroeg zich af of hij zich herinnerde dat ze die avond ook pinot noir hadden gedronken. 'Waar is de rest van mijn familie?'

'Bij je grootvader.'

'Hoe is het met hem?' Het had nogal bruusk geklonken, maar zijn dikke, donkere wimpers konden zijn bezorgde blik niet verhullen. 'Nog nieuws?'

'Hij ziet er breekbaar uit. Ik hoop dat de artsen weten wat ze doen.'

'Het is een goed ziekenhuis. En hoe is het met jou?' Hij legde zijn vingers om haar kin, draaide haar gezicht naar zich toe. 'Je ziet er niet uit.'

'Is dat een medische constatering?'

'Het is de constatering van een vriend. Als je mijn mening als arts vraagt, zal ik je een rekening moeten sturen.' Hij liet zijn hand weer zakken en hield zijn hoofd een beetje scheef, alsof hij stond te rekenen. 'Dat wordt dan zeshonderd dollar. Graag gedaan.'

Haar hartslag werd langzaam normaler. 'Heb je daarvoor zo lang moeten studeren, om tegen mensen te kunnen zeggen dat ze er niet uitzien?'

'Het is een roeping.' Hij glimlachte, een glimlach die haar hart weer tegen haar ribben deed bonzen.

'En ik maar denken dat mijn uiterlijk er in ieder geval niet onder had geleden.' Ze was vergeten hoe eenvoudig het was je bij hem te ontspannen. Hij was charmant en makkelijk om mee te praten. En gevaarlijk aantrekkelijk.

'Ik moet gaan. Ik moet naar mijn oma.'

'Ze weigert van zijn zijde te wijken, maar ze is doodmoe. Ze denkt dat jij wonderen kunt verrichten.'

'Ik ga nu naar haar toe.' Op zijn gezicht was een zachtere uitdrukking verschenen toen hij het over zijn grootmoeder had. 'Jij gaat terug naar Snow Crystal?'

'Ik wilde hem alleen maar even zien, Kayla niet alleen laten rijden, en eten brengen.'

'Je hebt nog niet verteld hoe het met jóú gaat.' Zijn blik rustte nog steeds op haar gezicht. 'Je bent nogal close met opa.'

Hoe ging het eigenlijk met haar? Degene van wie ze het allermeest hield, lag in het ziekenhuis, en het Boathouse was nog niet af en zou niet op tijd kunnen openen. Er zou geen openingsfeest komen. Ze had Jackson laten stikken. Slechte dagen had ze wel vaker gehad, maar dit was echt de slechtste dag ooit.

Maar dat hoefde Sean niet te weten. Ze hadden geen relatie waarin ze elkaar dat soort dingen toevertrouwden. 'Met mij gaat het prima,' loog ze dus. 'Voor mij is het anders. Ik ben geen familie. Al zou ik ook graag willen dat je een wondertje verricht, als je daarvoor even tijd kunt maken.'

'Ik denk dat mijn grootvader de eerste zal zijn om te betwisten dat jij geen familie bent.'

'Walter betwist graag alles. Je weet hoe graag hij in discussie gaat. Voor mij is hij de perfecte man. Ik hou zoveel van hem.'

'Nu heb je mijn hart gebroken.'

Ze wist dat hij een grapje maakte. Sean had het veel te druk met zijn carrière om geïnteresseerd te zijn in een relatie, en dat kwam haar uitstekend uit.

'Ik zie je wel weer.'

'Denk je dat je wel veilig thuiskomt?' Hij pakte haar bij de pols, en trok haar naar zich toe, en weer vergat ze even de mensen om hen heen terwijl ze daar zo dicht bij elkaar stonden.

'Natuurlijk.' Aan de ene kant raakte het haar dat hij had gemerkt hoe aangeslagen ze was, maar aan de andere kant vond ze het vreselijk dat ze blijkbaar een open boek was. Waarom kon ze niet koel en raadselachtig zijn, zoals Kayla? 'Het is nogal een lange dag geweest, meer niet.'

Na nog een onderzoekende blik liet hij haar pols weer los. 'Rij voorzichtig.'

Terwijl ze naar haar auto liep, hield ze zich voor dat ze dat toch maar goed had aangepakt. Niemand die getuige was geweest van hun ontmoeting zou kunnen vermoeden dat ze samen ooit genoeg hitte hadden gegenereerd om een ijskap te doen smelten.

Ze hadden hun gevoelens onder controle.

Niets aan Sean O'Neil vormde een bedreiging voor haar leven hier.

Wat liefde betrof, was ze onaantastbaar.

Hoofdstuk 2

'De verloren kleinzoon is teruggekeerd.'
Bij het horen van de vertrouwde stem achter hem draaide Sean zich om.
Daar stond Tyler, in iedere hand een beker koffie. Hij pakte er een, zonder te wachten tot die hem werd aangeboden.
'Ik wist niet dat de hele familie hier was.'
'Nu jij er bent wel, ja, en die koffie was voor Jackson. Je ziet eruit als een bankier, niet als een arts. Waar is je operatiekleding gebleven?'
'Die draag ik alleen als ik moet opereren. De rest van de tijd draag ik een pak.'
'Waarom? Omdat je dan meer kunt rekenen?' Het luchtige gepraat kon de spanning in Tylers schouders niet verhullen, en Sean voelde even iets van bezorgdheid.
'Het zal je misschien verbazen – gezien het soort televisieprogramma's waar jij zo graag naar kijkt – maar de meeste mensen hebben het niet zo op artsen die onder het bloed zitten.' Hij nam een slokje koffie, hoestte, en gaf de beker terug aan zijn broer. 'Dat is niet te drinken.'
'Zo uit de automaat, zoals jij het het vreselijkst vindt. Dat is je straf voor het inpikken van iets wat niet voor jou was bedoeld. Geloof me, als je hier al een hele dag zit, smaakt het als een godendrank.'
'Hoe is het met je been?'
'Dat gedraagt zich netjes. Nooit gedacht dat ik dit zou zeggen, maar het is goed je weer te zien.' Tyler lachte. 'Moet je mij nou horen, sentimenteel gedoe.'
'Ja, nu begin ik me pas echt zorgen te maken.'
'Dat hoeft niet. De enige reden dat ik blij ben je te zien, is dat jij nu het saaie, onbegrijpelijke gebabbel met de dokters op je kan nemen, zodat ik mijn aandacht weer op belangrijkere zaken kan richten.'
'Belangrijkere zaken van het vrouwelijk geslacht, misschien?'
'Misschien. Zag ik Élise nu net weglopen? Wist je dat zij bij opa was, toen het misging?'

'Dat heeft Jackson me verteld, ja. Zelf heeft ze er niets over gezegd.' Wat wel een beetje vreemd was, nu hij erover nadacht. Waarover hadden ze het eigenlijk wél gehad? Het enige wat hij zich kon herinneren, was haar wang die langs de zijne streek, haar zachte haar, en haar geur die als een drug zijn aderen in was gesijpeld. En de chemie. Altijd die chemie, sluimerend op de achtergrond als een zomerse hittegolf.

De deuren van de dichtstbijzijnde lift schoven open, en Jackson en Kayla kwamen naar buiten.

'Élise sms'te dat je hier was. We hadden je op zijn vroegst pas over een uur verwacht.'

'Het zou kunnen dat ik wat snelheidslimieten heb overschreden.' Sean vroeg zich af hoelang het geleden was dat zijn tweelingbroer had geslapen. 'Nog iets veranderd?'

'Niet voor zover ik weet, maar ik ben geen dokter. Het kost nogal moeite informatie te krijgen. Voor hetzelfde geld doen ze maar wat. Je moet met ze gaan praten.'

'Ik heb vanuit de auto al gebeld. Dit ziekenhuis kent het hoogste percentage patiënten van de hele regio dat een hartaanval overleeft. Ze hebben hem direct naar het katheterisatielab gebracht voor ballondilatatie en het plaatsen van een stent. Hij was in zeventien minuten de operatiekamer weer uit. Behoorlijk indrukwekkend.' Tot zijn opluchting was de arts in hem, ondanks zijn persoonlijke betrokkenheid, nog tot een afstandelijke analyse in staat.

Jackson keek naar Tyler, die zijn schouders ophaalde.

'Nu moet je mij niet aankijken. Ik begrijp nooit iets van wat hij zegt. Dat komt door al die boeken die hij leest. Zijn patiënten begrijpen hem waarschijnlijk ook niet, maar die worden gerustgesteld door zijn dure pak en de torenhoge bedragen die hij vraagt.'

Het was fijn even te kunnen ontspannen met zijn broers. 'Misschien moet je dat ook weer eens proberen, Ty, een pak. Als je een beetje je best doet op jezelf, zou je daarmee misschien zelfs een vrouw in je bed kunnen krijgen.'

'Dat ik nooit scoor, komt doordat mijn puberdochter bij mij woont. Ik ben wat je noemt een modelouder.'

Sean grijnsde. 'Tegen wil en dank, ongetwijfeld.'

Jackson kwam tussenbeide, voordat het gesprek helemaal zou ontsporen. 'Kunnen we het weer even over opa hebben? Leg het nog eens uit, en nu in gewone taal.'

'De slagader was verstopt, en die verstopping hebben ze verholpen door een ballon tegen de wand op te blazen, en een stent in te brengen om de slagader open te houden.' Sean gebruikte zijn handen om een en ander te demonstreren. 'Alle onderzoeken tonen aan dat de overlevingskans groter is als dat binnen negentig minuten na de aanval wordt gedaan, en de kans op complicaties kleiner. De tijd tussen het moment dat de symptomen zich openbaren en het moment van reperfusie is een belangrijke voorspellende factor voor de afloop.'

Ze waren inmiddels allemaal in de lift gestapt, Jackson drukte op een knopje, en de deuren gingen dicht. 'Ik had om gewone taal gevraagd.'

'Dat wás gewone taal.'

Tyler rolde met zijn ogen. 'Doe mij maar een flinke borrel, als hij ons ooit de ingewikkelde versie gaat geven.'

Jackson fronste zijn voorhoofd. 'Is dat goed nieuws?'

Relatief, ja. Sean besloot echter dat ze niet alle mogelijke gevolgen nu al hoefden te weten. 'Hoe is het begonnen? Voelde opa zich niet lekker? Had hij pijn in zijn borst?'

'Volgens Élise stond hij het ene moment nog overeind en lag hij het volgende op de grond.' Jackson keek naar de knopjes van de lift die een voor een oplichtten, terwijl de lift voor zijn gevoel op iedere verdieping stopte om mensen in en uit te laten stappen. 'Hij was bezig met het terras van het oude botenhuis.'

'Waarom?'

'Dat zijn we aan het verbouwen tot eetcafé.' Nu klonk Jackson nogal geïrriteerd. 'Lees jij je mail niet?'

'Ik krijg bergen mail. Waarom moest opa dat werk doen?'

'Omdat er niemand anders was. We moeten woekeren met wat we hebben. Opa wilde helpen, en ik verkeerde niet in de luxe positie hem daarvan te kunnen weerhouden, ervan uitgaand dat hij zich überhaupt ergens van zou láten weerhouden. Iedereen doet wat hij kan om het bedrijf overeind te houden.'

Iedereen, behalve hij. Voor zich uit starend voelde Sean het schuldgevoel als zweet op zijn huid uitbreken. Hij was de enige die helemaal niets deed om te voorkomen dat het familiebedrijf ten onder zou gaan.

Hij draaide zijn hoofd om iets tegen Jackson te zeggen, maar wenste direct dat hij dat niet had gedaan, aangezien zijn broer net Kayla kuste. Een lange, langzame kus, met evenveel oog- als lipcontact.

Onmiddellijk moest hij aan Élise denken. Aan die ene, vurige nacht, de vorige zomer. De nacht waarover ze het geen van beiden ooit nog hadden gehad.

Hij wendde zijn blik af. 'Zouden jullie misschien een paar minuten van elkaar kunnen afblijven, zodat we ons kunnen concentreren op wat nu van belang is?'

'Dit is nu ware liefde,' sprak Tyler op zalvende toon. 'Is het niet prachtig?'

'Sorry, maar het is een zware dag geweest, en zo vaak zien we elkaar niet.' Kayla liet haar hoofd op Jacksons schouder zakken. 'Maar daarin zal binnenkort verandering komen. Nog maar één week.'

Sean fronste zijn wenkbrauwen. 'Heb je je baan in New York opgezegd?'

'Ja. Ik kom fulltime hier wonen en werken. Dat wist je toch?' Kayla draaide aan de verlovingsring om haar vinger. 'Dat heb ik je met kerst verteld.'

Met kerst was hij alleen maar bezig geweest drie dagen te midden van zijn familie te overleven, zonder dat iemand iets zou merken van de breuk tussen hem en zijn grootvader. Echt aandacht voor de anderen had hij niet gehad. 'Natuurlijk. Ik had me niet gerealiseerd dat het al zover was.'

Kayla gaf dus haar leven in New York op om hier op Snow Crystal te komen wonen. Nog iemand die alles opofferde voor de liefde. Wat moest hij daar in vredesnaam op zeggen? Gefeliciteerd? Heb je hier goed over nagedacht? Wat nu als je wakker wordt en spijt krijgt van alles wat je hebt opgegeven om hier te komen wonen?

'Ik hoop dat jullie samen heel gelukkig worden.'

'Dat zijn we al, en dat zullen we blijven ook.' Jackson sloeg zijn arm om Kayla's schouders. 'Let maar niet op hem. Hij is gewoon jaloers.

Zijn probleem is dat een vrouw bij hem alweer is vertrokken voordat hij weet hoe ze heet.'

'Ik ben hier niet degene met een probleem.'

Je aan iemand binden betekende dat je je eigen behoeften op de tweede plaats moest zetten, en hij was te egoïstisch om dat voor wie dan ook over te hebben. Hij wilde kunnen werken wanneer hij dat wilde, zonder zich voortdurend verplicht of verantwoordelijk te voelen jegens iemand anders. Hij wilde kunnen reizen, zonder het gevoel te hebben dat hij eigenlijk ergens anders moest zijn. Hij wilde vrijheid. Hij wilde zich niet opgesloten en verstikt voelen, zoals zijn vader.

10, 11, 12... dit moest wel de langzaamste lift zijn die er bestond. Hij kreeg de neiging uit te stappen om te gaan duwen.

'Tyler, ik denk dat jij beter naar huis kunt gaan.' Jackson had zijn arm nog steeds om Kayla geslagen. 'Opa zal het ons niet in dank afnemen als hij bij thuiskomst de hele boel verwaarloosd aantreft.'

'Hij neemt ons sowieso nooit iets in dank af,' bromde Tyler.

Sean liet een vinger langs zijn reeds losser getrokken boord glijden. 'Ik verwacht geen warm welkom.'

'Je zou wat vaker thuis kunnen komen,' zei Jackson op milde toon.

'Dat zou misschien wel helpen.'

Tyler keek eens naar zijn pak. 'Daar heeft hij de goede kleren niet voor. Je kunt niet op Snow Crystal rondlopen in zijden overhemden en Armani.'

'Het is Brioni. Gekocht toen ik een presentatie moest houden op een medische conferentie in Milaan.' Hij zei maar niet dat permanent op Snow Crystal komen wonen een te grote opoffering was om zelfs maar in overweging te nemen. 'Een goed pak is een investering. Ik kan me herinneren dat jij ook ooit over een fatsoenlijk pak beschikte. Verschillende zelfs. Maar ja, dat was natuurlijk voordat je alles zo liet verslonzen.'

De woordenwisseling met zijn broers was aangenaam en vertrouwd, en gaf hem weer even het gevoel dat alles normaal was. Voordat de liftdeuren helemaal open waren, liep hij al naar buiten, blij de kleine ruimte te kunnen verlaten, waarin hij zich opgesloten had gevoeld met emoties die hij niet onder ogen wilde zien.

Tyler kwam vlak achter hem aan. 'Ik heb een hekel aan ziekenhuizen. Al die witte jassen, en piepende machines, en mensen die onbegrijpelijke taal uitslaan.' Zijn gezicht was een tintje bleker dan normaal. 'Alsof je in een buitenaards ruimteschip bent beland.'

Sean vroeg zich af of deze plek zijn broer aan zijn eigen ongeluk herinnerde. Zelf vond hij ziekenhuizen fantastisch, onderzoekscentra vol mogelijkheden. Hij voelde zich hier volledig thuis, wat zijn broers ook leken te beseffen.

Jackson sloeg hem op de schouder. 'Jij kent de weg in dit ruimteschip. Klaar om ze op hun donder te geven?'

'Hebben buitenaardse wezens een donder?'

Kayla rolde met haar ogen. 'Jullie klinken als een slechte film.'

'Wat voor film?' Jacksons blik was op haar mond gericht. 'Zoiets als een pornofilm, bedoel je? Mocht je slechte dingen met me willen doen, ga je gang.'

Sean keek Tyler aan, die zijn schouders ophaalde.

'Zoals ik al zei... ware liefde. Ooit zal het jou ook overkomen, op een moment dat je het absoluut niet verwacht. Voor je het weet, loop je klef te doen met zo'n chick, en gênante geluiden te produceren, net zoals onze lieve broer hier.'

En niet lang daarna zouden de opofferingen beginnen. 'Ik' werd 'wij', 'wij' bracht een enorme berg compromissen mee, en plotseling zag je leven er totaal niet meer uit zoals jij dat ooit had gewild. Dan zou je in de spiegel kijken en jezelf de vraag stellen: hoe ben ik hier in vredesnaam terechtgekomen?

Dat zou hem dus nóóit overkomen. Echt niet.

'Aan het eind van de gang is een ijsmachine.' Sean keek op de bordjes om de goede weg te vinden. 'Misschien kunnen jullie daar even in gaan zitten, terwijl ik met opa praat.'

Élise was de hele avond aan het koken. Het combineren van smaken en structuren was voor haar een manier haar gedachten te verzetten en haar ongerustheid te onderdrukken. Ze hield zich voor dat het werk was, dat ze nieuwe recepten nodig had voor in het Café, maar eigenlijk was het gewoon afleiding. Afleiding van de gedachte aan Walter en aan dat vreselijke moment dat hij voor haar voeten in elkaar was gezakt. Ze had nu al uren niets gehoord. Twee keer had ze Kayla een sms'je gestuurd, maar ze had geen antwoord gekregen. Nog even en ze zou het ziekenhuis gaan bellen. Het was al bijna middernacht. Waarom reageerde Kayla nu niet? Het meer was in duister gehuld. Ergens klonk de roep van een uil.

Niet in staat ook maar aan slapen te dénken, bleef ze koken en aantekeningen maken op de laptop die een vaste plaats op het werkblad in de keuken had. Sommige recepten zouden worden opgenomen in haar repertoire en in het restaurant of in het Boathouse worden gebruikt. Andere zou ze nooit meer maken.

Ze haalde een lading paddenstoelentaartjes uit de oven en zette die weg om af te koelen, in haar nopjes met het resultaat. Met een vork sneed ze er een open. Het deeg was goudbruin en knapperig. Het viel in je mond uiteen en smolt op de tong, in perfecte harmonie met de romige vulling.

'Ruikt goed.'

Bij het horen van Seans stem achter haar, draaide ze zich met een ruk om, haar hartslag ineens twee keer zo snel.

Hij stond in de deuropening, met zijn brede schouders haar uitzicht op het meer blokkerend. Het was voor het eerst dat hij naar haar huisje kwam. Dat hij haar persoonlijk iets kwam vertellen, kon alleen maar slecht nieuws betekenen.

'Is er iets met Walter? Is hij…' Rauwe angst maakte zich van haar meester. Het begon haar te duizelen en het leek alsof ze alles van een afstandje zag. Zonder dat ze hem had zien bewegen, voelde ze zijn sterke handen om haar schouders, die haar naar een stoel leidden.

'Doe je hoofd naar beneden.' Zijn stem was kalm en zelfverzekerd. 'Niks aan de hand, liefje. Je hebt gewoon een nogal lange dag achter de rug. Met opa gaat het goed.'

Ze boog zich naar voren, wachtend tot de wereld weer tot stilstand zou komen. 'Is dat de waarheid? Je liegt niet tegen me?'

'Ik lieg nooit. Volgens sommige vrouwen mijn grootste tekortkoming.' Hij liet zich op zijn hurken naast haar zakken, en legde een hand op de hare. 'Beter?'

'Ja.'
Dat die eerlijkheid juist een van de dingen was die zíj het meest aan hem kon waarderen, zei ze maar niet. Ze hief haar hoofd, keek hem recht in de ogen, en onmiddellijk voelde ze haar maag samenknijpen. Hoe hard ze het ook probeerden te ontkennen, er wás iets tussen hen. *Merde.* En nu zocht ze steun bij hem, als een of ander zielig wezentje. Dat was niets voor haar. Dat deed ze nooit.

'Je maakte me aan het schrikken. Ik dacht...' Ze kon niet eens hardop zeggen wat ze had gedacht. Het was een hele opluchting haar hart tegen haar ribben te voelen bonzen. Heel even had ze gedacht dat het stilstond. 'Kayla reageerde niet op mijn sms'jes. Ik maakte me zorgen.'

'Die was waarschijnlijk te druk aan het zoenen met mijn broer om op haar telefoon te kijken.' Hij gaf haar hand nog een kneepje en kwam overeind. 'Houden die twee ooit op?'

Haar vingers buigend bedacht ze dat zij haar hand had moeten terugtrekken.

'Het grootste deel van de week zijn ze van elkaar gescheiden, dus waarschijnlijk willen ze de tijd die ze samen hebben zo goed mogelijk gebruiken. Vertel eens wat meer over je grootvader? Hoe was het met hem toen je wegging?'

'Hij was wakker en hij praatte. Hij ging tekeer tegen oma, omdat ze de hele tijd bij hem was gebleven in plaats van naar huis te gaan om te slapen.'

'Hij ging tekeer? Zo ken ik hem weer.' Haar opluchting was bijna tastbaar. 'Ik vermóórd Kayla, omdat ze niets heeft laten horen.' Ze wist dat ze eigenlijk moest opstaan, maar ze vertrouwde haar benen niet en dus bleef ze op de helblauwe keukenstoel zitten. 'Ik tril helemaal. Ik voel me een wrak.'

'Van wat ik zo heb gehoord, heb je een behoorlijk beroerde dag gehad, dus je mag gerust trillen. Hier. Drink wat.' Hij pakte een fles cognac van een plank, schonk een royale hoeveelheid in een glas en rook er even waarderend aan. 'Dat is goed spul. Als ik had geweten dat je dit hier had verstopt, was ik wel eerder langsgekomen.'

Ze pakte het glas van hem aan, tot haar ontzetting constaterend dat haar tranen heel hoog zaten. 'Sorry...'

'Bied je nu je verontschuldigingen aan omdat je je cognac niet met me hebt gedeeld, of omdat je om mijn grootvader geeft?'

'Omdat ik zo heftig reageerde.' Ze was woest op zichzelf omdat ze direct het ergste had gedacht. Ze nam een slokje, en voelde het branden in haar keel.

Sean keek naar haar. 'Ik moet jou mijn verontschuldigingen aanbieden, omdat ik zo plotseling voor je deur stond, zonder waarschuwing vooraf. Het is geen moment bij me opgekomen dat jij zou kunnen denken dat ik slecht nieuws kwam brengen. Vrouwen zijn meestal blij mij te zien.'

Dat laatste was duidelijk als een grapje bedoeld, maar ze wist dat het waarschijnlijk maar al te waar was.

'Je bent hier nog nooit geweest, en ik maakte me zorgen en toen ik Kayla niet kon bereiken, dacht ik dat...' Haar hart ging nog steeds tekeer. 'Ik zag je staan en ik was zó bang.'

'Als je zo bang was, waarom heb je me dan niet gebeld?'

'Dat zou ik nooit doen.'

'We zijn toch verdomme geen vreemden voor elkaar, Élise? Jij hebt de kleren van mijn lijf gerukt. We hebben seks gehad. Als we samen naakt over de grond kunnen rollen, kun je toch verdorie ook wel bellen?'

Ze voelde een verraderlijke blos naar haar wangen stijgen. 'Jij hebt mijn kleren ook van mijn lijf gerukt, voor het geval je geheugen je in de steek laat.'

Maar zij was begonnen. Zij had de eerste stap gezet, die zinderende zomeravond, de geur van het bos om hen heen, haar bloed vurig kolkend door haar aderen.

'Ja, dat klopt, ja. Er werd wederzijds nogal wat aan kleren gerukt die avond. En met mijn geheugen is niets mis, dank je.' Zijn glimlach was traag en sexy, zijn ogen leken helderder blauw dan ooit. 'Hoe is dat bij jou?'

'Ik kan me er amper nog iets van herinneren.'

Zijn mondhoeken trilden even. 'Omdat het niet echt een gedenkwaardige avond was? Luister,' zei hij, het glas weer uit haar hand pakkend. 'Ik ben heel slecht in relaties, dat geef ik onmiddellijk toe.

Maar dat betekent niet dat ik ga doen of die avond nooit heeft plaatsgevonden. De volgende keer dat je je ergens zorgen over maakt, bel je.'

'Ik heb je nummer niet, en dat wil ik ook niet.' Hun relatie had niets met telefoonnummers of -gesprekken te maken gehad. Alleen met opwindende seks. Dat was ook waaraan ze nu moest denken, opwindende seks, en ze wist dat dat ook voor hem gold.

'Ik bedoel ook niet dat je me tijdens een operatie moet bellen om te zeggen dat je van me houdt, maar als je mijn nummer had gehad, had je me vanavond kunnen bellen in plaats van je zorgen te maken.'

'Zijn er mensen die dat doen? Je bellen terwijl je aan het opereren bent?'

'Soms.' Hij liet zich tegen het aanrecht zakken. 'Vrouwen willen meestal meer dan ik ze kan geven.'

'Ik niet.'

Ze wist dat ze hem nooit zou hebben gebeld. Bellen was de eerste stap op weg naar een relatie, en die weg wenste ze nooit meer te gaan, ook niet een klein stukje. Eerder had ze dat wel gedaan en het was alsof ze met blote voeten over glas had gelopen. De littekens had ze nog steeds, en die littekens waren er ook de reden van dat haar hart niets meer te zeggen had in de beslissingen die ze in haar leven nam. Wat mannen betrof, luisterde ze alleen nog maar naar haar hoofd.

Sean hield zijn hand op. 'Geef me je telefoon.'

'Dat is nergens voor nodig.'

'Geef me je telefoon. Als ik je hem met geweld moet ontfutselen, zou het weleens uit de hand kunnen lopen.' Hij bleef zijn hand ophouden.

Met enige tegenzin groef ze het ding uit haar broekzak. 'Dit is echt ridicuul.'

Hij boog zich naar haar over en trok de telefoon uit haar vingers met de vastberadenheid van een man die weet wat hij wil, en die daar ook voor gaat. 'Heerlijk die rollende r van jou. Zo sexy.' Koel en beheerst opende hij haar contacten en voegde zijn nummer toe. 'Mocht je je nog eens zorgen maken, bel me dan.'

'Prima. Ik ga je twintig keer per dag bellen, wanneer je staat te opereren, om te zeggen dat ik van je hou, en als je niet opneemt, spreek ik een boodschap in.'

Hij lachte. 'Mijn team zal van ieder telefoontje genieten.' 'Misschien verkoop ik je nummer wel op eBay, om een beetje geld te verdienen voor Snow Crystal.'

'Wat levert dat op, een overwerkte chirurg? Niet echt veel waarschijnlijk.' Terwijl hij haar de telefoon teruggaf, richtte hij zijn aandacht op de taartjes. 'Zijn die om op te eten?'

'Nee.'

'Je bent wreed en harteloos. Dat wist ik zodra ik je zag. Je hebt me gebruikt voor een nacht stomende seks, en me vervolgens meedogenloos gedumpt.'

Flirten met hem was als dansen om een vuur. Eén verkeerde beweging, en je had een wond die nooit meer wegging. Nooit had ze haar besluit destijds die nacht met hem door te brengen in twijfel getrokken, maar het zou beslist niet nog een keer gebeuren. 'Vertel eens wat meer over Walter,' zei ze dus.

'Geef me eerst iets te eten. Ik heb geen fatsoenlijk maal meer gehad sinds het ontbijt, en ook dat was niet om over naar huis te schrijven.' Hij keek weer naar de taartjes. 'Ze zijn bijna te mooi om op te eten, met de nadruk op bíjna.'

'Het is een experiment.'

'Ik ben arts. Ik geloof in het belang van onderzoek om tot de beste resultaten te komen, en ik wil je graag helpen. Ik zal er zelfs een artikel voor de New England Journal of Medicine over schrijven: verlichting van stresssymptomen met behulp van Élises kookkunst. Ik hoef er toch niet om te smeken?'

'Dat is niet nodig, nee.' Ze liet de telefoon weer in haar zak glijden, de neiging onderdrukkend zijn nummer onmiddellijk weer te wissen. Dat het in haar telefoon zat, wilde nog niet zeggen dat ze het ook moest gebruiken. 'Ik ben nog bezig met het menu voor het Boathouse Café, al zal de opening moeten worden uitgesteld.'

'Hoeveel moet er nog worden gedaan?'

'Niet zo heel veel. Dat maakt het ook des te frustrerender. We waren er bijna. Maar uiteindelijk zullen we toch opengaan, en ik ben een heel nieuw menu aan het samenstellen. Het wordt een totaal andere eetbeleving.'

Een koel briesje kwam door de openstaande deur naar binnen, en ze hoorde een vogel laag over het meer vliegen. De gedempte geluiden van de nacht droegen bij aan een gevoel van intimiteit.

Ze hield zich voor dat ze de chemie onder controle kon houden: ze kon er iets mee doen, of ze kon er geen aandacht aan schenken. Wat ze ook deed, de beslissing zou ze nemen met haar verstand, zoals altijd.

'Die eetbeleving ruikt verdomd goed. Ik voorspel dat ik een goede klant word.'

'Je woont vier uur rijden van Snow Crystal.'

'Vanavond heb ik het in drie uur gedaan.'

'Je wilt dus helemaal hiernaartoe komen rijden voor mijn eten?' Ze pakte een bordje, maar hij had al een taartje in zijn hand.

Hij nam een hap en maakte een kreunend geluidje, diep in zijn keel.

Haastig wendde Élise zich af, bedenkend dat alle dure maatpakken van de wereld de rauwe, fysieke uitstraling van die man niet konden verhullen.

'Als je over vijf minuten nog leeft, zijn ze goedgekeurd,' verklaarde ze op luchtige toon. 'Ik wil het menu vooral simpel houden, en uiteraard gebruiken we, net als in het restaurant, zo veel mogelijk lokale producten. Vermont is echt prachtig. We willen de lokale landbouw steunen en er alles aan doen onze gasten eten voor te zetten dat hiervandaan komt. Green Mountain-ham, lokale kazen, fruit uit onze boomgaard en sla uit onze tuin. En onze eigen ahornsiroop, uiteraard, anders vermoordt Walter me. Alles draait om smaak en kwaliteit.'

'En om kwantiteit, hoop ik? Hoeveel van die dingen mag ik eten?' Zijn hand hing al boven een volgende. 'Voordat je daarover een beslissing neemt, wil ik nog een keer benadrukken dat mijn laatste maaltijd meer dan twaalf uur geleden was, en dat ik zo ongeveer de hele dag in de operatiekamer heb gestaan.'

'De volgende eet je zoals het hoort, op een bord, met wat sla erbij. In Frankrijk vinden we dat eten iets is om van te genieten, niet om in je mond te proppen zonder er zelfs maar bij te gaan zitten.' Met snelle bewegingen maakte ze een salade, klopte een dressing. Ze schikte wat salade op een bord, legde er een van de warme taartjes bij en een stuk van het brood dat ze eerder die dag had gebakken, en gaf het bord toen aan hem. 'Het brood is met zeezout en rozemarijn. Ik hoor graag wat je ervan vindt.'

'Ik vind dat ik maar moet overwegen met jou te trouwen, zodat ik elke dag zo kan eten.'

Haar hart begon harder te bonzen. Trouwen. Het woord alleen al had een bijna lichamelijke uitwerking op haar. Zelfs na al die jaren voelde ze zich weer helemaal koud worden en kreeg ze de neiging over haar schouder te kijken.

'Dat zou op een teleurstelling uitdraaien. Ik kook voor mijn werk. Wanneer ik thuis ben, doe ik het soms met alleen een perfecte omelet.'

'Wanneer ik moet opereren, heb ik niet altijd tijd om te eten. Ik neem brandstof in wanneer de gelegenheid zich voordoet.'

In de beperkte ruimte was ze zich maar al te bewust van zijn brede, gespierde schouders, en van zijn lengte, en van de donkere schaduw op zijn kaken. Zijn sexappeal viel niet te negeren, en Heron Lodge leek plotseling kleiner dan ooit. Ze was een lichamelijk ingesteld persoon, maar had dat deel van zichzelf veel te lang verwaarloosd. Haar maag kneep samen, en al haar zenuwuiteinden leken te knetteren. De chemie leek een web om hen heen te spannen waaraan geen ontsnappen mogelijk was. Ze vroeg zich af wat hij zou zeggen als hij wist dat ze na hem met geen enkele andere man naar bed was geweest.

'Laten we buiten op de veranda gaan zitten. Het is een warme avond, en na een dag in het restaurant en in het ziekenhuis kan ik wel wat frisse lucht gebruiken. Dan kun je me alles over Walter vertellen.'

Sean liet zich op een stoel bij de kleine houten tafel zakken, die ze aan de rand van het water had neergezet. De veranda werd beschenen door het licht dat door de openstaande deur naar buiten viel. 'Ik heb begrepen dat jij bij hem was toen het gebeurde?'

Hij begon te eten, en ze besefte dat hij daarvoor, gezien de zware eisen die zijn werk aan hem stelde, waarschijnlijk inderdaad soms maar weinig tijd moest hebben.

'Het was afschuwelijk. Het ene moment stond hij me nog te plagen met die "vreselijke Franse pannenkoeken" zoals hij ze noemt. Het volgende moment lag hij op de grond. Mijn handen trilden zo erg dat ik nauwelijks nog kon bellen. Ik dacht dat ik hem had vermoord.'

'Het was niet jouw schuld.' Hij scheurde een stuk brood af. 'Voor die tijd waren er geen aanwijzingen? Geen pijn op de borst?'

'Tegen mij heeft hij niets gezegd. Elizabeth zei dat hij het wel een paar keer over indigestie had gehad, maar niets dat alarmbellen had doen rinkelen. Hij was me aan het helpen met het terras. Daarover voel ik me zo schuldig.'

'Dat moet je niet doen. Snow Crystal is zijn passie, en de fysieke arbeid die hij altijd heeft moeten verrichten om de boel hier draaiende te houden, is een van de redenen dat hij zo lang gezond is gebleven.'

'Ik had een manier moeten verzinnen hem erbij te betrekken zonder dat hij daarvoor zwaar lichamelijk werk moest doen.'

'Niemand heeft opa ooit van lichamelijk werk kunnen weerhouden. In al die jaren dat ik hier heb gewoond, heb ik hem nog nooit een dag vrij zien nemen. Hij werkte altijd. Dat deden we allemaal.' Sean stopte het laatste stukje brood in zijn mond. 'Lekker is dit. Ik ben fan van zeezout en rozemarijn.'

Terwijl hij zijn bord leeg at, vertelde hij haar hoe het met zijn grootvader was.

Ze was jaloers op zijn kalmte, die ze tegelijkertijd ook als geruststellend ervoer. 'Ik maak me ernstig zorgen om hem. Hij is tachtig.' Daarom durfde ze ook van hem te houden. Hij was de enige man aan wie ze haar hart had geschonken, afgezien van Jackson dan, bij wie ze voor eeuwig in het krijt stond.

'Er is geen enkele reden te denken dat hij er niet weer volledig bovenop zal komen.'

Behalve dan dat het leven vol onredelijke, onlogische gebeurtenissen zat, zoals ze maar al te goed wist. Ze wreef met haar vingers over haar voorhoofd, weigerend bij die gedachte te blijven stilstaan. 'Is je moeder met jou mee naar huis gekomen?'

'Ja. Maar oma weigert van zijn zijde te wijken. Tyler is bij haar, en ik ga straks weer terug.'

In moeilijke tijden vormde de familie O'Neil een hecht team. Dat was een van de vele dingen die ze zo aan hen kon waarderen. Daarom was Sean ook onmiddellijk hierheen komen rijden, na een lange dag in de operatiekamer. In deze familie zou niemand ooit in zijn eentje hoeven worstelen. Geen van hen zou ooit in een donkere kamer in Parijs terechtkomen, achter een gebarricadeerde deur, met niemand om hulp bij te zoeken.

'Je moet wel doodmoe zijn. Je kunt onmogelijk vannacht nog naar het ziekenhuis teruggaan.'

'We kunnen oma niet alleen laten, en Tyler heeft ook zijn rust nodig. Voordat ik terugga, duik ik een paar uurtjes mijn bed in.' Hij haalde zijn brede schouders op. 'Een van de voordelen van een medische opleiding is dat je leert functioneren op weinig slaap.'

'Walter was vast heel blij je te zien.'

'Hij heeft zijn ogen net lang genoeg opengedaan om te zeggen dat ik moest oprotten naar Boston, waar ik thuishoorde.' Hij schoof zijn lege bord van zich af. 'Dat was heerlijk. Zo lekker heb ik in maanden niet gegeten.'

'Heeft hij dat echt gezegd?' Verbijsterd staarde Élise hem aan. 'Dat meende hij niet.'

'O, jawel, dat meende hij wel. Kijk maar niet zo bezorgd. Ik beschouwde het als een teken dat een deel van hem in ieder geval nog normaal functioneerde. Als hij me juichend had binnengehaald, had ik onmiddellijk een hersenscan laten maken.'

Seans glimlach was echter vermoeid, en in een vlaag van frustratie vroeg Élise zich af waarom menselijke relaties vaak zo ingewikkeld moesten zijn.

'Is dat de reden waarom je niet vaker thuiskomt? Omdat hij moeilijk doet?'

'Mijn thuishaven is Boston,' verklaarde hij kalm. 'En ik kom hierheen wanneer mijn agenda dat toelaat.'

En dat was bijna nooit. Ze nam aan dat hij het erg druk had. Ze had zich weleens afgevraagd of het met háár te maken had dat hij zo weinig kwam, maar nu vroeg ze zich af of er méér achter zat. 'Mis je Snow Crystal niet?'

'Ik hou van de stad. Ik vind het prettig in mijn directe omgeving te kunnen kiezen uit verschillende restaurants, en theaters en musea onder handbereik te hebben. Mis jij Parijs nooit? Ik kan me niet voorstellen dat je je hier niet af en toe opgesloten voelt.'

Omringd door meren, bossen, bergen en schoonheid, terwijl ze deed wat ze het liefste deed, met mensen die om haar gaven? Dat voelde niet als opgesloten. Diep binnen in haar kwam iets duisters tot leven. Ooit was ze opgesloten geweest, en dat had héél anders gevoeld.

'Ik mis Parijs niet.' Wanneer ze nu aan Parijs dacht, dacht ze niet aan een wandeling door de Tuilerieën, of aan de Seine die glinsterde in het zonlicht, maar aan hém. Dan dacht ze aan de donkere kant van liefde en relaties. Ze haalde een hand door haar korte, trendy kapsel en had het plotseling koud. 'Ik vind het hier heerlijk. Ook al ben ik niet op Snow Crystal geboren, ik weet zeker dat ik er net zoveel van hou als jij.'

'Nou, daar boft mijn familie dan maar mee. Je bent een fantastische kok. Vóór jouw komst waren onze smaakpapillen nooit echt tot leven gewekt. Wat Jackson ook heeft gedaan om jou over te halen hier te komen werken, we zijn hem er allemaal dankbaar voor.'

Jackson had haar helemaal niet overgehaald. Hij had haar een reddingsboei toegeworpen. Ze had een zootje van haar leven gemaakt met de ene na de andere verkeerde keuze, en Jackson had haar een uitweg geboden. Zonder hem zou ze...

Daaraan wilde ze helemaal niet denken. Ze zou er echter wel voor zorgen dat hij nooit spijt zou krijgen van zijn besluit. Het eten moest een van de dingen zijn waarom Snow Crystal bekendstond. Ze was vastbesloten haar bijdrage te leveren aan het succes van het resort, maar daarin had ze nu al jammerlijk gefaald, nietwaar? Ze had beloofd dat het Boathouse Café op tijd open zou zijn om optimaal van het zomerseizoen te kunnen profiteren, en dat ging nu niet gebeuren. Dat het uitstel nadelig voor hen zou uitpakken, stond buiten kijf.

Gefrustreerd en kwaad op zichzelf staarde Élise naar het glanzende wateroppervlak van het meer, nauwelijks nog zichtbaar in het donker. Deze plek voelde meer als een thuis dan alle andere plaatsen waar ze ooit had gewoond.

Sean leunde achterover in zijn stoel, aandachtig naar haar kijkend.

'Je ziet eruit alsof iemand net je lievelingskonijntje heeft vermoord. Komt dit door mijn grootvader of is er nog iets anders?'
'Er is helemaal niets. Ik ben gewoon moe.'
'Lieg niet tegen me. Ik ben dokter. Ik ben gewend met ongeruste patiënten te praten. Vertel me wat er mis is.'
Naar het water starend haalde ze haar schouders op. 'Ik vind het zo erg dat ik hem in de steek laat.'
'Wie? Mijn opa?'
'Jackson. Hij werkt zo hard om Snow Crystal te redden, en het Boathouse Café is onderdeel van de reddingsoperatie. De opening was niet alleen een excuus voor een feestje, maar vooral ook een gelegenheid belangrijke mensen te laten zien hoe hard we ons best hebben gedaan. Wat het resort allemaal te bieden heeft. Ik wilde hem helpen er een succes van te maken.'
'Dat duurt dan gewoon ietsje langer. Zo erg is dat nu ook weer niet.'
'Dat is het wél. Ik ben hem zoveel verschuldigd.' Bij het zien van zijn vragende blik, realiseerde ze zich dat ze te veel had gezegd. 'Ik bedoel… ik werk voor hem en ik vind het hier heerlijk. Het is ook in míjn belang dat de tent goed loopt en kan blijven voortbestaan.'
'Jackson boft maar met zulk loyaal personeel.' Even zweeg hij. 'Hoe hebben jullie elkaar eigenlijk ontmoet? Volgens mij heb ik jullie dat geen van beiden ooit gevraagd?'
'In Parijs.' Ze koos haar woorden zorgvuldig. 'Hij kwam eten in het restaurant waar ik toen werkte.'
'Chez Laroche? Ik weet dat je voor Pascal Laroche hebt gewerkt. Ik heb ergens gelezen dat je de enige vrouw in zijn keuken was.'
Dat wist hij? Op de een of andere manier slaagde ze erin de glimlach op haar gezicht te houden. 'Dat klopt.'
'Een geweldige stap in je carrière. Ik heb daar ooit een keer gegeten. Hij is briljant.'
En autoritair, gewetenloos en, naar was gebleken, gewelddadig.
'Ik heb heel veel van hem geleerd.'
Dat was geen leugen. Pascal had haar niet alleen geleerd een perfecte soufflé te maken, maar ook dat liefde een geschenk was dat je, eenmaal gegeven, bijzonder naakt en kwetsbaar maakte. Hij had haar ge-

leerd dat liefde obsessief, narcistisch en soms zelfs gevaarlijk kon zijn. Dat, en nog veel meer, had hij haar geleerd. Lessen die ze nooit meer zou vergeten. Ze was cum laude afgestudeerd aan zijn school van het leven.

Alleen haar geloof in de liefde had Pascal niet om zeep kunnen helpen. Je hoefde maar naar Walter en Alice te kijken, of naar Jackson en Kayla, om te weten dat liefde bestond. Wat ze door hem wél was kwijtgeraakt, was het geloof in zichzelf. Het geloof in haar eigen vermogen mensen op waarde te schatten, het vermogen te weten wanneer je iemand kon vertrouwen. De hartstocht had haar verblind. Haar beoordelingsvermogen nadelig beïnvloed. Dat zou haar niet nog een keer overkomen, hoe aantrekkelijk de man ook was.

Wensend dat ze het gesprek maar nooit hierop had laten komen, kwam Élise overeind. 'Wil je nog kaas?'

'Nee, dank je. Hoe voel je je nu? Niet duizelig meer?'

'Nee.' Alleen misselijk, maar dat werd ze altijd bij de gedachte aan Pascal. 'Het was een stressvolle dag. Bedankt dat je naar me wilde luisteren.'

'Lichaamsbeweging helpt goed tegen stress.' Ook Sean stond op. 'Ik zou een potje seks willen voorstellen, maar ik denk dat je daarop toch nee zult zeggen, dus zullen we in plaats daarvan een stukje gaan lopen?'

Enigszins van haar stuk gebracht door zijn opmerking over seks staarde Élise hem aan. 'Lopen?'

'Toch liever seks?' In de ogen waarmee hij haar aankeek, glinsterde zoveel humor, dat ze de spanning al een beetje voelde afnemen.

'Ik moet eigenlijk naar bed.'

'Je slaapt toch niet met al die adrenaline die nog door je lijf raast. Ik wil wel zien wat je met het botenhuis hebt gedaan. De laatste keer dat ik het zag, hing het aan elkaar van kapotte planken en spinnenwebben.'

'Nu? Het is donker.'

'Geen probleem, als jij mijn hand vasthoudt.'

Ze moest wel glimlachen nu. 'Oké.'

Waarom ook niet? Een beetje frisse boslucht zou de gedachten aan

Walter en aan haar verleden misschien uit haar hoofd kunnen bannen. Ze liep naar binnen om een dunne trui en een zaklamp te pakken. Gewoon een stukje lopen. Twee mensen die een luchtje gingen scheppen. Dat kon toch geen kwaad?

Hoofdstuk 3

Hij was van plan geweest haar te vertellen hoe het met zijn grootvader was, en vervolgens weer te vertrekken. Hij was niet van plan geweest te blijven en een hapje te eten, maar ze had er zo geschrokken uitgezien dat hij bang was geweest dat ze flauw zou vallen. Voordat hij zeker wist dat het weer goed met haar ging, had hij niet kunnen weggaan.

'Ik ben er klaar voor, maar ik moet je waarschuwen dat het nog niet af is, en dat je dus moet uitkijken waar je loopt.' Nadat ze de zaklamp had aangedaan, liep ze de treden af naar het pad, dat langs het meer en tussen de bomen door naar het botenhuis leidde. 'Aan het interieur wordt de komende dagen de laatste hand gelegd, maar de opening zal moeten worden uitgesteld vanwege het terras boven het water.'

Hij vroeg zich af waarom ze zich daarover zo druk maakte. 'Wat maken die paar dagen nu uit? We hebben het over een eetgelegenheid, niet over een zaak van leven of dood.'

Met een ruk draaide ze zich naar hem om, hem bijna verblindend met de lichtstraal uit de zaklamp. 'Voor Snow Crystal kan het wel degelijk leven of dood betekenen. Kan dat je dan helemaal niets schelen?'

Voordat hij tijdelijk werd verblind, zag hij nog net de woede in haar ogen schitteren. Dat verbaasde hem niets. Élise was nu eenmaal in alles emotioneel en gepassioneerd. De intensiteit van die passie had hij eenmaal mogen ervaren, die nacht dat ze de wederzijdse aantrekkingskracht tussen hen allebei niet langer hadden kunnen negeren.

'Snow Crystal is al vier generaties lang in mijn familie. Natuurlijk kan het me iets schelen.' Zijn gevoelens waren wel iets complexer dan die simpele opmerking deed vermoeden, maar dat ging niemand iets aan.

De lichtstraal zwaaide heen en weer. 'Maar wat wij hier doen is niet echt belangrijk?'

'Dat heb ik niet gezegd.'

'Het is pas belangrijk als er een mensenleven op het spel staat? Laat mij je dan iets vertellen, Sean O'Neil.' Ze liep op hem af, haar groene ogen de enige kleur in haar bleke gezicht. 'Dit hier lééft voor mij. En de mensen die hier wonen en werken zijn belangrijker voor mij dan wat dan ook. Als Snow Crystal het niet redt, heeft dat een enorme impact op het leven van die mensen. Misschien dat jij niet betrokken wilt worden bij wat hier zoal gebeurt, maar waag het niet te zeggen dat het er niet toe doet.'

Ze was woest. Razend. Onbeheerst. Ze was ook zonder het te merken overgestapt op het Frans.

Hij wist dat haar overtrokken reactie de weerslag was van de intense emoties van die dag. Dat zag hij in zijn werk ook voortdurend gebeuren. Het was volkomen logisch.

Wat níét logisch was, was dat hij haar wilde kussen. Hij wilde zijn vingers in haar haar begraven, zijn lippen op de hare drukken en haar kussen tot de woede in haar ogen zou veranderen in verzengende hartstocht. Hij wilde die hartstocht weer proeven, wilde die over zijn tong voelen glijden, en door zijn aderen.

Verontrust door die bijna onbedwingbare aandrang haar tegen zich aan te trekken, terwijl hij wist dat een romantische affaire wel het laatste was waarop hij zat te wachten, deed hij een stap achteruit. 'Ik heb nooit gezegd dat het er niet toe doet. Jij maakte je zorgen over de uitgestelde opening. Dat probeerde ik in het juiste perspectief te plaatsen.'

'Jouw perspectief verschilt nogal van het mijne.' Ze draaide zich om en liep weg, de lichtbundel van de zaklamp woest voor haar uit dansend op het pad.

Wachtend tot zijn ogen een beetje aan het donker waren gewend, ademde Sean de geur van de bomen en het water in, en onmiddellijk was hij terug in zijn jeugd. Hij was terug op een plek waar hij het gevoel kreeg te stikken. En om het allemaal nog een beetje ingewikkelder te maken, was hij hier nu met een vrouw bij wie hij alleen maar aan seks kon denken.

Een vrouw die ervandoor was gegaan met de zaklantaarn.

Op goed geluk ging hij achter haar aan, hartgrondig vloekend toen zijn voeten scherpe krakende takjes pletten en vervolgens wegzonken in iets zachts en ondefinieerbaars. 'Ik loop hier mijn goede schoenen te verpesten. Ik had naar opa moeten luisteren, en onmiddellijk naar Boston terug moeten rijden.'

Ze draaide zich om, hem nogmaals bijna verblindend met de lichtstraal. 'Waarom heb je dat dan niet gedaan?'

'Omdat ik een lange dag achter de rug heb.' En omdat hij na het zien van het bleke gezicht van zijn grootmoeder onmogelijk had kunnen vertrekken. 'Bovendien is het eten hier behoorlijk goed. Ik ben van plan een tijdje te blijven.'

'Mooi. Want wat Walter ook zegt, je familie heeft je nodig.' Ze zweeg even, haar schouders gespannen. 'Sorry dat ik zo tegen je tekeerging. Je had me kwaad gemaakt.'

'Dat had ik begrepen, ja. Maar je hebt me tenminste nog geen klap op mijn kop gegeven met die zaklamp. Denk je dat je die op mijn voeten kunt richten, zodat ik zíé waar ik in ben gaan staan?'

'Het is een bos! Hoe heb je je jeugd hier in vredesnaam overleefd?'

'Toen droeg ik geen dure schoenen.' Even overwoog hij ze ergens aan af te vegen, maar waarschijnlijk zou hij het daarmee alleen maar erger maken. 'Als kinderen speelden we hier vaak. Dan gaf mijn moeder ons een picknick mee, en speelden we piraatje op het meer, of we bouwden een hut in het bos. Ter camouflage smeerden we ons in met modder, en als opa ons kwam zoeken, verstopten we ons.'

Ze keek eens naar zijn pak. 'Ik kan me jou niet vies en onder de modder voorstellen.'

'Als je goed kijkt, kun je dat nu ook zien.' Weer vloekte hij, toen zijn voet weggleed. 'Dit zijn Italiaanse schoenen.' Hij gaf het op en keek omhoog, door takken en bladeren. 'Tyler is ooit uit deze boom gevallen. Hij kon nooit stilzitten. Hij zat te wiebelen, viel, en brak zijn arm. Dat was de eerste keer dat ik een bot zag. Hij krijste zich helemaal schor. Jackson was doodsbleek en rende rond als een kip zonder kop terwijl hij probeerde zich iets te herinneren van de EHBO-lessen die we ooit hadden gehad. En ik stond daar alleen maar te denken hoe geweldig het moest zijn te weten hoe je dat weer heel kon maken. De winter daarop brak Jackson zijn arm bij het snowboarden, en toen wist ik zeker dat ik dokter wilde worden. Ik was zeven.' Grijnzend keek hij haar aan. 'Uiteraard dacht ik daarmee ook veel vrouwen te kunnen versieren.'

Ze zond hem een donkere blik. 'Mij palm je niet in. Ik ben nog steeds boos op je.'

'Er is geen gerechtigheid in deze wereld.'

'Denk je echt dat vrouwen onder de indruk zijn van het feit dat je arts bent?'

Dat waren ze vaak wel, ja, maar dit leek hem niet het juiste moment dat te zeggen. 'Jij blijkbaar niet.'

'Misschien had je een indrukwekkender specialisatie moeten kiezen, zoals hersenchirurgie.'

'Ik kan me altijd nog laten omscholen. Denk je dat ik dan beter zou scoren?'

Haar vernietigende blik maakte wel duidelijk dat ze heel goed wist hoe goed hij scoorde. 'Als je vrouwen wilt aantrekken, zul je je verhaal toch iets anders moeten vertellen. Minder bot en meer heldendaden zouden al enorm helpen.'

'Jij wilt heldendaden?'

'Iedere vrouw wil heldendaden.'

'Echt? Ik had geen idee. Nog een wonder dat ik überhaupt ooit een vrouw in bed heb weten te krijgen. Je moet me een beetje helpen. Wat moet ik doen om indruk op jou te maken? Met een eland vechten? Een beer tegen de grond worstelen?'

'Zou je daarmee je pak niet verpesten?' Haar woede was nog maar een nasmeulend vuurtje, in plaats van hoog oplaaiende vlammen.

'Ik zou de beer kunnen vragen even te wachten tot ik mijn jasje aan een tak heb gehangen.' De geur van haar haar bezorgde hem een licht gevoel in zijn hoofd. Als er op dat moment een beer was opgedoken, had hij hem vast niet eens gezien.

'Je doet alsof je je zorgen maakt om je pak, maar je voelt je aardig thuis in het bos.'

Seans voet zakte weer weg in de modder en hij vloekte het hele bos bij elkaar. 'Geloof me, ik maak me echt zorgen om mijn pak. Dat heeft deze behandeling niet verdiend.'

'Het zal dus een intellectuele heldendaad moeten worden. Niets fysieks.'

'Ik heb helemaal niets tegen fysieke dingen.' Hij deed een stap dichterbij en zag dat zij achteruitdeinsde. 'Alleen trek ik daarvoor misschien eerst mijn kleren uit.'

Ze ging nog verder achteruit tot ze met haar rug tegen de boom stond. 'Flirt niet met me.'

'Waarom niet? Het is een perfecte manier onze zinnen een beetje te verzetten na een zware dag.' Hij zette een hand tegen de boom en keek glimlachend op haar neer, zich dwingend die mond niet te kussen. Nog niet.

Waarschijnlijk was ze al heel wat uurtjes op de been, maar toch zag ze er koel en elegant uit, een sjaal nonchalant om haar hals geknoopt. Haar stijl was ongedwongen en subtiel. Haar glanzende, donkere haar was in een strakke geometrische boblijn geknipt, die net haar kaken beroerde. Ze zag er fragiel en kwetsbaar uit, maar hij wist dat ze dat geen van beide was. Ze was sterk en fit, en hij kende niemand die werd gedreven door zoveel passie en energie als zij, behalve dan misschien zijn grootvader. En die passie en energie stopte ze in alles wat ze deed, van koken tot… Hij voelde zijn lichaam reageren.

Ze duwde tegen zijn borst. 'We zijn hier omdat jij het botenhuis wilde zien, weet je nog wel?'

'Ik geef toe dat ik je met snode bedoelingen hierheen heb gelokt.'

'Snode?'

Ze leek het woord te proeven, en hij moest moeite doen zich op een vertaling te concentreren. *'Maléfique?'*

'Verdorven. Natuurlijk.' Geërgerd fronste ze haar voorhoofd. 'Niet echt een woord dat ik op Snow Crystal vaak moet gebruiken.'

'Misschien moeten we daaraan iets doen.'

'Dat lijkt me niet.' Zichzelf weer helemaal onder controle hebbend, dook ze onder zijn arm door. 'Je wilde zien wat we met het botenhuis hebben gedaan, dus laten we gaan kijken. Ik ben er nogal enthousiast over. Het is de eerste keer dat ik helemaal vanaf het begin bij iets betrokken ben.'

Hij dwong zich te concentreren op haar woorden, en niet op de prachtige welvingen van haar lichaam. 'Ik heb je verteld waarom ik arts wilde worden. Nu is het jouw beurt. Heb je altijd kok willen worden?'

Plotseling besefte hij dat dit de eerste persoonlijke vraag was die hij haar ooit had gesteld.

'Vanaf mijn vierde. Ik was madeleines aan het maken met mijn moeder. Zij was *pâtissière*. Ze zette me op een krukje, zodat ik bij de tafel kon, en ik hielp haar met het beslag. Ik weet nóg hoe het voelde toen ze uit de oven kwamen, en ik wist dat ík dat had gemaakt. De geur verspreidde zich door ons kleine appartement. Net als de glimlach van mijn moeder toen ze ze proefde. Dat was wat ik wilde. Mensen laten glimlachen met mijn eten.' Haar eigen glimlach vervaagde even, en hij meende iets in haar gezicht te zien voordat ze zich omdraaide en de laatste stappen naar het botenhuis deed, de zaklamp meenemend.

Achter haar aan lopend over een tapijt van dennennaalden en takjes, vroeg hij zich af wat de rest van haar verhaal was. Want er was meer, daarvan was hij overtuigd.

Ze liep de paar treden naar het halfafgemaakte terras op. 'Kijk uit dat je nergens over struikelt. Er liggen zo hier en daar nog losse planken, en de balustrade is nog niet klaar. Voor je het weet, lig je in het water.'

'Dat zou niet de eerste keer zijn. Mijn schoenen zijn al verpest, dus dat pak kan er ook nog wel bij.' Hij keek om zich heen, verbaasd over wat hij zag. 'Het is al veel verder af dan ik dacht.'

'Dat maakt het alleen nog maar erger. We hadden de deadline bijna gehaald.'

'Vanwaar die obsessie voor deadlines? Is mijn broer zo'n strenge baas of zo? Moet ik hem voor je in elkaar rossen?'

Haar ogen glinsterden in het duister. 'Jackson is de beste baas die je maar kunt hebben. Geen slecht woord over hem, of ik word heel boos.'

'Hé, rustig maar. Jackson is een heilige,' verklaarde hij op zalvende toon. 'Dat heb ik altijd al gezegd.' Hij vroeg zich echter wel af waaraan zijn broer die onvoorwaardelijke loyaliteit van Élise had verdiend. Een volkomen onverwachte steek van jaloezie de kop indrukkend, liep hij naar de glazen wand om naar binnen te turen.

Het was vreemd het botenhuis helemaal opgeknapt te zien. Het was altijd zijn schuilplaats geweest, een plek waar hij ongestoord met zijn neus in de boeken kon zitten. Ook had hij er vaak met zijn broers gespeeld, op de oude planken vol splinters, en wanneer hun grootvader hen kwam zoeken, hadden ze zich snel verstopt. Er waren altijd wel klusjes geweest op Snow Crystal. Paden moesten geruimd, hout gehakt, bomen afgetapt. Een eindeloze lijst. Zijn grootvader was onvermoeibaar geweest als het om het onderhoud van het familiebezit ging.

Sean herinnerde zich dat zijn grootvader hem op zijn tiende verjaardag trots had verteld dat Snow Crystal ooit aan hem en zijn broers zou toebehoren. Het was een nalatenschap, had hij gezegd, iets wat bewaard en beschermd moest worden voor toekomstige generaties.

Zonder zijn grootvader aan te kijken was Sean verdergegaan met het schuren van de vloer, denkend aan de studieboeken in zijn tas. Hij had zijn grootvader willen vragen of 'nalatenschap' hetzelfde betekende als 'last'. Dat woord had hij zijn vader wel honderden keren horen gebruiken. Hij had hem horen zeggen dat hij gevangen zat in een leven dat hij niet wilde.

Sean had het ook niet gewild. Hij had ervan gedroomd chirurg te worden. In een groot, druk ziekenhuis, ver weg van het meer en de bossen van Snow Crystal.

Je had niet hoeven komen. Je had in Boston moeten blijven.

Met de echo van zijn grootvaders woorden nog in zijn oren liep Sean naar de rand van het stuk terras dat al af was. 'Ik ken dit alleen maar met grote kieren tussen de planken. Wat moet er, afgezien van het terras, eigenlijk nog gebeuren?'

'Wat laatste dingetjes.' Élise staarde door het glas naar de op dat moment nog lege ruimte. 'Het schilderwerk was gisteren klaar. De tafels en stoelen moeten nog worden afgeleverd, en ik moet nog wat sollicitaties afronden. Dat zou allemaal ruim op tijd voor het openingsfeest gebeurd moeten zijn.'

'En wanneer is dat?'

'Vandaag over een week. Ik weet dat Kayla je een uitnodiging heeft gestuurd.'

'Ik krijg zoveel e-mail.'

'Je was niet van plan te komen.' Het klonk verbijsterd, alsof ze niet kon begrijpen dat iemand die hier vandaan kwam, niet iedere vrije minuut hier wilde doorbrengen. Dat was hij wel gewend. Hij verwachtte ook niet dat ze het begreep.

'Ik moest nog kijken of ik kon.'

De stilte van de nacht werd slechts af en toe doorbroken door de roep van een uil, of door een zacht gespetter, wanneer een vogel over het wateroppervlak scheerde.

'Wat hij ook heeft gezegd, hoe hij zich ook gedroeg, ik weet zeker dat je grootvader blij en opgelucht was je te zien vanavond.'

Blij? Sean bukte om een steen op te rapen, zich afvragend hoe hij daarop moest reageren. Hij kon helemaal niets zeggen, of hij kon volkomen eerlijk zijn. Uiteindelijk koos hij iets daartussenin. 'Oma was blij dat ik er was.'

Als Élise al merkte dat hij iets verzweeg, zei ze daar niets van. 'Waar slaap je vanavond?'

Het verleden van zich af zettend, draaide hij zich naar haar om. 'Is dat een uitnodiging?'

'Nee. Logeer je bij je moeder?'

'Die heeft Jess al. Dat is makkelijker voor iedereen, in ieder geval zolang oma nog in het ziekenhuis is en Tyler voortdurend heen en weer gaat.' Hij keilde de steen zo over het water dat hij een paar keer opsprong, voor hij in het donker verdween. 'Ik neem de logeerkamer van Jackson wel.'

'De hele familie zal het een prettig idee vinden jou hier te hebben, ook al is het maar voor een paar dagen.'

'En wat vind jij daarvan?'

Ze keek hem aan. 'Natuurlijk vind ik dat ook een prettig idee. Het is een grote zorg als iemand van wie je houdt in het ziekenhuis belandt, en ik hou van Walter.'

'Dat bedoelde ik niet.' Vaak had hij het zich afgevraagd. Of ze er weleens aan dacht. Of ze aan hém dacht. Dat die nacht emotioneel geen enkele betekenis had gehad, wilde nog niet zeggen dat hij niet gedenkwaardig was geweest.

'Ik heb er geen probleem mee dat jij hier bent.' Haar stem klonk een beetje hees. 'Het is niet ongemakkelijk, als je dat bedoelt. Maar jij staat ongetwijfeld onder grote druk. Je moet zorgen dat je ook aan jezelf denkt.'

'Dat is een goede raad.' Een raad die hij onmiddellijk ter harte nam, door zijn hand achter haar hoofd te leggen en zijn mond op de hare te drukken in een harde, nietsontziende kus, die een rauwe begeerte ontketende. Een heel scala van emoties schoot door hem heen, maar de belangrijkste was verlangen. Dat verspreidde zich door zijn lijf, niet langzaam, maar als een woest om zich heen grijpend vuur. Hij duwde haar met haar rug tegen de balustrade, haar gevangenhoudend met zijn lichaam.

De vorige keer had zij het initiatief genomen.

Nu was het zijn beurt.

Hij voelde haar zachte rondingen door de dunne stof van zijn overhemd heen, voelde haar tong erotisch langs de zijne bewegen, en de vlammen in zijn binnenste laaiden gevaarlijk hoog op. Haar armen gleden om zijn nek, en hij hoorde haar een geluidje diep in haar keel maken, als een tevreden spinnend poesje. Tot helder denken was hij niet meer in staat.

Geen enkele andere vrouw had ooit zulke gevoelens bij hem losgemaakt. Geen enkele andere vrouw had ooit zo'n intense, wanhopige begeerte in hem naar boven gebracht, die iedere gedachte aan iets anders onmogelijk maakte. Misschien was dat omdat dit het enige was wat ze van hem wilde. Daarom kon hij zich er rustig aan overgeven.

Voelbaar opgewonden inmiddels, constateerde hij dat ze zijn overhemd uit zijn broek had getrokken om haar handen over zijn huid te laten glijden, in een gretig verlangen hem aan te raken. Dat verlangen was wederzijds. Zijn vingers waren al druk bezig haar knoopjes los te maken, zodat hij haar zachte huid kon beroeren, nog slechts gedeeltelijk bedekt door haar kanten beha.

Zijn lichaam hunkerde naar het hare. Het was een diepgewortelde, lichamelijke behoefte, die zijn verstand volledig uitschakelde.

Toen verstijfde ze plotseling. Ze legde haar handen tegen zijn borst, en haalde haar mond van de zijne.

Bij het voelen van de verandering in haar, bedwong hij de aanvechting haar weer tegen zich aan te trekken. 'Wat is er?'

'Dit moeten we niet doen. Het is een zware dag geweest. We zien het allemaal niet zo helder meer.'

'Ik zie het prima.' Nu trok hij haar toch weer tegen zich aan, zodat ze kon voelen dat hij dit net zo graag wilde als zij, maar ze maakte zich van hem los en begon haar blouse dicht te knopen.

'Je zit midden in een bijzonder stressvolle situatie.'

'En ik probeerde mijn stress te bestrijden met lichamelijk contact.'

'Seks moet geen emotionele beslissing zijn. Je bent moe. Je kunt nu beter naar het huis van Jackson gaan en zorgen dat je wat slaap krijgt.'

Hij vroeg zich af of het zin had haar te vertellen dat hij onmogelijk zou kunnen slapen. 'Prima,' zei hij echter. 'Maar geef dan tenminste toe dat die kus het beste moment van je dag was.'

'Dat was ook niet zo moeilijk. Het was een bijzonder slechte dag.'

Haar hand lag nog steeds tegen zijn borst, alsof ze er nog niet uit was of ze die daar moest laten liggen of hem terug moest trekken. Ze trok hem terug. 'Slaap lekker, Sean.'

'Wacht...' Hij pakte haar bij de arm. 'Ik loop met je mee terug naar je huisje.'

'Ik heb je bescherming niet nodig.'

'Maar ik de jouwe wel. Voor mijn pak, om precies te zijn. Jij bent degene met de zaklamp, jij mag voorop. Mocht het ergens een beetje zompig worden, dan ben jij de eerste die erin stapt.'

'Wat ben je ook een heer.'

Hij hoorde echter dat ze glimlachte. 'Je zei dat een man voor jou heldendaden moest verrichten. Ik was van plan tijdens de wandeling iets heldhaftigs te vinden om te doen.' Hij liet haar arm los, en regelde zijn pas naar de hare. 'Let goed op. Je kunt ieder moment een ruige, machoman van het woud in actie zien komen.'

'En die ruige, machoman van het woud kiest ervoor een pak te dragen?'

'Mijn lendendoek is gescheurd tijdens een gevecht met een beer.'

'Ik kan me jou niet in een lendendoek voorstellen.'

'Die van mij worden op maat gemaakt. Ik laat ze uit Milaan komen.'

Ze waren bij Heron Lodge aangekomen, en ze rende de treden naar de veranda op. 'Welterusten, Sean.'

'Red je het wel in je eentje vannacht? Weet je zeker dat je alleen wilt slapen?' Hij had geen idee waarom hij dat had gevraagd. Wat zou hij doen als ze nee zou zeggen? Het was niets voor hem de hele nacht bij een vrouw door te brengen.

'Ik slaap elke nacht alleen, Sean.' Met haar hand op de deurknop bleef ze nog even staan, terwijl ze er met een kalme, melancholieke ondertoon in haar stem aan toevoegde: 'En dat zal ook altijd zo blijven.'

Hoofdstuk 4

Élise was de volgende ochtend al weer vroeg op, na een onrustige nacht, beheerst door een nachtmerrie, waarin Jackson haar vertelde dat Snow Crystal was verkocht, en dat de schok Walters dood was geworden.

Nadat ze wat koud water in haar gezicht had geplensd, trok ze een korte broek, een hemdje, en haar sportschoenen aan, pakte haar waterfles en haar mp3-speler, en bleef even op de veranda staan om de geur van het meer in te ademen. Het spiegelgladde water weerkaatste een bijna perfect beeld van de bomen aan de oevers. De lucht was fris en zuiver. Een koel briesje streek over haar blote armen, haar definitief wakker schuddend, en haar droom verjagend.

Dit was haar favoriete tijd van de dag. In Parijs zou ze langs de oevers van de Seine hebben gerend, en door de Tuilerieën, voor het Louvre, begeleid door verkeersgeluiden en een kakofonie van claxons. Ze zou zich door hinderlijke hordes toeristen heen hebben moeten werken en uitlaatgassen hebben ingeademd, zongeblakerde bestrating onder haar voeten. Hier was de lucht die ze inademde schoon en fris, en de enige geluiden die ze hoorde, kwamen van het bos en het meer. Zelfs als het de hele dag regende, vond ze het hier nog geweldig.

Over het bospad rende ze naar het botenhuis, takjes krakend onder haar voeten, vogels zingend in de takken boven haar hoofd. Een eendenfamilie zwom traag langs de oever van het meer, in en uit het riet duikend.

Terwijl ze de treden naar het terras van het botenhuis op liep, ging haar blik onwillekeurig naar de balustrade, half-en-half verwachtend een schroeiplek te zien op de plaats waar Sean haar had gekust, maar het hout zag er glad en ongeschonden uit.

Het bos had hun geheim een jaar lang bewaard, en zo te zien zou dat ook nog wel even zo blijven.

Haar vriendinnen stonden al op haar te wachten. Brenna stond zich op te warmen, terwijl Kayla tegen een boom geleund haar mail stond door te nemen.

'Je bent laat,' zei ze, zonder op te kijken van haar telefoon. Angstaanjagend efficiënt als ze was, leefde ze met één oog op de klok. Op dit moment zat haar blonde haar in een paardenstaart, maar wanneer ze straks aan haar werkdag begon, zou het in een glanzend en perfect kapsel op haar schouders hangen.

Élise was er getuige van geweest hoeveel moeite Kayla had gedaan Snow Crystal meer naamsbekendheid te geven, en ze had het grootste respect voor haar. Het was niet alleen aan Jackson te danken dat het bedrijf nog bestond, en dat ze allemaal nog werk hadden.

'Nog nieuws over Walter?' Brenna boog zich voorover in een diepe stretch. Als verantwoordelijke voor het Outdoor Center en het sportprogramma was ze in een uitstekende conditie. Het was ook haar idee geweest iedere ochtend te gaan rennen, wat ze, sinds de sneeuw weer was gesmolten, ook hadden gedaan. Vandaag droeg ze een laag uitgesneden, fuchsiaroze mouwloos topje, en een heel kort zwart broekje.

Élise knipperde met haar ogen. 'Heeft Tyler je ooit daarin gezien?'

'Geen idee. Waarom zou dat hem iets kunnen schelen?'

Élise keek Kayla even aan, maar die haalde alleen maar haar schouders op en richtte haar aandacht weer op haar telefoon. Ze wisten allebei inmiddels dat ze beter niet over Brenna's gevoelens voor Tyler konden beginnen.

'Je kunt die telefoon maar beter wegdoen en je spieren gaan opwarmen, Kayla.' Brenna ging onverstoorbaar door met stretchen. 'Jij eindigt nog eens met een blessure.'

'Ik kom net bij Jackson uit bed gekropen. Ik ben door en door opgewarmd, dank je.' Toch begon ze een beetje halfslachtig op de plaats te bewegen, intussen haar laatste mailtjes afhandelend. 'Walter heeft trouwens een goede nacht gehad, volgens Sean. Die belde Jackson, net voordat ik wegging, vanuit het ziekenhuis. Moeten we echt gaan rennen vandaag? Kunnen we niet gewoon de nieuwe koffiemachine in het botenhuis gaan testen? Élise maakt geweldige koffie.'

'Nee.' Brenna legde haar handen achter haar hoofd en trok haar schouderbladen naar elkaar toe. 'Zonder mij zou je veranderen in een bankhanger.'

'Ik zou op dit moment maar wat graag een bankhanger zijn.' Kayla onderdrukte een geeuw. 'Ik heb veel te weinig geslapen vannacht.'

'Bedankt dat je het er nog even inwrijft dat jij de enige van ons drieën bent met een seksleven.'

'Dat ik moe ben, komt niet door mijn seksleven. Dat komt door Sean, die om drie uur 's ochtends door het huis liep te stampen om naar het ziekenhuis te gaan. Hij heeft vannacht bij ons geslapen. Waarom kunnen mannen nooit een beetje zachtjes doen? Ik dacht dat er een eland door de woonkamer liep.'

'Hij is een meter negentig. Al die oermannelijke spierbundels wegen natuurlijk wel wat.' Brenna gaf Kayla een knipoog. 'Niet dat ik daarvan iets afweet, ik heb zijn gewicht nooit boven op me gevoeld.'

'Jackson zei tegen hem dat logés volgens de huisregels niet naakt mochten rondlopen.' Met een snelle glimlach keek Kayla op van haar telefoon. 'Toen heb ik nog gezegd dat dat niet míjn huisregel was.'

'Aan die regel zou ik ook niet hechten. En Élise ook niet, denk ik.' Brenna knoopte haar veters nog wat steviger vast, en wierp Élise een plagerige blik toe. 'Nu Sean weer thuis is, krijgt jouw seksleven misschien wel weer een impuls.'

Élise was verzonken in somber gepeins over het feest dat ze moest afzeggen. 'Waarom zou mijn seksleven een impuls krijgen?'

'Sean en jij waren afgelopen zomer behoorlijk close.'

Élise begon te wensen dat ze hen geen deelgenoot had gemaakt van wat er destijds was gebeurd. 'Dat was één nacht. En wie dat aan Jackson vertelt, vermoord ik.'

'Waarom maar één nacht?'

'Omdat ik zin had in seks, en Sean ook.' En ze zou nooit, maar dan ook nooit het risico nemen verder te gaan dan één nacht. 'Hebben jullie nooit seks gehad omdat een man gewoon heel lekker is en je aan het lachen maakt?'

'Nee. Ik ben nooit goed geweest in dat onenight-gedoe.' Brenna maakte een paardenstaart van haar donkere haar. 'Zo ongeveer iedereen die ik tegenkom, kent me al vanaf de kleuterschool. Als ik een onenightstand heb met iemand, is de kans groot dat ik hem de volgende dag bij het boodschappen doen weer tegen het lijf loop. Dat zou ik niet overleven.'

'Waarom zou je dat niet overleven?' Élise was oprecht nieuwsgierig.

'Waarom zou het erg zijn als je hem weer tegen het lijf liep?'

'Dat zou echt ongelooflijk gênant zijn.'

'Als jullie dat allebei wilden, waarom zou het dan gênant zijn? Je zegt gewoon *bonjour* en je glimlacht, of je glimlacht niet, als de seks erg beroerd was. Dan doe je wat koeler, zodat ze niet gaan denken dat je nog een keer wilt.'

Verbijsterd keek Brenna haar aan. 'Zijn alle Fransen zoals jij?'

'*Je ne sais pas.* Dat vroeg Kayla gisteren ook al. Ik ken niet alle Fransen, ik ken er maar een paar. Maar ik begrijp niet waarom seks tussen twee mensen die dat allebei willen iets is om je ongemakkelijk over te voelen. Laat staan iets wat je niet zou overleven.'

'Jij voelt je dus niet ongemakkelijk bij Sean? Helemaal niet? Niet dat je naar hem kijkt en denkt: shit, had ik dat maar nooit gedaan?'

'Nee, het enige wat ik denk wanneer ik naar hem kijk, is: Élise, die vent is echt een superlekker ding, je hebt een uitstekende smaak wat mannen betreft. De seks was fantastisch, en waarom zou ik ooit spijt krijgen van fantastische seks?'

'Waarom dan niet nog een keer?'

'Mijn regel is: niet meer dan één nacht.'

'Ik had ooit als regel nooit een relatie te beginnen met iemand van mijn werk.' Kayla verstuurde nog een mailtje. 'Moet je nu eens kijken.'

'Dat telt niet.' Brenna draaide haar waterflesje open. 'Technisch gezien werkte je niet voor Jackson.'

'Hij was een klant,' verklaarde Kayla droog. 'Dat is waarschijnlijk nog erger. Jammer dat Brett me niet gewoon gelijk heeft ontslagen wegens flagrant wangedrag. Dat zou heel wat heen en weer gereis tussen New York en Snow Crystal hebben gescheeld.'

'Je had toch eerder kunnen opstappen?'

'Ja, maar we zaten midden in een aantal projecten, en ik ben te trots op mijn werk om dat allemaal zomaar in de steek te laten.'

'Je bedoelt dat je een controlfreak bent.'
'Dat ook.' Kayla haalde haar schouders op. 'Hé, ik geef het onmiddellijk toe. En over controlfreaks gesproken, ik wil graag jouw plannen voor het winterprogramma hebben, Bren, zodat ik die in de promotie kan betrekken.'
'Prima. Nu Sean er is, ga ik hem strikken om me te helpen bij het ontwikkelen van een conditie- en krachttrainingsprogramma voor de winter. Hij is een expert op het gebied van sportgeneeskunde. Ik dacht dat we de gasten een kort programma zouden kunnen aanbieden, plus advies over hoe je skiblessures kunt voorkomen. Sean heeft een uitstekende reputatie. Hij is zowel skiër als chirurg, waardoor hij hier alom wordt gerespecteerd.'
'Dan zou ik maar snel zijn.' Kayla stak haar telefoon eindelijk in haar zak. 'Erg lang zal hij waarschijnlijk wel niet blijven.'
'Misschien blijft hij wel omdat Élise hier is,' opperde Brenna.
'Het principe van een onenightstand is dat het bij één nacht blijft.' Waarom wilden ze dat nu maar niet begrijpen? 'Duidelijker kan ik het niet maken. De enige reden waarom ik zou willen dat hij blijft, is Walter.'
Maar Walter had hem weggestuurd. Waarom? Uit trots? Maakte hij zich zorgen om Seans baan? Om de stress?
'Klinkt niet erg romantisch, één nacht. Wil je nooit verliefd worden en trouwen? Wat nou?' Brenna spreidde haar armen toen ze haar allebei aanstaarden. 'Oké, ik geef toe dat ik een beetje ouderwets ben. Ik geloof in relaties, en in lang-en-gelukkig, en misschien is het niet erg cool om te zeggen, maar ooit wil ik dat ook. Alles erop en eraan. Ik weet dat er ergens een man voor mij is. Ik moet hier alleen lang genoeg weg kunnen om hem te vinden.'
Élise dacht dat de juiste man voor Brenna weleens dichterbij zou kunnen zijn dan ze zich realiseerde.
Kayla keek haar even aan maar haalde toen haar schouders op, duidelijk van mening dat het geen enkele zin had een onderwerp aan te snijden waarover Brenna het niet wenste te hebben.
'Laat toch, Bren. Vind je Élise nu echt een huisje-boompje-beestje-type?'

Élise deed de dopjes van haar koptelefoon in haar oren. 'Laten we gaan.'

Ze hadden geen idee. Ooit had ze al die dingen ook gewild. Ze had gedroomd van een gezin, en van liefde zoals tussen Walter en Alice. Een liefde die tientallen jaren zou duren en die het noodweer zou kunnen weerstaan dat het leven af en toe over hen uitstortte. Daarvan had ze gedroomd, en van nog veel meer, totdat ze erachter was gekomen dat dromen gevaarlijk konden zijn, en dat liefde de gevaarlijkste emotie was die er bestond. Een emotie die iemand te gronde kon richten. Die niets van hem overliet.

Ze rende hard en snel, de lichaamsbeweging gebruikend om haar hoofd leeg te maken. Ze haalde zelfs Brenna in en was als eerste bij het botenhuis terug. Nadat ze de glazen wand had opengedaan om licht en frisse lucht binnen te laten, ging er een golf van opwinding door haar heen bij de aanblik van het vers geschilderde interieur en de vloer. Ingelijste foto's van Snow Crystal in verschillende jaargetijden hingen aan de muren. Ze had alles zelf uitgekozen, van de stoelen tot het servies, en ze was dolblij met het resultaat.

Het zou een succes worden. Dat wist ze gewoon.

Het restaurant van Snow Crystal, de Inn, was perfect voor een chic etentje, wanneer je bijvoorbeeld iets te vieren had: een verjaardag, een jubileum, of gewoon de vakantie. Niet iedereen kon zich dat echter veroorloven, of wilde dat ook. Soms wilden mensen alleen met hun familie ontspannen van een lekkere maaltijd genieten, met uitzicht op het water. Een verse, eenvoudige maaltijd, die een niet al te grote aanslag deed op het vakantiebudget.

Élise was al maanden met gerechten aan het experimenteren. In het Boathouse zou met verse ingrediënten van het seizoen worden gewerkt, en het eten zou ofwel op het zonovergoten terras worden geserveerd, ofwel binnen met de zomerregen kletterend op het dak. Ze had ook erg haar best gedaan op een gevarieerd, aantrekkelijk en gezond kindermenu. Iedereen zou wel iets van zijn gading kunnen vinden.

Over alles had ze de supervisie gehouden, van de inrichting van de keuken tot de subtiele buitenverlichting, die de avond voor stelletjes zo nodig een romantisch tintje kon geven.

Haar ontbijt aan het water moest een van de hoogtepunten worden, met zowel Amerikaanse *pancakes* als Franse crêpes, geserveerd met hun eigen ahornsiroop. Ze had haar eigen muesli samengesteld, die ze wilde opdienen met verse bosbessen en compote van fruit uit hun eigen boomgaard. Ze had zelfs overwogen haar eigen Snow Crystal-appelsap te maken.

Wie wat later opstond, kon kiezen uit een heleboel soorten koffie, en versgebakken taart. Het menu voor de lunch en het diner was bistro-achtig, met eten van de grill. Informeel, maar wel van topkwaliteit. Alles wat ze gebruikte kwam van plaatselijke leveranciers, en iedere week ging zc wel bij een paar boeren langs om zo een goede relatie op te bouwen met de plaatselijke landbouwsector. Seizoengebonden en duurzaam waren de termen die ze erin hamerde bij de mensen die voor haar werkten.

Alles was volmaakt, behalve dan dat ze niet op tijd zouden opengaan.

Brenna rende voorbij, zonder te stoppen. 'Tot later.'

Twee minuten later kwam Kayla aan, naar adem snakkend. 'Jullie vermoorden me nog eens. Als ik niet dood neerval onderweg naar huis, zal ik je die lijst mailen, en kunnen we beginnen met mensen afbellen voor het feest.'

Met die ontmoedigende gedachte bleef Élise alleen achter, en zelfs de koffie uit haar nieuwe koffiemachine kon haar niet opvrolijken. Ze maalde verse bonen, drukte de koffie aan en regelde de doorlooptijd, een inmiddels al vertrouwde routine, maar het gevoel Jackson in de steek te hebben gelaten verdween daarmee niet uit haar hoofd. Net zomin als de gedachte aan Sean.

Het was maar goed dat haar vriendinnen de vorige dag niet hadden besloten 's avonds laat nog een stuk te gaan rennen, anders hadden ze misschien wel iets meer gezien dan alleen een overvliegende uil. Iets waarachter ze ongetwijfeld veel te veel zouden hebben gezocht, zoals zoveel mensen zouden doen. Voor de meeste mensen was een kus nooit zomaar een kus, maar altijd de inleiding tot iets méér.

Voor haar niet.

Voor haar nooit.

Gekoesterd door de zon en genietend van de geur van verse koffie die uit haar kopje opsteeg, begon ze een beetje te ontspannen. Ze zou die telefoontjes gaan plegen. Het kon maar gebeurd zijn. Zo'n probleem was het nu ook weer niet.

Daarvan had ze zichzelf bijna overtuigd, toen ze haar hoofd draaide en Sean op haar half afgemaakte terras zag staan.

Een volle minuut lang had hij naar haar staan kijken, omgeven door de vredige rust van de vroege ochtend, de geur van meer en bos opsnuivend, vermengd met het verleidelijke aroma van versgemalen koffie.

Aangezien hij haar de vorige avond zo had laten schrikken, was hij van plan geweest zijn aanwezigheid onmiddellijk kenbaar te maken. Hij was echter nogal afgeleid geweest, eerst door de aanblik van die lange benen in dat korte broekje en vervolgens doordat hij het project dat hij de vorige avond in het donker had gezien, nu pas goed zag.

Nu het lag te baden in het zonlicht was pas goed duidelijk hoeveel werk er was verzet. Het duurde even voor hij in dit schitterend gerenoveerde bouwwerk het vervallen botenhuis herkende dat vroeger zijn toevluchtsoord was geweest.

Voordat hij iets had kunnen zeggen, had ze zich al omgedraaid, een beweging waarbij haar zacht meedeinende haar langs haar kaak streek. 'Ga je er een gewoonte van maken zonder waarschuwing achter me op te duiken?'

'Sorry. Ik stond me af te vragen waar al die splinterende planken en spinnen waren gebleven.' Zich van het verleden weer naar het heden verplaatsend, keek hij naar het kopje in haar hand. 'Je hoeft zeker niet meer te oefenen met die mooie machine van je?'

'Nee, maar als je een kop koffie wilt, kan ik die wel voor je maken. Zorgen Jackson en Kayla niet goed voor je?'

'Ik kon alleen maar oploskoffie vinden. Sowieso zou een beetje aanvulling door jou daar geen kwaad kunnen.' Sean liep over de planken van het terras die er al lagen, intussen bekijkend wat er nog gedaan moest worden. 'Doe je dat elke ochtend, hardlopen?'

'Ja. Met Brenna en Kayla. Die ben je net misgelopen. We doen een rondje om het meer.' Ze pakte nog een kopje. 'Espresso? Ik heb hier nog geen melk. Je zult het zwart moeten drinken.'
'Zwart is prima. Een dubbele graag. Zo ziet het er dus bij daglicht uit.'
'Als het goed is, komen de tafels vandaag. Afgezien daarvan is alles binnen zo ongeveer af.'
'Die koffiemachine ziet eruit alsof hij zelfstandig naar de maan en terug kan vliegen.' Verchroomd metaal en een heleboel hendels glansden je tegemoet vanachter een toonbank die, zodra ze geopend waren, ongetwijfeld allerlei heerlijkheden zou bevatten. 'Lijkt me nogal ingewikkeld.'
'Zegt de man die gecompliceerde breuken opereert?'
'Dat is vaak gewoon een soort legpuzzel. Er zit een bepaald patroon in.' Hij keek naar de koffie die in het kopje liep, waarbij het prikkelende aroma zich vermengde met de geur van verse lak en verf. Het oude botenhuis leek in niets meer op de plek waar hij zich in zijn jeugd zo graag had verstopt. De groezelige, wegrottende muren waar het daglicht doorheen kwam, waren er niet meer. In plaats daarvan zag hij frisse crèmekleurige verf en glanzende vloerdelen. Je oog werd niet langer getrokken naar de bomen die door de gaten in het hout zichtbaar waren, maar naar de grote foto's van de meren en de bergen rondom Crystal Lake die aan de muren hingen. Waar ooit spinnenwebben van de vloer tot aan het plafond hadden gezeten, stonden nu frisse planten. Het was stijlvol en gezellig tegelijkertijd.
Er was niets op aan te merken, en hij was beslist niet sentimenteel, dus dat gevoel iets van vroeger te zijn kwijtgeraakt, sloeg nergens op. 'Dat heb je goed gedaan. Dit had ik nooit kunnen verzinnen.'
'Toen ik eraan begon, leek het een goed idee. Nu weet ik dat niet zo zeker meer. Kayla en ik zullen zo'n honderdtwintig mensen moeten gaan bellen om te vertellen dat het feest niet doorgaat.'
'Dat terras kan echt onmogelijk op tijd klaar zijn?'
'Alleen als er 's nachts kaboutertjes langskomen. Ik ben zo kwaad op mezelf dat ik geen noodplan heb ingebouwd.' Ze gaf hem zijn koffie, pakte haar eigen kopje en liep ermee naar buiten. De ochtendzon

verwarmde de planken van het stuk terras dat wél af was. 'Ik bof dat Jackson te netjes is om me uit te kafferen.'

'Misschien dat hij helemaal geen reden ziet jou uit te kafferen.' Hij liep achter haar aan. 'Volgens mij ben je zelf al kwaad genoeg, daar heb je helemaal niemand anders voor nodig. Ben je altijd zo streng voor jezelf?'

'Ik hou er niet van mensen in de steek te laten. Ik ben onderdeel van het team hier,' verklaarde ze op felle toon. 'Dit feest is belangrijk. We hebben mensen uitgenodigd van de toeristenbureaus, van lokale bedrijven... Kayla heeft zelfs journalisten uit New York geregeld. En ik heb er een zootje van gemaakt.'

'Ik zie niet in wat jij hieraan had kunnen doen. Soms gebeuren dingen gewoon. Het leven overkomt je. Geloof me, ik kan het weten. Ik ben voortdurend bezig de troep op te ruimen die het leven achterlaat, meestal op momenten dat mensen daarop het minst bedacht zijn.'

'Ik had meer tijd moeten nemen. Ik wilde het Boathouse echter snel open hebben, zodat we optimaal van de zomermaanden konden profiteren. Ik wilde zo veel mogelijk winst maken en goede publiciteit krijgen, maar nu zullen we alleen maar een inefficiënte indruk maken.'

Haar loyaliteit en toewijding jegens een plek die verbonden was aan een groep mensen van wie ze geen familie was, bleef hem verbazen. 'Geef jij je voor alles altijd helemaal?'

'Natuurlijk. Mijn passie is mijn grootste kracht.' Ze nam een slokje koffie, haalde haar schouders op. 'En mijn grootste zwakheid.'

Hij herinnerde zich hoe die passie onder zijn handen en zijn mond had aangevoeld. 'Ik beschouw het niet als een zwakheid.'

Een ogenblik lang keken ze elkaar aan, en hij wist dat ze aan hetzelfde dachten.

Toen wendde ze zich af. 'Dit is mijn favoriete tijd van de dag, voordat ik de stress weer moet trotseren. Wanneer ik die mist boven het meer zie, is dit echt de mooiste plek op aarde, vind je ook niet?'

Dat vond hij niet, nee, maar hij had lang geleden al geleerd dat hij dat soort gevoelens beter voor zichzelf kon houden. Dus hulde hij zich in stilzwijgen.

'Sean?'
Heel even was hij vergeten dat zij er ook nog was. 'In ieder geval een plek vol herinneringen.' Hij draaide zich om, om te kijken wat er nog aan het terras moest gebeuren, maar in plaats van planken zag hij zijn grootvader die kromgebogen met hout, zaag en spijkers in de weer was, Jackson naast hem geknield om maar niets van dat alles te missen.

Het was zijn grootvader geweest die hun alles over het bos, het meer, en de dieren die daar leefden, had geleerd. Zijn liefde voor Snow Crystal was intens en onvoorwaardelijk. Hij was geboren op O'Neilland en het was zijn wens daar ook te sterven. Sean herinnerde zich nog dat zijn grootvader hem, toen hij vijf was, in het bos een keer de jaarringen had laten zien van een boom die tijdens een nachtelijke storm was geknakt. Hij herinnerde zich ook dat hij zich toen had afgevraagd of zijn grootvader er vanbinnen ook zo uitzag, met een ring voor ieder jaar dat hij op Snow Crystal had doorgebracht. Walter O'Neil hield zoveel van zijn land, dat hij niet kon begrijpen dat anderen die toewijding niet deelden. Dat sommige mensen behoefte hadden aan méér dan frisse lucht, een schitterende omgeving en een familie die zo hecht was dat het soms voelde alsof je in een verstikkende lawine was beland.

Sean had zich er opgesloten gevoeld, nauwelijks in staat adem te halen. Gesmoord door verwachtingen.

Élise slaakte een zucht. 'Zo rustgevend, hè? Zo ongelooflijk mooi. Dat mis je vast wanneer je in de stad bent.'

Missen? Hij dwong zich naar het water te kijken en te zien wat zij zag. Deze keer zag hij, in plaats van zijn grootvader, bomen die naar de hemel reikten, hun weerspiegeling in het gladde oppervlak van het meer glashelder. Hij zag het licht van vroege zonnestralen over het water dansen en glinsteren, en hij realiseerde zich dat hij Snow Crystal op een bepaald moment in zijn leven als een last was gaan zien, in plaats van als een plek.

Hoe vaak nam hij de tijd even stil te blijven staan om de schoonheid om hem heen te bewonderen? Zijn dagen waren een aaneenschakeling van taken en verplichtingen. Hij leidde een leven waarin amper tijd was om adem te halen, laat staan om je over te geven aan bespiegelingen. Zijn baan draaide om hard en snel werken en zorgen dat dingen werden afgehandeld. Stilstaan was er niet bij.

'Het wordt een mooie dag.' Iets beters om nog enigszins aan haar verwachtingen te voldoen kon hij niet bedenken.

'Dit is een van mijn lievelingsplekken.' Élise liep naar de rand van het terras, over de delen die nog niet af waren heen stappend. 'De eerste ochtend dat ik hier was, kwam ik hier tijdens het hardlopen terecht, en ik begreep niet dat dit niet gelijk met de andere gebouwen was aangepakt.'

'Snow Crystal heeft altijd vol half ingestorte gebouwen gestaan, alleen nog op te knappen met heel veel liefde.' En die liefde had hij nooit gevoeld. Alleen de druk. Hij was niet zoals Jackson, die een oude, bouwvallige schuur had omgetoverd tot een stijlvol huis. Jackson was ook degene geweest die de potentie had gezien van houten huisjes in het bos, waar gezinnen van het buitenleven konden genieten. Sean repareerde liever botten dan gebouwen. Als het van hem had afgehangen, zou alles ernstig in verval zijn geraakt.

'Het was gewoon dé plek voor een eetgelegenheid. Het gebouw stond er al en er moest iets mee gebeuren, uit veiligheidsoverwegingen.' Ze draaide zich om, naar het Boathouse kijkend met ogen die glommen van trots.

Sean dacht aan het gat in het dak, waardoor het licht naar binnen was gevallen waarbij hij had kunnen lezen. Wetenschap was voor hem net zo spannend geweest als een steile helling voor Tyler. Terwijl zijn broer de meest halsbrekende toeren in de sneeuw verrichtte, had Sean zich overgegeven aan zijn fascinatie voor de ontwikkeling van de heelkunde in prehistorische culturen. Hij had gelezen over het Papyrus Edwin Smith, de oudst bekende medische tekst, waaruit bleek dat de Egyptenaren al vakkennis hadden gehad over traumatisch letsel. Gretig had hij alles verslonden wat hij kon vinden over de geschiedenis van de chirurgie. Hij las over de Grieks-Romeinse arts Galenus, las het werk van Ambroise Paré, een Franse barbier-chirurgijn, en bestudeerde de bijdrage van Joseph Lister aan het terugdringen van het aantal infecties tijdens een operatie.

Dat je met chirurgie levens kon veranderen en zelfs redden, gaf hem een kick die het rustige leventje op Snow Crystal hem niet kon bieden. Op zijn zevende wist hij al dat hij orthopedisch chirurg wilde worden. Dat was een allesverterende ambitie diep vanbinnen, en op dat moment wist hij dat hij niet hier wilde sterven met van die ringen die zouden aangeven hoeveel jaar hij op dezelfde plaats had doorgebracht met dezelfde dingen. Hij wilde niet zijn hele leven lekkende daken repareren en paden onderhouden, die toeristen dan weer konden vertrappen. Hij wilde botten heel maken en mensen helpen weer te lopen. Dat was pas cool.

'We hebben als kind heel wat tijd op dit meer doorgebracht.'

'Jackson vertelde over die keer dat jullie met z'n allen een boot hadden laten zinken.'

'Dat was Tyler. Hij was degene die de boot tot zinken bracht. Die hadden we gebouwd van stukken hout die we overal vandaan hadden gehaald. Hij was niet wat je noemt compleet waterdicht. Tyler moest natuurlijk weer gaan staan en de boot aan het schommelen brengen. Jackson schreeuwde nog dat hij moest gaan zitten, maar Tyler deed nooit wat hem werd gezegd. Dat rotding zonk naar de bodem van het meer, en we haalden allemaal een nat pak.'

Er dansten lichtjes in haar ogen. 'Het moet heel bijzonder zijn geweest hier op te groeien.'

Bijzonder? 'Toen zag het er nog wel heel anders uit.' Hij leunde tegen de balustrade, alles weer helemaal voor zich ziend. 'Dit was echt een bouwval. Perfect om piraatje te spelen. En om spinnen te vangen, die we naar mijn moeder brachten.'

'Arme Elizabeth. Nog een wonder dat ze niet gek is geworden.'

'Mijn moeder heeft geen problemen met spinnen. Dat hebben we haar wel geleerd.' Kijkend naar het Boathouse, zag hij dat de ligging daarvan inderdaad volmaakt was. Het door de zon beschenen houten bouwwerk aan de oever van het meer ging zo in het omringende bos op, dat er kans was dat je het, als je snel keek, niet eens zag. Het was echt schitterend gerestaureerd, in stijl met het originele botenhuis, al was daar nog amper iets van over. Maar de grootste aantrekkingskracht werd uitgeoefend door het royale terras dat het botenhuis bijna helemaal omringde en waarop heerlijk buiten kon worden gegeten. Het terras dat nog niet af was.

Hij liet zich op zijn hurken zakken en streek met zijn hand over de planken, de structuur met zijn vingers betastend, terwijl hij het water onder de planken zacht hoorde klotsen. 'Hij gebruikt scheepskwaliteit hout. Ziet er goed uit. Zach is duidelijk beter geworden sinds de tijd dat we jouw huisje bouwden.'

'Hebben jullie Heron Lodge gebouwd? Dat wist ik niet.'

'Met zijn vijven, met af en toe wat bemoeienis van opa.' Niet van zijn vader. Die was vertrokken voor een van zijn vele tripjes, en toen hij terugkwam, was de klus al geklaard. Sean fronste zijn voorhoofd, zich afvragend waarom juist die herinnering nu naar voren kwam.

'Jullie drie en Zach, dat is vier. Wie was de vijfde?'

'Brenna.' Sean kwam weer overeind, iedere gedachte aan zijn vader onderdrukkend. 'Ze deed zo ongeveer alles wat wij ook deden. Ze was, denk ik, zoiets als het kleine zusje dat we niet hadden. Ze klom in dezelfde bomen als wij, schaafde haar knieën open, net als wij, en skiede overal vanaf waar wij ook vanaf skieden. Tyler en zij waren onafscheidelijk. Ze waren zo close, dat het onmogelijk was de een tegen te komen zonder de ander.'

Het was wel ironisch dat de enige relatie waarvoor geen opofferingen of compromissen nodig zouden zijn geweest, nooit van de grond was gekomen. Tyler en Brenna deelden hun liefde voor Snow Crystal en het land daaromheen. Ze waren allebei sportief en hielden van het buitenleven. Ze hadden allebei hier een leven opgebouwd te midden van de bossen en de meren.

Er was een tijd geweest dat ze allemaal hadden gedacht dat het vanzelf wel tot een relatie zou komen, maar toen was Janet Carpenter ten tonele verschenen en was alles veranderd.

En nu woonde Jess bij Tyler, wat zijn leven nog ingrijpender had veranderd dan zijn kapotte knie. Met een dochter van dertien in huis kon hij niet langer het feestbeest uithangen. Dat moest haast wel het ultieme compromis uit liefde zijn.

'Moet ik me zorgen gaan maken, nu ik weet dat jullie Heron Lodge met z'n allen hebben gebouwd?' Élise nam haar laatste slokje koffie.

'Moet ik bang zijn dat het hele huis, als ik 's nachts in bed lig, om me heen zal instorten?'

'Het is een degelijk bouwwerk. Tyler heeft dat de eerste avond getest, door in de slaapkamer te gaan voetballen. We moesten een ruit vervangen, maar de rest heeft het overleefd.'

Glimlachend pakte ze zijn lege kopje van hem aan. 'Dank.'

Hevig afgeleid door het piepkleine kuiltje dat bij haar mondhoek was verschenen, vroeg hij: 'Waarvoor?'

'Dat je me hebt opgevrolijkt. En nu moet ik naar huis, douchen, en dan die telefoontjes gaan plegen om het feest af te zeggen. Langer uitstellen kan echt niet meer. *Mon Dieu...*' Ze haalde haar vingers door haar haar, haar glimlach én het kuiltje verdwenen. 'Ik blijf maar hopen op een wonder.'

'Waarom kun je het niet gewoon verzetten?'

'Nog afgezien van het feit dat we annuleringskosten zullen moeten betalen voor de band, die we ons niet kunnen veroorloven, staat deze datum al maanden vast. Mijn fout.' Ze liet haar schouders hangen en zag er uitermate verslagen uit.

Zijn auto stond vlakbij. De sleutels zaten in zijn zak. Hij was nooit van plan geweest langer op Snow Crystal te blijven dan nodig was. Zijn grootvader had maar al te duidelijk gemaakt dat zijn aanwezigheid hier niet gewenst was. Hij had de resultaten van de onderzoeken zelf bekeken en gezien dat het de goede kant op ging. Zijn broers leken alles onder controle te hebben. Er was niets wat hem hier nog hield.

Niets, behalve zijn geweten en de uitdrukking op het gezicht van Élise.

Hij probeerde in beweging te komen, maar zijn voeten leken aan het terras vastgelijmd. Aan het deel dat af was, dan. Het andere deel leek hem beschuldigend aan te kijken.

'Hoe is het met Walter?' Élise streek haar haar achter haar oor, zichtbaar haar best doend opgewekt te blijven. 'Vannacht nog iets veranderd?'

'Het gaat goed met hem.'

Uit alle macht probeerde hij het idee dat zich in zijn hoofd begon te vormen, de kop in te drukken. Néé.

'Dus jij gaat terug naar Boston?'
Hij deed zijn mond open om tegen haar precies hetzelfde te zeggen als hij tegen Jackson had gezegd. Dat zijn werk zich opstapelde, en dat er patiënten op hem wachtten. Dat hij het per dag moest bekijken. Dat deze plek hem aan zijn vader deed denken. En dat hij geen moment langer zou blijven dan nodig was, dacht hij erachteraan.

'Ik maak het terras wel voor je af.' Hij kon amper geloven dat hij dat had gezegd, en het was wel duidelijk dat dat ook voor haar gold, aangezien ze hem stond aan te staren alsof ze de betekenis van ieder woord probeerde te doorgronden.

'Jij maakt het terras af? Hoe dan? Je bent chirurg, geen timmerman.'

'Ik ben goed met mijn handen.'

Een warme blos steeg naar haar wangen. 'Speel je nu een spelletje met me of is dit een serieus aanbod?'

'Het is een serieus aanbod.' Hij keek naar haar mond, in de hoop dat het kuiltje weer zou verschijnen. 'Ze zullen van mij nooit kunnen zeggen dat ik een vrouw in nood laat stikken. Ik heb een vrij weekend. Dat is voor jou, als je wilt.'

'Wat hangt daar voor prijskaartje aan?'

'Daarover hebben we het later nog wel. Ik neem aan dat dat een ja is? Dat je wilt dat ik het doe?'

Haar argwaan maakte plaats voor vreugde. 'Ja, natuurlijk. Ja!' Ze stortte zich op hem in een omhelzing die bijna zowel zijn adem, als zijn bloedtoevoer afsneed. 'Dank je. O, dank je wel. Ik zal nooit meer tegen je uitvallen, zelfs niet als je zegt dat Snow Crystal niet belangrijk is.'

Haar geur omhulde hem, bezorgde hem een duizelig gevoel. Haar haar voelde zacht en zijdeachtig tegen zijn kaak. 'Ik heb nooit gezegd dat het niet belangrijk is. Alleen dat je geen zenuwinzinking hoeft te krijgen omdat het Boathouse niet op tijd opengaat.'

'Dankzij jou nu dus wel. Hoe doe je dat met kleren?' Ze liet hem los. 'Je kunt moeilijk in een pak aan het werk gaan.'

'Ik heb nog een spijkerbroek in de auto liggen, en de rest leen ik wel van Jackson.'

'*Vraiment?* Meen je dat?' Een ogenblik lang staarde ze hem aan, alsof ze het nog steeds niet kon geloven. Toen begonnen haar ogen verdacht te glanzen. 'Je bent mijn held.'

Gewend als hij was als de slechterik te worden gezien, voelde Sean zich niet helemaal op zijn gemak. 'Élise –'

'Zachs gereedschap ligt binnen, achter slot en grendel.' Ze glimlachte, en daar was het kuiltje bij haar mondhoek weer. 'Ik zal je laten zien waar. Daarna moet ik echt even gaan douchen en Kayla bellen om haar te vertellen dat ze het feest niet hoeft af te zeggen. Wat zal ze blij zijn. En Jackson ook. Het is echt ongelooflijk aardig van je.'

Sean rukte zijn blik en zijn gedachten los van Élises lippen. Waarom hij dit precies deed, wist hij niet, maar dat de wens aardig te zijn geen rol had gespeeld in zijn besluitvorming wist hij vrij zeker. 'Het is een kleine moeite.'

Hoofdstuk 5

Vierentwintig uur later stond Élise op het terras van het Boathouse Café, zich afvragend waarom het geen moment bij haar was opgekomen dat het accepteren van Seans aanbod betekende dat hij hier, voor haar neus, zou komen werken. Waarom was ze zo impulsief? Waarom dacht ze nooit goed over iets na?

Na haar dagelijkse rondje om het meer had ze de ochtend in het restaurant doorgebracht, de lunchshift gedraaid, menu's doorgenomen met haar team. Ze had met twee nieuwe leveranciers gepraat, en met een mogelijke nieuwe keukenhulp. Dat ze daardoor nog niet bij het Boathouse in de buurt was geweest was toeval, hield ze zich voor, meer niet. Dat had alles met haar werk te maken en niets met Sean, die aan het terras bezig was. En diezelfde drukke werkzaamheden waren er de reden van dat ze niet had gereageerd op de sms'jes van haar nieuwe souschef, Poppy.

Hallo baas, het uitzicht vanuit het Boathouse is vandaag beter dan ooit.

En vijf minuten later: **Het is hier bloedjeheet.**

En nu was ze dus zelf in het Boathouse, en kon ze het met eigen ogen zien. Je ergens ander op concentreren was bijna onmogelijk.

'Wat is dat toch met mannen die gereedschap gebruiken?' Grijnzend liep Poppy naar de keuken, een stapel dozen balancerend in haar armen. 'Als ik naar hem kijk, wil ik alleen nog maar door hem aan het terras worden vastgespijkerd. Hij ziet er echt absurd goed uit. Ik lunch vandaag buiten, hoor, chef.'

Élise knarsetandde. 'Is alles aangekomen?'

'Eén stoel was beschadigd, maar die wordt vervangen. O, help, hij trekt zijn shirt uit. Hoe komt een man die in een ziekenhuis werkt aan zulke spieren?' Poppy liet bijna de dozen uit haar handen vallen. 'Sorry, maar je moet echt even kijken.'

'Ik heb helemaal geen tijd om te kijken. We moeten nog zoveel doen voor het feest volgend weekend. Poppy...' Merkend dat ze Poppy's aandacht weer dreigde kwijt te raken, voegde ze er op scherpere toon aan toe: 'Blijf een beetje bij de les.'

'Ja, chef. Sorry.' Met enige moeite verplaatste Poppy haar blik van het terras naar Élise. 'Ik ga dit uitpakken. Onmiddellijk.'

'Mooi.' Lichtelijk geërgerd keek ze Poppy na, die onderweg naar de keuken nog minstens twee keer tegen een tafel aan liep omdat ze toch nog een stiekeme blik op Sean wierp.

Met haar tanden op elkaar geklemd haalde Élise een kan verse citroenlimonade uit de koelkast, pakte een glas en liep daarmee naar buiten, om met eigen ogen te zien waarover Poppy zo'n drukte maakte.

Sean deed iets met een plank. Iets waarbij hij zijn ontblote bovenlijf in volle glorie toonde.

Een blik over haar schouder leerde haar dat het voltallige vrouwelijke personeel zich in de deuropening had verzameld. Zodra ze zagen dat zij naar hen keek, gingen ze snel, maar met een grote grijns, weer aan het werk.

'Sean!' Harder dan nodig was, zette Élise de kan op de tafel naast hem.

Hij keek op, en liet zich op zijn hielen zakken, een lome, zelfverzekerde glimlach op zijn gezicht. 'Is dat voor mij? Je bent een reddende engel.' Hij legde de plank neer, kwam overeind, en pakte het glas van haar aan.

Ze keek toe, terwijl hij dronk. Zweet glinsterde op zijn voorhoofd, en op zijn brede schouders. Onmiddellijk moest ze weer denken aan die nacht in het bos. Zij had hem de kleren van het lijf gerukt, en hij de hare.

Bij de gedachte daaraan alleen al kreeg ze het nog warmer dan ze het al had. Weer klemde ze haar tanden op elkaar. 'Je moet je shirt weer aantrekken.'

Hij trok zijn wenkbrauwen op, liet het glas langzaam weer zakken. 'Sorry?'

'Je shirt. Dat moet je weer aantrekken.'

Blauwe ogen keken recht in de hare.

De temperatuur in haar binnenste liep nog verder op. Haar ingewanden begonnen te smelten.

'Mag ik ook weten waarom?'

Bij het horen van zijn zachte stem wilde ze maar dat ze haar personeel gewoon verder tegen tafels had laten lopen. Wat waren een paar blauwe plekken in vergelijking met de uitwerking die Sean van zo dichtbij op haar had? 'Je leidt mijn personeel af,' zei ze echter.

Hij wierp een blik over zijn schouder. 'Volgens mij is iedereen hard aan het werk.'

'Nu wel, ja. Maar twee minuten geleden stonden ze allemaal nog naar jou te staren. Ze kunnen zich niet op hun werk concentreren, zolang jij hier halfnaakt bezig bent.'

'Het is warm, en ik doe lichamelijk werk.' Hij dronk het glas leeg, haalde een hand over zijn mond.

'Daarom heb ik je ook iets kouds te drinken gebracht. Klaar?' Alles aan hem was fysiek. Seksueel.

'Hoezo? Heb jij ook concentratieproblemen?'

'Nee.' Waarom had ze Poppy niet naar buiten gestuurd met die limonade? 'Het zal me worst wezen, al zou je volledig naakt over mijn terras buitelen, maar ik zit met een deadline en afgeleid personeel kan ik niet gebruiken. Ik hoor het wel, wanneer je nog iets nodig hebt.' Ze pakte het glas uit zijn hand, en wilde alweer weglopen, toen zijn vingers zich om haar pols sloten en hij haar naar zich toe trok.

Aangezien ze daarop niet berekend was geweest, verloor ze haar evenwicht en viel tegen hem aan. Terwijl ze met haar vrije hand steun zocht tegen zijn borst, ontmoette haar blik de zijne, en onmiddellijk verdronk ze bijna in een flits van intens blauwe, verzengende hitte en rauw verlangen.

'Sean –'

'Ik moest het toch laten horen, wanneer ik nog iets nodig had?'

'Ik bedoelde niet…' Ze kon niet normaal meer ademhalen. De aantrekkingskracht tussen hen was zo verbijsterend sterk dat ze er volledig van ondersteboven was. 'Je hebt beloofd het terras af te maken.'

'Dat verdomde terras krijg je ook,' zei hij op ruwe toon. 'Jij moet er ook aan denken, hè?'

'Waaraan?'
'Dat weet je maar al te goed.' Zijn ogen bleven rusten op haar mond. 'Aan afgelopen zomer. Aan ons.'
'Voortdurend.' 'Zelden.'
Hij glimlachte. 'Tuurlijk.'
'Arrogantie is niet aantrekkelijk.'
'Koppigheid ook niet. Moet ik je geheugen nog even opfrissen? Weet je nog wie het als eerste niet meer hield?'
Haar hart ging als een razende tekeer. 'Ik had alles onder controle.'
'Lieve schat, de helft van het shirt dat ik toen aanhad, moet daar nog ergens in het bos liggen. Dat hebben we nooit meer gevonden. Misschien moeten we de spanning de volgende keer niet zo hoog laten oplopen.'
'Er loopt helemaal niets op. Zo'n beslissing neem ik met mijn hoofd, niet met mijn hormonen.'
'Echt?' Zijn blik ging weer naar haar mond. 'In dat geval had je hoofd nogal haast mij naakt te zien.'
'Toen ik de beslissing eenmaal had genomen, had ik geen zin daar nog lang omheen te draaien.'
'Een beslissing die ik alleen maar kon toejuichen. Dat zou ik nu weer doen.'
De hitte was intens. Verstikkend.
Om haar heen waren mensen voor haar aan het werk, die nu vast probeerden te liplezen en die waarschijnlijk zo hun eigen conclusies trokken uit het feit dat hun baas wel heel dicht tegen de gevaarlijk aantrekkelijke Sean O'Neil aan stond.
'Meer dan één nacht met dezelfde vrouw, Sean? Dat is toch helemaal niets voor jou? Je zou er als een haas vandoor moeten gaan.'
'Normaal gesproken zou ik dat ook doen, ja.' Een sensuele, sexy glimlach verscheen om zijn mond. 'Maar jij wilt net zo min een relatie als ik, wat jou de perfecte vrouw voor mij maakt.'
Die woorden wisten de betovering in één klap te verbreken, iets waartoe haar wilskracht niet in staat was geweest. 'Ik ben niemands perfecte vrouw, Sean.'
Ze was niet wie hij dacht dat ze was. Ze was ernstig beschadigd en

had geheimen die zelfs Jackson niet kende. Stukje bij beetje had ze zichzelf weer bij elkaar geraapt en dat beschermde ze nu met de grootst mogelijke zorg.

Zich maar al te bewust van de ongetwijfeld speculerende blikken van haar medewerkers, trok ze haar pols los. 'Doe dat shirt weer aan. Dan valt er in ieder geval iets van je lijf te rukken, mocht ik ooit besluiten dat weer te willen.'

Twee dagen later reed Sean Walter van het ziekenhuis naar huis.

Zijn grootvader klampte zich vast aan zijn stoel en staarde recht voor zich uit. 'Deze auto hoort thuis op een racecircuit.'

Sean reed heel beschaafd, de Porsche zo voorzichtig de bochten door sturend dat zijn grootvader niet eens op zijn stoel verschoof. De auto bromde als een tamme leeuw. 'Een volmaakt staaltje techniek. Als je hierin rijdt, heb je nooit een slechte dag.'

Zijn grootvader maakte een grommend geluidje. 'Je had ook een Corvette kunnen kopen.'

'Ik wilde geen Corvette.'

'Er zitten niet eens bekerhouders in.'

Sean probeerde zich voor te stellen wat er met een beker koffie zou gebeuren, wanneer hij lekker sportief optrok en de bochten door scheurde. 'Hij reageert echter wel super scherp op het gaspedaal. Je kunt niet in deze auto rijden, en níét glimlachen. Mocht je het ooit een keer willen proberen, dan hoef je dat maar te zeggen.'

'Als ik dood wil, ga ik wel midden op de weg staan.'

Sean nam gas terug toen hij rechtsaf sloeg, langs het bord van Snow Crystal, en naar het huis reed.

Achter het keukenraam waren de gezichten te zien van iedereen die zich daar had verzameld om Walter te verwelkomen.

'Waarom is iedereen in de keuken?' Met een bleek gezicht en trillende handen probeerde zijn grootvader zijn gordel los te maken. 'Moeten ze niet aan het werk?'

'Ze wilden je thuiskomst vieren. Élise en mama hebben eten gemaakt. Wacht, dan help ik je uit de auto.'

'Ik ben niet gehandicapt of zo. Ik kan zelf wel uit een auto stappen.'

Toen zijn grootvader in de deuropening even wankelde, pakte Sean hem bij de arm. 'Kom, dan gaan we naar binnen, en kun je weer gaan zitten.'

Zijn grootvader schudde zijn hand van zich af. 'Ik hoef niet te zitten en ik kan heel goed lopen. En ik heb ook geen dokter nodig, dus jij kunt terug naar de stad.'

Sean hield zich in. Hij wist niet of hij blij moest zijn dat zijn grootvader in bepaalde opzichten tenminste weer helemaal de oude was, of geïrriteerd omdat hij zich kwaad maakte, hoewel hij zich had voorgenomen dat niet te doen.

'Walter O'Neil, zo praat je niet tegen je kleinzoon.' Zijn grootmoeder stond al naast hen om zijn grootvader met zachte hand naar zijn stoel aan het hoofd van de tafel te leiden, terwijl Maple, de dwergpoedel van Jackson, opgewonden op en neer sprong. 'Hij is geen taxichauffeur, en hij gaat helemaal nergens heen, tot jij weer gezond genoeg bent om alleen te worden gelaten.'

'Gezond genoeg om alleen te worden gelaten? Natuurlijk ben ik dat. Zie ik eruit alsof ik een oppas nodig heb?' Walters dreigende blik was bijna angstaanjagend. 'Ik ben toch uit het ziekenhuis, of niet soms? We weten allemaal dat mijn kleinzoon het vreselijk vindt meer dan tien minuten uit de stad weg te zijn, dus wat mij betreft kan hij nu weer vertrekken, terug naar alle drukte die hij niet kan missen.'

Ze waren amper vijf minuten binnen, en het ging al mis, dacht Sean. Hij zag de bezorgde blik van zijn moeder, toen ze twee gebraden kippen op tafel zette.

'Hoe voel je je, Walter?'

'Prima,' snauwde Walter. 'Dus ik heb geen mensen nodig die constant om me heen hangen.'

'Ik vind het een prettig idee Sean hier te hebben. Hij is helemaal hierheen gereden om bij jou te zijn en hij gaat niet weg voordat het goed met je gaat.'

'Het gaat nu al goed met me.' De hand waarmee Walter de tafelrand omklemde, trilde echter licht. 'Kunnen jullie ophouden met naar me te kijken alsof ik ieder moment dood kan neervallen? En wat heb ik trouwens aan Sean? Hij is orthopedisch chirurg. Ik heb mijn been toch niet gebroken?'

Tyler rolde met zijn ogen en sloeg ze ten hemel, terwijl Élise kalm een schaal aardappelsalade naast de kip zette. 'Fijn dat je weer thuis bent, Walter.'

Nu zag Walter haar eindelijk ook, maar in plaats van een glimlach verscheen er alleen maar een nog diepere frons op zijn gezicht. 'Jij hier ook al? Je zou in het restaurant bezig moeten zijn, niet hier in de keuken drukte lopen maken om mij. En wat gebeurt er in het Boathouse, terwijl jij hier bent? Dit is dus de reden waarom Snow Crystal in de problemen zit. Niemand doet zijn werk als ik er niet ben om een oogje in het zeil te houden. Zonder mij zou het hier binnen de kortste keren een puinhoop worden.'

Sean, die zich steeds meer begon te ergeren, wilde Élise al te hulp schieten, toen zij een hand op de schouder van zijn grootvader legde met een kalmerend, sussend gebaar. Als ze al van streek was door zijn woorden, liet ze dat in ieder geval niet merken.

'We hebben je hier inderdaad hard nodig. We hebben je gemist.'

Jackson sneed de kip in stukken. 'Zodra je je weer wat beter voelt, zal ik je vertellen wat er allemaal is gebeurd, maar de eerste paar dagen moet je het rustig aan doen.' Hij had op kalme toon gesproken en zijn grootmoeder zond hem een dankbare blik.

'Zo is dat. Morgen blijf je in bed, Walter O'Neil,' verklaarde Alice op vastberaden toon, haar breiwerk oppakkend. 'En ik duld geen tegenspraak.'

'In bed?' Walters gezicht verstrakte en zijn ogen glinsterden strijdbaar.

Maple zocht jankend een heenkomen onder de tafel.

'Ik blijf morgen echt niet in bed. Denk je dat ik niet weet hoeveel er nog te doen is? De zomer is een drukke tijd. Het zit hier nu barstensvol toeristen.'

'Dat is dan wel weer verbazingwekkend als je bedenkt dat niemand zijn werk doet wanneer jij er niet bent,' merkte Tyler op, wat hem een felle blik van zijn grootvader opleverde.

'We hebben niet genoeg personeel om het ons te kunnen veroorloven met een man minder te werken. Ik ga niet in bed liggen, dus begin daar ook niet meer over. Om negen uur sta ik op het terras, om Élise te helpen. En dan wil ik nu graag een biertje.'

Alice tuitte haar lippen. 'Je krijgt geen bier. En iedereen kan het hier prima een paar dagen zonder jou redden.'

'Het leven is er om geleefd te worden.' Walter sloeg met zijn vuist op tafel. 'Wat heb ik eraan weer thuis te zijn, als ik niet eens in mijn eigen keuken van een biertje mag genieten?'

Zich zorgen makend om wat al deze opwinding met de bloeddruk van zijn grootvader zou doen, bracht Sean het gesprek handig op de renovatie van het botenhuis. Het duurde niet lang voor de hele familie om de tafel zat te praten en te eten.

Zijn halve jeugd had hij in deze keuken doorgebracht, ruziemakend met zijn broers, eten meepikkend onderweg naar spannender oorden. Het was altijd al dé plaats geweest om elkaar te ontmoeten, te discussiëren en te eten. Het enige wat nu anders was, was dat zijn vader ontbrak.

Terwijl Sean daar met zijn emoties zat te worstelen, realiseerde hij zich plotseling dat zijn grootvader opvallend stil was. Het eten op zijn bord had hij nauwelijks aangeraakt en hij lachte niet met de anderen mee. Ongerust vroeg hij zich af of ze hem te snel uit het ziekenhuis hadden ontslagen. Waren al die mensen misschien ook nog te vermoeiend voor hem?

Had hij maar een poging gedaan dit tegen te houden. Alhoewel, de familie O'Neil ervan weerhouden er tijdens een crisis voor elkaar te zijn, was net zoiets als proberen een lawine te stoppen met een schep.

Dat hij tijdens het eten twee keer door het ziekenhuis werd gebeld, hielp ook niet. Telkens wanneer hij zich excuseerde, leverde dat hem een afkeurende blik van zijn grootvader op.

'Kunnen we zelfs niet één keer ongestoord eten, met jou erbij? Als je wat meer tijd hier zou doorbrengen, zou je ook niet aan je broers hoeven vragen wat er allemaal is gebeurd. Kan dat ziekenhuis niet even zonder jou?'

'Er waren nog een paar dingen blijven liggen.' Dat was een understatement. 'Die probeer ik nu af te ronden.'

Zijn grootvader gromde: 'Als jij zo belangrijk bent, kun je misschien beter teruggaan zodat ze je niet steeds hoeven te bellen. Je denkt toch alleen maar aan je werk.'

Sean begon tot tien te tellen. Hij moest echter doorgaan tot twintig, voordat hij zich in staat voelde rustig te reageren. Hij had echt heel veel mensen om een gunst moeten vragen om nog een paar dagen op Snow Crystal te kunnen blijven, maar misschien had hij zich die moeite beter kunnen sparen, aangezien zijn aanwezigheid duidelijk niet gewenst was. 'Er was een noodgeval.'

'Ga dan. We redden het hier altijd al zonder jou. Dat zal vandaag ook wel lukken.'

Bij het zien van de bezorgde blik van zijn moeder slikte Sean de woorden die al op zijn lippen hadden gelegen, weer in. De rit van het ziekenhuis naar huis met Walter had bijna een halfuur geduurd. Dat had een goede gelegenheid kunnen zijn om de lucht tussen hen te klaren, om te praten over wat er op de dag van de begrafenis was gebeurd. In plaats daarvan was de spanning tussen hen alleen maar groter geworden. Aangezien Sean zijn grootvader niet van streek wilde maken op een moment dat hij juist zo kalm mogelijk moest blijven, had hij besloten niet over het onderwerp van hun onenigheid te beginnen.

'Gezellig dat je er weer bent, opa.' Tyler viste een kippenpoot van de schaal. 'Moet dit het gemeste kalf voorstellen? Dat heeft dan wel een heel aparte vorm.'

'Walter O'Neil, bied onmiddellijk je excuses aan.' Alice keek haar man dreigend aan. 'Sean gaat helemaal nergens heen. Hij blijft hier, zodat ik 's nachts tenminste nog een oog dichtdoe. En het wordt tijd dat je leert wanneer je iets moet zeggen, en wanneer je je mond moet houden. Anders zorg ik er persoonlijk voor dat je weer in dat ziekenhuis belandt, en dan zal er wel degelijk iets gebroken zijn.'

Sean besloot dat er niemand intimiderender was dan zijn grootmoeder als die zich kwaad maakte.

Blijkbaar dacht zijn grootvader daar hetzelfde over, want hij krabbelde een beetje terug. 'Ik zeg alleen maar dat ik me prima zonder hem kan redden, meer niet.'

'Dat je thuis bent, heb je te danken aan Sean.' Alice legde haar breiwerk met een klap op tafel. 'Die dokters hebben je laten gaan omdat ze weten dat hij hier is. Hij is arts, en een goeie ook. Als je hem wegstuurt, ga je linea recta dat ziekenhuisbed weer in, en deze keer blijf ik niet naast je zitten.'

'Hij wil hier helemaal niet zijn.'

'En door wie komt dat?' verdedigde zijn grootmoeder Sean onmiddellijk. 'Het leven draait om mensen, niet om waar je woont, maar het enige waaraan jij kunt denken is Snow Crystal. Dat duw je mensen door de strot, tot ze er zo ongeveer in stikken. Het is een thuis, geen werkkamp, en het wordt tijd dat je dat eens gaat inzien. Soms willen mensen in hun leven méér dan alleen maar een enorme berg verantwoordelijkheden en verplichtingen.'

In Seans jeugd had het hier vaak genoeg geknetterd, maar hij had zijn grootmoeder dit nog nooit zo expliciet horen uitspreken. Voor het eerst vroeg hij zich af of zij had geweten hoe ongelukkig zijn vader hier was geweest. Wist ze ook van die ruzie op de begrafenis? Hij boog zich naar haar toe om zijn hand op de hare te leggen, zich zorgen makend over haar uitbarsting. 'Oma –'

'Maak je over mij maar niet ongerust.' Alice snoof en gaf Seans hand een kneepje. 'Je bent een slimme jongen. Altijd geweest. Je hebt jarenlang met je neus in de boeken gezeten, dus dan is het alleen maar goed dat niet te verspillen. En ik ben trots op je. Heel trots. Je grootvader ook, al is hij te koppig om dat hardop te zeggen.'

Nee, dat was hij niet. Over de tafel heen staarde Sean in een paar ogen die net zo blauw waren als de zijne, en hij voelde zich weer precies hetzelfde als toen hij zes was en zijn grootvader hem had betrapt met een boek in plaats van met een zaag.

Walter O'Neil kon zich niet voorstellen waarom iemand een leven zou willen, waarin Snow Crystal geen rol speelde. Hij kon niet begrijpen dat iemand die hier was geboren en getogen iets méér zou willen. Iets anders.

Ondanks de pogingen van zijn grootmoeder de lucht te klaren, bleef de sfeer nogal gespannen, en het voelde dan ook als een opluchting toen Alice verklaarde dat ze moe was en Walter gehoorzaam aanbood met haar mee naar huis te gaan. Aangezien Kayla het korte stukje reed en zijn moeder en Jess meegingen om wat dingen op te ruimen en te regelen, bleven de drie broers alleen achter.

'Shit, hé.' Tyler zakte onderuit op zijn stoel en deed zijn ogen dicht. 'Dat was echt lekker ontspannen. Ik was even vergeten hoe dol ik op familiebijeenkomsten ben. Als ik groot ben, wil ik zes kinderen en honderd kleinkinderen, bij voorkeur allemaal met een verschillende mening, die ze allemaal tegelijkertijd uiten. Kan me niks leukers voorstellen.'

Seans telefoon liet weer van zich horen en toen hij er een gefrustreerde blik op wierp, zag hij Veronica's naam. Dat kon hij er echt niet meer bij hebben. Hij sloot zijn ogen. Niet nu.

'Is dat het ziekenhuis weer? Neem toch op, o, almachtige.' Tyler pakte zijn biertje. 'Genees de zieken, en let maar niet op ons. Wij vinden dat hele God-complex van jou geen enkel probleem, toch Jackson?'

'We wachten netjes op onze beurt terwijl jij voor de gewonden zorgt.' Hoewel Jackson op luchtige toon had gesproken, ontging de bezorgde blik in zijn ogen Sean niet, en hij wist dat zijn broer zich zorgen maakte om zijn grootvader.

'Het is niet het ziekenhuis. Het is een vrouw.' En hij had op dat moment absoluut geen puf met die vrouw te praten. Hij moest besluiten wat nu het beste was om te doen. Het zou voor zijn grootmoeder het beste zijn als hij bleef, maar zijn grootvader wilde hem hier niet.

Tyler grijnsde. 'Beetje lekkere chick?'

'Een lichaam als Venus.'

'Neem die verdomde telefoon dan op of geef hem aan mij, dan doe ik het.'

'Ze denkt dat ze mij een minder grote workaholic kan maken. De laatste keer dat we elkaar spraken, zei ze dat ze van me hield.'

Tyler krabbelde terug. 'Bij nader inzien kun je je telefoon misschien beter uitzetten.'

'Ze is verliefd op je?' Jackson nam nog een stukje kip. 'Ik dacht dat je daarvoor nooit lang genoeg met een vrouw omging. Hoe vaak ben je met haar uit geweest?'

'Twee keer.' Sean legde zijn telefoon op tafel. 'Dat bleek dus één keer te veel te zijn geweest.'
Tyler kwam niet meer bij van het lachen. 'Twee keer, en ze wil je kinderen al baren? Waar vind je die vrouwen?'
'Die stonden vroeger voor hem in de rij,' verklaarde Jackson op wrevelige toon. 'En allemaal kwamen ze bij mij uithuilen, zich wanhopig afvragend waarom hij hun liefde niet beantwoordde.
Tyler nam nog een slok bier. 'Ik had me niet gerealiseerd dat je seks hebt moeten afslaan om hier te kunnen zijn. Geen wonder dat je niet te genieten bent.'
Knarsetandend zette Sean zijn telefoon uit. 'Ik ben helemaal niet niet te genieten.'
'Je staat op het punt link te worden. Ik herken de signalen.' Tyler onderdrukte een geeuw. 'In plaats van te ontploffen blijf je doorsudderen, als iets wat te lang op het vuur staat. Dat had je vroeger ook al.'
Jackson stond op, begon borden op elkaar te stapelen. 'Hoor eens, even over opa –'
'Laat maar. Hij wil me hier niet. We zijn uitgepraat.' Sean schoof zijn bord van zich af, zonder dat hij iets had gegeten. 'Ik maak het terras morgenochtend af en zorg dat ik morgenavond weer in Boston ben. Dan is iedereen tevreden.'
Hij ook.
Wat had hij nu eigenlijk verwacht? Dat zijn grootvader plotseling zou accepteren wie hij was en wat hij wilde? Dat ze samen hekken zouden repareren en vervolgens gezellig samen wat zouden drinken? Zo simpel was het leven nu eenmaal niet, of wel soms?
Tyler kantelde zijn stoel achterover, op twee poten, en legde zijn voeten op tafel. 'Je gaat er dus weer vandoor?'
'Daar ziet het wel naar uit.' In zijn binnenste kneep iets samen. 'Ik ben het zwarte schaap. Dat ene dat ontsnapt is.'
'Niet voor lang. Niemand kan definitief aan deze plek ontsnappen. Er loopt hier verdomme een hele kúdde zwarte schapen rond, kauwend op hun gras. Maar neem gerust de benen morgen. Dan krijg ik een hoop poen van Jackson.'

'Hadden jullie erom gewed?' Ondanks de emoties die door hem heen raasden, moest Sean glimlachen. 'Om hoeveel?'

'Het was in ieder geval de moeite waard om jou een beetje te stangen, maar dat deed opa gelukkig al voor me. Ik hoefde alleen maar toe te kijken en af te wachten.'

Hij zou bijna alsnog blijven, om zijn broer te pesten. Bijna. 'Dan denk ik dat je inderdaad binnenloopt, ja.'

'Mama zou zich een stuk prettiger voelen als je bleef.' Jackson zette de resten van de kip in de koelkast. 'En oma ook.'

'Je hebt gezien hoe hij reageerde. Alleen al bij de gedachte dat ik zou blijven, schoot zijn bloeddruk omhoog. De bedoeling is dat hij ontspant en herstelt, niet dat hij zich opwindt. Ik breng het slechtste in hem naar boven. Bovendien is je koelkast leeg.' Hij wilde het niet langer over zijn relatie met Walter hebben. Daar hield hij een bittere nasmaak aan over en het gevoel gefaald te hebben.

'Dankzij jou is mijn kledingkast ook leeg.' Jackson deed de koelkast dicht, hem met gefronst voorhoofd aankijkend. 'Is dat overhemd niet van mij? Kayla heeft het voor me gekocht.'

'Vandaar dat ik het leuk vind. Ze heeft een goede smaak.'

'Daarom wil ik het ook terug.' Jackson gaf een trap tegen Tylers benen. 'Misschien dat die gespierde dijen van je het goed doen bij de dames, maar ik hoef ze niet op mijn tafel.'

Tyler vloekte toen hij even zijn evenwicht verloor en het bier over hem heen klotste. 'Wat ga jij ineens moeilijk doen. Dat komt zeker ook door Kayla.'

'Je zou gerust wat vaker de handen uit de mouwen mogen steken in het huishouden. Je voedt een tienerdochter op. Wat geef je die zo voor voorbeeld?'

'Ik ben een supercoole vader. En de makkelijkste manier om de tafel af te ruimen is alles op te eten.' Tyler schepte de rest van de aardappelsalade op zijn bord, terwijl Sean overeind kwam.

'Ik heb behoefte aan een beetje frisse lucht.'

Tyler zwaaide met zijn vork. 'Waarom ga je niet gewoon hier ter plekke even helemaal door het lint? Dat doet de rest van de familie ook. Gooi het eruit. Let maar niet op ons.'

Sean keek eens naar zijn broers. Zij kenden niet het hele verhaal. Ze wisten niet hoe ongelukkig hun vader was geweest. Ze wisten niets van de gapende kloof die zich tussen hem en zijn grootvader had gevormd.

Aangezien hij het gevoel had dat zijn hoofd bijna uit elkaar barstte, liep hij naar de deur, en pakte zijn jasje. 'Voordat ik morgen vertrek, maak ik het terras af.'

'Nou, nou, wat zijn we lichtgeraakt.' Tyler prikte een aardappel aan zijn vork. 'Je mag me betalen wanneer je maar wilt, Jackson. Contant is prima.'

Hoofdstuk 6

Sean ademde de frisse avondlucht in terwijl hij zijn best deed om de woede eruit te lopen. Woede die nergens op sloeg. Had hij nu echt verwacht dat alles ineens anders zou zijn, alleen omdat zijn grootvader ziek was, en hij alles uit zijn handen had laten vallen om zo snel mogelijk bij hem te zijn? Had hij serieus gerekend op een emotionele hereniging, dankbaarheid, en een stap in de richting van wederzijds begrip?

Nee, maar hij had er wel op gehoopt.

Hij wilde de kloof dichten. Zijn grootvader wilde dat hij wegging.

Niet dat Sean niet weg wílde. Alles hier deed hem verdomme veel te veel aan zijn vader denken. Hij liep over het pad naar het meer, een holle pijn diep vanbinnen, en ging rechtsaf, naar het botenhuis.

De ondergaande zon toverde donkergouden glinsteringen op het kalme wateroppervlak. Ergens in het duister klonk de roep van een uil, een maar al te vertrouwd geluid uit zijn jeugd.

Een plotselinge golf van emotie greep hem bij de keel. Hoeveel uren had hij hier niet doorgebracht? Hoeveel feitenkennis had hij hier niet opgedaan, luisterend naar het rustgevende geluid van de blauwvleugelnachtegaal die ergens in de hem omringende bomen zat. Er was geen betere plek geweest om over Galileo te lezen, dan hier, kijkend naar de sterren.

Sean boog zich voorover om te kijken wat er nog aan het terras moest gebeuren. Als hij zo vroeg mogelijk begon, zou hij tegen lunchtijd klaar zijn. Op die manier zou hij zijn belofte aan Élise inlossen, Jackson helpen, en toch vertrekken zijn voordat zijn grootvader weer opdook. Overmand door frustratie raapte hij een steen op en keilde die over het donkere water de duistere nacht in.

'Je zou er ook zelf in kunnen springen,' klonk een stem achter hem. 'Dan zou je wel afkoelen.'

Hij draaide zich om, en zag dat Élise tegen het botenhuis geleund naar hem stond te kijken, haar armen over elkaar geslagen. 'Mijn broers hebben me vaak genoeg het meer in gegooid om daar niet meer vrijwillig in te willen springen. Hoelang sta je daar al?'

'Lang genoeg om jou te zien koken van woede.' Ze maakte zich los van het botenhuis en liep op hem af, haar ogen glinsterend in het maanlicht. 'Je bent net een klein jongetje dat met dingen gaat gooien en driftig wordt omdat het niet gaat zoals hij wil. In plaats van aan jezelf kun je beter aan je grootvader denken.' Haar accent was duidelijker aanwezig dan anders, haar stem fluweelzacht. 'Hij is degene die het hier het moeilijkst heeft.'

Zijn woede vermengde zich met irritatie. 'Waarom denk je dat ik hier verdomme ben? Ik heb niet anders gedaan dan aan mijn grootvader denken. Zodra Jackson belde, heb ik alles laten vallen. Ik heb drie dagen dezelfde kleren gedragen, collega's om talloze gunsten gevraagd, in Jacksons logeerkamer geslapen, en uiteindelijk heb ik het allemaal alleen maar erger gemaakt. Opa moet me hier niet. Dat is gelukkig makkelijk te regelen.'

'Waarom denk je dat hij je hier niet moet?'

'Je was er zelf bij. Je hebt hem toch gehoord?'

'Ik heb hem tegen iedereen horen snauwen, ja, zoals hij altijd doet als hij gespannen is. Ik heb niets gehoord waaruit bleek dat hij wilde dat je vertrok.'

'Dan heb je misschien niet goed opgelet. Hij zei dat ik weg moest gaan. Dat beval hij me zelfs. En als die hartaanval is veroorzaakt door stress, dan vergroot ik die stress alleen maar door hier te blijven. Ik help hem het beste door maar gewoon te vertrekken.'

Ze tikte met haar voet op de planken. 'Je gaat terug naar Boston?'

'Morgen.' Toen hij zag dat haar ogen alleen nog maar dreigende spleetjes waren, nam hij aan dat ze zich zorgen maakte over haar feestje. 'Maak je maar niet druk, ik zal eerst je terras afmaken.'

'*Putain*.' Haar ogen schoten vuur, en ze was nu minstens zo kwaad als hij. 'Je laat je familie dus gewoon in de steek? Op een moment dat ze je het hardst nodig hebben? Dat doet een O'Neil niet.'

'Probeer me maar geen schuldgevoel aan te praten, want daardoor dreig ik al zo ongeveer verpletterd te worden.' Nu viel hij minstens zo heftig naar háár uit, nadat hij zich de hele avond had moeten inhouden. 'Ik doe wat opa wil.'

'Ze zeggen dat je buitengewoon intelligent bent, maar ik vind je soms een ongelooflijke domoor. Het vlees dat ik vandaag heb gesneden, had nog meer hersens dan jij. Het gaat er helemaal niet om dat hij je hier niet wil. Jullie zijn allebei zo koppig, dat jullie geen van beiden willen inbinden. Ik zou jullie het liefst met jullie *stupide* koppen tegen elkaar slaan, zij het niet dat Walter al genoeg beschadigd is.'

'Ware het niet.'

'Sta je mijn taalgebruik nu een beetje te corrigeren?' Hoewel Élise op dreigende toon had gesproken, leken haar woorden de spanning om de een of andere reden te breken, en voelde hij een glimlach opkomen.

'Nee.'

'Jawel, dat deed je wel. Maar laat me je dit vertellen, dókter O'Neil...' Het was wel duidelijk dat dat nadrukkelijke 'dokter' allesbehalve positief was bedoeld. '...misschien dat ik af en toe een paar woorden door elkaar haal, maar in mijn hoofd heb ik het allemaal nog goed op een rijtje, wat ik van jou niet kan zeggen.'

'Opa herstelt prima. Hij heeft me hier helemaal niet nodig.'

Verderop in het donker liet een uil van zich horen, maar geen van beiden merkten ze het op.

'Je moet door de buitenkant heen kijken. Mensen zeggen niet altijd wat ze werkelijk voelen. Je bent arts. Dat zou jij toch moeten weten. En wat dacht je van die lieve Alice? Die heeft geen oog meer dichtgedaan sinds haar dierbare Walter naar het ziekenhuis werd gebracht, en nu zal ze ook niet kunnen slapen omdat hij thuis is, en ze zich zorgen maakt.' Naarmate ze zich meer opwond, werd haar accent uitgesprokener. 'En je moeder? Die maakt zich zorgen om Walter en Alice en nu ook nog om jou, omdat ze ziet dat die kloof tussen jou en je grootvader je pijn doet, en omdat je haar kind bent.'

Sean trok zijn wenkbrauwen op. 'Zie ik eruit als een kind?'

'Ik heb het niet over je lengte of over je spieren. Voor een moeder blijf je altijd haar kind. Ze wordt verscheurd, zo is het toch? Ze wordt heen en weer geslingerd tussen Walter en jou, en...' Ze gaf het nu

maar helemaal op, en ging verder in het Frans, maar ook dat begreep hij prima, zodat haar woorden nog net zo fel aankwamen. 'En denk eens aan Jackson. Die werkt nu al zo hard. Denk je dat hij ook nog tijd heeft op Walter te letten, nadat jij er mokkend vandoor bent gegaan?'
'Ik mok niet.' Nu begon Sean zich ook behoorlijk op te winden. 'En als Jackson wil dat ik hier blijf, moet hij dat zeggen.'
'Maar dat zal hij nooit doen. Omdat hij je broer is en omdat hij van je houdt, en omdat hij weet hoe moeilijk het voor jou is hier te zijn.' In zichzelf mompelend draaide ze zich om en begon over het stuk terras dat al af was, heen en weer te lopen. 'Denk nou eens na, Sean. Denk goed na. Negeer die gekwetste gevoelens van je, en gebruik je hersens.'
'Met mijn gevoelens heeft dit niets te maken.'
'Je voelt je gekwetst, omdat je denkt dat je grootvader je hier niet wil hebben, maar daar gaat het nu niet om.'
'Je hebt geen idee waarom het gaat.' Zijn eigen emoties lagen inmiddels gevaarlijk dicht aan de oppervlakte. Hij haalde een hand door zijn haar. 'Er was een ruzie. We hebben ruzie gehad.' Het was voor het eerst dat hij dat aan iemand vertelde en hij zag haar haar wenkbrauwen fronsen.
'Walter heeft altijd wel met iemand ruzie. Het zit in zijn aard mensen te provoceren.'
'Dit was anders.' Zijn mond was droog. Waarom vertelde hij haar dit? 'Het was op de begrafenis van mijn vader. Ik heb dingen gezegd –'
'Wat voor dingen?'
'Dat doet er niet toe.' Alleen al als hij eraan dacht, werd hij weer misselijk. Het enorme leed, het verdriet zijn vader te moeten missen, het wanhopige verlangen de tijd te kunnen terugdraaien, en het anders te kunnen doen, en de verantwoordelijkheid. Altijd weer die verantwoordelijkheid. 'Maar ik kan je wel vertellen dat het daardoor komt dat hij me hier niet wil hebben. Hij is kwaad op me. En daar heeft hij ook alle reden toe.' En hij was nog steeds kwaad op zijn grootvader.

Hij wist dat hij het moest loslaten, maar dat kon hij niet.
Het bleef maar zeuren. En etteren. De chirurg in hem zou het er het

liefst uit snijden, maar aangezien dat niet kon, had hij geleerd ermee te leven.

Nog steeds fronsend schudde Élise haar hoofd. 'Ik ben blij dat je me dit hebt verteld, omdat ik het nu iets beter begrijp, maar dat hij wil dat je weggaat, heeft niets met die ruzie te maken.'

'Natuurlijk wel.'

Ze liep op hem af en prikte een vinger in zijn borst. 'Er komt een dag, Sean O'Neil, dat ik je door de brandnetels zal rollen, in de hoop dat je dan eindelijk wakker wordt. Je bent... Je bent...' Ze zei iets in het Frans wat hem zijn wenkbrauwen deed optrekken.

'Noemde je me nu een idioot?' Hij besloot dat dit niet het juiste moment was haar te vertellen dat ze sexy was wanneer ze zich zo kwaad maakte.

'Ja, omdat je dat ook bent. Dat je grootvader wil dat je weggaat, heeft niets met jou te maken. Ook niet met zijn koppigheid of met de ruzie die jullie hebben gehad. Hij is gewoon bang. Heel erg bang. Dat had je zelf ook kunnen zien, als je niet zo met je eigen gevoelens bezig was geweest.'

Er viel een lange stilte. Het enige geluid in het duister was het zachte klotsen van het water tegen het terras.

'Báng?' Die verklaring was geen moment bij hem opgekomen. Hij dacht aan zijn grootvader, de sterkste persoon die hij kende, en schudde zijn hoofd. 'Dat heb je mis. Opa is de meest geharde man die je ooit zult tegenkomen. Ik heb hem nog nooit bang gezien. Niet toen Tyler als peuter in de rivier viel, zelfs niet toen we tijdens een kampeertochtje oog in oog stonden met een beer.'

Ze wuifde zijn woorden weg met haar hand. 'Zo eng was dat ook niet, vergeleken met dit.'

'Vergeleken met wat precies?'

'Sean, word nu toch eens wakker! Een beer kun je een klap op zijn neus geven of zo, maar dit, deze hartaanval die hem stiekem uit het niets heeft overvallen, kan hij geen dreun geven. Begrijp je dat dan niet? Hij heeft hier geen enkele controle over. Hij kan er niet tegen tekeergaan, een klap verkopen of het verblinden met pepperspray. Hij kan het niet eens zien.' Geërgerd keek ze hem aan, haar handen geheven. 'Wat er is gebeurd heeft hem de stuipen op het lijf gejaagd. Snow Crystal is zijn leven. Hij is bang dat hij hierdoor minder zal kunnen doen en dat alles zal veranderen. En wat is het eerste wat hem overkomt wanneer hij weer thuiskomt? Iedereen zegt dat hij moet gaan zitten en dat hij vooral niets moet doen. Voor Walter is dat zoiets als zeggen dat hij net zo goed gelijk dood kan gaan. Hij is er de man niet naar te kunnen genieten van zijn leven vanuit een stoel. Hij wil actief bezig zijn. En dus is hij doodsbang. En hoe banger hij is, hoe agressiever en snauweriger hij wordt.'

Báng?

'Ik heb voortdurend te maken met mensen die bang zijn. Ik weet hoe angst eruitziet. Hij gedraagt zich niet als een man die bang is.'

'Omdat hij het niet zegt, denk jij dat hij het ook niet voelt? Misschien dat je gewend bent om te gaan met mensen die bang zijn, maar bij Walter ben je geen arts meer, maar zijn kleinzoon. In plaats van te denken dat je die geweldige, belangrijke dokter bent die alles weet, en in plaats van je schuldig te voelen over die ruzie, moet je aan hém denken en aan wat hij nodig heeft.'

'Als jouw theorie klopt, en hij is bang, waarom stuurt hij me dan weg?'

In haar ogen glansde irritatie. 'Omdat hij zich met jou in de buurt kwetsbaarder voelt.'

'Kwetsbaarder? Het idee was dat hij zich door mijn aanwezigheid mínder kwetsbaar zou voelen. Het zou geruststellend moeten werken.'

'Het enige wat Walter weet, is dat je hier sinds kerst maar één keer bent geweest, voor een kort bezoek. Je blijft hier nooit langere tijd.'

Onmiddellijk speelde zijn schuldgevoel weer op. 'Dat klopt, maar –'

'Het gaat erom dat je dit nooit doet, en nu ineens wel. Walter denkt dat je blijft omdat je je zorgen maakt om hem. In plaats van dat jouw aanwezigheid hem geruststelt, ziet hij daarin een aanwijzing dat hij nog een hartaanval zal krijgen. Dat jij denkt dat hij dood zal neervallen. Dat iedereen erop wacht dat hij dood zal neervallen. Ze zoemen als een zwerm vliegen om hem heen. Hij is heel erg bang. Voor hem moet alles weer zo normaal mogelijk zijn.'

Geconfronteerd met de bijzonder reële mogelijkheid dat hij alles verkeerd had geïnterpreteerd, bleef Sean bewegingloos staan. Waarom was dit geen moment bij hem opgekomen? Wat was hij voor een waardeloze arts? 'Het zou kunnen dat je gelijk hebt.'

'Ik héb gelijk. Vergeet die stomme trots van je, geef toe dat je er een bende van hebt gemaakt, en laten we verdergaan, omwille van Walter.'

Hij pakte de brug van zijn neus tussen duim en wijsvinger. Hij was zo druk bezig geweest zijn eigen complexe emoties onder controle te houden dat hij de mogelijke beweegredenen achter zijn grootvaders reactie niet had doorzien. 'Als jij gelijk hebt, en mijn aanwezigheid hem juist banger maakt, bevind ik me in een onmogelijke positie. Ik zou eigenlijk moeten blijven, maar daardoor zou zijn toestand verslechteren.' Worstelend met de opties die hij had, staarde Sean naar de hemel, zich afvragend of Galileo exacte wetenschappen ook simpeler had gevonden dan menselijke relaties. 'Ik moet dus een andere reden vinden om te blijven. Een reden die niets met hem te maken heeft. Een reden die hij geloofwaardig zal vinden.'

Ze knikte instemmend. 'Ja, zodat hij niet zal denken dat je zit te wachten tot hij dood neervalt.'

'Ik zou kunnen zeggen dat ik blijf omdat oma zich dan geruster voelt.'

Élise rolde met haar ogen. 'Dan zal hij denken dat je klaarstaat om haar te troosten zodra hij dood is neergevallen. Dat is niet geruststellend, zoals je zelf ook had kunnen bedenken als je je verstand een beetje had gebruikt.'

'Ik gebrúík mijn verstand.' Binnensmonds vloekend klemde Sean zijn tanden op elkaar. 'En er valt helemaal niemand dood neer.'

'Mooi! Nu nog een goede reden die hij geloofwaardig zal vinden.'

Hij begon heen en weer te lopen, keek toen naar zijn voeten. 'Het terras.' Waarom had hij daaraan niet eerder gedacht. 'Ik zeg tegen hem dat ik het terras moet afmaken voor het feest. Dat is van het grootste belang voor Snow Crystal. Wanneer het gaat om iets wat belangrijk is voor Snow Crystal, zal hij nooit tegensputteren.'

'Maar het is al bijna af.'

'Dat weet hij niet. Hij heeft het nog niet gezien. Wat ik heb gedaan,

haal ik gewoon weer weg. Ik zorg dat ik er morgenochtend heel vroeg ben, voordat hij kan opduiken, en dan maak ik het weer ongedaan. Dat zal hij nooit te weten komen. Vervolgens ga ik er een week over doen.'
Élises ogen begonnen te glanzen. 'Dan gaat hij je op je donder geven omdat je zo langzaam bent.'
'Jij wilde dat zijn leven zo normaal mogelijk zou zijn. Dat klinkt mij vrij normaal in de oren.' Sean probeerde zich op het gesprek te concentreren, maar haar geur was duizeligmakend. Die verstikte zijn hersens en nam bezit van zijn aderen totdat er in zijn hoofd alleen nog maar plaats was voor hááúr. 'Ik zal duidelijk maken dat mijn aanwezigheid hier niets met hem te maken heeft, en ik zal tegen de anderen zeggen dat ze een beetje afstand moeten nemen. Is dat wat?'
'Ik denk het wel.' Ze ontspande enigszins en deed een stap achteruit. 'Nu dat is opgelost, kan ik rustig gaan slapen.'
'Wacht even...' Hij greep haar bij de arm, en trok haar naar zich terug, zijn ogen weer op haar mond gericht.
'Kijk niet zo naar me.'
'Hoe kijk ik dan naar je?'
'Alsof je me wilt uitkleden.'
Hij voelde de spanning wegebben. 'Je uitkleden is nog maar het begin van wat ik met je wil doen. Wil je de rest ook horen?'
'Nee.' Maar er smeulde iets in haar ogen. 'Je gaat me echt niet ompraten.'
'Praten was niet precies wat ik in gedachten had.'
'Ik ben kwaad op je. Ik kan je niet kussen als ik kwaad op je ben.'
'Geen probleem. Dan kus ik jou.' En dat deed hij. Zodra zijn mond op de hare lag, kuste zij hem echter ook. Haar lippen waren zacht en verrukkelijk, haar reactie direct, en het was weer net zo vurig en opwindend als het ooit was geweest. Gretig en hunkerend vielen ze op elkaar aan, de kus zo uitgesproken en gepassioneerd, dat het bijna gewelddadig was. Haar tong bewoog zich in zijn mond en de zijne in de hare, verwikkeld in een intiem gevecht. Kreunend greep ze hem bij zijn shirt, haar lichaam tegen het zijne duwend. Het volgende moment maakte ze een zacht jammerend geluidje toen hij met haar van plaats wisselde en haar tegen de balustrade gevangen hield.

'Dacht je dat je me met kussen kon paaien?' Haar stem klonk hees.
'Je kunt goed kussen, maar dat gaat dus niet werken. Ik ben nog steeds boos.'
'Nee, dat ben je niet.' Zijn handen begonnen aan haar shirt te trekken, zo graag wilde hij haar huid voelen. 'God, Élise, ik verlang zo naar je…' Nu hij haar had geproefd, laaide het vuur in zijn binnenste tot ongekende hoogte op. De chemie tussen hen was bijna bijtend, vrat aan hem. Hij voelde haar vingers hard in zijn schouders graven.
'Ik zal je krabben als een kat en mijn klauwen zijn heel scherp.'
Hij friemelde aan de knoopjes van haar shirt. 'Dat risico neem ik.' Het verlangen dreigde hem te verzengen.
'En als je dan morgen met ontbloot bovenlijf aan het terras bezig bent, zal iedereen met opgetrokken wenkbrauwen naar je schouders kijken. Wat er tussen ons is, zal niet langer een geheim zijn.' Met trillende handen rukte ze aan zijn overhemd, en de knoopjes vlogen in het rond. '*Merde*, dat was een overhemd van Jackson…'
'Ik koop wel een nieuw voor hem.' Het maanlicht bescheen de welving van haar borsten, gedeeltelijk bedekt door een prachtige, kanten beha, en hij dacht helemaal niet aan het overhemd of zijn broer. Hij kon zich niet herinneren ooit zo naar een vrouw te hebben verlangd als nu naar Élise. 'Je bent zo mooi.' Zijn vingers gleden onder het kant, en hij hoorde haar kreunen.
'Je bent goed met je handen.'
Besluitend dat kant nu ook weer niet zó fantastisch was, maakte hij haar beha los. Haar borsten waren klein en stevig, en hij vroeg zich af of die beha überhaupt wel een ander doel had dan een man nog een beetje gekker te maken. Zijn mond gleed van haar schouder naar beneden, sloot zich om haar tepel.
Haar vingers klauwden in zijn schouders. 'Sean…'
Hij voelde haar tepel hard worden onder de trage bewegingen van zijn tong, terwijl hij haar ademhaling hoorde versnellen. Verteerd door verlangen en zich met moeite vastklampend aan het laatste restje zelfbeheersing, verplaatste hij zijn mond weer naar de hare, constaterend dat ze zich steeds harder tegen hem aan drukte. Hij was alle spanning en complicaties zat. Hij was het zat steeds achteraf te moeten be-

denken wat zijn familie precies wilde, en hij was het zat zich schuldig te voelen. Dat wilde hij allemaal even vergeten. Hij wilde dit. Hij wilde háár.

En hij wilde haar nú.

Haar armen lagen om zijn nek. Haar lichaam drukte tegen het zijne. Wanneer hij inderdaad langer op Snow Crystal zou blijven, zou hij moeten zorgen dat hij niet gek werd. En seks met Élise was verrukkelijk ongecompliceerd.

Was dat eigenlijk wel zo? Hij maakte zich van haar los, en tegelijkertijd trok zij zich een stukje terug. Een ogenblik lang staarden ze elkaar aan tot haar vingers zich om de rand van zijn overhemd sloten en ze hem een veelbetekenende grijns schonk.

'Je bent een bijzonder sexy man, Sean.'

'Blij dat ik tenminste íéts heb om mijn gebrek aan hersens te compenseren.'

Het kuiltje verscheen weer in haar mondhoek. 'Ik mag jouw gevoel voor humor wel. En je lichaam ook. Maar we kunnen dit beter niet meer doen.'

Hij bedacht hoe ingewikkeld zijn leven op dat moment al was. 'Daarin heb je waarschijnlijk wel gelijk.'

'Toch moet je één ding voor me doen.' Haar stem was hees, haar hand lag nog steeds op zijn borst. 'Je moet zorgen dat het goed komt tussen jou en je grootvader. Je moet met hem gaan praten.'

'Ook daarin heb je waarschijnlijk gelijk.'

'Ga naar bed.' Ze ging op haar tenen staan en gaf hem een kus op zijn wang, waarbij haar lippen zacht langs zijn kaak streken. 'Slaap lekker, Sean.'

Hij deed zijn mond nog open om te proberen een samenhangende zin te produceren, maar ze was al in het donker tussen de bomen verdwenen, hem alleen achterlatend op het halfafgemaakte terras.

Hoofdstuk 7

'Sean gaat dus toch niet weg. Slecht nieuws voor Tyler, want die verliest nu zijn weddenschap met Jackson.' Kayla rende met haar telefoon in haar hand, af en toe iets langzamer lopend om haar e-mail te checken. 'En slecht nieuws voor Jackson, omdat Sean nu nog meer kleren van hem zal lenen.'

En slecht nieuws voor mij, dacht Élise, omdat Sean nu tot het feest op haar lip zou zitten. Hun confrontatie de vorige avond had het uiterste van haar wilskracht gevergd.

Het was bijna onmogelijk haar emoties bij hem onder controle te houden. Eerst was er woede en frustratie geweest, omdat hij Walter zo slecht had begrepen, maar dat had plaatsgemaakt voor oprechte sympathie toen hij haar met tegenzin over die ruzie had verteld.

Hij had haar verweten dat ze het niet begreep.

Ze begreep het echter maar al te goed. Beter dan hij kon vermoeden.

Even bleef ze staan, de emoties zo heftig dat ze haar de adem benamen. Het was nu al jaren geleden, maar soms overvielen de gevoelens haar ineens vanuit het niets. Schuldgevoel en verdriet konden haar nog steeds volledig uit het lood slaan. Dat was omdat ze het nooit had opgelost. Omdat ze nooit de gelegenheid had gekregen het op te lossen.

En uiteraard was het haar schuld. Allemaal. Alles wat er was gebeurd, was het gevolg van de verkeerde beslissingen die zij had genomen.

Kayla bleef nu ook staan, de oordopjes uit haar oren trekkend. 'Gaat het wel? Heeft Walter je gisteren van streek gemaakt? Hij was in een lekker humeur.'

'Nee, hoor. Ik was alleen maar blij dat hij thuis was.'

'Sean kreeg de volle laag. Zoals gewoonlijk.' Kayla deed de dopjes weer in haar oren en rende verder.

Élise ging achter haar aan, zich afvragend waarover Sean en zijn grootvader precies ruzie hadden gehad. Als het op de dag van de begrafenis was geweest, had het waarschijnlijk iets met zijn vader te maken gehad. En het had er duidelijk nogal in gehakt.

Die ruzie had ervoor gezorgd dat Sean nauwelijks nog naar huis kwam, en omdat hij hier nauwelijks nog kwam, werd zijn grootvader alleen maar kwader op hem. Ze begreep maar al te goed hoe zo'n neerwaartse spiraal kon ontstaan.

Soms was het makkelijker een meningsverschil maar te laten sudderen, dan het op te lossen. Soms waren de emoties zo heftig, dat je er toch niet doorheen kwam. Dan zei je tegen jezelf dat je het later wel zou oplossen. Dat je zou wachten op een beter moment. Maar soms kwam dat moment nooit.

Dat wist ze. Het was haar zelf overkomen.

Ze ging weer langzamer lopen. Ondanks de lichamelijke inspanning had ze het ineens koud. Het enige waaraan ze de afgelopen wintermaanden had kunnen denken, was het botenhuis, en haar bijdrage aan Snow Crystal. Dat was voor haar van levensbelang geweest. Nu kon ze echter alleen nog maar denken aan de kloof tussen Sean en zijn grootvader.

Wat er ook kapot was gegaan tussen hen, ze moesten zorgen dat dat weer werd gerepareerd. Als dat betekende dat ze Sean wat langer om zich heen zou moeten dulden, zou ze dat voor lief nemen.

Ze versnelde haar pas, haar vriendinnen inhalend, terwijl ze het meer rond renden, en bij het botenhuis eindigden toen de zon net boven de bomen uit kwam. Van Sean was nog geen spoor te bekennen. Ze hield zich voor dat die versnelde hartslag van het rennen kwam, niet van de gedachte aan hém op haar terras.

'Neemt Tyler iemand mee naar het feest?' Kayla, die zich inmiddels bij Élise had gevoegd, draaide haar waterfles open. 'Als hij met zijn tweeën komt, moet ik dat weten. Bren? Jij werkt met hem.'

'Van zijn seksleven weet ik niets, als je dat bedoelt, maar Tyler kennende zal dat ongetwijfeld behoorlijk actief zijn,' verklaarde Brenna op vlakke toon. 'Ik moet verder. Tot later.'

Élise keek Brenna na terwijl ze het terras over sprintte, over een stapel planken sprong, en over het bospad verdween.

Kayla nam een slok water. 'Ik heb mezelf nooit als cupido beschouwd, maar als ik een pijl had, zou ik die in dat lekkere kontje van Tyler schieten… of in zijn *derrière*, zoals jij waarschijnlijk zou zeggen.'

'Kontje vind ik ook prima. Misschien dat het feest hun een zetje in de goede richting kan geven. Dan zijn ze samen op dezelfde tijd op dezelfde plaats en kan de natuur haar gang gaan.'

'Voor zover ik heb gehoord zijn Tyler en zij al zo ongeveer hun hele leven op dezelfde tijd op dezelfde plaats.' Kayla dronk haar flesje leeg. 'De natuur heeft tot nu toe weinig uitgericht.'

'Dan heeft ze misschien een zetje nodig. Wat trekt Brenna aan?'

'Brenna kennende waarschijnlijk een skibroek,' zei Kayla droog. 'Ik denk trouwens dat het eerder Tyler is die een zetje nodig heeft. Ik zal eens gaan uitzoeken of hij iemand meeneemt. Sinds Jess bij hem woont, gedraagt hij zich uitermate keurig. Hij leeft nu al zes maanden als een monnik… hij moet zo onderhand wel gek worden.' Ze bukte om haar schoen goed te doen, maar werd afgeleid. 'Kijk nou.'

'Kijk nou, wát?'

'Dit is een knoop van een van Jacksons overhemden.' Ze raapte hem op, bekeek hem eens van alle kanten en schonk Élise toen een veelbetekenende blik.

Élise hoopte maar dat haar vriendin haar warme blos zou toeschrijven aan de inspanning die ze zojuist hadden geleverd. 'Nou en? Sean heeft hard aan het terras gewerkt. '

'Zo hard dat de knopen van zijn shirt zijn gesprongen? Ik heb trouwens gehoord dat hij het grootste deel van de tijd niet eens een shirt aanhad. Volgens Poppy is het uitzicht vanuit het botenhuis de afgelopen dagen aanzienlijk verbeterd. Ze overweegt kaartjes te gaan verkopen.'

'Ik zou het niet weten. Ik heb het veel te druk gehad om daarnaar te kijken. En over druk gesproken…' Ze maakte aanstalten naar binnen te lopen, maar Kayla greep haar bij de arm.

'Sean is een super aantrekkelijke man. Intelligent, beschaafd, ongelooflijk sexy… waarom ga je er niet voor?'

Omdat ze zichzelf nooit meer dan één nacht gunde.

'Dat heb ik afgelopen zomer al gedaan. Daar ben ik klaar mee.'

'Weet je dat zeker?' Kayla draaide de knoop rond tussen haar vingers. 'Zo komt het op mij anders niet over.'

'Je gaat dus niet weg?' Jackson had een beker koffie in zijn ene hand en een stuk geroosterd brood in de andere. 'Weet opa dat al?'

'Nog niet. Ik ging net mijn werk aan het terras weer ongedaan maken zodat ik opnieuw kan beginnen.'

Jackson trok zijn wenkbrauwen op. 'Er zal ongetwijfeld iemand zijn die daar de logica van inziet.'

'Ik heb een excuus nodig om hier te blijven. Opa stuurt me weg, omdat hij zich kwetsbaar voelt.' En dat had hij moeten zien. In plaats daarvan was hij verblind geweest door zijn eigen complexe emoties. 'Met het terras helpen was het enige wat ik kon verzinnen. Ik zal moeten doen alsof dat een enorme klus voor me is.'

'Zo moeilijk zal dat waarschijnlijk niet voor je zijn. Hoelang is het wel niet geleden dat jij met je handen hebt gewerkt?'

'Wat denk je dat ik in die operatiekamer doe?'

'Geen idee. Flirten met Venus?'

'Die is neuroloog. Die werkt niet in de operatiekamer.' Sean pakte een appel van de schaal. 'Nu ik nog langer blijf, moet er hier echt meer fruit komen. En groente. Er ligt helemaal geen groente in je koelkast. Vinden we het niet meer belangrijk om gezond te eten?'

'Als jij groente wilt zien wanneer je de koelkast opendoet, moet je die daar zelf in stoppen. En als je nog langer blijft, moet je echt thuis wat kleren gaan halen. Ik ben het zat dat jij al mijn shirts inpikt.' Jackson stak het laatste stuk brood in zijn mond en schonk nog wat koffie in. 'Je blijft dus voor opa.'

'En voor de geweldige omgeving natuurlijk.'

Zijn broer keek hem onderzoekend aan. 'Zolang het maar niets met mijn chef-kok te maken heeft.'

'Door háár ben ik überhaupt aan dat verdomde terras begonnen. Ze wil per se op tijd kunnen openen, omdat ze ervan overtuigd is dat ze jou anders in de steek laat. Hoe zit dat? Gebruik je tegenwoordig geweld tegen je personeel of zo?' Sean nam de laatste hap van zijn appel. 'Of heeft die innige loyaliteit een persoonlijker tintje?'

'Zo is ze nu eenmaal. Ze geeft heel veel om haar werk. Ze is enorm loyaal. Ze weet dat onze financiële situatie allesbehalve stabiel is en ze wil haar baan graag houden.'

'We weten allebei dat ze, met Chez Laroche op haar cv, overal aan het werk zou kunnen. Je boft dat je haar hebt.'

'Ze werkt al heel lang voor me.' Jacksons gezicht verried niets. 'We zijn al jaren vrienden.'

'Alleen maar vrienden? Je hebt haar in Parijs leren kennen. Hebben jullie…'

'Nee.' De stem van zijn broer kreeg een scherpe ondertoon. 'Dat hebben we niet. En dat ga jij ook niet doen. Dit is haar thuis. Ik wil niet dat dat door jou in gevaar komt.'

'Waarom zou dat door mij in gevaar komen?'

'Omdat jij de raarste dingen met vrouwen doet,' verklaarde Jackson geërgerd. 'Om een voor mij volkomen duistere reden worden ze verliefd op je en draaien ze een beetje door als dat niet wederzijds is. Ik heb vroeger al vaak genoeg puin moeten ruimen, daaraan ga ik niet nog een keer beginnen.'

'Ik laat helemaal geen puin achter. Je verwart me met Tyler.'

'Nee, hoor. Tyler is net een beer. Die zie je aankomen. Een beetje verstandige vrouw gaat dan opzij. Maar jij? Jij bent anders. Een en al gladde charme en mooie praatjes. Ze krijgen een vreemde blik in hun ogen, gaan raar lopen en het volgende moment komen ze op mijn schouder uithuilen, omdat je zo op je werk bent gefocust, dat je ze niet eens ziet staan. Ik heb niet genoeg shirts meer over om dat aan te kunnen.'

'Ik snap nog steeds niet waarom je dit Élises thuis noemt. Oké, op dit moment woont en werkt ze hier, maar ze is bijzonder getalenteerd. Op een dag vertrekt ze naar een nieuwe plek. Dat is onvermijdelijk.'

'Als ze ooit vertrekt, zal dat zijn omdat ze daarvoor zelf heeft gekozen, niet omdat ze niet anders kan, omdat mijn tweelingbroer het heeft verpest en het haar bijna onmogelijk heeft gemaakt nog te blijven.'

Ze had op de een of andere manier ooit in de problemen gezeten. Dat was het enige wat de felle reactie van zijn beschermende broer kon verklaren.

'Misschien hoef je je over haar helemaal geen zorgen te maken.' Hij dacht aan de vorige avond. Ze had meer zelfbeheersing getoond dan hij en was vervolgens gewoon weggelopen. 'Ze komt op mij niet over als een vrouw die snel verliefd wordt. Ze is erg onafhankelijk. In veel opzichten lijkt ze wel op mij.'

'Ze lijkt in geen enkel opzicht op jou.' Met een klap zette Jackson zijn lege beker op het aanrecht.

Toch wel. Sean dacht aan haar gretige handen op zijn rug, haar verzengende mond op de zijne. 'Misschien ben ik juist precies wat zij nodig heeft.'

'Geen enkele verstandige vrouw heeft jou nodig. En ik ben het verleerd meisjes te troosten, die dachten, ze verliefd op jou waren.'

'Deed je dat echt?'

'Voortdurend. Vanaf de brugklas stonden ze in de rij. Ik was de goede tweelingbroer, jij de slechte. Mijn shirt was constant nat van al die tranen.' Jackson pakte de melk en zette die in de koelkast terug. 'Je liefdesleven zal me verder worst wezen, maar blijf bij Élise uit de buurt.'

Sean besloot hem maar niet te vertellen dat dat een gepasseerd station was. In plaats daarvan vertrok hij naar het Boathouse om zijn werk van de vorige dag weer ongedaan te maken.

Zijn grootvader arriveerde rond het middaguur, gebracht door Tyler, die op het punt stond met een groep een wandeling te gaan maken.

Voordat Sean overeind had kunnen komen om zijn hulp aan te bieden, was Élise al met Walter onderweg naar een tafeltje aan het water, in de schaduw, op het stuk van het terras dat al af was.

Sean volgde haar met zijn blik, zijn hoofd vol vragen. Hij wilde weten waarom Jackson zich, wat haar betrof, als een waakhond gedroeg. En hij wilde weten wat ze in vredesnaam op een plek als Snow Crystal deed, terwijl ze ook in Parijs had kunnen werken. Hij wist dat ze talent had. Hij had haar eten gegeten en haar passie gezien. Ze had overal kunnen werken en toch werkte ze nu al acht jaar voor zijn broer.

Hij keek toe, terwijl ze zijn grootvaders hand een kneepje gaf. Zag dat zijn grootvader dat gebaar beantwoordde met een zachtere uitdrukking op zijn verweerde gezicht dan gewoonlijk. Een uitdrukking die Sean alleen maar af en toe op zijn gezicht had gezien, als hij naar zijn grootmoeder keek of naar zijn moeder en Jess. Zelfs tegen Jackson was hij altijd bot en direct.

'Ik haal wat te drinken en te eten voor je, dan kun je me vertellen wat je van het nieuwe menu vindt, en wat er misschien nog aan moet veranderen.' Élise liet haar hand licht op zijn schouder rusten. 'Voelt het goed weer thuis te zijn?'

Walters hand trilde een beetje. 'Het voelt goed, ja.'

Sean realiseerde zich dat hij zijn grootvader nooit als een broze man had beschouwd. Zelfs in het ziekenhuis was hij opvliegend geweest, bevelen snauwend en weigerend betutteld te worden. Maar nu hij hem zo met Élise zag, zag hij broosheid.

Hij wist dat hij iets moest zeggen. Ze moesten over die dag van de begrafenis praten. Waarom niet gelijk nu? Hier? Met andere mensen in de buurt zou zijn grootvader zich misschien nog een beetje inhouden.

Dus kwam hij, zodra Élise was weggelopen, overeind en rechtte zijn schouders. 'Opa –'

Walter keek hem aan. 'Ben je er nog steeds? Als je van plan was te blijven tot ik dood neerval, kun je lang wachten.'

Als er al sprake was geweest van broosheid, dan was die nu in ieder geval weer goed verborgen. Verborgen onder een dikke laag angst en vastberadenheid. Als Élise hem niet had gedwongen door de buitenkant heen te kijken, zou hij dat niet hebben gezien.

'Blij dat te horen, want ik heb geen dienst. Ik ben hier om het terras af te maken, zodat de tent op tijd open kan. Het zou zonde zijn een mooi feest te moeten afzeggen. Zoveel feestjes hebben we hier nu ook weer niet.'

'Je zou helemaal niet naar het feest zijn gekomen. Je zou het te druk hebben gehad. Met je werk. Je werk gaat altijd vóór alles. Zelfs voor je familie.'

Sean had het gevoel of er een steen op zijn maag lag. Alle lust over de ruzie te praten was vervlogen. 'Ik ben er nu toch, of niet soms?'

Walter keek eens om zich heen. 'Erg veel is er nog niet gebeurd sinds ik ben gestopt.'

Sean dacht aan al het werk dat hij ongedaan had gemaakt, en moest bijna lachen. 'Ik ga niet zo hard, nee.'

'Omdat je dit zo lang niet hebt gedaan. Als je meer tijd hier zou doorbrengen, zou je er beter in zijn.'

En dat, dacht Sean, was dus niet de manier een meningsverschil op te lossen. Tandenknarsend ging hij weer aan het werk, met als belangrijkste zorg hoe hij daar vier dagen over kon doen.

Hij hield zich voor dat het niet erg was zijn trots te moeten inslikken en hatelijke opmerkingen te moeten incasseren, als daartegenover stond dat hij zijn grootvader in de gaten kon houden. Dat zijn grootmoeder een beetje kon ontspannen.

Dat hij nog een tijdje naar Élise kon kijken.

Op dat moment liep ze weer naar het tafeltje, met een dienblad met drankjes en versgebakken taartjes, en Sean zag zijn grootvader naar haar glimlachen. Een glimlach die hem een steek van jaloezie bezorgde.

Shit, hé, verlangde hij echt zo wanhopig naar de goedkeuring van zijn grootvader? Hij was toch geen kind van zes meer? Geïrriteerd wendde hij zich af, zijn aandacht weer richtend op het werk dat gedaan moest worden... in een slakkentempo, terwijl de zon op zijn schouders brandde.

De artsen in het ziekenhuis hadden hem verteld dat zijn grootvader erg weinig at, maar Élise verleidde hem met kleine porties van zijn lievelingsgerechten en ze bleef bij hem zitten terwijl hij die, aangemoedigd door haar, naar binnen werkte. Tussendoor vroeg ze hem haar te vertellen over zijn jeugd op Snow Crystal.

Het kostte Sean moeite zijn aandacht bij zijn werk te houden, afgeleid als hij was door dat dansende haar en die mooi gevormde lippen. Ook het kuiltje bij haar mondhoek was er weer, en haar ogen glinsterden.

Nu hij haar zo met zijn grootvader zag, ontdekte hij een heel andere kant van haar. Bij hem was ze altijd op haar hoede. Bij zijn grootvader had ze iets zachts en opens. Het was wel duidelijk dat ze dol op de man was.

Daardoor realiseerde hij zich eens te meer hoe weinig van zichzelf ze aan hém had gegeven. Seks, dacht hij. Dat was wat ze hem had gegeven. En dat vond hij ook prima, nietwaar? Dat was toch alles wat hij wilde?

Hij vloekte toen hij bijna een stuk van zijn vinger kwijt was geweest, en zag dat zijn grootvader naar hem keek. 'Geen zorgen,' bromde hij. 'Voor een afgezaagde vinger draai ik mijn hand immers niet om.'

Het gonsde van bedrijvigheid in en om het botenhuis. Iedereen deed zijn best te zorgen dat alles op tijd klaar was voor de opening.

Poppy kwam langslopen met een stapel dozen, hem een stralende glimlach toewerpend. 'Goeiemorgen, Sean.'

Jacksons opmerkingen over gebroken harten en nat gehuilde shirts indachtig, reageerde Sean zo neutraal mogelijk.

Na een hele ochtend werken in de zon had hij dorst en honger. Hij wilde net aanbieden zijn grootvader naar huis te rijden, toen Tyler alweer opdook om dat te doen. Het trage werken onder de vernietigende blik van zijn grootvader meer dan zat, zocht hij een stoel aan de waterkant op.

Niet veel later zette Élise een blad voor hem op tafel. 'Gegrilde panini, Green Mountain-ham en plaatselijke cheddar. Eet smakelijk.'

In plaats van direct weer aan het werk te gaan, zoals hij had verwacht, ging ze tegenover hem zitten, voor hen allebei een glas koud water inschenkend. 'Doet Walter altijd zo tegen jou, of komt dat door die ruzie?'

Een hap van een van de broodjes nemend, vroeg hij zich af wat hem had bezield haar over die ruzie te vertellen, terwijl hij het daarover nog niet eens met Jackson had gehad. 'Zo vriendelijk, bedoel je? Ja. Hij houdt zielsveel van me, dat heb je toch wel gemerkt?' Al kauwend besloot hij dat hij best een maandlang door zijn grootvader afgesnauwd wilde worden om van Élises eten te kunnen genieten.

'Hij houdt echt heel veel van je. Wanneer je er niet bent, heeft hij het voortdurend over je.' Ze dacht na, haar voorhoofd gefronst. 'Maar om de een of andere reden laat hij dat niet blijken. Hij is geen man die makkelijk genegenheid toont, maar toch…'

Genegenheid? Sean moest bijna lachen. 'Hij heeft bepaalde verwachtingen. Daaraan voldoe ik niet. Telkens wanneer hij me ziet, wordt hij eraan herinnerd wat een teleurstelling ik ben.' Hij nam nog een hap. 'En die ruzie heeft ook niet geholpen.'

'Dus in plaats van daaraan iets te doen, blijf je maar weg? Wat is dat voor rare logica? Dat slaat nergens op.'

'Voor mij wel. Het is beter voor iedereen wanneer ik een beetje afstand houd. Ik dacht dat de rust dan wel zou wederkeren.'

Ze zocht zijn blik met de hare. 'Ik was heel even bang dat je wegbleef om wat er afgelopen zomer was gebeurd.' Ze probeerde het zo nonchalant mogelijk te laten klinken. 'Ik dacht dat je je daarbij misschien ongemakkelijk voelde.'

'Nee, hoor.'

'Je kwam zo weinig thuis.'

'En jij?' Waarom was dit geen moment bij hem opgekomen? 'Voelde jij je er ongemakkelijk bij?'

'Niet op dat moment. Maar achteraf...' Ze wendde haar hoofd af, staarde over het meer. 'Achteraf vroeg ik me af of het wel slim was geweest. Ik zou nooit tussen jou en je familie willen komen. Als ik zou denken dat ik dat deed, zou ik onmiddellijk vertrekken.'

Die opmerking was zo tekenend voor haar. Alles of niets. Hij moest wel glimlachen, of hij wilde of niet. 'Nog vóór de opening van het Boathouse? Zou je Jackson dan niet in de steek laten?'

'Ja, maar er is niets belangrijker dan familie. Niets. Ik zou echt nooit tussen jou en je familie willen komen.' Ze had op felle toon gesproken, en hij zag de knokkels van de hand waarmee ze haar glas vasthield, wit worden.

'Rustig maar. De reden dat ik niet vaak thuiskom, heeft niets met jou te maken. Het is voornamelijk werkdruk.'

'Voornamelijk, maar niet alléén.' Met een klap zette ze het glas weer op tafel. 'Wanneer ga je zorgen dat het weer goed komt tussen jou en je grootvader?'

Hij zei maar niet dat hij op het punt had gestaan dat te doen, toen Walter tegen hem was uitgevaren. 'Als het juiste moment daar is.'

'Dat zou nu moeten zijn.' Er glansde iets in haar ogen en ze knipperde even, voordat ze abrupt opstond en zijn lege bord pakte. 'Wil je nog meer?'

Hij pakte haar hand. 'Waarom zou ik het nú moeten doen?'

'Omdat je zo'n belangrijk gesprek nooit moet uitstellen.'

Haar stem was hees geworden, en hij vroeg zich af waarom ze zich zo druk maakte over zijn relatie met zijn grootvader. 'Ik wacht tot hij weer wat sterker is.'

Ongeduldig haar hand wegtrekkend, begon ze de tafel af te ruimen. 'Het probleem is dat jullie zoveel op elkaar lijken, maar dat jullie dat geen van beiden zien.'

'Op elkaar lijken?' Hij was oprecht verbaasd. 'We lijken helemaal niet op elkaar. Ik ben totaal anders dan mijn grootvader.'

'Jullie hebben allebei een grote passie voor iets, en dat is dan ook het enige wat jullie zien. Voor hem is dat Snow Crystal, voor jou je werk.'

'Dat zijn twee heel verschillende dingen.'

'Hoezo verschillend? Jullie gaan allebei recht op je doel af. Jullie vinden het allebei moeilijk om compromissen te sluiten. Niet zo verbazingwekkend misschien dat jullie botsen.'

Hij had altijd alleen maar aan de verschillen gedacht. Nooit aan de overeenkomsten.

'We botsen omdat familieleden dat nu eenmaal vaak doen.' Hoe haalde ze het in haar hoofd dat hij op zijn grootvader leek? Belachelijk gewoonweg, dat alleen al te suggereren. 'Families zitten per definitie gecompliceerd in elkaar.'

'Is dat zo?'

'Jouw familie niet dan? Heb je geen vervelende ooms of afkeurende grootouders? Kom nou toch... Er is vast wel iemand die je ontloopt op familiebijeenkomsten.'

'Er zijn geen familiebijeenkomsten.'

Sean liet zijn glas zakken, keek naar haar haar dat glansde in het zonlicht. 'Je familie is niet zo close?'

'Ik heb geen familie.' Ze pakte het lege glas uit zijn hand. 'Dat neem ik gelijk wel mee.'

'Je hebt het over je moeder gehad. Zij was je grote voorbeeld, zei je.'

'Dat was ze ook. Ze is overleden toen ik achttien was.' Ze zette de glazen voorzichtig op de borden. 'Ik moet weer aan het werk. Er moet nog steeds een heleboel gedaan worden.'

'Wacht even.' Hij probeerde zich een leven voor te stellen zonder broers, ouders, tantes, ooms, neven, nichten, grootouders. Oké, hij werd regelmatig gek van hen, maar een leven zonder hen was gewoon ondenkbaar. 'Er is helemaal niemand?'
'Inderdaad. Alleen ik. Maar ik ben heel gelukkig, dus laat dat bezorgde doktersgezicht maar zitten. Ik heb allemaal mensen om me heen om wie ik geef en die om mij geven. En ik leen jouw familie. Ik hou heel veel van hen.' Ze glimlachte even. 'Je moet zorgen dat het goed komt tussen jou en je grootvader. Wat het ook is dat je bij Snow Crystal vandaan houdt, doe er iets aan.'
'Wat houdt jou bij Parijs vandaan?'
'Ik heb geen enkele reden terug te gaan. Mijn leven is nu hier. Dit is mijn thuis.'
Het viel hem op dat ze het niet haar werk noemde. 'Er is verschil tussen niet teruggaan en er uit de buurt blijven.'
Ze keek hem recht in de ogen, en even zag hij in de hare iets van shock en nog iets wat hij niet goed kon thuisbrengen, maar het volgende moment was het alweer verdwenen.
'Wilde je me nu serieus gaan verwijten dat ik niet naar huis ga, terwijl je jezelf amper de laatste keer kunt herinneren dat je hier bent geweest? Maak het goed met je grootvader. Wacht niet langer.'
Zonder hem de kans te geven nog iets te zeggen, pakte ze als laatste de kan van tafel en liep met alles naar de keuken.

Ze had gelogen.
Ze had gezegd dat ze geen familie meer had, en strikt genomen was dat niet waar, toch?
Er was wel iemand.
Iemand die ze uit haar leven had gebannen.
Iemand aan wie ze probeerde niet te denken.
Met een misselijk gevoel en lichtelijk onvaste hand haalde ze een lading perfect gelukte bosbessenmuffins uit de oven en zette die naast de croissants en de chocoladebroodjes om af te koelen.
Waarom stelde hij ineens zoveel vragen? Wat er tussen hen was, hoorde niet verder te gaan dan een beetje lol en flirten. Vluchtig. Ze

had niet verwacht dat het gesprek ineens persoonlijk zou worden. Sean stond erom bekend zijn relaties altijd oppervlakkig te houden. Dat was een van de redenen dat ze zich bij hem ook zo op haar gemak had gevoeld.

'Mmm, die zien er heerlijk uit.' Poppy was naast haar opgedoken om kasten in te ruimen. 'Ik vind deze keuken echt helemaal geweldig. Veel knusser dan die in het restaurant.'

De keuken van het Boathouse was inderdaad een stuk kleiner dan die van de Inn, maar Élise had er wel voor gezorgd dat alles aanwezig was om hier zelfstandig te kunnen draaien.

'Ik ben de ovens aan het uitproberen.' Ze brak een croissant in tweeën, bekeek de structuur, rook eraan en proefde er toen van terwijl ze probeerde aan Walter en Sean te denken in plaats van aan zichzelf. Ze zaten gevangen in een vicieuze cirkel die ze geen van beiden zouden doorbreken, omdat ze geen van beiden de eerste stap wilden zetten. Dat begreep ze maar al te goed, aangezien ze zelf ooit precies hetzelfde had gedaan.

Ze was ervan uitgegaan dat er nog tijd genoeg was om het in orde te maken.

Dat had ze mis gehad.

Een onverwachte steek van pijn ging door haar heen en een ogenblik lang bleef ze roerloos staan, trachtend het duister van haar verleden uit te bannen. Ze vond het ronduit deprimerend dat alleen al praten over Parijs zo'n uitwerking op haar had, na al die jaren nog.

'Is er iets?' Poppy ging verder met het uitpakken van dozen. 'Je ziet er nogal gestrest uit, maar het gaat goed, toch? We liggen op schema?'

'Er is niets, en ik ben niet gestrest.' Althans, dat zou ze niet moeten zijn.

Ze was al acht jaar niet in Parijs geweest. Er gingen dagen voorbij dat ze er niet eens aan dacht. Aan hém. Het was iets uit haar verleden en dat moest het ook blijven. Ooit had het haar leven beheerst, maar nu wilde ze er niet te veel belang meer aan hechten. Daarom praatte ze er ook nooit met iemand over.

Sean had echter een vermoeden gekregen. Een kleine verspreking van haar kant, maar daarop was hij onmiddellijk ingegaan.

Poppy wierp haar een bezorgde blik toe. 'Je bent waarschijnlijk een beetje gespannen door dat terras dat op het laatste moment nog moet worden afgemaakt. Het is natuurlijk helemaal fantastisch dat hij te hulp is geschoten, maar als dokter Hot de hele week zonder shirt blijft rondlopen, ben ik bang dat ik op een gegeven moment het meer in zal moeten duiken.' Ze schoof blikken en pakken in nette rijen de kast in, en deed de deur toen dicht. 'Hoe zit dat met jou, chef? Kost het je moeite je te concentreren met hem daarbuiten?'

'Nee. Zolang hij dat terras afmaakt, kan het me niet schelen wat hij wel of niet aanheeft.'

Bij het zien van Poppy's verbijsterde blik besefte Élise dat het verstandiger zou zijn geweest te lachen, een grapje te maken en te beamen dat Sean O'Neil inderdaad een sexy man was. Door het tegendeel te beweren had ze juist de aandacht op zich gevestigd in plaats van dat ze die had afgeleid.

'Ik denk dat ik het gewoon te druk heb om op dat soort dingen te letten.'

'Natuurlijk.' Poppy wendde haar ongelovige blik af en ging weer verder met het uitpakken van de dozen.

Elise wist dat ze bijna net zo overtuigend was geweest als toen ze tegen Sean had gezegd dat ze nooit meer aan Parijs dacht.

Hoofdstuk 8

Sean was vergeten hoe het voelde een hele dag in de buitenlucht door te brengen. Gewend als hij was aan de droge lucht en het kunstmatige licht van de operatiekamer, ervoer hij het als een bijzonder aangename verandering de zon op zijn rug te voelen branden en de geur van een zomers regenbuitje op te snuiven.

Tot zijn grote verbazing kwam hij tot de ontdekking dat hij bepaalde aspecten van het leven hier had gemist, zoals het meer en het bos, het bezig zijn met hout en het voldane gevoel na een geslaagde klus.

Niets zou hem dezelfde voldoening kunnen schenken als opereren, maar hij moest toegeven dat er de afgelopen dagen momenten waren geweest dat het werken aan het terras dicht in de buurt was gekomen. Nu hij het leven hier zo een paar dagen had aangekeken, zag hij wel hoeveel Jackson had gedaan om Snow Crystal overeind te houden.

Iedere ochtend was Brenna met een groep kinderen in kajaks het meer op gegaan, in het kader van de outdoorontdekkingsweek. Jess, de dochter van Tyler, was er ook bij geweest. Sean had ze met de dag vooruit zien gaan.

Tussen de kinderen had hij Sam Stephens herkend, die al een jaar of vijf met zijn ouders met vakantie naar Snow Crystal kwam. Dit jaar was er een baby bij gekomen, en Sam mocht meedoen aan een van de kinderprogramma's. Te oordelen naar de grijns op zijn gezicht had hij het reuze naar zijn zin.

'Hallo, dokter O'Neil!' Sam zwaaide enthousiast, zodat de kajak vervaarlijk begon te schommelen.

'Ook hallo.' Aangezien pauzes nemen een prima manier was om het werk langer te laten duren, kwam Sean overeind en leunde over de balustrade. 'Ziet er goed uit, Sam.'

'Brenna heeft ons geleerd hoe je niet moet omslaan. Je moet je peddel en je lichaam gebruiken. Er zijn er wel een paar in het water gevallen.' Op fluistertoon voegde hij eraan toe: 'Een jongen moest huilen, maar ik vond het supercool.'

Denkend aan de temperatuur van het water concludeerde Sean dat 'cool' waarschijnlijk nog zacht uitgedrukt was. 'Hoe is het met die zus van je?'

'Ze huilt heel veel en ze is nog veel te klein om er iets aan te hebben, maar papa zegt dat ze over een jaar of twee misschien wel op een fiets kan of zo.' Sam maaide de peddel bijna tegen zijn eigen gezicht. 'Ik word volgende week negen. Ik krijg een fiets voor mijn verjaardag. Dan ga ik samen met papa het bos in. Hebt u vandaag nog levens gered, dokter O'Neil?'

'Nog niet. Maar het is pas elf uur.'

Maar de jongen had al geen aandacht meer voor hem. Hij tuurde langs hem heen, zijn nek zo ver uitrekkend dat hij bijna uit de boot kukelde. 'Élise! Élise, kijk dan.' Hij zwaaide met zijn arm en kon nog net zijn peddel grijpen. 'Ik weet het Franse woord voor meer. *Lac.*'

'*Très bien.* Je bent een slimme jongen.' Lichtvoetig kwam Élise over het terras aangesneld, om terug te zwaaien. 'Nog even, en je bent net een Fransman.'

Toen Sean naar haar keek, zag hij weer dat veelbetekenende kuiltje bij haar mondhoek. Ook zag hij de warme uitdrukking op haar gezicht toen ze zich over de balustrade boog om in heel langzaam Frans tegen de jongen te praten.

Sam peddelde en praatte tegelijkertijd. 'Ik vind Frans leuk, maar ik wil later dokter worden. Chirurg, net als dokter O'Neil. Die maakt gebroken botten heel en zo. Ja toch, dokter O'Neil?'

Met enige moeite maakte Sean zijn blik los van dat kuiltje. 'Ja.' Toen hij hoorde hoe schor dat klonk, schraapte hij zijn keel. 'Dat klopt.'

'Als je chirurg wilt worden, moet je denk ik wel tegen bloed kunnen. Ik kan heel goed tegen bloed. Ik val niet flauw of zo.' Sam peddelde weg, zijn kajak zacht schommelend door het water. 'Nou, doei, hè!'

Grijnzend keek Élise Sean aan. 'We hadden het laatst toch over heldendaden? Dit lijkt me een overduidelijk staaltje heldenverering.'

'Hij is het eerste en enige lid van mijn fanclub.'

Ze kwam overeind. 'Maak mijn terras op tijd af en je hebt er een tweede lid bij.'

'Dat terras maak ik voor je af.' Hij wist niet waarnaar hij moest kijken, naar het dansen van haar haar of naar de welving van haar mond, maar hij wist wél dat hij met allebei meer tijd wilde doorbrengen. Wat hij ook wist, was dat ze hem sinds hun gesprek van een paar uur eerder had ontlopen. 'Ga even zitten. Je bent al vanaf vanochtend vroeg aan het werk. Je neemt nooit pauze.'

'Er is nog veel te veel te doen, en het restaurant zit vanavond vol. Gelukkig werkt Elizabeth ook, dat maakt het allemaal een stuk makkelijker. Dat je moeder in de keuken is komen helpen, heeft mijn leven drastisch veranderd.'

'Dat van haar ook.' Hij dacht aan hoe zijn moeder na de dood van zijn vader was geweest, en vergeleek dat met hoe ze nu was. 'Er is een tijd geweest dat ik bang was dat ze het niet zou gaan redden zonder mijn vader. Ze vond het altijd al heerlijk voor de familie te koken, maar we hadden er geen van allen aan gedacht haar een plaats in het bedrijf te geven. Jij hebt haar gered.'

'Ze heeft zichzelf gered. Het kostte alleen wat tijd, en zo gek is dat niet. Ze was iemand kwijtgeraakt van wie ze hield. Dat gold voor jullie allemaal. Jij was behoorlijk close met je vader.'

'Ja.' Hij zag geen reden dat te ontkennen. 'Van ons drieën was ik waarschijnlijk degene die het dichtst bij hem stond.'

Er viel een korte stilte. Toen legde ze haar hand op de zijne. 'Het is erg zwaar iemand te verliezen van wie je houdt.' Ze wilde nog iets gaan zeggen, maar toen zag ze Sam zwaaien, en ze zwaaide terug. 'Ik moet nu echt verder.'

Hij wilde haar vragen naar haar moeder, naar haar leven in Parijs, maar hij wist dat dit niet het juiste moment was. Of de juiste plaats. 'Je werkt te hard.'

'En dat zeg jij?' Ze hield haar hoofd een beetje scheef. 'Hoeveel uur per dag werk jij, dokter O'Neil?'

'Dat hou ik niet bij, maar er zijn tijden dat het gemiddelde per dag voor mijn gevoel de vierentwintig uur overschrijdt.'

Ze glimlachte en het volgende moment liep ze naar het botenhuis terug, haar pas verbazingwekkend veerkrachtig voor iemand die zo ongeveer uitsluitend op adrenaline functioneerde.

Sean keek haar na tot ze in het Boathouse was verdwenen, en toen hij zich weer omdraaide, kwam hij tot de ontdekking dat zijn grootvader naast hem stond. Onmiddellijk voelde hij de spanning in zijn lijf toenemen. De sfeer was de afgelopen dagen wel verbeterd, maar er was nog steeds geen gelegenheid geweest het onderwerp aan te snijden waar ze allebei omheen draaiden.

'Dat joch komt hier al vanaf zijn derde. De eerste keer dat ze hier in de winter waren, heb ik hem nog een paar oude ski's van Tyler geleend.' Zijn grootvader keek naar Sam, die instructies kreeg van Brenna. 'Moet je kijken hoe leuk hij het vindt. Als hij volwassen is, zal hij hier met zijn eigen kinderen terugkomen, en die zullen van dezelfde dingen genieten als hij nu.'

Daar gaan we weer, dacht Sean, zich schrap zettend voor de onvermijdelijke preek over tradities en familie. Had zijn vader diezelfde preek niet van de wieg tot aan het graf moeten aanhoren? Een golf van rauw verdriet overviel hem, schuldgevoel, woede en frustratie met zich meevoerend.

'Misschien willen ze wel iets heel anders gaan doen als de kinderen ouder worden. Misschien willen ze andere dingen gaan proberen of een reis naar –' Hij werd onderbroken door een verrukte kreet van Sam, en de lach van het jochie was zo aanstekelijk, dat hij wel moest glimlachen, of hij wilde of niet.

Zijn grootvader maakte een brommend geluidje. 'Misschien wel. Want zo te horen vindt hij het hier vreselijk en wil hij hier nooit meer terug komen.'

Sean slaakte een zucht. 'Voor de zaken is het goed wanneer ze terugkomen.'

'Het gaat niet alleen om de zaken. Niet alles kan worden uitgedrukt in dollars en centen. Je overgrootvader heeft dit niet opgezet voor het geld. Hij vond dat Snow Crystal te bijzonder was om het alleen voor de familie te houden. De frisse lucht, het landschap, het plaatselijke eten... hij vond dat hij dat soort dingen moest delen met mensen die ze net zo konden waarderen als hij.'

'Ik ken het verhaal, opa.'

'Hij hield zielsveel van deze plek. Je overgrootmoeder en hij zijn begonnen met het verhuren van een paar kamers. Logies en ontbijt. Vervolgens hebben ze het hotel gebouwd. Hij heeft me alles geleerd, zodat ik het later zou kunnen overnemen. Toen ik zestien was, was er geen enkele functie hier die ik niet kon vervullen.' Trots klonk door in zijn stem. 'Op mijn achttiende runde ik de boel.'

Dat verhaal hadden ze allemaal al wel minstens duizend keer gehoord, aan de keukentafel terwijl zijn moeder stond te koken.

'En jij?' Sean draaide zich om, om zijn grootvader aan te kijken. 'Is er ooit een tijd geweest dat je dacht dat je eigenlijk iets heel anders wilde doen?'

'Dit was mijn droom.' Walters stem klonk nors. 'Ik heb nooit anders gewild dan hier wonen en werken. Ik wist dat ik bevoorrecht was. Ik had dit stuk land gekregen om te koesteren en te onderhouden, dat was mijn verantwoordelijkheid. Wanneer ik 's ochtends wakker werd, wilde ik niets liever dan aan het werk. Als je dat voelt, weet je dat je niets beters met je leven zou kunnen doen.'

Het was voor het eerst dat Sean het gevoel had dat zijn grootvader en hij dezelfde taal spraken. 'Dat is precies wat ik met chirurgie heb.' Nooit eerder had hij een poging gedaan uit te leggen waarom hij deed wat hij deed, en daarmee was hij nu ook heel voorzichtig. Wat Snow Crystal betrof, leed zijn grootvader nu eenmaal aan tunnelvisie. 'Mensen komen beschadigd bij mij, en ik doe mijn best ze weer te repareren. Ik vind het fantastisch voortdurend naar nieuwe, betere manieren te blijven zoeken. Iets anders heb ik nooit willen doen.'

'Dat weet ik. Ik heb je zien opgroeien. De dag dat Tyler uit die boom viel, wist ik dat je dokter zou worden. Jackson was lijkbleek. En jij? Jij deed wat er gedaan moest worden.' Zijn grootvader staarde naar de schommelende kajak van Sam. 'Het is alleen jammer dat je zo ver weg zit. Je broers zouden je hulp hier wel kunnen gebruiken. Als je dichterbij zou wonen, zou je hier vaker kunnen zijn.'

Sean voelde het zweet in zijn nek prikken. Hij wist immers dat de reden dat hij hier niet vaak was niets met afstand te maken had. 'Ik heb het druk.' Dat was in ieder geval waar. 'Ik maak lange dagen.'

'Ik snap niet dat je in zo'n stad kunt leven. Veel te veel mensen en veel te weinig ruimte. Ik zou er niet tegen kunnen, altijd moeten vechten voor een beetje frisse lucht.' Walter zwaaide naar Sam. 'Denk je dat je het op tijd voor het feest af krijgt of ben je met kerst nog bezig?'

Sean wierp zijn grootvader een snelle, zijdelingse blik toe en constateerde tot zijn opluchting dat deze al weer wat meer kleur had. 'Ik ben op tijd klaar voor het feest.' Hij had een paar dagen geleden al klaar kunnen zijn. Had al terug kunnen zijn in Boston, genietend van zijn gewone leventje, alleen aan zichzelf denkend zonder met alles en iedereen rekening te moeten houden. 'Ik ben het niet meer gewend. Ben nogal traag.'

Zijn grootvader stond nog steeds naar Sam te kijken. 'Je hebt zo hard je best gedaan dat verdomde terras vooral níét af te krijgen, dat je niet wist waar je het zoeken moest. Maar het was leuk om naar te kijken. Hoelang ben je bezig geweest om je werk weer ongedaan te maken?'

Sean staarde hem aan. 'Wat...' Shit. 'Ik begrijp niet waarover je het hebt.'

'Ik ben dan misschien geen arts, maar dat wil nog niet zeggen dat ik dom ben.'

Sean wreef met zijn hand over zijn kaak. 'Was het zo duidelijk?'

'Ik ben degene die je ooit heeft geleerd met hout te werken. Je was er goed in. Als ik echt had gedacht dat dat terras je zoveel tijd kostte, had ik je persoonlijk in het meer gekieperd.'

Hoofdschuddend besefte Sean dat hij zijn grootvader danig had onderschat. 'Als je het wist, waarom heb je dan in vredesnaam niet eerder iets gezegd?'

'Omdat je voor één keer in je leven je werk voor iets anders opzijzette.'

Sean haalde eens diep adem. 'Opa –'

'En je was thuis. Je familie vindt het fijn je af en toe thuis te hebben. Dat gebeurt niet vaak genoeg. Het heeft je goed gedaan het even wat rustiger aan te doen en wat tijd op Snow Crystal door te brengen. Ik heb je in de gaten gehouden. Je geniet van het bos en het meer.'

Een ongelovig lachje kwam uit Seans mond. 'Je hebt niet echt een hartaanval gehad, hè? Dit was allemaal gewoon een excuus om op het terras te kunnen zitten luieren, genietend van Élises limonade terwijl ik me in het zweet werk.'

Zijn grootvader keek hem even aan. 'Je kunt het in een normaal tempo afmaken, dat gereedschap weer terugleggen voor Zach en kijken hoe je Élise verder nog kunt helpen voordat er helemaal niets meer van haar overblijft. Die meid werkt voor tien.'

Dat zou hij niet tegenspreken. Haar toewijding was hem nog steeds een raadsel. 'Dat Boathouse moet en zal op tijd opengaan. Ze is bang Jackson teleur te stellen, dus wil ze alles perfect hebben. Hij boft echt enorm met haar, want ze zou kunnen werken waar ze maar wil. Of haar eigen restaurant openen.' Toen hij Sam in de planten aan de rand van het meer zag verdwijnen, was hij onmiddellijk alert, klaar om in te grijpen, en hij zag dat het zijn grootvader ook niet was ontgaan.

'Niks aan de hand,' zei die echter. 'Brenna is al bij hem.' Over zijn schouder keek hij even naar het Boathouse. 'Élise zou hier nooit weg willen. Ze vindt het hier heerlijk. Dit is haar thuis. Het Boathouse was háár idee, wist je dat?'

'Ja.' Hij dacht aan het gesprek dat ze die eerste avond hadden gehad, toen ze hier samen naartoe waren gelopen en zij hem over haar jeugd had verteld. Ze had het over haar moeder gehad. 'Maar het blijft een baan. Personeel komt en gaat, dat is nu eenmaal een feit. Waarom zou iemand met haar talent op één plaats blijven? Ervaring is bijzonder waardevol. In ieder ziekenhuis waarin ik heb gewerkt, heb ik wel weer iets nieuws geleerd.'

Zijn grootvader bleef naar Sam kijken. 'Voor sommige mensen zijn er belangrijkere dingen in het leven dan werk alleen.'

'En dat zeg jij?'

'Dit hier is meer dan mijn werk. Het is mijn thuis. Misschien voelt Élise dat ook zo.'

'Dat is niet hetzelfde. Jij bent hier geboren.'

'Als man die graag dingen repareert, moet je me toch eens iets vertellen…' Nadenkend liet zijn grootvader zijn hand over de gladde balustrade glijden, die Sean de dag daarvoor had afgemaakt. 'Wanneer iemand na een ongeluk het ziekenhuis wordt binnen gebracht, kun je dan aan de buitenkant zien wat er beschadigd is?'

Sean vroeg zich af waarom hij ineens over iets anders begon. 'Soms, niet altijd.' Hij vond het een vreemde vraag, zeker van zijn grootvader, die genoeg ervaring had met eerste hulp. 'De ernst van inwendig letsel kun je van de buitenkant niet inschatten, dat weet jij ook.'

'Het kan dus zo zijn dat iemand er aan de buitenkant perfect uitziet, maar dat er onder de oppervlakte een heleboel schade schuilgaat? Schade die je niet in één oogopslag kunt zien?'

'Van één oogopslag is ook nooit sprake. We onderzoeken de mensen altijd grondig, en soms zijn er ook aanwijzingen. Bij sommige ongelukken gaan we al uit van een vermoeden van inwendig letsel. We maken röntgenfoto's of andere –' Plotseling zweeg hij, zijn grootvader aanstarend. Toen keek hij over zijn schouder naar Élise, die hard in het Boathouse aan het werk was.

Het kan zijn dat iemand er aan de buitenkant volmaakt uitziet, maar dat er onder de oppervlakte een heleboel schade schuilgaat.

Zijn grootvader deed een stap achteruit en pakte de wandelstok die hij van Alice steeds bij zich moest hebben. 'Goed dat je in zoveel ziekenhuizen hebt gewerkt en overal zoveel kennis hebt opgedaan. Anders zou je zoiets misschien makkelijk kunnen missen. Dat chique ziekenhuis in Boston boft maar met jou. Nu moet ik weer terug, even gaan liggen, anders gaat je grootmoeder zich zorgen maken. Ik doe het alleen maar om haar een lol te doen.'

'Nee, wacht even...' Seans blik was nog steeds op Élise gericht. 'Verdomme, opa, wat wil je nu eigenlijk zeggen?'

'Jij bent hier degene met de medische opleiding, en na al die uren die je in een ziekenhuis hebt doorgebracht sinds je hier bent vertrokken, moet je haast wel goed in je werk zijn.' Hij tikte met zijn stok op het terras. 'Zoek het maar uit.'

Élise had wel duizenden dingen aan haar hoofd, maar op het moment dat ze opkeek en Sean tegen de deurpost geleund zag staan, was ze ze onmiddellijk allemaal vergeten. De afgelopen dagen had ze geprobeerd te doen alsof hij níét halfnaakt op het terras aan het werk was. Dat was een bijna bovenmenselijke inspanning geweest.

'Kan ik iets voor je doen?' O, god, dat had ze beter niet kunnen vragen. Natuurlijk was er iets wat ze voor hem kon doen. En hij zou ook een heleboel voor haar kunnen doen. Als zij dat toestond. Maar dat deed ze niet.

'Ik ben klaar.' Hij zette de gereedschapskist van Zach voor haar voeten neer, haar daarbij een riant uitzicht op zijn brede schouders gunnend.

'Ik dacht dat je ging proberen het nog een dag langer te rekken.'

'Dat heeft geen enkele zin. Het blijkt dat mijn opa me van het begin af aan door had. We hebben gepraat.'

'Bedoel je dat jullie het goed hebben gemaakt?'

'Nee.' Hij wreef over zijn kin. 'Daarover hebben we het niet gehad. Wel over andere dingen.'

Ze voelde even iets van teleurstelling. 'Je bent er nog steeds niet over begonnen?'

'We zijn erin geslaagd tien minuten in elkaars gezelschap door te brengen zonder elkaar naar de keel te vliegen. Dat leek me een goed begin. En nu we dus niet meer hoeven te doen alsof, heb ik het terras maar gelijk afgemaakt.'

Haar vreugde vermengde zich met een andere, verraderlijke emotie. Ontgoocheling. Nu hij klaar was met het terras, zou hij ongetwijfeld vertrekken. Hij zou teruggaan naar Boston en zolang er voor hem geen reden was naar huis te komen, zouden ze elkaar waarschijnlijk met kerst pas weer zien. Het verbijsterde haar hoe erg ze dat vond.

'Het feest kan dus gewoon doorgaan.' Een paar dagen geleden had ze nog gedacht dat de situatie hopeloos was. Ze had in de put gezeten en het gevoel gehad ongelooflijk te hebben gefaald. Nu ze wist dat alles toch nog op tijd klaar zou zijn, zou ze hebben moeten staan dansen van blijdschap. Waarom deed ze dat dan niet? 'Super. Vandaag ben je echt mijn held.'

'Ik ben blij dat je er zo over denkt, want het wordt tijd het over de betaling te hebben.' Hij sloeg zijn armen over elkaar, zijn blauwe ogen met een lome blik op haar gezicht gericht.

'Betaling?'

Zijn huid glinsterde van het zweet na al dat harde werken, en instinctief deed ze een stap achteruit. Het deed haar te veel denken aan die avond de afgelopen zomer, de avond dat ze elkaar helemaal gek hadden gemaakt. Ze wist hoe die schouders aanvoelden. Onder haar handen. En onder haar mond. En hoe zijn handen en mond op háár hadden aangevoeld. Ze moest er gewoon aan denken of ze wilde of niet en dat gold blijkbaar ook voor hem, want hij keek naar haar alsof ze een maaltje was dat hij maar al te graag wilde verorberen.

'Ja, daarover hadden we het nog niet gehad. Maar daar ben ik nu wel aan toe.'

'Wat wil je?'

Hij glimlachte. 'Laten we beginnen met een etentje. Ik heb wel trek.' Zijn blik ging naar haar lippen. 'En aangezien jij de hele week aan één stuk door hebt gewerkt, zul je vast ook honger hebben.'

Merde. 'Sean –'

'Acht uur oké, of liever later?'

'Nee, dat is niet oké. Ik heb helemaal geen tijd voor een etentje. Over nog geen twee dagen 'eb ik een feestje voor meer dan 'onderd mensen.'

'Je bent nerveus.' Zijn stem klonk zacht en zijn ogen hadden een vriendelijke glans. 'Wanneer je gestrest bent, beginnen je h's te verdwijnen.'

'Natuurlijk ben ik nerveus. Die opening is heel belangrijk voor me.'

Hij trok zijn wenkbrauwen op. 'Het komt dus door het Boathouse dat je nerveus bent?'

'Ja! En zoals ik al zei, ik héb...' Ze legde extra nadruk op de h, hem het woord zo ongeveer toe blazend. '...nog niets te eten voor de gasten. En ik moet nog naar het terras kijken. Ik wil niet dat iemand erdoorheen zakt.'

Hij glimlachte, een trage, sexy glimlach die een verlammende uitwerking op haar had. 'Je wilt mijn werk inspecteren? Ik kan je verzekeren dat het het mooiste terras van Vermont is, en dat niemand erdoorheen zal zakken. Mocht dat wel gebeuren, dan kan ik uiteraard alles repareren wat ze eventueel breken.'

Zijn zelfverzekerdheid deed haar knarsetanden. 'Wij gaan niet samen uit eten. Dat is niet iets wat wij samen doen.'

'Deze keer dus wel. We hebben allebei een zware week achter de rug.'

Te oordelen naar de donkere schaduw op zijn kaken had hij zich die ochtend niet geschoren en hij zond haar opnieuw een lome blik vanonder zijn dikke wimpers.

Ze wilde zo graag samen met hem eten dat het haar beangstigde. Dat ging dus echt, onder geen beding, gebeuren. 'Als je honger hebt, zal ik een tafel in het restaurant voor je reserveren. De specialiteiten van vanavond zijn coquilles en *confit de canard*. Je zult er vast van genieten.'

'Ik ben niet gekleed voor het restaurant.'

'Je bent helemaal niet gekleed.' Haar blik gleed over de duidelijk aanwezige spierbundels in zijn schouders. 'Dat is het probleem.'

'O ja?' vroeg hij met hese stem. Zo te horen zag hij het probleem er niet van in.

Élise klemde haar tanden op elkaar. 'Niet voor mij, maar voor de andere gasten. Dus misschien wil je een douche nemen en andere kleren aantrekken, zodat je er weer uitziet als Sean en niet als… als…'

'Als wat?'

'Als… dit.' Adembenemend. Gevaarlijk.

Hij boog zich naar haar over. 'Negen uur, Élise. Dan heb je nog de tijd af te maken wat je wilt afmaken, maar ben je nog niet in slaap gevallen. Ik kook. We eten op het terras.'

Ze moest zich dwingen adem te halen. Hij zat al dagen op haar lip, waarvan ze langzaam maar zeker helemaal gek dreigde te worden, en nu wilde hij ook nog de avond met haar doorbrengen? En negen uur betekende een etentje bij maanlicht en dat was echt veel te romantisch. Ze deed niet aan romantiek.

'Je hebt echt fantastisch werk geleverd, maar er lopen hier nog allemaal mensen rond om alles gereed te maken voor zaterdag, en eerlijk gezegd –'

'Ik bedoelde ook niet dit terras. Dat heb ik zo onderhand wel genoeg gezien. Ik bedoelde jouw terras. Het terras van Heron Lodge.'

Hááр terras? Haar terrein. Dat was nog veel gevaarlijker.

Met al haar excuses maakte hij korte metten, een voor een, alsof het bomen in het bos waren die in de weg stonden. En de glimlach en charme waarmee hij dat deed, gaven haar wilskracht en haar gezonde verstand een flinker opdonder.

Omdat ze niet wilde dat er mensen meeluisterden, liep ze het terras op, waar niemand hen kon horen. 'Echt heel aardig van je, maar ik denk niet –'

'Negen uur.' Hij draaide zich om en liep weg, haar nogmaals een fantastisch uitzicht gunnend op die brede, gespierde schouders.

'Godsamme zeg, het zou verboden moeten worden, zo sexy als die man is,' fluisterde Poppy, die achter haar was opgedoken, lichtelijk buiten adem. 'Ik geloof dat ik een dokter nodig heb.'

Terwijl Puccini uit de luidsprekers knalde, reed Sean naar het dorp om inkopen voor het eten te doen en bloemen voor zijn grootmoeder te halen. Op de weg terug naar Snow Crystal was het nogal druk en terwijl hij in de file stond, keek hij naar toeristen die foto's maakten van de pittoreske overdekte brug, met de bossen en de bergen op de achtergrond.

Hij kon de woorden van zijn grootvader maar niet uit zijn hoofd krijgen: het kan zijn dat iemand er aan de buitenkant volmaakt uitziet, maar dat er onder de oppervlakte een heleboel schade schuilgaat.

Weer thuis trof hij Jackson gebogen over zijn laptop, starend naar een spreadsheet, een slapende Maple aan zijn voeten.

Onderweg naar de koelkast wierp Sean hem een blik toe. 'Klopt het een beetje?'

'Dat doet het hier nooit.'

'Maar het gaat de goede kant op. Er zijn nog steeds gasten die ieder jaar terugkomen. Het outdoorprogramma van Brenna lijkt populair. Niet te geloven hoe groot die kleine Sam is geworden.'

'Ja, een geweldig joch. Ik weet nog dat opa hem die kleine ski's van Tyler gaf toen hij drie was. Dat gezichtje van hem.' Jackson veranderde een paar cijfers. 'Hoe gaat het met het terras? Al een spijker door je vinger geramd?'

'Het is klaar.'

Jackson keek op. 'Ik dacht dat je er zo lang mogelijk over wilde doen?'

'Opa had me door.'

Grijnzend leunde Jackson achterover. 'Met zijn hersens is blijkbaar niets mis, gelukkig. Dat moet een leuk gesprek zijn geweest. Heeft hij je weggestuurd?'

'Nee. Ik kreeg de gebruikelijke preek. Dat ik hier meer tijd zou moeten doorbrengen. Dat alles hier om familie en tradities draait. Je weet hoe hij is. Zet mensen nu eenmaal graag onder druk. Dat deed hij bij papa ook voortdurend.'

Jacksons glimlach maakte plaats voor een frons. 'Sean –'

Op dat moment ging de deur open en kwam Kayla binnenwandelen. 'Schat, ik ben thuis.' Haar melodieuze stem had een ondeugende ondertoon. 'Dat gesprek ging goed. Bereid je maar voor op… O…' Nu pas zag ze Sean en ze zweeg een tikje gegeneerd. 'Hoi. Ik wist niet dat jij hier ook was. Sorry.'

Blij dat ze hen had onderbroken, omdat een gesprek over zijn vader wel het laatste was waar hij zin in had, glimlachte Sean naar haar. 'Let maar niet op mij.'

Haar blonde haar was opgestoken en ze droeg een kokerrok en hakken. Ze zag er verzorgd en professioneel uit. New York, dacht Sean. Niet Snow Crystal.

Hoe zou ze zich in vredesnaam aan het leven hier gaan aanpassen? Op dit moment leefde ze nog twee verschillende levens, met als enige nadeel dat dat erg veel energie kostte. Net als bij hem was haar werk alles voor haar geweest. Tot ze Jackson ontmoette.

Wat zou er gebeuren wanneer ze hier een tijdje was? Op een dag zou ze wakker worden en beseffen wat ze had opgeofferd, en dan zou de rancune de kop opsteken. Eerst bijna onmerkbaar, maar langzaam maar zeker zou er een gevaarlijke, onverteerbare kluwen spijt en verbittering in haar groeien.

Jackson klapte zijn laptop dicht. 'Dag, Sean, leuk dat je er was. Kom nog eens langs. Rond kerst of zo.'

'Ik zou met jullie samen kunnen eten.'

'Wij eten afhaalpizza in bed. Je bent niet uitgenodigd.' Jackson liep naar Kayla toe, trok haar stevig tegen zich aan en kuste haar grondig.

'Pizza?' Sean huiverde. 'Kun je niets beters verzinnen om een vrouw te imponeren in bed?'

'Lekker veel koolhydraten voor extra energie.'

Sean had wel zin in een lolletje. 'Ik kan ook wel wat koolhydraten gebruiken na alle energie die jouw terras me heeft gekost. Zal ik bestellen?'

Jackson haalde zijn mond een moment weg van die van Kayla om Sean een dreigende blik toe te kunnen werpen. 'Ik dacht dat pizza beneden je stand was?'

'Ik heb plotseling zo'n zin om samen met mijn broer te eten.' Kayla maakte zich los uit Jacksons armen. 'Wat een goed idee!'

Jackson keek nog steeds dreigend. 'Wat is daar zo goed aan?'

'Sean is meer dan welkom om te blijven eten.' Kayla liep op Sean af, een olijke glimlach op haar gezicht. 'Dat zou ik echt heel leuk vinden. Laat die pizza maar zitten, ik ga iets bijzonders klaarmaken. Iets wat je nooit zult vergeten. Ik sta erop. Het is al wel een tijdje geleden dat ik iets in een keuken heb gedaan, maar ik denk dat ik die nog wel kan vinden.'

De twee broers wisselden een blik.

Grijnzend sloeg Jackson zijn armen over elkaar. 'Geweldig plan. Blijf lekker eten, Sean. Kayla kookt.'

Kayla's kookkunsten waren een voortdurende bron van grapjes binnen de familie. Hoe briljant ze op sommige terreinen ook was, de keuken hoorde daar beslist niet bij. Sean liep al achteruit naar de trap, zijn handen geheven. 'Ik ben gespecialiseerd in orthopedie, hè, niet in toxicologie.'

'Beledig jij mijn aanstaande vrouw?'

'Nee, alleen haar kookkunsten.'

'Ik ben diep gekwetst...' Kayla wapperde met haar wimpers. 'En ik wilde nog wel iets heel bijzonders voor je maken. Een experiment.'

'Oké, oké, ik geef me gewonnen. Ik laat jullie alleen. De aanblik van jullie samen beneemt me sowieso al de eetlust.'

Nadat hij een douche had genomen, leende hij nog een shirt uit Jacksons kast en haalde vervolgens het eten uit de koelkast dat hij die middag had gekocht, inclusief een fles gekoelde wijn.

Kayla keek naar de wijn en naar de tas met eten. 'Waar ga je met dat alles naartoe?'

Sean gaf niet onmiddellijk antwoord. Als hij zou vertellen dat hij met Élise had afgesproken, zouden ze daarin vast veel te veel gaan zien.

'Ik dacht, ik ga picknicken.' Het klonk hem zelf al net zo belachelijk in de oren als zijn broer.

'Tuurlijk,' sprak Jackson op lijzige toon. 'We weten immers allemaal wat een fervent picknicker jij bent? Niets leuker dan mieren in je eten en modder aan je broek, nietwaar?'

'Over mieren en modder heb ik het niet gehad. Tot later.' Het sarcasme van zijn broer negerend, liep Sean naar de deur. Hij stond al bijna buiten, denkend dat hij er mooi vanaf was gekomen, toen Kayla vroeg: 'Waarom bel je Élise niet om een tafeltje in het restaurant te reserveren? Ze zal maar al te graag iets lekkers voor je maken, daar ben ik van overtuigd.'

Hoe onschuldig haar woorden ook waren, iets in haar stem maakte dat hij de vrouw die over niet al te lange tijd zijn schoonzus zou worden, over zijn schouder aankeek.

Jackson fronste zijn voorhoofd. 'Dat kan toch niet? Het is Élises vrije avond.'

Kayla keek Sean recht in de ogen nu. Ze glimlachte.

Ze wíst het.

Jacksons telefoon ging en toen hij zich afwendde om op te nemen, werd Kayla's glimlach zo mogelijk nog iets breder.

'Fijne avond, Sean. Geniet van je… picknick.'

Hoofdstuk 9

Wat trok een vrouw aan voor een informeel avondje met een man die ze op afstand probeerde te houden?

Het had haar een uur gekost daarover een beslissing te nemen. Haar zwarte jurkje was te formeel, haar blauwe zonnejurkje te leuk... Uiteindelijk had ze een spijkerbroek aangedaan die ze al minstens vier jaar niet had gedragen. Het was eigenlijk geen weer voor een spijkerbroek, maar zo zag het er in ieder geval niet uit alsof ze te hard haar best had gedaan.

Nu ijsbeerde ze door haar keukentje en ze had het veel te warm. Aantrekkelijke mannen kwam ze vaak genoeg tegen. Een enkele keer waren ze interessant genoeg om er iets meer aandacht aan te besteden. Nooit, maar dan ook nooit, was ze echter in de verleiding gekomen met iemand een relatie te beginnen. Ze schonk iemand haar gezelschap, haar eten, lachte en praatte met hem, heel af en toe schonk ze iemand ook haar lichaam... maar haar hart? Alleen die ene keer. Daarna nooit meer.

Sean had beloofd te koken, maar om zichzelf een beetje af te leiden had ze *grissini* met rozemarijn en Parmezaanse kaas gemaakt, die ze wellicht ook als borrelhapje in het Boathouse zou gaan serveren.

De bakgeuren die zich door Heron Lodge hadden verspreid, ervoer ze als geruststellend. Het herinnerde haar aan haar kindertijd. Aan haar moeder.

Een steek van pijn ging door haar heen. Heel even wenste ze dat ze de klok kon terugdraaien. Dat ze dingen kon overdoen en andere beslissingen kon nemen. Het liefst zou ze de opstandige achttienjarige die ze was geweest, eens flink door elkaar schudden.

Omdat ze zichzelf er af en toe aan wilde herinneren wat er nu eigenlijk echt belangrijk was in het leven, pakte ze de foto die op de vensterbank stond. Een mooie vrouw keek glimlachend naar een kleuter die naast haar op een krukje in een kom stond te roeren, en die met een minstens zo stralende glimlach naar háár opkeek. Van wat er later zou gaan gebeuren hadden ze nog geen idee.

Even werd ze overmand door pijn en schuldgevoel, maar toen hoorde ze Sean haar naam roepen. Snel zette ze de foto terug, zodat die weer op zijn plaats in de vensterbank stond tegen de tijd dat Sean in de deuropening verscheen.

'Ik dacht, ik zal deze keer veel lawaai maken, zodat je me er niet van kunt beschuldigen jou de stuipen op het lijf te willen jagen. Er ruikt hier iets erg lekker. Het was niet de bedoeling dat jij iets te eten zou maken, al hoor je mij niet klagen.' Hij liep de keuken in, haar een trage, sexy grijns schenkend, die de raarste dingen met haar buik en haar hartslag deed.

Of hij nu een pak droeg, zoals toen hij zo halsoverkop uit het ziekenhuis hiernaartoe was gekomen, of zoals nu een versleten spijkerbroek met weer een ander overhemd van Jackson, in alles zag hij er even verpletterend uit, besloot ze.

'Dit is maar een borrelhapje. Je mag me vertellen wat je ervan denkt.'

'Ik denk dat ik maar bij je intrek.' Hij zette zijn boodschappen op het aanrecht en pakte een van de versgebakken *grissini*. 'Ze zien eruit als de *grissini* die ik in Milaan heb gegeten. Weer een experiment?'

'Gewoon iets simpels. Ik werk graag met deeg.'

'Je werkt veel te hard.'

'Koken voelt nooit als werken. Het helpt me mijn hoofd leegmaken en ontspannen.' En op dat moment, met Sean zo vlak naast haar in haar keuken, kon ze alle hulp daarbij maar al te goed gebruiken.

Hij brak de stengel in tweeën, nam een hap en kreunde zo voldaan dat er bij haar onmiddellijk van alles reageerde. 'Dit is lekkerder dan alles wat ik in Italië heb geproefd.'

'Dat komt door de kwaliteit van de ingrediënten. Plaatselijke bloem en rozemarijn, die voor je moeders keukenraam groeit.'

Ze was niet gewend een man in haar huis te zien. In haar keuken. Dit was háár plekje dat ze koesterde en beschermde en, het allerbelangrijkste, waar ze zich veilig voelde.

Op dat moment voelde ze zich allesbehalve veilig.

Zijn haar was nog nat van de douche, zijn gezicht gladgeschoren. Jackson en Sean waren een eeneiige tweeling, maar toch zag ze duidelijke verschillen. Seans gezicht was iets magerder en hij droeg zijn haar korter. Waarschijnlijk vonden de meeste mensen hem ook intimiderender, aangezien hij minder snel glimlachte dan zijn broer. Hij zat in ieder geval een stuk gecompliceerder in elkaar.

Of misschien waren haar gevoelens jegens hem gecompliceerder. Maar daarover wilde ze helemaal niet nadenken en dus pakte ze een paar borden uit de kast en zei: 'Het is een schitterende avond. Laten we buiten gaan zitten.' Dat zou een stuk minder benauwd voelen. Minder intiem.

'Eerst moet ik de steak bakken en de salade maken.' Sean maakte een fles wijn open, schonk een glas voor haar in. 'Moet je proeven. Californische.'

Ze nam een slokje, knikte goedkeurend. 'Lekker.'

'Die had ik al eerder uit het dorp meegenomen, toen ik wat inkopen deed voor oma. Ik moest je nog bedanken trouwens, voor alles wat je in de vriezer hebt gestopt. Dat was lief van je. Dat had je niet hoeven doen.'

'Waarom niet? Omdat ik geen familie ben?' De emoties die door haar heen gingen, waren zo sterk, dat ze er bijna door omvergeblazen werd. Dat kwam doordat ze naar die foto had zitten kijken, wist ze. 'Voor mij zijn ze als familie. En er is niets belangrijker dan zorgen voor de mensen van wie je houdt.'

Hij pakte een koekenpan. 'Ik trok je genegenheid voor hen niet in twijfel of de relatie die je met hen hebt. Ik dacht alleen dat je met het restaurant én het Boathouse wel meer dan genoeg te doen had.'

En zij had veel te heftig gereageerd. Dat las ze in zijn ogen.

Waarom bracht deze man toch altijd het slechtste in haar naar boven? Ze had haar best gedaan dat deel van haar onder controle te krijgen en ze had gedacht daarin ook te zijn geslaagd. Tot Sean.

Zich er maar al te zeer van bewust dat haar emoties als het om hém ging, een grote puinhoop waren, liep ze de keuken door om een schaal voor de sla te pakken. Intussen had ze het gevoel alsof er een ijsmachine in haar buik draaide. 'Ik maak wel een dressing.'

'Die heb ik al gemaakt. Ontspan nu maar.'

Ontspannen was geen optie, dus dronk ze haar wijn en keek toe terwijl hij twee steaks uitpakte en olie in de pan warm liet worden. Een simpele maaltijd, maar veel te huiselijk, en een ogenblik lang bleef Élise doodstil staan, bevangen door herinneringen.

Wat overigens nergens op sloeg, aangezien dit in de verste verte niet leek op de enige, bezoedelde poging tot huiselijkheid, die ze ooit had gedaan.

Handig draaide hij de steaks om, haar een snelle blik toewerpend. 'Wat doe ik verkeerd?'

'Niets. Ik wist niet dat je kon koken.'

'Volgens mij kun je dit nauwelijks koken noemen, toch?' Zijn mond vertoonde een sensuele welving. 'Ik woon alleen en, in tegenstelling tot wat ik mijn grootvader vertel, ik wil niet altijd in het ziekenhuis eten, naar een restaurant gaan, of iets halen. Dus heb ik mezelf de basisdingen geleerd. En het is natuurlijk altijd handig wanneer je indruk wilt maken op een vrouw.'

'En lukt dat?'

'Dat moet jij me zo maar vertellen.' Hij legde de steaks op de borden, schepte er wat sla bij. 'Ik heb dit allemaal bij die boerderijwinkel gekocht. Er zit ook nog een brood in de tas.'

Ze legde het brood op een houten plank en sneed het door, een goedkeurende blik werpend op de structuur. 'Ze hebben geweldige spullen daar. In het restaurant serveren we ook hun jams, al werkt Elizabeth heel hard aan een eigen recept voor Snow Crystal. Dat wordt echt verrukkelijk.'

'Je serveert jam? Niet alleen onze eigen ahornsiroop? Dat is bijna ketterij.'

'Uiteraard hebben we ook ahornsiroop. En niet alleen omdat je grootvader me onmiddellijk de laan uit zou sturen als ik die van het ontbijtmenu haal.'

'Mijn grootvader zou jou nooit wegsturen. En Jackson ook niet. Je bent hier volkomen veilig.' Hij gaf haar een bord, met zijn vingers even langs de hare strijkend. 'Je hebt wel een enorm risico genomen door bij een restaurant als Chez Laroche weg te gaan om voor Jackson te komen werken.'

Hoewel dat een heel normale, logische opmerking was, was ze onmiddellijk weer supergespannen. Met haar vrije hand bestek en servetten pakkend, zei ze: 'Waarom? Jackson had een bijzonder succesvol bedrijf voordat hij naar Snow Crystal terugkeerde. Ik stond nog aan het begin van mijn carrière en bij Jackson kreeg ik veel meer vrijheid dan ik ooit bij Pascal had gehad.'

Ze had zijn naam vaak geoefend, zodat ze zeker wist dat ze die zonder haperen kon uitspreken of zonder dat ze gelijk met iets wilde gaan gooien.

'Hoe was het om voor zo'n beroemdheid als Laroche te werken? Had hij een erg groot ego?'

Er was geen enkele reden niet de waarheid te vertellen over dit deel, toch? 'Hij zat behoorlijk ingewikkeld in elkaar. Hij was charismatisch, veeleisend, en vaak onredelijk in zijn streven naar perfectie. Een genie in de keuken. Iedereen wilde met hem werken, maar tegenover iedere persoon die daarna in elk restaurant ter wereld een baan kon krijgen, stonden er acht die hij volledig kapotmaakte. Er zijn er die nooit meer hebben gekookt nadat ze voor hem hadden gewerkt.'

'Maar jou heeft hij niet kapot gekregen.'

Élise zweeg even. Hij had haar wel degelijk kapotgemaakt, maar niet in hun werkrelatie. Die had ze overleefd.

'Ik was achttien en het enige wat ik wilde, was koken. Hij was een legende in Parijs.' Ze haalde haar schouders op. 'Niet alleen in Parijs. In zijn keuken werkten geen vrouwen. Hij geloofde niet dat vrouwen goede koks konden worden. Hij dacht dat wij daarvoor niet het juiste temperament hadden, het uithoudingsvermogen, de "ballen". Ik heb tegen hem gezegd dat ik alle klusjes zou doen die hij me opdroeg, en dat ik die ook beter zou doen dan een man.'

'En?'

'De eerste dag moest ik de wc's schrobben.' Het verbaasde haar dat ze hierover zo makkelijk kon praten. 'Toen ik de volgende dag gewoon terugkwam, lachte hij en liet hij me de vloer van het restaurant poetsen. Hij zei altijd dat het succes van een bedrijf van zoveel méér afhing, dan van het eten alleen, en natuurlijk had hij daarin gelijk, al liet de manier waarop hij dat duidelijk probeerde te maken, wel het een en ander te wensen over.'

'Hoelang duurde het voor je de keuken in mocht?'

'Precies een maand. Het was een zaterdagavond en hij was kwaad op iedereen, liep te schreeuwen over ieder bord dat er niet precies zo uitzag als hij voor ogen had gehad. Drie man personeel zat ziek van de stress thuis en toen gingen ook nog twee van zijn jonge koks in opleiding ervandoor. Ze waren het zat. Ik heb toen gezegd dat ik het werk van twee man kon doen. Hij zei dat ik het nog geen avond zou uithouden in de hectiek van zo'n drukke keuken.'

Sean bleef tegen het aanrecht geleund staan luisteren, het eten helemaal vergeten. 'Ik neem aan dat je het een stuk langer hebt volgehouden?'

'Ik was het enige meisje in een keuken met tweeëntwintig mannen. Ik had destijds lang haar, dat ik in een paardenstaart droeg.' Weer moest ze even aan haar moeder denken, die haar haar altijd met lange, rustgevende bewegingen had geborsteld toen ze nog een klein meisje was. 'Hij sleurde me aan die paardenstaart de keuken door. Hij wilde dat ik zou gaan huilen. Hij wilde dat ik ervandoor zou gaan, zodat hij voor eens en voor altijd zou hebben bewezen dat vrouwen te teerhartig zijn om in een keuken te werken.'

'Jou kennende, heb je niet gehuild en ben je er ook niet vandoor gegaan.'

'Ik heb een stuk van mijn haar afgeknipt.' En toen had ze gehuild, stille tranen toen ze op het krappe personeelstoilet de keukenschaar in haar glanzende haar had gezet.

Zijn blik ging naar haar haar. 'Sindsdien heb je je haar altijd kort gedragen?'

'Ja. En uiteindelijk heeft hij geaccepteerd dat ik niet zo makkelijk weg te jagen was. Hij begon me dingen te leren. Hij was een genie, maar het valt niet mee met dat soort temperament om te gaan. Vaak zat een recept alleen in zijn hoofd en hij werd woest als iemand van zijn team dan iets verkeerd deed.'

'Het klinkt alsof hij een beetje gek was.'

'Dat was hij ook.' En gevaarlijk charismatisch. Hij kon ineens heel charmant zijn. Die combinatie van charme en vakbekwaamheid maakte dat iedereen ervan droomde met hem te werken.

Ze herinnerde zich nog de eerste keer dat hij naar haar had geglimlacht.

En ze herinnerde zich de eerste keer dat hij haar had gekust.

Helemaal van de wereld was ze geweest, haar verlangen naar hem zo sterk, dat het bijna lichamelijk pijn had gedaan. Het had haar verdoofd. Verblind.

Sindsdien had ze zichzelf niet meer toegestaan ooit nog zoiets te voelen.

Tot nu toe dan.

Haar blik zocht die van Sean. 'Laten we gaan eten, voordat het helemaal koud wordt.'

Terwijl ze naar buiten liepen, zei hij: 'Je hebt het dus volgehouden, hebt een opleiding van wereldklasse gekregen en hebt die klootzak toen alsnog in de steek gelaten.'

Élise kromp even ineen, maar realiseerde zich toen dat hij het nog steeds over het werk had. 'Ja.' Ze zette het brood op tafel. 'Inderdaad. Ik had het geluk Jackson tegen te komen. Hij gaf me de vrijheid datgene wat ik bij Pascal had geleerd, mee te nemen en tegelijkertijd mijn eigen stijl van koken te ontwikkelen.'

'Heb je nog contact met hem?'

'Met Pascal?' Ze pakte het mes, begon het brood te snijden. 'Nee. Hij was niet zo sentimenteel. En ik ook niet.' Niet meer. Daarvoor had hij wel gezorgd.

'En je verlangt er niet naar terug te gaan naar Parijs? Het verbaast me nog steeds dat je de stad niet mist.'

'Ik ben dol op de bergen. Toen ik nog klein was, nam mijn moeder in de winter vaak kookklussen aan in de Alpen. Dan mocht ik met haar mee. Fantastisch vond ik dat. Werken voor Jackson gaf me hetzelfde gevoel.'

'Niet een stille wens op een dag naar het stadsleven terug te keren? Ik dacht dat iedere chef-kok ervan droomde ooit zijn eigen restaurant te openen.'

'Waarom zou ik dat willen, als ik hier alle vrijheid heb te doen wat ik wil? En ik open toch ook een restaurant? Ik kan het Boathouse van de grond af opbouwen, en de Inn is al maanden van tevoren volgeboekt. En ik zou Jackson nooit in de steek laten.' Ze sneed een stukje van haar steak af, hield haar hoofd een beetje scheef en knikte. 'Precies goed.'

'Je bent wel heel loyaal aan mijn broer.'

'Natuurlijk. Ik hou heel veel van mijn werk.'

'Met Chez Laroche op je cv zou je overal terechtkunnen.'

Denk je nu echt dat ik je laat gaan, Élise? Denk je dat iemand in Parijs je nu nog wil hebben? Zijn woorden.

Ze legde haar mes neer, haar eetlust plotseling verdwenen. 'Ik heb de baan die ik wil.' Ze vond het vreselijk dat alleen al de gedachte aan die tijd nog steeds zo'n uitwerking op haar had. Ze voelde zich vies en besmeurd en draaide even haar gezicht naar de ondergaande zon, in een poging de duistere herinneringen met het licht te verdrijven. 'En jij? Jij blijft in Boston?'

'Daar is mijn werk, en net als jij hou ik heel veel van mijn werk.'

'En deze week hebben wij jou daarvan afgehouden.'

Hij pakte zijn glas wijn. 'Ik moet toegeven dat ik meer genoten heb van het werken aan het terras dan ik had gedacht. En het was vermakelijk naar de kinderen op het meer te kijken.'

'Brenna doet dat echt heel goed met die kinderen. Wat vond jij hier vroeger het leukst?'

'Het skiën.' Hij aarzelde geen moment. 'Zodra de eerste vlokken sneeuw waren gevallen, zaten Jackson en ik al op die berg met opa. En Tyler vond het zo erg als enige te moeten thuisblijven, dat hij ook snel mee mocht. Hij kwam al van die hellingen naar beneden voordat de meesten van zijn leeftijdgenootjes fatsoenlijk konden lopen.'

'Wat zal het ongelooflijk moeilijk voor hem zijn geweest het wedstrijdskiën te moeten opgeven. Dat was het belangrijkste in zijn leven, zoals koken voor mij. Ik zou echt doodgaan als ik niet meer kon koken.'

'Die doodsoorzaak ben ik nou nog nooit tegengekomen.' Glimlachend boog hij zich naar haar toe om haar nog wat wijn bij te schenken. 'Is iedereen in Frankrijk zoals jij? Ligt de intensive care daar vol mensen die doodgaan omdat ze niet kunnen koken?'

'Het is goed passie te hebben.'

'Dat ben ik onmiddellijk met je eens. Sterker nog, ik hecht meer waarde aan passie dan aan welke eigenschap dan ook.' Zijn ogen keken recht in de hare, en de sfeer leek drastisch te veranderen.

Wat er op dat moment tussen hen was, was zo krachtig, dat het haar volledig van haar stuk bracht. Haar vork neerleggend hield ze zich voor dat een fysieke match niets met een emotionele band te maken had.

'Het is niet altijd goed. Als ik ergens van hou, is dat ook onvoorwaardelijk. In halve maatregelen ben ik nooit goed geweest.' En dat, dacht ze, was nu precies haar probleem.

Hij bleef haar nog even in de ogen kijken. 'Je klinkt net als Tyler. Hij zei net zoiets toen hij zich op zijn zesde van een helling stortte zonder eerst te kijken, waar hij terecht zou komen.' Met die simpele mededeling bracht hij het gesprek weer op veiliger terrein.

'Jij hebt een passie voor chirurgie.'

'Zo zou ik het niet noemen.' Hij nam nog wat sla. 'Ik heb een intellectuele interesse in het kunnen maken van dingen die kapot zijn.'

'Inclusief mijn terras?'

'Dat ook, ja.' Hij schepte haar ook nog wat van de salade op, maar ze schudde haar hoofd.

'Ik heb genoeg. Ik heb niet zo'n honger.'

'Je moet wat eten, en deze sla is van eigen bodem.'

'Je hoeft mij niets te vertellen over eten.'

'Mooi. Eet dan maar gewoon.'

'Snow Crystal is de passie van je grootvader.'

'Ik zou het eerder een obsessie noemen. Die maakt het hem onmogelijk te begrijpen dat andere mensen misschien niet dezelfde gevoelens koesteren.'

'Hoe zat dat met je vader?'

Sean verstijfde even. 'Hij hield van Snow Crystal,' zei hij toen, 'maar hij had een hekel aan het werk. Het ironische was dat hij door dat werk niet meer van Snow Crystal kon genieten. Daarvoor had hij het te druk met de boel draaiende houden, zorgen dat er zo veel mogelijk werd gehaald uit wat dit alles hier te bieden had. In onze jeugd hadden hij en opa daarover voortdurend onenigheid.'

'Walter houdt zielsveel van deze plek, met iedere vezel van zijn lichaam. Dat begrijp ik, omdat dat voor mij precies hetzelfde is en ik woon hier pas twee jaar.'

'Ik moet bekennen dat ik dat niet snap.' Sean pakte zijn glas weer. 'Je bent een slimme, sexy, zelfverzekerde vrouw. Waarom begraaf je je in een slaapverwekkend resort in Vermont, als je ook in Parijs zou kunnen zitten?'

'Waarom zouden de gasten van Snow Crystal minder verdienen dan de inwoners van Parijs? In Parijs vind je op iedere straathoek wel een goed restaurant. Hier niet. Mogen mensen hier niet goed eten?' Haar woede vlamde op, plotseling en intens. 'Ik voel me hier niet begraven en als je zulke domme opmerkingen blijft maken, zul jij straks degene zijn die begraven is. Ik zal je lichaam verstoppen onder het terras, en niemand die daarvan ooit iets te weten zal komen.'

Vanaf de andere kant van de tafel bleef Sean naar haar zitten kijken, met ogen die veel te veel zagen. 'Ik wilde je niet kwaad maken.'

Ze dwong zich rustig adem te halen, heel goed wetend dat haar boosheid was getriggerd doordat ze het over Parijs hadden gehad. 'Als je mij niet kwaad wilt zien, bekritiseer dan nooit meer iets waarvan ik hou.'

'Was het kritiek? Ik noemde het hier slaapverwekkend. In vergelijking met Parijs is Snow Crystal ook slaapverwekkend, Élise. Dat is gewoon een feit.'

'Als dat zo is, slaap ik de rest van mijn leven wel.' Met veel gekletter legde ze haar bestek weer neer. 'Ik begin een beetje te koken, dus laten we het over iets anders hebben. Iets normaals, waarvan ik geen moordneigingen krijg. Wat vond je hier nog meer leuk behalve skiën?'

'Zwemmen in het meer. Niets leukers dan Tyler onder water duwen. En jij?' Zijn stem kreeg een zachtere klank. 'Vertel eens iets meer over je moeder. Zij heeft je toch leren koken?'

Haar boosheid was in één klap verdwenen. 'Sommige moeders willen hun kinderen niet in de keuken omdat het dan zo'n bende wordt, maar mijn moeder vond dat die bende bij het creatieve proces hoorde. Vaak zette ze me op een stoel naast zich en liet me met mijn handen, net als zij, ingrediënten mengen in een kom. Ik vond het fantastisch dat boter en bloem samen in een fijn poeder konden veranderen. Dat er als je een ei in de bloem brak en er melk doorheen deed, een dik beslag ontstond. Dat er als je twee dingen met elkaar mengde, weer iets heel anders uitkwam, vond ik ronduit fascinerend.'

'Ze was banketbakker, toch?'

'Ze werkte in een bakkerij. En thuis bakten we samen. Er is geen geruststellender bezigheid dan bakken. En ze leerde me op mijn instincten te vertrouwen. Zelf gebruikte ze nooit een kookboek. Ze kookte op gevoel en instinct, gebruikmakend van haar zintuigen. Ze was bijzonder getalenteerd. Zij is ook degene die me heeft geleerd dat vers altijd het beste is. We kweekten kruiden in bloembakken in de vensterbank, en sla in potten in de keuken. Dat is ook een van de dingen die ik hier zo fijn vind: mensen gebruiken het liefst plaatselijke producten. Boeren en koks werken samen, dat hadden we in Parijs niet. In Parijs kon ik niet naar de boerderij gaan, de mensen ontmoeten en de producten zien. Ik word daar heel blij van.'

'Heeft je moeder nog geweten dat je bij Pascal Laroche ging werken?'

'Ja.' Haar maag kneep samen en ze kreeg een brok in haar keel. 'Dat wist ze.'

De rest had ze echter niet geweten. Gelukkig maar. Haar moeder had haar heel wat fouten zien maken, maar haar allergrootste fout ooit was haar bespaard gebleven.

'Ik ben één keer in Parijs geweest.'

Dankbaar dat hij het gesprek een andere wending gaf, vroeg ze zich af of hij door had gehad hoe het haar te moede was geweest. 'Wanneer?'

'Toen ik achttien was. Voordat ik met mijn studie begon, heb ik een reis door Europa gemaakt. Ik ben een maand in Engeland geweest, bij de familie van mijn moeder, en heb daarna nog wat rondgereisd. Florence, Rome, Sevilla, Parijs. Ik ben op de Eiffeltoren geweest.'

'Zo toeristisch. Als je met mij naar Parijs zou gaan, zou ik je niet daarmee naartoe nemen.'

'Waarheen dan wel?'

Nergens heen, want ze was niet van plan ooit nog naar Parijs terug te keren, maar dit was hypothetisch, geen werkelijkheid. 'Ik ben dol op de Jardin des Tuileries 's ochtends vroeg, wanneer de stad nog aan het wakker worden is. Ik vind het heerlijk de zon te zien opkomen boven het Louvre en ik kom **graag** in de straatjes van de Marais.' Ze dacht aan de mooie panden, de kleurrijke etalages. 'Ik hou ervan door achterafstraten te lopen en een bakkertje te ontdekken waar ze het volmaakte brood hebben. Ik ga ook graag naar het Musée de l'Orangerie om naar Monet te kijken. Wat is jouw lievelingsplek op Snow Crystal?'

'Die heb ik niet.'

'Natuurlijk heb je die wel. Voor mij zijn dat het meer en het bos. Ik slaap graag met de ramen open, zodat ik alle geluiden kan horen, en de geuren kan ruiken.'

'Heb ik een lievelingsplek?' Nadenkend trommelde hij met zijn vingers op tafel. 'De bergen dan waarschijnlijk. Ben jij ooit tot de top van de bergkam geklommen? Hiervandaan duurt dat een uur of vier. Toen we klein waren, stuurde opa ons met een tent naar boven en daar bleven we dan een nacht kamperen. 's Ochtends zagen we de zon opkomen boven de bergen, wasten we ons in de beek en klauterden we weer naar beneden.'

'Jij? Kamperen?' De gedachte aan Sean in een tentje vond ze zo grappig dat haar verdriet en woede even waren vergeten.

'Kijk maar niet zo verbaasd. Ik kon vuur maken met alleen een verzengende blik.' Ook hij moest nu lachen. 'Ik geef toe dat ik dat al heel lang niet meer heb gedaan. Misschien dat ik nu lucifers nodig zou hebben. En een matras met binnenvering zou wel lekker zijn. En warm en koud stromend water en misschien roomservice.'

'Dat klinkt meer als een vijfsterrenhotel dan als kamperen.'

'Goed plan. Laten we dat doen.' Weer veranderde de toon van zijn stem, en hij keek haar diep in de ogen. 'Jij, ik, een kingsize bed en roomservice. Ik weet een fantastisch hotel in de buurt van Burlington. Uitzicht op het meer. Hemelbed. Kussens met ganzendons. Een hele nacht seks, zonder verdere verplichtingen.'

Verleidelijk. Heel verleidelijk.

En omdat ze dat zo verleidelijk vond, stond ze op. 'Je zou het weer eens moeten proberen, kamperen. Soms is het goed terug in de tijd te gaan en dingen te doen die je deed toen je jong was.'

'Wat? Op harde, rotsachtige grond liggen, met Jackson snurkend naast me? Ik weet niet of ik dat destijds wel zo aantrekkelijk vond, laat staan dat ik het nog eens zou willen doen.' Ook hij kwam overeind. 'Ik neem aan dat dat een nee was tegen een nacht in een hemelbed met ganzendonzen kussens? Even voor de volledigheid: toch niet omdat je allergisch bent voor dons? Dan kan ik namelijk ook hypoallergene kussens vragen.'

Haar uiterste best doend zijn charmes te weerstaan, stapelde ze de borden op elkaar. 'Bedankt voor het etentje. Het was heerlijk. Slaap lekker, Sean.' Zonder nog naar hem om te kijken liep ze naar de keuken, maar hij volgde haar op de voet.

'Ik had je uitgenodigd voor het eten, dus moet ik ook afwassen.'

'Jij hebt gekookt, dus moet ík afwassen. Dat lijkt me niet meer dan redelijk.'

'Weet je wat mij niet meer dan redelijk lijkt?' Hij wachtte tot ze de borden had neergezet en drukte haar toen met zijn lichaam tegen het aanrecht, zijn blauwe ogen strak op de hare gericht. 'Ik kus jou en jij kust mij.'

Niet al te zachtzinnig vonden hun monden elkaar. Zijn ene hand woelde door haar haar, de andere lag laag op haar rug terwijl hij haar tussen zijn dijen gevangenhield en haar kuste tot de wereld om hen heen niet meer bestond. Iedere heldere gedachte werd uit haar hoofd verdreven, om plaats te maken voor verlangen en begeerte. Haar handen gleden over zijn schouders, waar haar vingers een en al kracht en spieren vonden.

Zij was degene die zich uiteindelijk terugtrok, al kostte dat haar al haar wilskracht. Het was niet dat ze dit niet wilde, maar ze moest zichzelf bewijzen dat ze nog in staat was haar hersens te gebruiken om een beslissing te nemen.

Op het moment dat hij haar weer wilde kussen, legde ze haar vlakke hand tegen zijn borst. 'Slaap lekker, Sean.'

'Ik wil jou.' Zijn stem was rauw en oprecht. 'En jij wilt mij. Zo simpel is het.'

Zij wist echter dat het helemaal niet simpel was. Relaties hadden de nare gewoonte al snel ingewikkeld te worden. 'Niet alles wat we willen, is ook goed voor ons.'

'Ik zal zorgen dat het goed voor je wordt.' Zijn mond verplaatste zich via haar kaak naar haar hals.

Ze deed haar ogen dicht, wederom haar uiterste best doend de verleiding te weerstaan. 'Dat bedoelde ik niet.'

'Wat bedoelde je dan wel?'

Zijn mond was vlak bij de hare, zijn toon intiem, maar ze hield haar hand nog even stevig tegen zijn borst. 'Ik wil geen complicaties.'

'Ik ook niet. Dat is een van de redenen dat we zo goed bij elkaar passen.'

'We hadden een afspraak.'

'Ik kan me geen afspraak herinneren.' Zijn blik was op haar lippen gericht. 'We hebben nooit een afspraak gemaakt.'

'Stilzwijgend.'

'O ja?' Zijn stem was schor en sexy geworden. 'Ik herinner me nog ieder moment van ons zwijgende samenzijn, maar ik kan me niet herinneren te hebben afgesproken daarover nooit meer te zullen beginnen.'

Hiermee had ze geen rekening gehouden. Ze had niet gedacht dat hij méér zou willen. Het was al een jaar geleden. 'Slaap lekker, Sean.'

'Stuur je me nu zomaar weg? Je hebt geen hart in je lijf.'

Ze had wel degelijk een hart. Ooit had ze dat onvoorwaardelijk weggegeven, zonder vragen te stellen, maar dat deed ze niet meer. Nu beschermde ze het met alles wat ze in zich had en dat zou ook nooit meer veranderen.

Hoofdstuk 10

De voorbereidingen voor het feest gingen voor alles.

Tyler was verantwoordelijk voor de verlichting, met Jess als hulpje om de ladder vast te houden en aanwijzingen te geven, terwijl hij snoeren met lichtjes in de bomen en aan het overhangende dak van het Boathouse bevestigde. Het gevloek was niet van de lucht, maar uiteindelijk hing alles zoals Élise het wilde.

Gasten die langs het meer wandelden, bleven staan om te kijken en hen te feliciteren, en ze werden onmiddellijk meegesleurd in de feestelijke opwinding. Iedereen die op dat moment in het resort verbleef, was uitgenodigd voor de officiële opening, en de gedachte dat haar droom eindelijk werkelijkheid werd, bezorgde Élise een gevoel van triomf.

Het Boathouse Café zou Snow Crystal goed doen. Zou de zaken goed doen. Ze had Jackson niet in de kou laten staan. Ze had de O'Neils niet in de kou laten staan.

Op het splinternieuwe terras stonden nu trendy tafels en stoelen en enorme aardewerken potten vol kleurige bloemen, die ze zelf had opgekweekt. Van de tafels binnen was een buffet gemaakt en er was ook nog ruimte over geweest voor een kleine dansvloer.

'Het wordt fantastisch.' Terwijl Élise en zij een korte pauze namen, keek Kayla naar het werk van Tyler. 'Subtiele, romantische verlichting. Echt geweldig gedaan, Élise. Je hebt werkelijk overal aan gedacht. Vergeet niet ook aan jezelf te denken en wat tijd in te plannen om je te verkleden.'

'Om zes uur heb ik een halfuurtje. Dat moet genoeg zijn.' Meer dan dat kon ze zich niet veroorloven. De hele ochtend had ze tussen de grote keuken van het restaurant en het Boathouse heen en weer gependeld. Bijna haar hele team was met de voorbereidingen voor het feest bezig geweest en ze was meer dan blij met het resultaat. Elizabeth was zoals altijd van onschatbare waarde geweest. 'Ik moet Sean vragen dat gereedschap naar Zach te brengen. Ik kan het hier niet langer kwijt.'

'Sean is terug naar Boston. Hij is vanochtend al heel vroeg vertrokken. Ik kan wel aan Jackson vragen of hij het wil doen. Hij moest straks toch nog weg.'

Sean was terug naar Boston? Hij was vertrokken? Alle vreugde leek uit haar weg te sijpelen en ze voelde zich plotseling onthutsend leeg.

Ze wist niet wat haar nog het meest van streek maakte: dat hij was vertrokken of dat dat zo'n enorme teleurstelling voor haar was. En daarbij kwam dan ook nog eens de frustratie dat hij was weggegaan zonder het uit te praten met zijn grootvader.

Kayla wierp een blik op haar horloge. 'Brenna komt zich om zes uur bij ons omkleden, zodat ze niet helemaal terug hoeft naar het dorp. Ik ga proberen haar over te halen mijn rode jurk aan te trekken, anders wordt het weer die zwarte die ze altijd draagt wanneer ze ergens opgedoft moet verschijnen.'

'Zwart is heel elegant. Ik doe ook een zwarte jurk aan.'

'Met zwart is ook niets mis, maar Tyler heeft haar al honderd keer in die jurk gezien, en ik dacht: laat ik de boel eens een beetje opporren. Zorgen dat hij haar ziet staan. Waarom kom je ook niet naar ons toe? Dan kunnen we ons samen klaarmaken voor het feest.'

Dan zouden ze vast over Sean willen praten en dat kon ze nu echt niet aan. 'Bedankt, maar dat gaat niet lukken. Ik moet zo snel mogelijk terug zijn om hier de last-minutedingen in de gaten te houden. De timing van het eten moet precies goed zijn. We hebben warme en koude hapjes en verschillende cocktails.'

Ze was nu al maanden met dit feest bezig en al die tijd had ze geen moment gedacht dat Sean erbij zou zijn. Waarom had ze dan nu ineens het gevoel dat de avond alle glans had verloren?

Ze was gewoon moe, meer niet. Alles wat er aan de opening vooraf was gegaan, had het uiterste van haar gevergd. Zodra dit allemaal voorbij was en het runnen van het Boathouse deel van haar dagelijkse routine zou zijn geworden, zou het allemaal wel weer goed komen.

'De band komt om zeven uur zijn spullen klaarzetten, daar bekommer ik me wel om. De gasten komen vanaf halfacht.' Met gefronste wenkbrauwen keek Kayla naar de lucht. 'Het ziet er een beetje dreigend uit. Denk je dat het gaat regenen?'

'Ik hoop van niet, maar mocht dat gebeuren, dan moeten we alles naar binnen verplaatsen. Het wordt wat krapper, maar het kan allemaal.' Uit alle macht probeerde ze Sean uit haar hoofd te bannen. Het was maar goed dat ze het zo druk had.

Tegen de tijd dat Élise zich had uitgekleed en onder een verkoelende douche stapte, was ze eigenlijk het liefst haar bed in gedoken. Ze moest echter nog toezicht houden op de laatste voorbereidingen en daarna ook nog gezellig met iedereen babbelen, wat ze normaal gesproken overigens heel leuk vond. Ze praatte maar wat graag met de gasten in het restaurant om erachter te komen wie ze waren, en waar ze wel of niet van hielden. Maar die avond was ze niet in de stemming voor koetjes en kalfjes.

Geërgerd droogde ze haar haar af, maakte zich snel op en trok de zwarte jurk aan die ze in New York had gekocht, tijdens een bezoekje aan Kayla. De jurk had een hoge halslijn, een laag uitgesneden rug en een zwierig rokje dat tot halverwege haar bovenbeen kwam. Aangezien ze die avond veel zou moeten lopen, deed ze er een paar ballerina's bij aan. Met één enkele zilveren armband maakte ze het af.

Op haar terras bleef ze nog even staan om van de rust en de stilte te genieten, waarna ze over het pad langs het meer naar het Boathouse liep.

Haar team was er helemaal klaar voor en ze sprak ze nog even toe, om er zeker van te zijn dat iedereen precies wist wat er werd geserveerd. De eerste gasten konden worden ontvangen.

De band kwam uit de buurt en speelde nummers die precies de goede sfeer creëerden, terwijl het terras zich steeds verder vulde met mensen die genoten van Élises cocktails én van het adembenemende uitzicht op het meer.

Élise liep rond, een praatje makend met de mensen aan wie Kayla haar voorstelde, vertellend over haar plannen met het Boathouse en de Inn, en glimlachend tot haar gezichtsspieren pijn deden en haar hoofd begon te bonzen. Alle geluiden begonnen zich tot een dikke brij te vermengen: muziek, gepraat, gelach.

De komst van Sam en zijn familie vrolijkte haar weer even op. Sam leek zich nogal ongemakkelijk te voelen in een schoon shirt en met een fris geboend gezicht. Ze wees hem op de pizzahapjes die ze speciaal voor de jongere gasten aan het menu had toegevoegd.

'Jammie.' Hij pakte er onmiddellijk vier, zag zijn moeder kijken en legde er één terug. 'Kajakken is gaaf. Brenna is echt supertof.'

'En jij deed het ook super.' Brenna woelde in het voorbijgaan even door zijn haar. 'Dat wordt nog een spannende wedstrijd morgen.'

'Ik ga winnen,' verklaarde Sam met zijn mond vol pizza.

Met haar ogen rollend verplaatste zijn moeder de baby naar haar andere heup. 'Praten of eten, lieverd, je weet wat de regels zijn. Niet allebei tegelijk.'

'Nog maar een week, dan ben ik jarig.' Hij stond bijna te springen van opwinding. 'Ik krijg een rode mountainbike. Zo cool, dat ik hier met mijn verjaardag ben. Ik ga allemaal dingen met papa samen doen.'

'Een rode fiets?' In haar hoofd maakte Élise een aantekening: taart bakken. 'Dat lijkt me een fantastisch cadeau.' Intussen constateerde ze dat Brenna haar gebruikelijke zwarte jurk droeg. Blijkbaar was Kayla's missie niet geslaagd.

'Ik heb er drie jaar op gewacht.' Sams vingers zweefden hoopvol boven nog een stukje pizza en Élise pakte er twee en legde die op zijn servetje.

'Dat is best lang, drie jaar. Je zult er wel heel erg naar uitkijken.'

'Papa had beloofd dat ik er op mijn negende verjaardag een zou krijgen. Ik heb thuis ook wel een fiets, maar die is voor baby's.' Hij stond bijna te kwijlen boven de schaal met pizzahapjes. 'Kunnen we die pizza ook op mijn verjaardag krijgen?'

'Ik zal het met de keuken overleggen.'

Brenna pikte een stukje pizza, Sam een knipoog gevend. 'Ik zal je morgen een kaart met mountainbikeroutes geven. Wel met de makkelijkste beginnen, hè?'

Toen Élise zag dat Brenna's glimlach plotseling enigszins vervaagde, keek ze over haar schouder om te zien waarnaar haar vriendin had gekeken. Een stukje verderop stond Tyler lachend te praten met een knappe blondine in een nauwsluitende zilverkleurige jurk.

Knarsetandend draaide Élise zich weer om om tegen Brenna te zeggen dat ze hem moest gaan vragen met haar te dansen, maar Brenna bleek verdwenen. Zoekend keek ze om zich heen tot ze haar in een rustig hoekje zag staan praten met Josh, de plaatselijke politiechef.

Ze mocht Josh wel. Ooit had ze hem moeten bellen omdat er op een zaterdagavond een groep dronken toeristen in het restaurant was neergestreken, en die situatie had hij bijzonder kundig en tactvol afgehandeld. Sterker nog, ze wist bijna zeker dat het grootste deel van de andere gasten niet eens had gemerkt dat er een probleem was. En ondanks het kleine litteken onder zijn oog en de bobbel in zijn neus – allebei opgelopen tijdens zijn werk – zag hij er ook best goed uit.

Misschien moest Brenna Tyler maar gewoon opgeven. Als er na al die tijd nog steeds niets tussen hen was opgebloeid, zou dat misschien ook niet meer gaan gebeuren.

Nadat ze nog een laatste stukje pizza op Sams servet had gelegd, wenste ze de familie nog een gezellige avond en draaide ze zich om, waarbij ze onmiddellijk tegen een bezorgd kijkende Kayla op botste.

'Ik kan Brenna nergens vinden.'

'Die verstopt zich in een hoekje met Josh. Ik dacht dat je haar een jurk zou lenen?'

'Dat heb ik geprobeerd. Ze vond mijn rode jurk te laag uitgesneden.'

'Hoe laag was dat?'

'Laag genoeg om de aandacht van een man te trekken, niet laag genoeg om gearresteerd te worden.'

Élise slaakte een zucht. 'Brenna is een leuke meid, maar vanavond ziet ze eruit alsof ze juist géén aandacht wil trekken.'

'Ze voelt zich nooit op haar gemak bij dit soort gelegenheden. Ze zou liever gewoon aan de bar wat met gasten kletsen.'

'Ik mag Josh graag. Ik vind ze samen wel een leuk stel.'

'Ja. Alleen jammer dat zij verliefd is op Tyler. Als ik even tijd heb, ga ik hem een klap voor zijn kop geven.' Met die woorden liep Kayla weg om een nieuwe gast te begroeten.

Élise ging op Poppy af, die rondliep met schalen vol hapjes. 'Hoe gaat het?' Ze pakte een paddenstoelentaartje – de miniatuurversie van de taartjes waarmee ze een paar dagen eerder nog bezig was geweest – en proefde ervan.

'Als een trein,' verklaarde Poppy opgewekt. 'Ik ga al voor de vijfde keer naar de keuken terug. 'Iedereen vindt ze heerlijk, net als de maïscakejes, de geitenkaas met pijnboompitten en de calamari. Ik ga nu de eend en de kipvleugeltjes met ahornglazuur halen en ik heb naar de Inn gebeld om te vragen of ze nog meer pizza voor de kinderen willen maken. Het grootste deel is in de maag van Sam verdwenen.'

Élise knikte goedkeurend en ze wilde net weer een beetje rond gaan lopen om zelf te horen hoe er op het eten werd gereageerd toen ze Sean zag.

Boven aan het trapje naar het terras stond hij naar haar te kijken.

Haar hart sprong op en leek een rondedansje te maken. Een gevoel van vreugde maakte zich van haar meester en voordat ze er iets aan had kunnen doen, glimlachte ze al. Voordat ze zich realiseerde dat ze anders had moeten reageren.

Hij glimlachte terug, een glimlach die alleen voor haar was bedoeld, de welving van zijn lippen traag en intiem.

Bij het zien van die glimlach voelde ze paniek opkomen. Ze wilde zich helemaal niet zo voelen. Echt niet. Als hij haar zou vragen met hem te dansen, zou ze nee zeggen.

Maar dat deed hij niet. In plaats daarvan verdween hij in de massa, het contact abrupt verbroken.

Ze hapte naar adem. Voelde zich duizelig.

'Élise?' Kayla dook naast haar op om haar voor te stellen aan verschillende journalisten en eetrecensenten, die ze had uitgenodigd in de hoop wat positieve aandacht in de media te krijgen voor het Boathouse Café.

Op de een of andere manier slaagde ze erin op de juiste manier te reageren, antwoord te geven op hun vragen en enthousiast te vertellen over eten en over het belang van een goede samenwerking met boeren uit de buurt, zich intussen voortdurend afvragend waar Sean was en met wie hij danste.

De schemering viel in met de zon die nog net boven de berg uit piepte, als een kind boven het dekbed dat probeert alles uit een volmaakte dag te halen wat erin zit.

Eindelijk zag ze hem, aan de andere kant van het terras, dansend met Brenna.

'Dansen?' Walter stond naast haar.

Hij begon er met de dag beter uit te zien, maar ze maakte zich nog steeds zorgen om hem en het was een lange dag geweest vandaag. 'Ik ben een beetje moe,' zei ze dus. 'Zullen we even samen gaan zitten?'

'Je bedoelt dat je bang bent dat ík moe ben,' bromde hij. 'Hou toch eens op met betuttelen.'

'*Je t'adore*, Walter. Je bent heel speciaal voor mij.'

Een zachtere uitdrukking verscheen op zijn gezicht. 'Wil je dan iets voor me doen?'

'*Bien sûr.* Voor jou doe ik alles. Zeg het maar.'

'Wanneer mijn kleinzoon je vraagt met hem te dansen, wijs hem dan niet af.'

'Tyler heeft het veel te druk met zijn harem om überhaupt aandacht voor mij te hebben.'

'Ik had het niet over Tyler.'

Haar hart begon sneller te slaan. 'Ik ben niet zo'n danser.'

'Dat liegt je. Ik weet dat je dol bent op dansen, alleen doe je het nooit. Vanavond ga je dansen.'

'Je kunt je er beter niet mee bemoeien. Sean heeft het veel te druk voor een relatie en ik ook.'

'Daarom is dansen ook zo'n goed idee. Als je een oude man gelukkig wilt maken, zeg je ja.'

'Dat is chantage, Walter.'

'Op mijn leeftijd doe je wat je moet doen. Hoe was jullie etentje? Heeft hij je vergiftigd?'

'Jij weet van dat etentje?'

'Ik snap niet waarom iedereen hier denkt dat er iets aan mijn ogen mankeert. Hij kwam zijn grootmoeder een bos bloemen brengen en toen zag ik eten en wijn in de kofferbak van zijn auto staan. Hij ging vast niet voor zijn broers koken.'

'Had hij bloemen gekocht voor Alice?' Haar hart kneep samen.

Stoere, ondoorgrondelijke Sean had bloemen gekocht voor zijn grootmoeder.

'Ja. En over Alice gesproken, ik heb haar nu wel lang genoeg alleen gelaten,' verklaarde hij, zijn blik op een punt achter haar gericht. Hij gaf haar schouderkneepje, en deed een stap achteruit. 'Je hebt het beloofd.'

'Walter –'

Maar hij was al verdwenen, onderweg naar de tafel waaraan Alice op hem zat te wachten.

En Élise wist dat hij was weggelopen omdat Sean achter haar stond. In haar buik begon iets te kriebelen en toen ze zijn hand op haar rug voelde, deed ze even haar ogen dicht. De huivering die door haar heen ging, was een verrukkelijke mengeling van afgrijzen en opwinding.

'Ik dacht al dat ik je uit de klauwen van mijn grootvader zou moeten losrukken.'

Ze draaide zich naar hem om, een glimlach om haar lippen. 'Het gaat goed met hem, volgens mij.'

'Heel goed zelfs.' Hij hief zijn glas in een stilzwijgende toost. 'Je feest is een succes.'

'Tot nu toe is er nog niemand door je terras heen gestort, dus ja, het is een succes, ja. Ik dacht dat je niet zou komen vanavond. Ik dacht dat je weer naar Boston was vertrokken.' Van dichtbij zag hij er echt veel te goed uit. Gedoucht, geschoren en onberispelijk gekleed.

'Dat was ook zo. Ik werd vanochtend vroeg gebeld door een collega die zich zorgen maakte over een patiënt. Ik heb toen gezegd dat ik naar hem toe zou komen om hem te helpen. Dat was wel het minste wat ik kon doen nadat hij een hele week mijn werk had overgenomen. Terwijl ik daar was, heb ik nog een paar dingen afgehandeld en wat kleren opgehaald. Ik ben het een beetje zat de shirts van mijn broer te moeten dragen.'

'Ik vermoed dat dat geheel wederzijds is.'

'Dat weet ik wel zeker.' Hij pakte het glas uit haar hand en zette het op de rand van het terras, naast het zijne. 'Aangezien ik aan dit terras een prima spijkerbroek heb geofferd, wilde ik het feest voor geen goud missen.'

'Walter is blij dat je er bent. En Jackson ongetwijfeld ook.'
'En jij?' Hij had op zachte toon gesproken, haar met zijn blauwe ogen doordringend aankijkend. 'Wat vind jij daarvan?'
Dat was een vraag die ze zich liever niet stelde. 'Ik ben blij dat je bij je familie bent op een avond die belangrijk voor hen is. En ieder vriendelijk gezicht op een feestje is er een.'
Glimlachend trok hij haar in zijn armen. 'Ik moet met je dansen. Bevel van mijn grootvader.'
Haar lichaam voegde zich onmiddellijk naar het zijne. 'Dat is dan vast voor het eerst van je leven dat je de bevelen van je grootvader opvolgt. En ik moet helemaal niet dansen. Ik ben aan het werk.'
'Het werk is klaar. Iedereen heeft het naar zijn zin.'
Ze dansten in een rustig hoekje van het terras in plaats van op de dansvloer in het Boathouse.
'Mensen hebben te eten gekregen, ze zijn blij en het Boathouse zal jubelende recensies krijgen. Ik zou zo zeggen dat je officieel vrij bent.'
'Ik ben pas vrij wanneer de laatste gast is vertrokken.'
'Op dit tijdstip van de avond zijn de meeste mensen al te ver heen om überhaupt te merken wat jij wel of niet doet. Het kan ze ook niet schelen. Bovendien mag jij je ook wel een beetje vermaken.' Zijn wang streek langs haar haar. 'Je ruikt verrukkelijk. En ik vind je jurk geweldig. Vooral de niet-bestaande stukken.' Zijn hand lag tegen haar blote rug, zijn duim verleidelijk strelend over haar ruggengraat. 'Je bent mooi.'
Zijn woorden en de toon waarop hij had gesproken, bezorgden haar een licht gevoel in haar hoofd. Ze moest vooral niet vergeten dat hij een gladde prater was. Die charme hoorde bij het pakket, net als die glimlach. 'Sean –'
'Ontspan een beetje. Mijn grootvader zit te kijken. Als jij nu wegloopt, zal hij mij daarvan de schuld geven. Je wilt toch niet dat onze verhouding nog slechter wordt?'
Hoe kon ze nu ontspannen, wanneer zijn hand op haar blote huid lag? Haar hart ging als een razende tekeer. 'Je grootvader probeert ons te koppelen.'

'Ja.' Het klonk echter niet alsof hij dat vervelend vond. 'Hij heeft een uitstekende smaak, dat moet ik hem nageven. Waarschijnlijk is dat het enige waarover we het eens zijn: de vrouwen die we leuk vinden.' Hij trok haar dichter tegen zich aan, zodat ze zijn gespierde dijen tegen de hare voelde.

Haar hand lag tegen zijn borst en ze kon het gestage bonzen van zijn hart door zijn overhemd heen voelen. Toen keek ze naar hem op en voelde ze de humor en de passie in die blauwe ogen bijna door haar heen branden.

Hij schonk haar een scheve grijns. 'Wanneer gaan die mensen weg?'

'Het feest is om één uur afgelopen.' Volledig van haar stuk gebracht door de gevoelens die hij in haar ontketende, richtte ze haar blik op de hemel. 'Denk je dat het gaat regenen?'

'Ik heb geen idee en het kan me ook niet schelen. Ik kan niet tot één uur wachten.'

'Wachten? Waarop?' Ze probeerde zich van hem los te maken, maar hij hield haar alleen maar steviger vast.

'Je kunt niet weg. Niet nu.'

'Maar –'

'Tenzij je me ten overstaan van al die belangrijke mensen in verlegenheid wilt brengen, moet je blijven waar je bent. Op dit moment bescherm je méér dan alleen mijn reputatie. Ik dacht dat dansen een goed idee was. Dat was het dus niet.'

Door de stof van zijn pak heen voelde ze hoe opgewonden hij was. De chemie tussen hen was zo intens dat het haar bijna verlamde. Ze verlangde zo hevig naar hem dat ze er een beetje bang van werd.

'Er zijn hier vrouwen genoeg die maar al te graag met je willen dansen.' Ze had ze wel naar hem zien kijken, een hoopvolle blik in hun ogen.

'Ik dans met de enige vrouw die me interesseert.'

Nog meer mooie woorden. 'Misschien ben ik wel niet geïnteresseerd in jou.'

'Ik ben arts. Wil je dat ik je alle symptomen uitleg, waardoor ik weet dat je liegt?'

'Dan heb je het over lichamelijke dingen.'

'Lichamelijke dingen vind ik prima. Afgelopen zomer vond jij dat ook.'

Eigenlijk zou ze moeten weglopen, maar de trage, trefzekere streling van zijn hand op haar rug maakte haar helemaal gek. Hoe kon ze een einde maken aan iets wat zo goed voelde? En wat was er mis met lichamelijk? Aangezien ze haar benen niet meer vertrouwde, klampte ze zich stevig aan zijn schouders vast, zijn kracht en spieren voelend.

Hij trok haar nu zo dicht tegen zich aan, dat hun lichamen elkaar van borst tot enkel raakten. Haar bovenbeen zat gevangen tussen zijn dijen en toen ze weer naar hem opkeek, was de humor uit zijn ogen verdwenen en was er alleen nog maar verzengende passie.

'Genoeg. Laten we gaan.'

Zonder de mensen om hen heen nog een blik waardig te keuren, pakte Sean haar hand en trok hij haar mee naar de treden die van het terras naar het bospad leidden. Onderweg pakte hij nog een fles champagne van het blad van een passerende ober.

Élise struikelde bijna. 'Waar gaan we naartoe?'

'Naar het paradijs.' Hij sloeg een arm om haar schouders en trok haar tegen zich aan. 'Ergens waar ik niet onmiddellijk gearresteerd zal worden voor wat ik van plan ben met je te doen.'

Normaal gesproken ging hij altijd prat op zijn zelfbeheersing. Die was vanavond echter ver te zoeken. Hij voelde de snelle hartslag van Élise onder zijn vingers, hoorde haar hijgende ademhaling.

'We kunnen toch niet in deze kleren door het bos gaan lopen. Je schoenen zien er straks niet meer uit.'

'Sommige dingen zijn wel een opoffering waard.' Zij was de opoffering meer dan waard.

'Dit zijn mijn mooiste schoenen.'

'In dat geval... hou vast.' Hij gaf haar de fles champagne en tilde haar toen in zijn armen, terwijl zij naar adem snakte en probeerde niet te knoeien.

'Straks zien jouw schoenen én mijn jurk er niet meer uit.'

'Stuur de rekening maar.'

'Dit is mijn lievelingsjurk!' Maar ze lachte toen hij zijn weg zocht over het pad, mompelend en vloekend bij het voelen van de takjes die onder zijn voeten knapten, en de zachte substanties waarin ze af en toe wegzakten.

'Normaal gesproken pak ik het iets chiquer aan als ik een vrouw uit de kleren wil krijgen. Een dinertje bij kaarslicht. Dansen misschien. Ik heb een paar geweldige moves. Shit.' Weer vloekte hij toen zijn voet in aanraking kwam met iets zachts. 'Mijn broer zou eens een echt pad moeten aanleggen. Telkens wanneer ik hier loop, trap ik in iets wat ik niet wens te identificeren.'

'Was dat een van je moves?'

'Heel grappig.' Hij voelde haar adem op zijn wang en rook het luchtje dat ze op had. Hij voelde haar haar langs zijn kaak strijken, was zich bewust van al haar welvingen in zijn armen. Het verlangen haar huid met zijn handen te kunnen beroeren, verdrong iedere andere gedachte en hij liet haar op de grond zakken, zijn armen nog steeds om haar heen. 'De grond onder onze voeten is dan misschien niet erg stevig, maar we hebben in ieder geval champagne.' Hij nam de fles weer van haar over. 'Laten ze vooral niet zeggen dat ik niet weet hoe ik een vrouw een mooie avond moet bezorgen.' In de verte rommelde de donder en hij kromp even ineen bij het voelen van de eerste druppels op zijn schouder. 'Geweldig. Zeg alsjeblieft dat je regen romantisch vindt.'

'Volgens mij weet jij maar al te goed hoe je een vrouw een mooie avond moet bezorgen. Vermont is waarschijnlijk bezaaid met gebroken harten.'

'Niet alleen Vermont. Ik heb ooit gekust met een meisje uit New Hampshire. Die moet je dan ook meerekenen.'

'En laten we alle gebroken harten in Massachusetts niet vergeten.'

'Die zijn echt niet mijn schuld. Ik waarschuw vrouwen altijd dat mijn werk op de eerste plaats komt. Ik kan er toch niets aan doen dat ze allemaal willen proberen me te veranderen?' Hij stond op het punt haar te kussen toen de regen plotseling in volle hevigheid losbarstte.

Regendruppels spatten op haar gezicht uit elkaar. 'Godzijdank is het feest al bijna afgelopen. We moeten maken dat we binnen komen.'

'Ik heb een beter idee.' Hij trok haar onder de dichtstbijzijnde boom, duwde haar met haar rug tegen de knoestige stam, beschermd tegen de regen door het dichte bladerdak. 'Je staat te rillen. Heb je het koud?' Met een paar bewegingen had hij zijn jasje uitgetrokken en om haar schouders gehangen, en dat allemaal zonder de champagne te laten vallen. 'Lichaamswarmte is de beste remedie. Vertrouw me maar, ik ben dokter.' Hij drukte zijn lippen op de hare, die onmiddellijk van elkaar gingen. Ze was verrukkelijk, bereidwillig en verlangde net zo wanhopig naar hem als hij naar haar.

'Sean –'

'God, wat ben je lekker. Het was een regelrechte marteling je over dat terras te zien lopen met die lange blote benen van je.' De kus was ruw en vertwijfeld. De lust had als een wild beest zijn klauwen in hem gezet, hem ertoe aanzettend steeds meer te nemen. Niet dat zij ook maar iets voor hem onderdeed.

Ze klemde haar vingers om de panden van zijn overhemd. 'Hoe denk je dat het voor mij was de afgelopen week met jou voortdurend halfnaakt op mijn terras?'

Het geluid van de regen overstemde alle andere geluiden en de lucht was zwaar van de geur van het natte bos, maar zij stonden droog, zich nauwelijks bewust van hun omgeving.

Nu liet ze haar vlakke hand naar beneden glijden. Bij het voelen van haar vingers op zijn rits maakte hij een kreunend geluidje en het had niet veel gescheeld of de champagne was op de grond gekletterd. Waarom had hij hiermee in vredesnaam zo lang gewacht? Seks met Élise was immers een van de volmaaktste en ongecompliceerdste ervaringen van zijn leven?

In de verte, tussen de bomen door, konden ze de feestverlichting nog zien, die haar weerschijn over het water wierp. Ze hoorden flarden gelach van mensen die zich naar binnen haastten, maar hier in het bos waren ze alleen. Hoge dennenbomen, suikerahorns, witte essen en rode eiken omringden hen, hen beschermend tegen nieuwsgierige ogen én tegen de plotselinge weersomslag, als stille getuigen van een inmiddels bijna explosieve chemie.

Hij haalde zijn mond van de hare, hield de fles champagne omhoog. 'Slokje?'

Ze pakte de fles van hem aan, haar andere hand nog steeds op die intieme plaats. Hem recht in de ogen kijkend, nam ze een slok terwijl een trage glimlach om haar lippen speelde. Nog steeds glimlachend maakte ze zijn broek open, liet zich langs zijn lichaam naar beneden glijden en nam hem in haar mond.

Bij het voelen van de vochtige warmte die hem omhulde, zag Sean even sterretjes. Hij klauwde zijn hand in de boom, deed zijn ogen dicht en probeerde zich te vermannen om niet als de eerste de beste puber onmiddellijk te exploderen. Haar mond was zacht en bedreven en ze wist hem binnen de kortste keren helemaal gek te maken.

Tot het uiterste geprikkeld trok hij haar overeind, waarbij de fles met een doffe dreun op de grond belandde, zodat de champagne over hun schoenen gutste.

De spanning had zo lang gesluimerd en gesmeuld, dat er nu geen houden meer aan was. Monden vonden elkaar, lichamen raakten verstrengeld, handen rukten aan kleren.

Ze begroef haar vingers in zijn haar, kreunend toen hij haar hard tegen de boom drukte.

Op het laatste moment dacht hij blijkbaar nog aan haar blote rug, want hij draaide hen om, zodat hij met zijn rug tegen de ruwe schors stond. Hij voelde het aan alle kanten schaven en prikken, maar dat kon hem niet schelen. Net zomin als het hem kon schelen dat de regen nu door de bladeren heen op hun hoofd drupte.

Een rauw, primitief verlangen had zich van hem meester gemaakt en was de drijfveer bij alles wat hij nu deed. Uit zijn zak viste hij het condoom dat hij altijd bij zich had en zij graaide het uit zijn handen, zonder haar mond ook maar een moment van de zijne te halen.

Alleen al de aanraking van haar handen werd hem bijna te veel. Hij schoof haar jurk omhoog en tilde haar op.

Toen ze haar benen om hem heen sloeg, viel een van haar schoenen op de grond. Niet bepaald zachtzinnig omklemden haar vingers zijn schouders. Haar voorhoofd raakte het zijne, haar haar gleed naar voren, haar donkere wimpers zakten over haar van hartstocht glinsterende ogen.

Sean liet zijn vingers tussen haar benen glijden, voelde dat ze helemaal klaar voor hem was en zag die prachtige ogen donker worden.

Ze zei iets in het Frans, maar hij was al te ver heen om nog te kunnen communiceren, in welke taal dan ook. Hij wilde zich in haar begraven, zich in de vergetelheid storten. Alles draaide op dat moment om seks en chemie. De lucht om hen heen was er zwaar van, net als iedere ademhaling, iedere blik, iedere aanraking.

Hij klemde zijn handen om haar dijen en met één krachtige beweging was hij in haar, een kreunend geluid makend dat diep uit zijn keel leek te komen bij het voelen van haar warme lichaam dat zich om hem sloot.

Allemachtig. Nu was echt iedere heldere gedachte uit zijn hoofd verdwenen.

Om hem heen hoorde hij de geluiden van het bos, waarvan zij nu deel uitmaakten. Ze waren deel van de natuur, ontdaan van ieder raffinement, terwijl ze hun lusten gretig op elkaar botvierden. Zijn schouders waren nat van de regen terwijl zij met hem mee bewoog, zijn ritme overnemend en hem aansporend, tot hij haar orgasme kon voelen aankomen. Ze was totaal verloren en hij ook. Aangezien hij wist dat hij dit onmogelijk nog onder controle zou kunnen krijgen, gaf hij zich er maar aan over, haar mond met de zijne opeisend, zodat hij ieder kreetje, iedere snik, iedere ademtocht met haar kon delen, terwijl zij haar hoogtepunt bereikte, hem onverbiddelijk meevoerend. Het was zo intens dat het hem even zwart voor de ogen werd en hij het gevoel had dat alle energie uit hem werd gezogen. En al die tijd bleven ze elkaar kussen, zodat ze ieder geluidje, iedere kreun van de ander konden absorberen en proeven.

Alsof er een vrachtwagen over hen heen was gedenderd...

'Holy shit.' Sean was volkomen van de wereld en hij stond te trillen op zijn benen, maar toch slaagde hij erin haar weer op haar voeten te zetten, haar pas loslatend toen hij er zeker van was dat ze niet zou omvallen. Dat ze haar handen om zijn bovenarmen geklemd hield, schonk hem wel voldoening. Hij was niet de enige die er behoorlijk ondersteboven van was.

Haar jurk was doorweekt en zat tegen haar lijf geplakt. Ook haar haar lag plat tegen haar hoofd en haar wimpers kleefden aan elkaar.

'Élise…' Meestal wist hij wel wat hij moest zeggen. Hij was normaal gesproken erg goed met woorden, maar op dat moment kon hij helemaal geen woorden vinden, laat staan mooie woorden. Zijn hersens weigerden dienst.

Nooit eerder had hij zoveel passie, zoveel intensiteit en zo'n krankzinnige chemie ervaren. Hij stond nog steeds naar woorden te zoeken toen ze zijn armen eindelijk losliet.

Zonder iets te zeggen, deed ze haar jurk goed en bukte ze zich om de gevallen schoen op te rapen en weer aan haar voet te doen.

Als een erotische versie van Assepoester…

Het leek bijna onbegrijpelijk, maar hij verlangde alweer naar haar. Nu. Met een wanhopige begeerte.

En hij wist dat dat wederzijds was.

'Slaap lekker, Sean.' Ze ging op haar tenen staan om hem een kus op zijn wang te geven.

In eerste instantie was hij zo verbijsterd door deze onverwachte wending, dat het even duurde voordat het tot hem doordrong wat ze zojuist had gezegd. '"Slaap lekker, Sean"? Wat bedoel je daar in vredesnaam mee?'

'Dat ik hoop dat je lekker slaapt.'

'Maar…' Hij was nog steeds zo opgewonden, zowel lichamelijk als geestelijk, dat de gedachten en woorden zich maar niet wilden vormen. 'Je hebt gelijk,' wist hij uiteindelijk uit te brengen. 'We kunnen hier niet blijven. Je bent doorweekt en je hebt het koud. Laten we naar jouw huis gaan.'

'Nee.'

'Nee?' Nu begreep hij er helemaal niets meer van. 'Wat was dit in vredesnaam dan?'

'Seks,' antwoordde ze met enigszins onvaste stem. 'Fantastische seks. Je bent erg goed.'

Een afwijzing, handig verpakt in een compliment.

'Nee, wacht!' Hij mompelde een gesmoorde vloek, haalde zijn vingers door zijn haar. 'Wacht even, terwijl ik probeer na te denken.'

Maar hij kon niet nadenken. Zijn hersens deden het niet. Het enige waaraan hij kon denken, was het contrast tussen haar warme mond en de koele champagne. Hoe ze had aangevoeld, om hem heen. De behoefte haar aan te raken was zo groot dat hij haar weer tegen zich aan trok, maar ze maakte zich onmiddellijk weer, vriendelijk maar resoluut, van hem los.

'Het is een lange dag geweest. Het zijn een paar lange maanden geweest, om precies te zijn. Ik ben wel toe aan wat slaap. Welterusten, Sean. Kijk uit waar je je voeten neerzet onderweg naar huis. De grond is nu nat en je wilt die schoenen niet verpesten, toch?' Ze schonk hem nog een snelle glimlach en rende toen weg, het duister en de regen in, hem in totale verbijstering achterlatend. Wat was er in 's hemelsnaam gebeurd?

Hoofdstuk 11

Tegen de tijd dat Élise de deur van Heron Lodge openmaakte, was ze doorweekt en liep ze te rillen. De regen kletterde op het dak en in de verte rommelde de donder. Ondanks de regen was het feest een succes geweest. Het Boathouse ging op tijd open. Ze zou in de wolken moeten zijn.

Toch was ze dat niet. Het had geen enkele zin zich voor te houden dat wat er was gebeurd, onvermijdelijk was geweest. Dat dat er al maanden aan had zitten komen. Het kwam er gewoon op neer dat ze de controle was verloren.

Toch was het nog steeds niet meer dan seks, nietwaar? Alleen maar seks. Geen relatie. Geen gevoelens. Daaraan deed ze niet. Nooit meer zou ze zichzelf toestaan ook maar iets te voelen, omdat bij haar iedere emotie intenser en sterker was en dieper zat, dan bij andere mensen.

Eén keer had ze dat wel gedaan en dat was rampzalig afgelopen. Ze was alles kwijtgeraakt wat belangrijk voor haar was. Dat risico nam ze echt nooit meer.

Misselijk bij de herinnering, haar handen klam van het zweet, streek ze door haar drijfnatte haar, toen ze achter zich de deur hoorde opengaan.

Ze draaide zich om en zag Sean in de deuropening staan, zijn zwarte haar glimmend van de regen, zijn blauwe ogen op haar gezicht gericht. Zijn overhemd zat tegen zijn lijf geplakt, nog steeds halfopen, zodat zijn stevige spierbundels en wat donkere beharing zichtbaar waren. Zelfs met stukken bos aan zijn broek en doorweekte kleren die tegen zijn lijf zaten gekleefd, zag hij er nog steeds onmogelijk aantrekkelijk uit.

Haar maag kneep samen, en ze voelde hoe de paniek haar klauwen uitsloeg. 'Wat wil je?'

'Meen je dat nou serieus? Je hebt me gebruikt en me alleen en onbeschermd in het bos achtergelaten. Heb je dan helemaal geen gewe-

ten?' Zijn ogen glinsterden geamuseerd, maar die sexy glimlach voorspelde gevaar, en ze schudde haar hoofd.
'Ga weg, Sean.'
Hij verroerde zich niet. 'Noem me ouderwets, maar na een afspraakje breng ik een vrouw graag veilig thuis.'
'Je ziet dat ik veilig thuis ben.' Maar ze voelde zich niet veilig. Ze voelde zich helemaal niet veilig met die brede schouders in de deuropening van haar huis en die blauwe ogen strak op haar gericht. 'Het regent in zo.'
Hij deed de deur dicht, aan de binnenkant. 'Wat is er mis?'
'Hoe kom je erbij dat er iets mis is?'
Hij haalde zijn vingers door zijn haar, druppels water in het rond sproeiend. 'We hebben seks gehad. En toen ben jij ervandoor gegaan.'
'En dat ben je niet gewend, dat vrouwen ervandoor gaan, is dat het?' Aan de uitdrukking in zijn ogen zag ze dat ze gelijk had en ze glimlachte vermoeid. 'Jij wilt geen relatie en ik ook niet. Het zou niet moeten uitmaken wie van ons ervandoor gaat.'
'Dat ik geen tijd heb voor relaties klopt wel, ja. Daarvan heb ik ook nooit een geheim gemaakt. Op dit moment staat mijn werk op de eerste plaats en ik ben ook niet bereid compromissen te sluiten. Mijn werk gaat vóór alles, inclusief Snow Crystal. Afhankelijk van hoe je het bekijkt, ben ik óf een klootzak óf een toegewijd arts. Voor mijn grootvader het eerste. En de meeste vrouwen die ik heb gekend, zullen dat ongetwijfeld beamen. Nu weet je zo ongeveer alles wat er over mij te weten valt, terwijl ik niets over jou weet.' Hij wreef met een hand over zijn gezicht, waar ook al water af kwam. 'Zou je me wat wijzer willen maken?'
Ze had verwacht dat hij weg zou gaan. Ze had niet verwacht dat hij achter haar aan zou komen en ze had al helemaal niet verwacht dat hij daar nog steeds zou staan. Ze had trouwens ook niet verwacht dat hij vragen zou stellen.
'Ik wil geen relatie. De reden doet er niet toe.' Daarover praatte ze niet. Met niemand. Dat had ze diep weggestopt en ze wilde het ook nooit meer opgraven. Dat deel van haar leven had ze achter zich gelaten en ze wenste er nooit meer naar terug te keren.

'Als je er niet over wilt praten vind ik dat prima, maar heb je misschien een handdoek voor me? Ik maak je hele vloer nat.'
'Als je weg zou gaan, zou je mijn vloer niet nat maken.'
'Ik ga niet weg voordat ik zeker weet dat het goed met je gaat.'
'Waarom zou het níet goed met me gaan?'
'Lieve schat, je rende door dat bos als Roodkapje met de wolf op haar hielen. Ik weet dat je geen relatie wilt, en dat vind ik geen enkel probleem. Als ik heel eerlijk ben, vind ik het zelfs wel een opluchting. Het was nergens voor nodig zo te flippen, net in het bos. Je had niet hoeven weglopen.' Op zachtere toon voegde hij eraan toe: 'Je hoeft nooit voor mij weg te lopen.'
'Ik flipte niet.'
'Jawel, dat deed je wel. En ik ook. Het was nogal heftig. Ongeremd. Heb ik je pijn gedaan?'
Zijn stem klonk opeens zo rauw dat ze haar maag nogmaals voelde samenknijpen. Er vormde zich een brok in haar keel. 'Nee, je hebt me geen pijn gedaan.' Maar dat hij dat vroeg, dat het hem iets kon schelen, tastte de beschermende laag die ze om zich heen had gekweekt, nog iets verder aan.
'Dan zit ik misschien in het verkeerde sprookje. Is je tweede voornaam soms Assepoester? Je hebt net een schoen verloren, dus misschien was je onderweg naar een door muizen getrokken pompoen?'
Nu pas zag ze dat hij een van haar schoenen in zijn hand had. Ze had op één schoen door het bos gerend en ze had het niet eens gemerkt. 'Ik heb een hekel aan knaagdieren.'
'Oké, dan koop ik met kerst geen rat voor je.' Een voorzichtig glimlachje verscheen om zijn mond. 'Waren het dan de spinnen? Daarvan zitten er nogal wat in het bos.'
'Inderdaad. Dat was het.'
'Echt?' De glimlach was verdwenen en plotseling leken de ogen waarmee hij haar aankeek, donkerder dan ooit. 'Ik dacht namelijk dat je gewoon bang was. Wat er tussen ons was gebeurd, had je de stuipen op het lijf gejaagd.'
'Ik ben helemaal niet bang. Laat staan dat het me de stuipen op het lijf heeft gejaagd.'

'Weet je dat zeker? Ik vond het namelijk ronduit beangstigend. Gewoonlijk loop ik fluitend weer weg na een potje seks, maar als je er compleet van ondersteboven bent, wordt dat een stuk lastiger.'

Ze deed een stap achteruit en voelde de rand van het aanrecht pijnlijk in haar heup drukken. 'Ik wil dat je nu weggaat.'

'Ik ga wanneer ik daaraantoe ben. Je moet die natte kleren uit en onder een warme douche voordat je het ijskoud krijgt. En is je voet nog heel? Je zou zomaar op iets scherps kunnen hebben getrapt.' Zijn blik gleed over haar lichaam naar beneden, en onmiddellijk had ze het gevoel in brand te staan. Ze had geen douche nodig om warm te worden. Ze hoefde alleen maar in die blauwe ogen te kijken.

'Ik ga douchen zodra jij weg bent. En ik heb nergens op getrapt.'

'Weiger je vaker naar de dokter te luisteren?' Hij trok een gezicht en keek eens naar zichzelf. 'Het probleem is dat er, als ik zo bij Jackson aankom, ongetwijfeld vragen gesteld gaan worden waarvan ik niet weet of ik die wel wil beantwoorden. Ik had gehoopt van je douche en je droger gebruik te mogen maken.'

Dat Jackson vragen zou gaan stellen was wel het laatste wat ze wilde. Hij was nogal beschermend naar haar toe en ze wilde niet dat de broers ruzie kregen over háár.

Nooit, maar dan ook nooit zou ze iets doen wat een familie schade kon berokkenen, deze familie al helemaal niet. Daarvoor hield ze te veel van hen. Het was lang geleden dat ze een plek had gehad waar ze zich zo thuis voelde en dat ging ze niet op het spel zetten. 'Je kunt mijn badkamer gebruiken.'

'Ga jij maar eerst. Dan maak ik intussen iets warms te drinken. Chocolademelk?'

Ze huiverde, maar ze wist niet zeker of dat nu kwam door de regen of door zijn aanwezigheid in haar keuken. 'Prima.'

Hij pakte twee bekers uit de kast, zette die op het aanrecht en zag toen de foto van haar en haar moeder. Hij pakte hem op. 'Ben jij dat?'

Haar mond was plotseling kurkdroog. 'Ja.'

'Je was echt een schatje als kind. En je moeder is heel mooi. Je lijkt op haar. En het is wel duidelijk dat ze dol op je was.'

'Hoezo?'

'De manier waarop ze naar je kijkt, spreekt boekdelen.'
Élise keek naar de foto, wensend dat ze de tijd kon terugdraaien en alles anders kon doen. 'Sean –'
'Ga nu maar douchen, voordat je steenkoud bent.' Nadat hij de foto voorzichtig had teruggezet, pakte hij melk uit de koelkast. 'Maak niet al het warme water op.'

Sean warmde de melk op, schepte instantcacao in de bekers en dronk zijn chocolademelk toen staand aan het aanrecht, zijn blik op de foto gericht. Boven zich hoorde hij de douche lopen en omdat hij wist dat ze daar nog wel even bezig zou zijn, nam hij de foto nogmaals in zijn handen.

Bij hem thuis stonden en hingen de foto's overal; daarvoor had zijn moeder wel gezorgd. Niet alleen foto's van Tyler op het erepodium, maar ook familiekiekjes: de drie jongens onder de sneeuw na een sneeuwballengevecht, met zijn drieën breed glimlachend op een slee, de honden van de familie, zijn grootouders toen ze nog in de twintig waren, Snow Crystal voordat de huisjes werden gebouwd. Een beeldverslag van het voortschrijden van de tijd. Het huis was behangen met herinneringen. Jackson grapte altijd dat hun complete familiegeschiedenis daar op de muren was terug te vinden.

En het was niet beperkt gebleven tot foto's. Zijn moeder had ook de kleiwerkjes bewaard die de jongens op school hadden gemaakt: krakkemikkige, vormeloze, onherkenbare hompen, waarvan ze om de een of andere reden geen afscheid had willen nemen. Ook waren er nog een heleboel kindertekeningen, een medaille die Jackson als zestienjarige op school ooit had gewonnen voor jong ondernemerschap. Ze had verdorie zelfs nog een certificaat dat Sean ooit had gescoord bij natuurkundeles.

Hij staarde naar de foto in zijn hand, zag het kuiltje in de mondhoek van de piepjonge Élise. Vervolgens keek hij nog eens om zich heen. Afgezien van de foto in zijn hand was er helemaal niets dat hem ook maar iets over haar verleden vertelde. Geen enkele aanwijzing over wie ze was, of waar ze vandaan kwam. Geen andere foto's. Geen voorwerpen. Helemaal niets. Het was alsof haar verleden niet bestond. Je zou natuurlijk kunnen denken dat Heron Lodge te klein was om al te veel dingen met sentimentele waarde te herbergen, maar hij had toch wel verwacht iets meer aan te treffen.

Dit was haar enige persoonlijke bezitting. Deze ene foto. Moeder en kind. De moeder die ze was kwijtgeraakt.

Schuldgevoel sneed als een mes door hem heen. Maar al te vaak zag hij familie als verstikkend, terwijl het eigenlijk een veilige cocon was. Geen dwangbuis, maar een beschermend omhulsel. Dat had hij altijd gehad, het was er altijd geweest, ook wanneer hij het niet had gezien, of niet had gewild. Dat hij zelf wegbleef, veranderde niets aan het feit dat zijn familie er altijd voor hem was.

En dat had hij altijd heel vanzelfsprekend gevonden.

Het geluid van stromend water stopte abrupt en voorzichtig zette Sean de foto terug, waarna hij zijn chocolademelk opdronk.

Niet veel later verscheen Élise weer in de keuken, een blos op haar wangen van de föhn. Alle make-up was van haar gezicht verdwenen, en het sexy zwarte jurkje had plaatsgemaakt voor een simpel hemdje en een comfortabele huisbroek, in de taille aangesnoerd met een crèmekleurig lint.

De aanvechting onderdrukkend haar rechtstreeks naar bed te dragen, gaf hij haar een beker. 'Ik heb chocolademelk voor je gemaakt.'

'Bedankt. Als je je kleren voor de badkamerdeur laat liggen, zal ik ze in de droger stoppen.' Ze installeerde zich met de beker op de bank, haar benen onder zich opgetrokken.

Hij liep de trap op naar de verdieping, terugdenkend aan de tijd dat hij en zijn broers dit huis hadden gebouwd. Ontelbare keren had hij zijn hoofd gestoten aan de balk boven aan de trap. Net als Tyler, trouwens.

De badkamer was naast de slaapkamer en weer kreeg hij de kans een blik te werpen op haar persoonlijke omgeving. Het bed was bedekt met een witte sprei en een heleboel kussentjes. Op het tafeltje naast het bed stond een flesje water en lagen haar telefoon, verschillende tubes make-up en een notitieboekje. Geen foto's. De enige foto die hij hier had gezien, was die foto beneden.

De geur van haar parfum hing overal.

Zich een indringer voelend, liep hij snel de badkamer in, waar hij even verbijsterd bleef staan kijken naar de enorme hoeveelheid flesjes en potjes op de planken. Dit, dacht hij, was nog een reden waarom hij nooit een vrouw uitnodigde bij hem te blijven slapen. Dan zou hij drastisch moeten gaan verbouwen.

Glimlachend kleedde hij zich uit, legde zijn kleren voor de deur en dook onder de douche. De shampoo rook naar bloemen, rook naar haar, en het was bijna onmogelijk niet te denken aan die avond die ze de afgelopen zomer samen hadden doorgebracht. Het was begonnen met flirten. Zijn verdriet was nog rauw geweest, de woede jegens zijn grootvader nog vers en intens, en hij was zo blij geweest met iemand te kunnen praten die geen familie was, dat hij voortdurend haar gezelschap had gezocht. Over de meest uiteenlopende onderwerpen hadden ze het gehad, van wijn tot Europese politiek.

Toch had hij steeds afstand bewaard. Hij had immers niets te bieden en wilde onder geen beding iets doen wat Jacksons plannen met Snow Crystal in gevaar zou brengen.

Op een avond, toen hij door het bos naar het stuk gras achter het huis was gelopen, was ze echter achter hem aan gekomen. Bij de herinnering daaraan vloekte Sean binnensmonds en draaide hij de kraan van de douche naar koud. Ze hadden amper gesproken. Amper een woord gewisseld. Maar wat er daarna was gebeurd, was zonder twijfel de heftigste erotische ervaring van zijn leven geweest.

En na afloop, toen hij bang was dat het misschien een beetje moeilijk zou worden, had ze alleen naar hem geglimlacht en was vertrokken.

Op dat moment had hij zich de grootste bofkont van de wereld gewaand. Hij had iemand gevonden die precies zo was als hij. Ze maakte net zulke lange dagen als hij, was een perfectioniste, een getalenteerde kok, en vastbesloten alles te doen wat in haar macht lag om te zorgen dat het beter ging met de zaken op Snow Crystal. Een workaholic die absoluut niet was geïnteresseerd in een relatie.

Erg veel verder had hij niet gekeken. Doordat ze zich zo vurig en gepassioneerd uitte, had hij niet gezien hoe gereserveerd ze eigenlijk was.

Hij kwam onder de douche vandaan, knoopte een handdoek om zijn heupen, deed de deur open... en zag zijn natte kleren nog net zo liggen als hij ze had achtergelaten. Blijkbaar was ze die vergeten. Hij raapte ze op en liep ermee naar beneden, waar hij haar in diepe slaap op de bank aantrof, de beker chocolademelk onaangeroerd naast haar op de grond.

Met gefronst voorhoofd liep hij op haar af en bleef even naar haar staan kijken. Als je bedacht hoe hard ze had gewerkt, hoeveel uur ze op de been was geweest, was het nauwelijks verbazingwekkend dat ze in slaap was gevallen, toch? Ze was duidelijk volledig uitgeput. Haar donkere wimpers waren de enige kleur in haar bleke gezicht.

Aangezien ze, wanneer hij haar hier liet liggen, ongetwijfeld met pijn in haar rug wakker zou worden, tilde Sean haar in zijn armen.

Ze reageerde nauwelijks.

Wensend dat ze er bij het bouwen van het huisje destijds rekening mee hadden gehouden dat hij ooit met een vrouw in zijn armen de trap op zou moeten, droeg hij haar voorzichtig naar boven, waar hij haar op het bed neerlegde.

Hij trok de witte sprei over haar heen, deed de lamp uit, en vertrok.

Hoofdstuk 12

'Het is echt al heel lang geleden dat we op zondag samen hebben ontbeten. We vinden het heerlijk als jullie meiden tijd hebben om ons gezelschap te houden, hè Alice?' Elizabeth legde een stapel versgebakken pannenkoeken op een bord en zette dat midden op de geboende keukentafel. 'Ga zitten allemaal. Wat een geweldig feest was het. Ik heb in jaren niet zo'n leuke avond gehad. Élise, lieverd, je hebt ons echt tot eer gestrekt. Je moet wel doodmoe zijn van al dat werk en al die stress. Heb je überhaupt wel kunnen slapen vannacht?'

'Ja, hoor.' En ze was wakker geworden in haar bed, terwijl ze zeker wist dat ze daar niet in slaap was gevallen. Sean moest haar naar boven hebben gedragen. Het was dat die gedachte haar benauwde, anders had ze er wel om kunnen glimlachen, omdat ze wist dat hij zijn uiterste best moest hebben gedaan om niet met zijn hoofd tegen de balk te knallen.

Waarom was hij naar haar huisje gekomen, terwijl hij gewoon had kunnen weggaan? En waarom had hij al die vragen gesteld? Hij hoefde alleen maar te weten dat ze geen relatie wilde. Waarom dat zo was, ging hem niets aan.

'Het was een fantastisch feest.' Kayla had Maple meegenomen en ze knuffelde de hond, terwijl ze aan tafel ging zitten. 'Ik heb wel duizend mensen gesproken en mijn gezicht doet nog zeer van het glimlachen. Het zal echt supergoed zijn voor de zaken. Kan ik je ergens mee helpen, Elizabeth? Iets klaarmaken?'

Brenna trok een gezicht en Elizabeth glimlachte even. 'Ga jij maar lekker zitten, meisje. Ik kook maar al te graag en we weten allemaal dat het niet jouw lievelingsbezigheid is.'

'Wat ze bedoelt, is dat je er niets van bakt.' Élise schonk koffie in bekers en zette die op tafel. 'Wat? Waarom kijken jullie zo naar me?'

Brenna grijnsde. 'Omdat de betekenis van het woord tact jou onbekend is.'

'Ik zeg gewoon de waarheid, zodat niemand van ons vergiftigd wordt. In koken is Kayla echt vreselijk, maar in organisatie en marketing…' Ze hief haar beker in een proostend gebaar. 'Daarin is ze echt geniaal. Op Kayla.'

'Op Kayla,' zei Brenna en ook Kayla hief grijnzend haar beker.

'Op ons en op het teamwork. Het gaat niet al te beroerd deze zomer. We draaien nog. Op een geweldige winter met bergen sneeuw en meer boekingen dan we aankunnen.'

'Over winter gesproken, ik heb gisteren een tijdje met Josh staan praten.' Brenna deed wat ahornsiroop op haar pannenkoeken, waardoor ze de blik die Kayla en Élise wisselden, miste.

'Een aardige jongen,' merkte Alice op. 'Zijn grootmoeder zit in mijn breiclubje.'

'Hij is in de dertig, Alice.' Brenna glimlachte. 'Niet echt een jongen meer.'

'Een man.' Elizabeth legde nog wat pannenkoeken op de stapel. 'Een bijzonder aantrekkelijke man. Ik heb hem altijd aardig gevonden, al heeft zijn vader ooit Tyler gearresteerd omdat hij van het dak van de garage van Mitch Sommerville skiede. Waarover hebben jullie het gehad, liefje?'

'We denken erover een cursus te organiseren over veiligheid in de winter.' Brenna pakte haar vork. Als het noemen van Tylers naam haar al van haar stuk had gebracht, liet ze dat in ieder geval niet merken. 'We zijn allebei lid van het bergreddingsteam, dus dat zou een logische stap zijn.'

'Tyler is ook lid van dat team.' Alice stak haar hand uit om Maples zachte vacht te strelen. 'Je zou het ook met hem kunnen doen.'

Élise kromp ineen. 'Alice –'

'Ik dacht gewoon dat die twee goed zouden kunnen samenwerken, meer niet. Ziet Maple er niet goed uit, Elizabeth? Ik weet nog hoe ze eruitzag toen Jackson haar in het bos had gevonden, vel over been. Het familieleven heeft haar goed gedaan. Ze vindt het hier heerlijk.'

Élise voelde een brok in haar keel. Zij vond het hier ook heerlijk. Wie niet? Wie zou het nu niet heerlijk vinden bij de familie O'Neil te wonen?

Zich ervan bewust dat Kayla naar haar zat te kijken, pakte ze een pannenkoek. *Merde*, ze was het spoor echt behoorlijk bijster. Zat ze een beetje mee te voelen met Maple, terwijl ze zich beter om Brenna's gevoelens kon bekommeren.

'Mij lijkt het een goed plan dat Brenna met Josh gaat samenwerken.' Al was het maar om Tyler wakker te schudden. 'Ik mag hem graag.'

De deur ging open en Jackson kwam de keuken binnen wandelen.

Maple stortte zich van Kayla's schoot, schoot als een kanonskogel op hem af en begon als een dolle op en neer te springen.

Jackson tilde haar op. 'Zijn er nog pannenkoeken?'

'Natuurlijk.' Elizabeth legde er een paar op een bord en zette dat voor hem op tafel. 'Ga zitten. Komen Tyler en Sean ook?'

'Tyler komt eraan.' Hij ging zitten, legde zijn hand even op Kayla's knie. 'Sean is terug naar Boston. Hij heeft me een sms'je gestuurd.'

'Hij is ons nog gedag komen zeggen.' Alice pakte haar breiwerk. 'Hij zei dat hij er volgende week weer was, om met Walter mee te gaan naar het ziekenhuis.'

Élise hield haar ogen op haar bord gericht. Ze zou blij moeten zijn dat hij weg was. Dat was toch wat ze had gewild, of niet soms?

Verbijsterd was ze geweest door de intensiteit van wat er de avond daarvoor was gebeurd. En hij ook.

Ze vroeg zich af of hij voor zijn vertrek nog met zijn grootvader had gepraat. Of zou het onderwerp van hun ruzie nog steeds tussen hen in hangen?

'Nog iets eten, Élise?' vroeg Elizabeth, de pan in haar hand.

Élise schudde haar hoofd. '*Non, merci.* Ik heb niet zo'n honger.'

'Ik heb gisteravond zoveel gegeten dat ik misschien wel nooit meer hoef te eten.' Jackson schonk haar een glimlach, terwijl hij de ahornsiroop pakte. 'Het eten was echt geweldig. Iedereen had het erover. Je bent een genie en we boffen enorm dat we jou hebben. Dat vertel ik je waarschijnlijk niet vaak genoeg.'

'Ik ben degene die boft.' Dat ze hier mocht wonen. Bij hen.

Ze keek op, recht in zijn ogen. Hij was de beste vriend die ze ooit had gehad. Als hij er niet was geweest…

Ze vermande zich. Aan wat er van haar zou zijn geworden zonder hem wilde ze niet eens denken.

Jackson prikte zijn vork in een pannenkoek. 'Is dit een goed moment om je om nóg een gunst te vragen? Kayla en ik hadden een nieuw idee. We willen teambuildingevenementen voor leidinggevenden gaan organiseren. We hebben hulp nodig bij de catering.'

'*Pas de problème*. Ik zal een tafel voor hen reserveren in het restaurant.' Ze was blij weer aan werk te kunnen denken. 'Zeg maar voor hoeveel.'

'Niet in het restaurant. Ze gaan de bergen in, over de Long Trail, en onderweg een nachtje kamperen. Als dat niet helpt om elkaar beter te leren kennen, dan gaat niets helpen.'

'Jullie willen met een stel directeuren gaan kampéren?'

'Briljant, toch?' Kayla gaf Maple, die nog op Jacksons schoot lag, stiekem iets te eten. 'Dat zal ze behoorlijk op de proef stellen. Jij moet zorgen dat het eten zo lekker is, dat ze even niet aan blaren en insectenbeten denken.'

'Wie gaat de tent opzetten?'

'Zij. Met een beetje hulp van Tyler. Hij gooit zijn goudenmedaillewinnaar-supersportman-motivatiepraatje in de strijd. Hoort allemaal bij ons unieke aanbod.'

'Tyler wordt helemaal gek als hij twee dagen verplicht met kantoortypes moet doorbrengen. Hoe hebben jullie hem zo gek gekregen dat hij dat doet?'

'Bij de eerste groep zitten twee vrouwen. Ik heb hem foto's laten zien. Maar zou jij een menu in elkaar kunnen draaien? Iets wat ze met beperkte middelen kunnen klaarmaken?'

'Natuurlijk.' Élise dacht na. 'Het moet niet te zwaar zijn om mee te nemen en makkelijk om te bereiden. Als je mij nu de spullen geeft die ze meekrijgen, kijk ik wat ik daarop kan klaarmaken.'

'Ik weet wat beters.' Jackson nam nog een paar pannenkoeken. 'Je kunt de trip gewoon eerst zelf doen. Tyler gaat de route uitzetten en de beste kampeerplek uitzoeken. Jullie kunnen samen gaan. Hij denkt dat onze eigen hut te ver is voor een tweedaagse tocht met stadsmensen die normaal gesproken alleen naar een taxi of een metrostation lopen, dus hij gaat iets dichterbij zoeken. Hou volgend weekend vrij.'

'Dan moet ik in het restaurant zijn.'

'Poppy en ik redden het samen wel.' Elizabeth veegde haar handen aan haar schort af. 'En Antony, de jongen die we pas hebben aangenomen, doet het ook erg goed. Een harde werker, hij moet alleen nog wat zelfverzekerder worden. Geen enkel probleem. En ook goed voor ons om het zonder jou te doen. Je kunt niet altijd zo hard blijven werken.'

'Ik hou van hard werken en voor het bedrijf is het belangrijk dat we zo veel mogelijk gasten krijgen.' Ze stond bij Jackson in het krijt. En die schuld zou ze hoe dan ook volledig inlossen.

En nu Sean was vertrokken en het met Walter met de dag beter ging, kon het leven weer zijn normale gangetje gaan nemen.

'Ze zijn heel tevreden over hoe het gaat, opa.' Sean reed de parkeerplaats van het ziekenhuis af, vastbesloten deze keer wél een moment te vinden om over het onderwerp van hun ruzie te beginnen. Wat hij precies zou gaan zeggen, wist hij niet, maar misschien konden ze de lucht een beetje klaren. 'Ik heb zelf ook naar de uitslagen van je onderzoeken gekeken. Je bent een wandelend wonder. Ze willen weten wat je geheim is.'

'Dat is er niet. Gewoon de lucht van Snow Crystal en je familie om je heen. Je zag er zelf ook beter uit, nadat je wat tijd thuis had doorgebracht. En nu, na een week in de stad, lijk je de stress weer samen met je pak te hebben aangetrokken.'

Sean wist dat die stress niets met zijn week in Boston te maken had, maar alles met wat er die avond van het feest was gebeurd. Élise had gewild dat hij vertrok, dus was hij vertrokken. Daarbij had het moeten blijven. Nu zijn grootvader weer volledig leek te herstellen, had hij gedacht te kunnen terugkeren naar zijn leven in Boston en de draad weer op te pakken waar hij was gebleven.

In plaats daarvan had hij gemerkt dat hij bepaalde dingen miste. Hij miste de lange dagen werken aan het terras. Hij miste de geur van de zomerregen op de bomen en het geroffel van het water op de planken, terwijl hij aan het werk was. Hij miste de plagerige woordenwisselingen met zijn broers.

Maar het meest van alles miste hij háár. Haar glimlach. Het kuiltje. Die mond.

Shit. Hij klemde zijn handen steviger om het stuur. Wat hád hij in vredesnaam. Oké, de seks was geweldig geweest, maar normaal gesproken had goede seks geen invloed op zijn concentratie. En dat ze niets persoonlijks wilde, zou voor hem ook geen probleem moeten zijn. Niemand die dat beter begreep dan hij.

'Ik ben niet gestrest, opa.'

'Natuurlijk ben je dat wel en dat is ook niet zo gek met het leven dat jij leidt, opgesloten in zo'n doos met kunstlicht.'

'De operatiekamer, bedoel je?'

'Die bedoel ik, ja. Ongezond. Je hebt frisse lucht nodig. En mensen. Allemaal leuk en aardig zo'n baan, maar een huwelijk met een goede vrouw maakt een man pas echt gelukkig en tevreden.' Walter staarde voor zich uit. 'Dat zou je eens moeten proberen.'

Sean reed bijna de greppel in. Een húwelijk? 'Ik kan je nu al vertellen dat dat nooit gaat gebeuren, dus zet dat maar uit je hoofd.'

'En man kan niet aan het rotzooien blijven.'

'Ik rotzooi niet. Ik hou van mijn werk. Ik ben niet bereid daarover compromissen te sluiten voor een relatie en geen enkele verstandige, zichzelf respecterende vrouw zou de uren die ik maak, tolereren.'

'Ik maakte ook lange dagen,' verklaarde zijn grootvader. 'Je grootmoeder was heel begripvol. Wij zijn een team. Altijd geweest, vanaf het allereerste begin.'

'Oma is een heilige, dat weten we allemaal.'

'Het was een mooi feest. Jammer dat je de volgende ochtend zo vroeg weg moest. Maar je was er in ieder geval. Élise kan goed dansen, vind je ook niet?'

Sean klemde zijn tanden op elkaar. Zijn grootvader wist het. Op de een of andere manier wist hij het.

Zweet prikte in zijn nek. Hij dacht aan Élise, hun benen verstrengeld, haar mond op de zijne, terwijl de regen door het bladerdak op hen neer drupte. 'Ik moest echt weg. Nu het terras was gemaakt, moest ik nodig weer wat patiënten gaan repareren.'

'Als je dat op zondagochtend doet, hoop ik dat je daar een flink tarief voor vraagt. Maar dat doe je waarschijnlijk ook, anders zou je niet in zo'n auto kunnen rijden.' Zijn grootvader streek even over de bekleding van zijn stoel. 'Een gezin kun je er niet in kwijt.'

'Ik heb ook geen gezin.'

'Nog niet. Als dat er komt, zul je iets groters moeten kopen.'

'Ik heb niets groters nodig.' Zich er plotseling weer al te zeer van bewust waarom hij in Boston was gaan wonen, trapte Sean het gaspedaal iets dieper in, om zo snel mogelijk bij Snow Crystal te zijn. 'Ze willen je dus over zes weken pas weer zien, in het ziekenhuis. Dat is fantastisch nieuws.'

Dat betekende dat hij ook zes weken kon wegblijven. Zes weken was meer dan genoeg om zijn oude ritme te kunnen terugvinden.

'De artsen hier zijn goed. In Boston zou je het niet beter kunnen vinden. Je zou hier moeten komen werken. Dichter bij huis. Dan zouden je dagen misschien ook niet zo lang worden.'

Het hield ook nooit op. Hoe oud hij inmiddels ook was, de druk was altijd aanwezig. Alsof hij gevangenzat onder de zool van een schoen. Zo moest het voor zijn vader ook zijn geweest, en die had dat continu moeten verduren, hij had nooit weg gekund. Hij kreeg een hol gevoel vanbinnen. De lust over het heikele onderwerp te beginnen verging hem. Hoe kon hij daarover nu praten, als hij nog steeds zoveel woede voelde? Als de rancune nog niet weg was?

Dus hield hij het maar bij zijn werk. 'Je begrijpt helemaal niets van wat ik doe.'

'Vertel me er dan wat meer over.'

Sean was verbijsterd. Zijn grootvader vroeg bijna nooit naar zijn leven. Het ging altijd alleen maar over Snow Crystal. Het bedrijf. De familie. Alles wat hij níét deed. Nou ja, alles beter dan een gesprek over trouwen, besloot hij. 'Mijn afdeling loopt voorop als het gaat om nieuwe technieken bij operaties aan de voorste kruisband.' Aangezien hij wist dat zijn grootvader, als ervaren skiër, heel goed begreep waarover het ging, deed hij ook geen moeite het simpeler te maken. In plaats daarvan vertelde hij over zijn onderzoek, wat hem het meest interesseerde, waar hij enthousiast van werd. En zijn grootvader luisterde.

'Je stabiliseert de knie dus, waardoor de patiënt weer mobiel wordt. Dat is mooi. Dankbaar werk.'

Sean ontspande een beetje. 'Ja.'

'Maar als dat jóúw onderzoek is, zou je dat ook hier kunnen doen.' Het had heel onschuldig geklonken. 'Ik zie niet in waarom ze alleen in Boston van jouw deskundigheid zouden mogen profiteren. Er zijn hier genoeg mensen die graag door jou geholpen zouden willen worden wanneer ze iets hebben gebroken, en skiletsel komt hier een stuk vaker voor dan in Boston. Volgens mij hebben ze daar erg weinig bergen.'

En ze waren weer terug bij af. 'Ik behandel topsporters. Die komen overal vandaan naar mij toe.'

'Nou, dan kunnen ze ook wel hierheen komen. Krijgen ze de prachtigste vergezichten, goed eten en frisse berglucht er gratis bij. Als je hier zou werken, zou je op Snow Crystal kunnen wonen, je broers een beetje kunnen helpen en zo vaak je wilt bij Élise kunnen zijn.'

'Jezus, opa.' Sean trapte hard op de rem en draaide de inrit van de appelboomgaard van de Carpenters in, daarbij ternauwernood een diepe geul in de weg ontwijkend.

'Vloek niet zo. Dat maakt je grootmoeder van streek.'

'Oma is hier niet. En ik zeg wat ik wil zeggen, net zo goed als ik woon waar ik wil wonen en het werk doe dat ik wil doen.'

'En het meisje kust dat je wilt kussen.'

'Ja.' Sean kneep zijn ogen een stukje dicht, zich afvragend hoeveel zijn oplettende grootvader precies had gezien, de avond van het feest. 'Dat ook.'

'Als je er maar voor zorgt dat je niet zo druk bezig bent iedere knappe meid te kussen die je tegenkomt, dat je de enige die je de rest van je leven zou willen kussen, kwijtraakt.'

Plotseling kon hij alleen nog maar denken aan die verrukkelijk gewelfde mond van Élise, dat kuiltje... en weer klemde hij zijn tanden op elkaar.

'Mijn werk is het allerbelangrijkst.'

'Werk houdt je bed niet warm 's nachts. Ik hield ook heel veel van mijn werk, maar op het moment dat ik je grootmoeder ontmoette, wist ik het. En zij ook. Misschien moet je eerst een bepaalde leeftijd bereiken om te weten wat echt belangrijk is in het leven. Gezondheid, en mensen om je heen van wie je houdt. Dat is het.'

Sean liet zijn hoofd tegen de rugleuning zakken. 'Bijna klaar met preken?'

'Ik preek niet. Ik geef gewoon mijn wijsheid door. Doordat jij de afgelopen weken meer thuis bent geweest, kregen je broers het iets makkelijker. Dankzij jou is het Boathouse nu open. Als je wat dichterbij zou wonen, zou je vaker dat soort dingen kunnen doen. En je zou wat van die deskundigheid van jou, waarvoor blijkbaar goudgeld wordt betaald, kunnen gebruiken om Brenna te helpen bij het ontwikkelen van een programma, waarmee mensen zich kunnen voorbereiden op het skiseizoen. En kunnen we nu verder rijden? Ik mag de Carpenters niet echt en ik wil liever niet op hun terrein staan.'

Bang dat hij iets zou gaan zeggen waarvan hij spijt zou krijgen, wilde Sean net de weg weer op rijden, toen hij in de verte een glimp van lang rood haar opving. Er liep iemand tussen de appelbomen. Met halfdichtgeknepen ogen probeerde hij het nog iets beter te zien, maar wie het ook was geweest, verdween uit zijn gezichtsveld.

Niet op zijn gemak wierp Sean een snelle blik opzij om te kijken of zijn grootvader iets had gemerkt, maar Walter staarde naar de weg en zei: 'Deze auto is echt te laag.'

Sean keek nog een keer achterom, maar er was niemand meer te zien. Zich voorhoudend dat er zoveel vrouwen met rood haar waren, draaide hij de weg weer op en drukte het gaspedaal stevig in. Hoe eerder hij zijn grootvader thuis kon afzetten, hoe beter.

'Bij je volgende afspraak ben ik er weer, eerder niet,' zei hij, nadat hij zijn grootvader had thuisgebracht en zijn grootmoeder had gerustgesteld met de mededeling dat Walter wonderbaarlijk goed herstelde. Toen ging hij op zoek naar zijn broers.

Tyler vond hij bij het Outdoor Center, op zijn rug in de modder liggend om een mountainbike te repareren.

Na één blik op het gezicht van zijn broer kwam Tyler overeind tot zit. 'Wat kijk jij blij. Opa is blijkbaar weer helemaal in vorm. Laat me raden. Hij wil dat je hier komt wonen en op Snow Crystal een kliniek gaat runnen.'

'Zoiets.'
Tyler veegde met zijn onderarm over zijn voorhoofd. 'Ik heb jou na het feest niet meer gezien. Je was ook nogal vroeg verdwenen.'
'Ik was moe.'
'Tuurlijk. Zo moe dat je in een lekker groot bed bent gekropen. Dat soort vermoeidheid ken ik maar al te goed.'
Nog geïrriteerd door het gesprek met zijn grootvader, wierp Sean zijn broer een donkere blik toe. 'Waarom is iedereen plotseling zo geïnteresseerd in mijn seksleven? Hoe zit het eigenlijk met jou? Heb je nog met Brenna gedanst op het feest?'
'Nee, maar jij wel, heb ik gezien.' Nu was het Tylers beurt donker te kijken. 'Wat had dat te betekenen? Heb je niet genoeg aan één vrouw?'
'Als je het precies wilt weten, ik kan me niet voorstellen dat ik de rest van mijn leven nog maar één vrouw kus, nee.'
'Je hebt haar gezoend?' Tyler sprong zo abrupt overeind dat de fiets op de grond kletterde. 'Jij hebt Brenna gezoend?'
Sean, die aan Élise had staan denken, merkte tot zijn verbijstering dat hij ineens met zijn rug tegen het hek stond. 'Hé, dit is mijn lievelingspak. Wat héb jij in vredesnaam ineens?'
'Moet je dat nog vragen? Jij hebt met Brenna gezoend!'
'Ik heb helemaal niet met Brenna gezoend.'
Tylers greep ontspande een beetje. 'Dat zei je net.'
'Helemaal niet. Ik zei dat het me een nachtmerrie leek de rest van mijn leven één en dezelfde vrouw te kussen. Ik zei niet dat ik Brenna had gekust.' Sean duwde zijn broer van zich af en streek de kreukels uit zijn overhemd, worstelend met irritatie en nog een heleboel andere emoties die hij niet aan een nader onderzoek wenste te onderwerpen. 'Ik ken haar al vanaf dat ze vier was. Ze is als een zusje voor me.'
'Oké. Mooi.' Nu ontspanden Tylers schouders ook enigszins. 'Dat overhemd kan wel een strijkijzer gebruiken. Je verslonst een beetje, sinds je weer thuis komt.'
Sean bedacht dat zijn kleren niet per se hoefden te lijden onder een poging tot wraak. 'Dat ik haar al vanaf haar vierde ken, wil natuurlijk niet zeggen dat het me is ontgaan hoe goed ze eruitziet.' Ach, nu zijn overhemd toch al gekreukt was, kon hij er net zo goed helemaal voor

gaan. 'Nu je het zegt... misschien zou ik haar inderdaad een keer moeten zoenen. Waarom niet?' Hij besloot nog wat olie op het vuur te gooien. 'Al zou ik dan misschien wel wat concurrentie hebben.'
'Concurrentie?'
'Ja. Ik zag haar met Josh staan praten. Te oordelen naar de uitdrukking op zijn gezicht zag hij haar beslist niet als een vierjarige. Vrouwen zijn gek op Josh.'
'Ze zijn vrienden,' siste Tyler tussen opeengeklemde tanden door, duidelijk niet blij met wat Sean suggereerde.
'Hij zat naast me met biologie en Engels, wat wil zeggen dat hij haar al net zolang kent als ik. Waarom ga je zíjn overhemd niet kreuken?'
'Omdat ik dan weleens in de boeien zou kunnen eindigen, voor agressie jegens een ambtenaar in functie.'
'Zit je er dan niet mee dat ze samen iets hebben?'
'Ze hebben helemaal niets samen. Ze zijn gewoon vrienden. En natuurlijk zit ik daar wel mee. Maar niet zo erg als met de gedachte dat jij en zij iets samen zouden hebben.'
'En bedankt. Ik hou ook van jou. Je bent altijd mijn lievelingsbroer geweest.'
Er kon nog geen glimlachje af bij Tyler. 'Brenna is rechtdoorzee en ongecompliceerd.'
'Ze is een vrouw,' zei Sean traag. 'Geen enkele vrouw is ooit rechtdoorzee en ongecompliceerd.'
'Ze is niet jouw type. Je zou haar kapot maken.'
Sean fronste zijn voorhoofd. 'Ik kan me niet herinneren dat jij nu altijd zo zachtzinnig met vrouwenharten bent omgesprongen.'
'Ik heb Brenna nooit met een vinger aangeraakt.'
En dat, dacht Sean, was nu juist het probleem. 'Waarom niet?'
'Op die manier denk ik helemaal niet aan haar.' De frons in Tylers voorhoofd werd dieper. 'En jij gaat ook niet op die manier aan haar denken.'
'Maar als jij toch geen interesse hebt –'
'Jou zocht ik, Tyler.' Plotseling stond Jackson tussen hen in, kalm en evenwichtig. 'Ik had natuurlijk kunnen weten dat je je hier had verstopt. Ik heb een probleem.'

'Ik ook.' Tyler keek Sean nog steeds dreigend aan. 'Het heeft hetzelfde DNA als jij, en ik sta op het punt een van zijn botten te breken.'

Sean veegde wat vuil van zijn jasje. 'Gebroken botten zijn mijn specialiteit, weet je nog?'

Jackson schonk geen aandacht aan wat ze zeiden. 'Kayla heeft een teambuildingevenement georganiseerd. Een wandeling over de Long Trail, inclusief een nacht kamperen.'

'Dat weet ik. Dat heb je me al verteld.' Met een nors gezicht tilde Tyler de fiets op. 'Ik moet met een stelletje kantoortypes zonder enige conditie op stap. Ik kan me niets leukers voorstellen.'

'Ik wil dat je die tocht volgend weekend gaat uitproberen.'

'Ik hoef helemaal niets uit te proberen. Ik ken die route als mijn broekzak. Ik zou hem in het donker, slapend, met mijn benen aan elkaar gebonden kunnen lopen en dan nog terug kunnen zijn in de helft van de tijd die zij ervoor krijgen.'

'Het is niet voor jou. Het is voor Élise.'

Sean, die met zijn gedachten weer bij het gesprek met zijn grootvader was geweest, keek nu met gefronste wenkbrauwen op. 'Wat heeft Élise ermee te maken? Zij gaat toch niet samen met Tyler op stap?'

'Élise zorgt voor het eten en ze wil zeker weten dat haar menu daar goed is klaar te maken, met de spullen die ze bij zich hebben. Ze heeft voor volgend weekend vervanging in het restaurant geregeld.'

'Je wilt dat ik een nachtje ga kamperen met Élise? Dat klinkt wel heel gezellig.' Tylers frons veranderde in een grijns, toen hij Sean aankeek.

Sean klemde zijn tanden op elkaar. 'Moet ik daarmee zitten?'

'Dat weet ik niet. Zit je ermee?'

Jazeker, maar dat zou hij voor geen goud toegeven. 'Arme Élise,' zei hij slechts. 'Ik hoop dat iemand haar waarschuwt dat je snurkt.'

'Waarschijnlijk komen we nauwelijks aan slapen toe. We hebben het vast veel te druk met elkaar warm houden en elkaar diep in de ogen kijken.'

Geërgerd keek Jackson van de een naar de ander. 'Houden jullie daar dan nooit mee op?'

'Waarmee?' Sean weerstond de aanvechting zijn jongere broer bij de keel te grijpen. 'Als hij zich op Élise wil storten, moet hij dat vooral doen. Ik wens hem veel plezier. Terwijl hij opblaaseten naar binnen werkt en wordt opgevreten door de muggen, nodig ik Brenna misschien wel uit voor een etentje. Die heeft zich de afgelopen tijd uit de naad gewerkt en verdient wel een beetje ontspanning.'

Bij het zien van de donkere uitdrukking die op Tylers gezicht was verschenen, vloekte Jackson binnensmonds. 'Ik heb wel genoeg te doen zonder dat ik jullie ook nog eens om de haverklap uit elkaar moet trekken.'

Tylers ogen waren strak op Sean gericht. 'Brenna is echt niet zo stom om met jou uit eten te gaan.'

'Waarom niet? Ze is afgelopen winter ook een paar keer met Jackson gaan eten.'

'Dat is iets anders. Jackson probeert niet met elke vrouw die hij mee uit eten neemt, het bed in te duiken.'

Jackson rolde met zijn ogen. 'Zijn jullie nu klaar?'

'Ik wel.' Met nog een woeste blik naar Sean verdween Tyler het Outdoor Center in, de fiets meesleurend.

Jackson keek hem na. 'Waar ben jij in vredesnaam mee bezig?' vroeg hij toen aan Sean.

'Gewoon, een experiment. Kijken hoe de zaken ervoor staan.'

'We weten allebei hoe de zaken ervoor staan en daarin hoeft wat mij betreft ook geen verandering te komen.' Jackson keek naar het groepje kinderen dat achter Brenna aan op het Outdoor Center af kwam gefietst. 'Tyler en Brenna spelen allebei een belangrijke rol bij het draaiende houden van Snow Crystal. Daarbij kunnen we geen complicaties gebruiken. Het is hier nog steeds een kwestie van zwemmen of verzuipen en er is niet veel voor nodig kopje-onder te gaan.'

Sean wierp een blik naar beneden. 'Moet je kijken wat hij met een van mijn goede overhemden heeft gedaan.'

'Voor de verandering eens niet eentje van mij.'

'Hij is gek op haar.'

'Misschien.' Jackson stak een hand op naar Brenna. 'Maar hij is ook heel beschermend naar haar toe. Dat kun je maar beter in gedachten houden, de volgende keer dat je hem probeert te stangen. En ga in

godsnaam niet met haar uit eten. We hebben op de vierde juli al vuurwerk gehad. Aan meer hebben we echt geen behoefte.'
'Jij bent toch ook met haar gaan eten.'
'Gewoon eten, ja.'
'Ik ben ervan overtuigd dat hij van Brenna houdt.'
'Ja, misschien wel, maar we weten allemaal dat hij een behoorlijke tik heeft gekregen van die toestand met Janet Carpenter.'
Sean aarzelde even, zich afvragend of hij iets moest zeggen of niet.
'Ik ben daarnet even gaan kijken bij de Carpenters.'
Jackson kneep zijn ogen een stukje dicht. 'Waarom in vredesnaam?'
'Ik overwoog opa te vermoorden en daarvoor had ik twee handen nodig. Waar het om gaat...' Hij zweeg even. 'Ik dacht dat ik Janet zag.'
'Je maakt een grapje. Dat kan helemaal niet. Die zit in Chicago.'
'Het was van een afstandje. Ik kan het ook mis hebben gehad.'
'Je hébt het mis.' Jacksons mond verstrakte. 'Hoe ze ook over Tyler denkt, ze blijft de moeder van Jess. Ze zou nooit terugkomen om haar ouders op te zoeken zonder dat tegen haar eigen dochter te zeggen.'
'Niet?' Sean sloeg nog wat stof van zijn mouw. 'Afgelopen kerst heeft ze diezelfde dochter voorgoed hiernaartoe gestuurd zonder er ook maar een moment over na te denken of dat ook het beste voor Jess was. Dat leek haar niet veel te kunnen schelen. Denk je dat we het tegen Tyler moeten zeggen?'
'Nee. Want je kunt het ook mis hebben gehad. Shit.' Jackson wreef met zijn hand door zijn nek. 'Ik hoop dat je het mis hebt. Het laatste waarop we zitten te wachten, is wel Janet Carpenter die de boel weer in de war komt schoppen. Jess is gelukkig en voelt zich hier helemaal op haar plek, en Tyler is stabieler dan hij in jaren is geweest.'
'Waarschijnlijk heb ik het ook mis. Er zijn zoveel vrouwen met lang rood haar. En waarom zou ze hier zijn? Ze heeft ruzie met haar ouders en ze heeft een bijna net zo grote hekel aan Snow Crystal als aan Tyler.'
'En Jess zit daartussenin. Voor zover ik weet, spreken ze elkaar niet echt vaak, maar daarmee schijnt Jess ook niet te zitten. Sinds dat incident met kerst is alles in rustiger vaarwater gekomen. Ze is dol op Tyler, daaraan heeft Janet in ieder geval niets kunnen veranderen. Laten

we het maar vergeten en als ze het wel was, als ze dus is teruggekomen zonder iets tegen haar dochter te zeggen, is dat reden te meer er niet over te beginnen. Jess heeft geen behoefte aan de pijn en Tyler niet aan het gedoe.'

'Ja, je hebt waarschijnlijk wel gelijk. En over gedoe voor Tyler gesproken...' Sean boog zich voorover om stof van zijn schoen te vegen. 'Ik doe dat kampeertochtje wel.'

'Jij?' Verbijsterd keek Jackson hem aan. 'Dan zit jij toch in Boston?'

'Ik was sowieso al van plan volgend weekend hierheen te komen. Gewoon om te kijken of het goed gaat met opa.' Plotseling leken die zes weken die hij van plan was geweest hier weg te blijven, veel te lang. 'Ik ben er toch, dus ik doe het wel.'

'Je bent dus niet alleen van plan weer naar huis te komen, je wilt ook nog eens gaan kamperen?' Jackson deed niet eens moeite zijn glimlach te verbergen. 'Heeft iemand soms een vijfsterrentent, voorzien van alle gemakken, uitgevonden, waarvan ik niets weet?'

'Ik ben hier opgegroeid, net als jij. Ik ken die paden net zo goed als jij. Mijn overlevingstechnieken in de wildernis zijn minstens zo goed als die van jou.'

'Sinds wanneer horen handgemaakte Italiaanse schoenen bij een overlevingsuitrusting voor in de wildernis?' Jacksons blik ging van Seans overhemd naar zijn voeten. 'Die zullen er vast geweldig uitzien na een dag lopen. Is dit wat jij onder vrijetijdskleding verstaat? Je zou niet misstaan in een loge bij een opera.'

'Waaruit maar weer eens blijkt hoe vaak jij een opera hebt bijgewoond, in een loge. En als je het precies wilt weten, ik ben net met opa naar het ziekenhuis geweest.'

'Juist, ja. Vandaar dat je in zo'n gezellig humeur bent. Die tocht is behoorlijk zwaar. Daarop hebben we hem ook uitgezocht.'

'Ik kan wel tegen een stootje. Als je twaalf uur achter elkaar staat te opereren en vervolgens nog een keer midden in de nacht je bed uit moet voor een spoedgeval, weet je wel wat zwaar is.'

'Wil je echt twee dagen van je kostbare tijd opofferen om op een stel ruziënde zakenmensen te passen?'

'Nee, dat deel is voor Tyler. Ik wil de oefensessie doen.'

Jackson wuifde een vlieg weg. 'Zo ver wil je dus gaan om te voorkomen dat Tyler een nacht met Élise in een tent doorbrengt?'

'Dit heeft niets met Élise te maken. Ik wil gewoon mijn steentje bijdragen aan het familiebedrijf. Dan ben ik ook van het gezeur van opa af. Ik dacht dat ik je uit de brand kon helpen, meer niet. Er komen steeds meer gasten, maar meer personeel kun je op dit moment nog niet aannemen. Ik ging er dus vanuit dat je behoorlijk krap in de mensen zat.'

'Dat is ook zo, maar dat is wel vaker voorgekomen en toen heb je ook niet onmiddellijk je scalpel neergegooid om ons te hulp te snellen. Wat ook prima is, want je doet gewoon waarvoor je bent opgeleid en we zijn allemaal heel trots op je.' Jackson keek hem recht in de ogen. 'Doe ons dus allebei een lol, laat al die lulverhalen maar zitten en vertel gewoon wat er aan de hand is.'

'Zoals ik al zei, ik probeer een handje te helpen.'

Jackson slaakte een zucht. 'Oké, doe het maar. We zitten inderdaad nogal krap in het personeel. Dan kan Tyler met een familie gaan mountainbiken. Maar als je Élise ook maar iets doet, als ik ook maar een glimp van een traan bij haar bespeur, zal ík degene zijn die je botten breekt, niet Tyler.'

Hoofdstuk 13

Élise begroef zich in haar werk, in de hoop dat ze daardoor geen tijd zou hebben aan Sean te denken. Ze wist dat hij met Walter naar het ziekenhuis was geweest. Dat hij niet de moeite had genomen even bij haar langs te komen zat haar meer dwars dan zou moeten.

En nu was hij terug in Boston, waar hij zijn leven leefde, net als zij hier.

Precies zoals het zou moeten zijn.

Iedere avond kookte ze in de Inn; superieure, verfijnde maaltijden, geserveerd in een elegante omgeving. De rest van de tijd bracht ze door in het nieuwe Boathouse Café. Ze experimenteerde met de kaart, haalde dingen die minder leken te lopen eraf, voegde nieuwe gerechten toe. Ze vond het heerlijk wanneer het terras vol zat met gezinnen, oud en jong, alles door elkaar.

In de schaarse uurtjes die ze nog over had, verzon ze een menu voor de teambuildingtocht die Kayla had georganiseerd. Het eten moest makkelijk mee te nemen zijn en eenvoudig klaar te maken. Tyler had haar het kleine kooktoestel gegeven dat ze zouden gebruiken en ze had alle gerechten gemaakt met uitsluitend het kookgerei dat ze op de tocht bij zich zouden hebben.

De ochtend van de tocht meldde ze zich bij hem in het Outdoor Center.

'Gebruik in vredesnaam een insectenwerend middel.' Tyler gaf haar wat spullen. 'En draag de hele tijd een shirt met lange mouwen en een lange broek. Het is hartje zomer, dus het wemelt daar van de steekgrage beestjes. Gelukkig is het seizoen van de steekvliegen ongeveer voorbij. Die zijn helemaal een crime.'

'Ik laat jou gewoon voorop lopen.' Élise deed het eten in haar rugzak. 'Dan kunnen ze met jou beginnen en hebben ze misschien niet zoveel trek meer in mij.'

'Ik ga niet mee.' Hij hielp haar met de rugzak. 'Ik ga mountainbiken met een gezin van zes personen. Dat soort lucratieve zaken kunnen we niet aan ons voorbij laten gaan.'

'Nee, dat snap ik. Gaat Jackson dan –'

'Sean.' Tyler trok de rugzak dicht, en maakte hem vast. 'Hoe schokkend het ook mag klinken, mijn aan de stad verknochte broertje gaat het doen.'

Haar mond werd droog. 'Sean?'

Tyler schonk haar een meelevende blik. 'Ik begrijp dat je dat een eng idee vindt, maar geloof het of niet, hij kende dat pad altijd behoorlijk goed. En je moet maar zo denken, mocht hij je niet kunnen beschermen tegen een aanval van een beer omdat hij zich zorgen maakt over zijn pak en zijn schoenen, dan kan hij je in ieder geval na afloop weer netjes in elkaar zetten. Kijk niet zo verschrikt.' Hij interpreteerde de uitdrukking op haar gezicht duidelijk verkeerd. 'Het is niet erg waarschijnlijk dat je beren zult tegenkomen. Die zijn nogal mensenschuw. Alhoewel, wanneer ze jouw kookkunsten ruiken... Geintje.'

Ging Sean met haar mee?

Ze had hem niet meer gezien sinds die avond dat ze op de bank in slaap was gevallen en in haar bed weer wakker was geworden nadat hij haar naar boven had gedragen.

'Ik dacht dat hij in Boston zat.'

'Volgens Jackson is hij plotseling vervuld van een broederlijke aandrang te helpen.' Tyler haalde zijn schouders op. 'Aangezien we het behoorlijk druk hebben, maken we daarvan maar dankbaar gebruik. Jullie gaan met zijn tweeën die route controleren, jouw eten klaarmaken en een nacht kamperen, en dan kunnen jullie mij laten weten of er nog dingen moeten veranderen voordat we die softe stadsfiguren erop loslaten.'

'Ik hoorde dat er twee vrouwen bij waren?'

'Klopt.' Tyler grijnsde. 'Ik ben van plan een beer te regelen, zodat ze gezellig bij mij in de tent kruipen.'

Ondanks de gevoelens waardoor ze op dat moment werd verscheurd, moest Élise lachen. 'Gaat Brenna ook mee?'

'Ja.' Tyler verstelde nog iets aan de banden van haar rugzak. 'Het is belangrijk dat het gewicht op de goede plaats zit, anders krijg je er last van. En als het te zwaar wordt, laat je mijn grote broer gewoon alles dragen. Dat is goed voor hem.'

'Als jij bij de vrouwen slaapt, slaapt Brenna zeker bij de mannen? En een van hen is de eigenaar van het bedrijf, toch? Die zal wel rijk zijn.'

In één klap was de lach van Tylers gezicht verdwenen. 'Brenna slaapt in haar eigen tent.'

'Maak je je dan geen zorgen om haar angst voor beren?'

'Brenna is nergens bang voor. Je had haar als kind moeten zien. Ze beklom alles wat wij ook beklommen. Skiede overal vanaf waar wij vanaf skieden. Waar wij waren, was zij ook.'

Nog steeds, dacht Élise. Maar je ziet haar niet staan. Ze vroeg zich af of dat kampeertochtje daaraan iets zou veranderen.

Tijd om daarover na te denken had ze echter niet, omdat ze op dat moment iets roods in haar ooghoek zag opdoemen, begeleid door het geluid van een krachtige motor. Daar had je Sean.

Tyler legde zijn hand op haar schouder en gaf er een kneepje in. 'Vind je deze wijziging in de plannen wel oké?'

Het raakte haar dat hij dat vroeg. Dat het hem iets kon schelen. Een reden om nog meer van deze plek en van deze mensen te houden. 'Ja, hoor. Waarom zou ik dat niet oké vinden?'

'Omdat mijn broer dat sexy kontje van jou wel ziet zitten. Mocht hij iets proberen, dan geef je hem maar een dreun. Hij is een watje, een echte stadsjongen. Geen spieren of ruggengraat.'

Ze wist dat dat niet waar was. Die spieren had ze immers zelf gezien? Wat ze op dat moment in haar buik voelde, waren geen zenuwen, maar iets totaal anders. Waar was ze eigenlijk bang voor?

Dat hij haar naar bed had gedragen en haar had ingestopt, veranderde toch niets aan haar gevoelens voor hem? Ze voelde zich tot hem aangetrokken, ja, maar verder ging het niet. Dat wilden ze geen van beiden.

'Ik moet gaan. Ik ben al laat voor een afspraak met een vertegenwoordiger die ook nog even wilde langskomen. Succes. Ik hoor het wel als je nog iets nodig hebt.' Hij liep naar de winkel die bij het Outdoor Center hoorde, in het voorbijgaan een hand opstekend naar Sean.

Nadat Sean zijn auto had geparkeerd, liep hij met een grote rugzak op haar af.

'Hé, dokter O'Neil.' Sam Stephens reed rondjes op zijn nieuwe fiets.

Met een glimlach op zijn gezicht bleef Sean staan om even met hem te praten. 'Hé, hallo. Is dat de verjaardagsfiets?'

'Yep. Een rode.' Stralend van trots stopte hij vlak voor Sean, zodat die de fiets uitgebreid kon bewonderen.

'Heb je een leuke vakantie?'

'Superleuk. Maar we hebben nog maar twee dagen. Vandaag gaan papa en ik fietsen in het bos. Mama blijft bij mijn kleine zusje.'

'Klinkt goed. Doe wel voorzichtig en hou die helm vooral op. Als je van je fiets valt, wil je niet keihard op je hoofd terechtkomen.'

'Ik zag uw auto. Komt u net uit Boston? Heeft u vandaag nog levens gered, dokter O'Neil?' De ogen van de jongen waren groot, rond, en vol bewondering.

'Nog niet.' Glimlachend maakte Sean zijn rugzak dicht. 'Maar de dag is net begonnen. Wie weet wat er nog gebeurt.'

Élise voelde een brok in haar keel. Wat ging hij leuk met dat jochie om.

Sam schoof zijn fiets nog iets dichter naar zijn held toe. 'Wist je dat hij iemands leven heeft gered, Élise?'

'Nee.' Tot haar opluchting klonk haar stem heel normaal. 'Nee, dat wist ik niet, Sam. Maar hij is dokter, dus dat is wel een beetje zijn werk.'

'Dit was niet zijn werk. Het was niet in het ziekenhuis. Het was daar, in de bergen.' Sam gebaarde met zijn arm en de fiets wankelde even. 'Een man was gevallen bij het skiën. Alle botten in zijn lijf waren gebroken.' De jongen vertelde het zo enthousiast dat Élise even ineenkromp.

'Niet echt alle botten,' corrigeerde Sean op vriendelijke toon, maar Sam was vastbesloten het verhaal zo plastisch mogelijk, in geuren en kleuren, aan Élise te vertellen.

'De sneeuw zat onder het bloed en de mensen gilden. De man gilde ook. Mijn vader was in de buurt en heeft het allemaal gezien. Hij zei dat dokter O'Neil ernaartoe skiede, supercool, en dat hij gelijk alles begon te regelen. Hij heeft hem weer heel gemaakt.' Volkomen idolaat van zijn held lette Sam weer even niet op zijn fiets, die vervaarlijk begon te wiebelen.

In een razendsnelle reflex greep Sean de fiets voordat de jongen ter aarde had kunnen storten. 'Ik heb hem niet "heel" gemaakt. Ik heb hem gestabiliseerd, zodat hij naar het ziekenhuis vervoerd kon worden, waar de dokters hebben gezorgd dat het weer helemaal goed kwam met hem.'

'Maar als u dat niet had gedaan, zou hij dood zijn gegaan. Daar op de berg.'

'Misschien. Zet nu eerst eens even je voeten op de grond, voordat je valt.' Sean was heel geduldig. 'Zo ja. En voorzichtig aan op dat pad. Op sommige plekken is het behoorlijk hobbelig.'

'Er gebeurt echt niks.' Maar de jongen zette wel zijn voeten op de grond. 'Wat is het Franse woord voor bloed, Élise?'

'*Sang,*' zei ze. 'Maar ik hoop dat je dat woord nooit nodig hebt.'

'Misschien toch wel. Als ik groot ben, word ik chirurg, net als dokter O'Neil. Ik ga mensen redden. Dat zou echt heel cool zijn.'

Nadat Sean had geconstateerd dat de jongen weer stevig stond, liet hij de fiets los. 'Je wordt vast een heel goede dokter, maar voor vandaag hebben we wel weer genoeg over bloed gepraat. Mijn maag begint in opstand te komen.'

Sam bleef staan, nog niet bereid zijn held te laten gaan. 'U ziet zoveel bloed.'

'Des te meer reden het op mijn vrije dag níét te willen zien. Veel plezier vandaag, Sam. Doe de groeten aan je vader en moeder.'

Sam fietste weg, lichtelijk slingerend.

Sean keek hem na. 'Ik hoop dat ze voorzichtig doen op dat pad. Zo stabiel is hij nog niet.'

'Een schatje is het. En hij vindt jou geweldig.'

'Hij komt hier al jaren en het is niet moeilijk indruk op hem te maken. Gaat het met die rugzak van jou, of is hij te zwaar?' Met een zwaai hing hij zijn eigen rugzak om zijn brede schouders en maakte de banden vast.

Élise zag de spieren onder zijn shirt bewegen. Heel even voelde ze iets van de bewondering die Sam ook voor hem koesterde, maar die drukte ze onmiddellijk de kop in. Fysiek kwam Sean O'Neil behoorlijk dicht in de buurt van mannelijke perfectie. Dat was gewoon een feit. Niets om je druk over te maken.

Toen kruiste haar blik echter de zijne en zag ze het smeulende vuur in zijn ogen. De rauwe chemie tussen hen deed haar even wankelen, al maakte ze zichzelf wijs dat dat door de rugzak kwam. 'Ik red me wel. Laten we gaan.'

'Tyler heeft me de route gegeven die hij van plan is te lopen. Die volgen we exact, met dezelfde rust- en kampeerplaatsen.'

'*Bien.* Lijkt me prima.'

'Heb je dit in Frankrijk eigenlijk ooit gedaan? Zo'n tocht maken?'

'*Mais oui,* natuurlijk. In de bergen, met mijn moeder.' Bij de herinnering voelde ze haar hart samentrekken. 'In de winter kookte ze vaak voor skiërs. En in de zomer zijn we ook een paar keer in Chamonix geweest, waar ze dan kookte voor wandelaars en klimmers. Bij Chamonix vind je een paar van de beste klim- en skiplekken van de Alpen.'

Sean ging haar voor naar het pad dat van Snow Crystal naar de Long Trail leidde. 'Als kinderen hebben we hier maar al te vaak gelopen. Opa ging met ons kamperen en vertrok dan, zodat we alléén de weg terug moesten vinden.'

'Maakte je moeder zich daarover geen zorgen?'

'Waarschijnlijk wel. Ze maakte zich vooral zorgen over Tyler. Hij was de durfal, die altijd wel weer iets wist te breken, dus daar had ze ook alle reden toe. Jackson en ik pasten op elkaar. Maar erg veel had mijn moeder niet te zeggen. Opa's wil was wet. Nog steeds.'

'Hij ziet er al een stuk beter uit. Ik hoorde dat het in het ziekenhuis ook goed was gegaan?'

'Ja.'

'En is de lucht intussen al geklaard? Hebben jullie erover gepraat?'

'Nog niet.'

Frustratie maakte zich van haar meester. 'Waarom blijf je dat maar uitstellen?'

'Ik wilde er net over beginnen, toen hij weer tekeerging over…'

'Over wat?'

'Niks. Shit.' Hij vloekte hartgrondig toen zijn voet tot aan de enkel in de modder zakte. 'Hoe kan ik dat nou niet hebben gezien?' Ze waren inmiddels omgeven door hoge bomen en de geur van het bos en ze hadden het pad helemaal voor zichzelf.

'Stadsjongen.' Glimlachend liep Élise om hem heen, sprong over de modder, en landde op stevige grond.

'Jij hebt met Tyler gepraat.' Mopperend schraapte Sean de ergste modder van zijn schoenen. 'Geweldig. Je zult wel blij zijn als je vanavond samen met mij in een tentje ligt.'

'We hebben twee tenten.'

'Eén tent. Voor twee mensen. Een tweede tent is onnodige ballast.'

'Ik dacht dat er twee tenten waren.'

'Eentje dus maar. Is dat een probleem?'

'Ik heb graag mijn eigen ruimte.'

'Die kun je ook krijgen. De linkerkant van de tent is voor jou. De rechterkant voor mij.' Om zijn mondhoeken speelde een glimlachje. 'Rustig maar. We gaan niet samenwonen of zo. Dit is slechts van tijdelijke aard.'

En erg veel kon ze daaraan ook niet doen, nietwaar? Als ze nu moeilijk ging doen, zou dat de situatie alleen maar onnodig zwaar en belangrijk maken, dus dwong ze zich haar schouders op te halen en verder te lopen.

Het bos werd dichter, het licht schemeriger, totdat de bomen plotsklaps plaatsmaakten voor de meest fantastische vergezichten over de Green Mountains.

'*C'est incroyable.*' Abrupt bleef Élise staan, genietend van het uitzicht en van de koele lucht op haar warme huid. 'Wat ongelooflijk mooi.'

'Ja, dat is het zeker.' Sean tilde de rugzak van haar schouders en zette die tegen een rots. 'Laten we even pauze nemen en wat van dat eten klaarmaken dat je hebt meegesleept. Wat wordt het? *Langoustines à la grecque? Coquilles?*'

'Je zit in de bérgen.'

'Er staat toch nergens in de regels van de Green Mountains dat ik mijn eetnormen moet verlagen, alleen omdat ik toevallig in de wildernis zit? Kijk...' Hij wees naar een vogel die hoog boven hen in de lucht zweefde. 'Een roodstaarthavik.'

Ze staarde omhoog. 'En hoe weet jij dat?'

'Opa. Die weet alles wat er maar te weten valt over de vogels en de natuur hier. Wil je weten welke paddenstoelen je veilig kunt eten? Dan moet je bij hem zijn. En over eten gesproken, ik rammel.' Hij haalde een zonnebril uit zijn zak en zette die op, waardoor ze zijn ogen niet langer kon zien.

'Paddenstoelen heb ik niet.' Élise maakte haar rugzak open en haalde de eerste zak uit de koeltas. 'De lunch is een picknick. Lokale Green Mountains-ham, met mijn zuurdesembrood, en verse olijven.'

'Als ik paddenstoelen voor je kan vinden, kun je nog wat van die heerlijke taartjes maken, die we op het feest hadden.'

'En hoe zou ik die moeten bakken? Dacht je soms dat ik met een oventje in mijn rugzak rondsjouwde? Een eenvoudig leven vraagt om eenvoudig eten. Maar eenvoudig betekent niet van mindere kwaliteit.' Ze gaf hem een keurig pakketje en hij zocht een plekje op een rots en ging zitten.

'Toen we dit soort tochten als kind deden, mochten we van opa geen eten meenemen. We moesten eten wat het bos te bieden had.' Hij deed ham tussen een paar stukken knapperig vers brood. 'We wisten welke bessen we konden plukken en welke giftig waren. We wisten hoe we vis moesten vangen in de rivier en hoe we een vuur moesten maken om die vis gaar te krijgen zonder dat we het hele bos in de fik staken. Jackson en Tyler zorgden dat er iets te eten kwam, terwijl ik hout voor het vuur sprokkelde. In werkelijkheid kwam het er meestal op neer dat ik een rustig plekje in het bos vond om het boek te lezen dat ik in mijn rugzak had meegesmokkeld. Die ham is lekker, zeg. Is er nog meer?'

Élise vroeg zich af of hij wel doorhad hoeveel hij over zijn grootvader praatte. 'Ging je vader ook mee?' vroeg ze, terwijl ze hem nog een stuk brood en een plak ham gaf.

'Die was meestal aan het werk.'

'Je was behoorlijk close met je vader.'

'Ja.' Hij scheurde een stuk van het brood. 'Dat was ik zeker, ja.'

Zou die ruzie met zijn grootvader daarmee iets te maken hebben? Dat vroeg ze echter niet. Als hij erover wilde praten, zou hij dat wel doen. En zo niet… nou ja, als er iemand was die begreep dat je sommige dingen voor jezelf wilde houden, was zij het wel.

Toen ze allebei uitgegeten waren, gingen ze weer verder, over de bergkam nu, met uitzicht op Lake Champlain.

'Dit is echt het mooiste wat ik ooit heb gezien. Waarom ben ik hier nooit eerder geweest?'

'Omdat mijn broer een slavendrijver is.' Hij beschutte zijn ogen met zijn hand. 'We boffen dat het zo'n heldere dag is. Vaak kun je een stuk minder ver kijken. Zie je het meer? Dat is ontdekt door een landgenoot van je, Samuel de Champlain, een ontdekkingsreiziger die vanaf de Atlantische Oceaan het binnenland in trok en daar deze grote zoetwaterplas aantrof.'

'Het is hier echt prachtig. Waar gaan we eigenlijk kamperen?'

'Walter's Ridge. Daar kampeerden we vroeger ook altijd. Als je aan de andere kant naar beneden gaat, kun je de rivier terug naar huis volgen. Daarom zijn we ook nooit verdwaald.'

Ze liepen nog een stukje verder tot ze bij een open plek kwamen met rotsblokken en een ronduit spectaculair uitzicht.

Sean liet de rugzak van zijn rug glijden en keek eens om zich heen. 'Prima.'

'Je mag hier dus kamperen?'

'Op sommige plaatsen. Een deel van de Long Trail doorkruist ons terrein, maar bepaalde delen zijn openbaar toegankelijk en kamperen mag op daarvoor aangewezen plekken. Kampvuren zijn verboden. Van alles wat bij kamperen komt kijken, zijn die ecologisch het meest funest. En tijdens het modderseizoen, aan het einde van de herfst en het begin van de lente, als de grond verzadigd is, komen we niet op de paden.'

'Dit is dus jullie land?'
'Ja, het maakt deel uit van Snow Crystal.' Hij grijnsde. 'Ik probeer indruk op je te maken.'
Dat lukte aardig. Niet omdat ze de eigenaar van dit alles waren, maar omdat hij er zoveel vanaf wist. Ondanks zijn geklaag iedere keer dat hij in iets zachts stapte, en zijn voortdurende gemep naar insecten, wist hij zich hier prima te redden. Het duurde dan ook niet lang voor de tent was opgezet en het eten op het kooktoestel stond te pruttelen.

Élise strooide versgeraspte Parmezaanse kaas over een bord pasta en gaf het hem, intussen haar best doend niet te denken aan de twee slaapzakken die naast elkaar in de tent lagen.

'Morgen vang jij verse vis voor onze lunch.'
'Echt niet.' Hij huiverde overdreven. 'Ik ga niet door het water lopen om mijn eigen eten te vangen. Dat is mij iets te primitief. Als ik vis wil eten, wil ik dat die al dood is en op het menu van een restaurant staat, niet dat die nog rond mijn voeten zwemt.'
'Er gaat niets boven vers.'
'Er is een verschil tussen vers en nog levend.' Hij nam een hap pasta en proefde aandachtig. 'Mmm. Dit is echt heerlijk en niet alleen omdat ik het niet eerst hoefde te doden en te villen voordat ik het kon eten.'

Lachend begon ze ook te eten. '*Bon*. Volgens mij moet de onhandigste hoge pief dit nog wel voor elkaar kunnen krijgen. Het is lekker, toch?'

'Veel te lekker. Ik dacht dat het de bedoeling was ze een beetje te laten lijden, zodat ze steun bij elkaar zouden zoeken om de tegenslag te lijf te gaan?'

'Deden je broers en jij dat, wanneer je grootvader jullie hier achterliet en jullie zelf de weg terug naar huis maar moesten zien te vinden?'

Sean schraapte zijn bord leeg en schepte toen nog een keer op.
'Voor Tyler en Jackson voelde het niet als tegenslag. En voor mij ook niet, denk ik, al had ik liever ergens gewoon rustig zitten lezen.'
'Heb je altijd al van lezen gehouden?'
'Het was een manier om te ontsnappen.'

'Ontsnappen waaraan?'

Heel even dacht ze dat hij zich er weer met een nietszeggende opmerking vanaf zou maken, zoals gewoonlijk, maar dat deed hij niet.

In plaats daarvan zette hij zijn bord neer en staarde in de verte. 'De druk.'

De sfeer veranderde. Zijn stem had een serieuze ondertoon die ze daarin nog niet eerder had gehoord.

'Welke druk?'

'Voor mijn grootvader begint en eindigt de wereld bij Snow Crystal. Hij heeft nooit kunnen begrijpen waarom dat niet voor iedereen geldt. Daarom heeft hij mijn vader ook zo onder druk gezet. We zijn in een behoorlijk gespannen sfeer opgegroeid.'

'Maar je vader hield toch van Snow Crystal?'

'Hij hield van de plek, ja. Hij was een geweldige skiër. Volgens sommige mensen hier was hij als tiener bijna net zo goed als Tyler. Maar waar hij niet van hield, was het werk. Hij was er niet voor gemaakt achter een balie gevangen te zitten en aardig te moeten doen tegen toeristen. Het enige wat hij wilde, was skiën.'

Precies Tyler, dacht ze. 'Waarom is hij dan gebleven? Waarom heeft hij niet voor een andere baan gekozen?'

'De liefde. Is dat niet waarvoor de meeste mensen een deel van hun dromen opofferen?'

'Is dat zo?'

'Jazeker. Het is ook wel logisch, als je erover nadenkt. Hoe kunnen twee mensen nu precies dezelfde doelen hebben? Dat is onmogelijk en dus zal de een op een gegeven moment zijn ambities moeten opgeven om de ander tevreden te stellen. Mijn vader werd heen en weer geslingerd tussen wat hij zelf wilde en de verantwoordelijkheid voor het familiebedrijf. Ik denk dat het feit dat mijn moeder zielsveel van deze plek hield, voor hem de doorslag heeft gegeven. Een carrière als wedstrijdskiër zou hebben betekend dat hij haar veel alleen zou hebben moeten laten, dat hij veel op reis zou zijn geweest en dat hij een onzeker en zwervend bestaan zou hebben geleid. Niet bepaald ideaal voor een huwelijk.'

Élise dacht aan Tylers reputatie. 'Nee.'

'Bovendien zou Snow Crystal dan door iemand van buiten de familie moeten worden gerund. Dat kon hij opa niet aandoen en dus bleef hij en deed hij het werk dat hij eigenlijk niet wilde doen. Dat vrat aan hem.'
'Daarover praatte hij met jou?'
'Maar al te vaak.' Sean boog zich voorover om het kooktoestel uit te doen. 'Hij belde me meestal 's avonds laat, wanneer mijn moeder al naar bed was en hij nog in de keuken zat te drinken, achter een berg schulden en papierwerk waarmee hij zich geen raad wist. Hij belde me en iedere keer zei hij hetzelfde: "Blijf hier weg. Geef je droom nooit op".'
'Weet Jackson dat hij jou belde?'
'Het had geen zin hem dat te vertellen.' Hij pakte een fles water. 'Hij had het prima naar zijn zin in Europa, verdiende goed geld met zijn bedrijf, was zijn droom aan het waarmaken. Ik zag geen enkele reden donkere wolken zijn strakblauwe hemel in te jagen.'
Hij had zijn broer willen beschermen. Hij had de last in zijn eentje getorst. 'Heb je het aan helemaal niemand verteld?'
'Nee. En toen ging mijn vader dood en wilde ik dat ik dat maar wel had gedaan. Als ik eerder iets had gezegd, hadden we misschien nog iets kunnen doen.'
'Hij is de macht over het stuur kwijtgeraakt op een bevroren weg. Hoe had je dat kunnen voorkomen?'
Hij draaide de fles water rond in zijn handen. 'Mijn vader was op reis omdat hij het hier niet langer uithield. Hij wilde naar de sneeuw en dus ging hij naar Nieuw-Zeeland. Mijn grootvader liet hem maar niet met rust. Voortdurend drong hij erop aan dat mijn vader meer tijd hier zou doorbrengen, en hoe meer druk hij uitoefende, hoe minder mijn vader hier wilde zijn. Hij had al meer gegeven dan hij eigenlijk kon.' Zijn stem klonk nu rauw. 'Op de dag van de begrafenis ben ik door het lint gegaan.'
'Dat was waarover jullie ruzie hebben gehad? Over je vader?'
'Ik nam het mijn grootvader kwalijk.' Hij wreef met zijn vingers over zijn voorhoofd, trok een gezicht. 'Ik heb hem naar zijn hoofd geslingerd dat hij mijn vader te veel onder druk had gezet. Ik zei dat het

zijn schuld was. Toen verloor mijn grootvader ook zijn zelfbeheersing. Hij verweet me dat ik vaker thuis had moeten zijn om te helpen. Dan zou de druk een stuk minder zijn geweest. Hij zei dat ik geen idee had wat er hier werkelijk aan de hand was. Daarna is er nooit meer een woord over gezegd.'

Twee mannen, allebei te koppig om te zeggen dat het hun speet.

Het verklaarde wel een heleboel. Het verklaarde de spanning tussen de twee mannen. Het verklaarde waarom Walter tegenover Sean altijd onmiddellijk in de aanval ging en waarom Sean er nog steeds niet klaar mee was.

'Je neemt het hem nog steeds kwalijk. Je bent nog steeds boos.'

'Een deel van mij wel, ja, en dat vind ik vreselijk. Zo wil ik me helemaal niet voelen.' Hij staarde naar zijn handen. 'Ik moet mijn verontschuldigingen aanbieden, want natuurlijk is mijn opa niet verantwoordelijk voor de dood van mijn vader. Dat had ik nooit mogen zeggen, zelfs niet in mijn donkerste verdriet, maar het verandert niets aan het feit dat ik nog steeds kwaad ben omdat hij iedereen zo onder druk zet.'

Ze moest even iets wegslikken. 'En je broers hebben geen idee waarom je niet meer naar huis kwam?'

'Ze hebben het nauwelijks gemerkt. De afgelopen jaren was ik er door mijn werk toch al niet vaak en als ik er was, was dat meestal met de feestdagen, en dan waren we met zoveel, dat de verwijdering tussen ons niet opviel. Toen Jackson belde om me over opa te vertellen, wist ik dat ik naar huis moest, maar tegelijkertijd wist ik bijna zeker dat opa me niet zou willen zien. Ik had gelijk. Zodra hij me zag, in het ziekenhuis, zei hij dat ik terug moest gaan naar Boston.'

'Maar niet omdat hij je hier niet wilde hebben.' Haar hart ging naar hem uit. Naar hen allebei. 'Het is inmiddels twee jaar geleden. Je móét met hem praten.'

'Misschien.' Hij kwam overeind, zijn mond een grimmige streep. 'Maar hij is niet de makkelijkste om mee te praten en ik ben bang dat ik dingen ga zeggen die het alleen nog maar erger maken. Wanneer ik hier ben, komt het allemaal weer terug. De druk. De woede. Het schuldgevoel. Het is een grote kolkende bende.'

Ook Élise stond nu op. 'Dat is verdriet,' zei ze zacht. 'Verdriet is een vreselijke, nare bende. Schuldgevoel en woede maken daar deel van uit. Je zou denken dat emoties duidelijk en zuiver zijn, maar dat zijn ze niet. Geloof me, ik weet er alles van. Ik heb het ook allemaal gevoeld, toen mijn moeder overleed. Je móét met hem praten. Ik denk niet dat het uitmaakt of je "verkeerde" dingen zegt. Het belangrijkste is dat jullie praten.'

'Wat moet ik zeggen? Hij heeft mijn vader wel degelijk onder druk gezet. Daar kan ik niet omheen. Maar ik had niet mijn zelfbeheersing moeten verliezen en ik had hem al helemaal niet de schuld moeten geven. En ja, daar heb ik spijt van. Er gaat geen dag voorbij dat ik niet wens dat ik die woorden kon terugnemen.' Hij wreef over zijn kaak en schonk haar een scheve glimlach. 'Dit heb ik nog nooit aan iemand verteld. Leg ik zomaar mijn hele ziel en zaligheid voor je bloot. Dat komt vast omdat we hier in de wildernis zitten.'

Het was heel stil. De zon die achter de bergtoppen zonk, wierp een rozige gloed over de bomen en de rotsen.

'We hebben allemaal in het leven wel dingen waarvan we spijt hebben. Dingen waarvan we wensten dat we ze nooit hadden gedaan. Dat we ze nooit hadden gezegd. Je grootvader houdt van je, Sean. Hij houdt echt van je. Je moet proberen het weer goed te maken.'

'Jij hebt dus ook dingen waarvan je spijt hebt?'

Haar hart begon een beetje sneller te kloppen. Een beetje harder. 'Natuurlijk.'

'Noem er eens een.'

Ze pakte de pan van het kooktoestel, denkend aan Pascal en wensend dat dat niet zo was. Ze had hem uit haar leven gewist. Jammer dat ze hem niet ook uit haar gedachten kon wissen.

'Mijn moeder heeft me geleerd fouten als een les te beschouwen. Ze zei altijd: "Steek er iets van op, als dat kan, en ga verder. De rest is ervaring".'

'En wat is je belangrijkste les geweest?'

Lange tijd staarde Élise voor zich uit, zich kwetsbaar en naakt voelend. 'We kunnen misschien maar beter de tent in gaan, voordat de insecten zich op ons storten,' zei ze toen.

'Dat hebben ze al gedaan. Hé…' Zijn vingers sloten zich om haar arm, zijn hand sterk en troostend. 'Míjn diepste geheimen ken je nu. Vertel me er op zijn minst een van jou. Wat was je belangrijkste les, lieverd? Dat wil ik graag weten.'

Dat ene woordje, zo onverwacht, benam haar even de adem. 'Mijn belangrijkste les?' Ze voelde zijn aanraking door al haar lagen kleding heen, zoals de zachtheid van zijn toon door alle lagen verdediging heen drong, die ze om zich had opgetrokken. 'Dat zijn er eigenlijk twee. De eerste is dat je nooit moet wachten met sorry zeggen tegen iemand van wie je houdt, omdat je daarvoor misschien de kans niet meer krijgt. En de tweede is dat voor mij liefde niet mogelijk is. En nu moeten we nodig gaan slapen.'

Sean ruimde alle resten van hun maaltijd op, zich afvragend wat hem mankeerde. Hij was er de man niet naar over zijn gevoelens te praten. Sterker nog, het grootste deel van de tijd dácht hij niet eens aan zijn gevoelens. Hij had het veel te druk om zich bezig te houden met dingen als 'eigenlijk had ik' en 'wat als'. Maar die avond, terwijl hij daar zo in de buitenlucht met Élise had gezeten, was het er ineens allemaal zomaar uitgekomen. Hij had veel meer gezegd dan hij van plan was geweest, en zij had rustig geluisterd, had hem laten praten.

Ze had hem echter nog steeds niets over zichzelf verteld. Nou ja, net genoeg om duidelijk te maken dat ze was gekwetst. Ernstig gekwetst. Voor mij is liefde niet mogelijk, had ze gezegd. Niet: ik geloof niet in liefde of: ik wíl geen liefde.

Hij kwam weer overeind en staarde naar de bergen terwijl hij probeerde de feiten waarover hij beschikte, te analyseren. Hij had altijd aangenomen dat haar gebrek aan belangstelling in een relatie met haar ambities te maken had. In zijn werk kwam hij genoeg vrouwen tegen die niet bereid waren concessies in hun carrière te doen voor een gezin, dus daarbij was hij ook niet lang blijven stilstaan.

Wat had Jackson ook alweer allemaal gezegd? Waarom moest hij van Élise afblijven?

Zacht vloekend liet Sean zich op zijn hurken zakken om de laatste sporen van hun aanwezigheid uit te wissen. Geen sporen achterlaten.

Was dat ook niet iets wat hun grootvader hun had geleerd? Je bent te gast in het bos, Sean, en gasten laten geen troep achter bij hun vertrek. Helaas was het leven zelf niet zo netjes. Dat liet heel wat sporen achter. Heel wat troep. En het was wel duidelijk dat het leven bij Élise niet zomaar een spoor had achtergelaten, maar diepe littekens. Hij wierp een blik op de tent, maar daarin was geen enkele beweging te bespeuren. Ook geen enkele aanmoediging haar gezelschap te komen houden.

Zodra alles naar zijn eigen tevredenheid was opgeruimd, liep hij naar de tent, trok zijn schoenen uit en kroop naar binnen.

Élise lag al in haar slaapzak, opgerold tot een balletje. Haar lichaamstaal maakte maar al te duidelijk dat ze uitgepraat waren.

'Is dit het penthouse? Met roomservice? En airco, een zwembad en uitzicht rondom?' Hij probeerde zijn jas uit te trekken, wat nog een hele uitdaging bleek met die brede schouders van hem en die krappe tent. 'Dit is écht geen tweepersoonstent. Tyler heeft altijd al een apart gevoel voor humor gehad. Nou ja, we zullen het in ieder geval niet koud krijgen.'

Zoals ze daar lag, helemaal in elkaar gekropen en diep weggedoken in haar slaapzak, liet hem niet onberoerd. Hij wilde haar troosten en daar begreep hij helemaal niets van, want het troosten van vrouwen behoorde absoluut niet tot zijn specialiteiten. Dat was Jacksons terrein.

Zich er maar al te zeer van bewust dat hij een stap verder ging dan hij normaal gesproken deed, trok Sean zijn broek en shirt uit en ging naast haar liggen. 'Ik voel me nogal naakt.'

'Hou je kleren dan aan.' Haar stem klonk gesmoord en ze tilde haar hoofd niet op.

'Niet dat soort naakt. Ik heb zojuist mijn ziel voor je blootgelegd zonder dat ik daarvoor iets van jou heb teruggekregen.' Hij schoof dichter naar haar toe. 'Waarom is liefde voor jou niet mogelijk?'

'Slaap lekker, Sean.'

'Daar heb ik nu zo'n hekel aan. Dat deed je de avond van het feest ook. Je beëindigt een gesprek gewoon als je er geen zin meer in hebt. Het verbale equivalent van de deur voor iemands neus dichtslaan.'

'Ik ben moe.'

'Je bent helemaal niet moe. Je wilt alleen niet over je gevoelens praten. Maar ik zou willen dat je dat wel deed. Jij hebt naar mij geluisterd. Ik zou graag naar jou luisteren.' Hij zag de spanning in haar schouders toenemen en deed een gok. 'Geef me dan tenminste zijn naam en adres. Dan kan ik Tyler sturen om hem een dreun te verkopen. Ik zou zelf wel willen gaan, maar ik wil niet nog een overhemd verpesten. En als ik mijn vuisten gebruik, loopt mijn operatieschema in de war, dat begrijp je vast wel. Levens die gered moeten worden en zo.'

'Ga je nog slapen of hoe zit het?'

Tot zijn grote opluchting klonk er deze keer een lach door in haar stem.

'Eerst moeten we nog aan de slag met die band, die de wildernis zou scheppen. Doe ik iets niet goed? Ik heb dit nooit eerder gedaan, dus ik zal ongetwijfeld fouten maken.'

Ze draaide zich naar hem om. 'Begrijp ik nu goed dat jij, Sean O'Neil, de koning van de oppervlakkigheid, wil dat ik mijn diepste gevoelens eruit gooi?'

Even voelde hij een lichte paniek, totdat hij zich voorhield dat hij dagelijks met bloed en andere narigheid werd geconfronteerd. Gevoelens kon hij ook wel aan, als dat moest. Hij moest alleen heel voorzichtig te werk gaan en niet het verkeerde zeggen of doen. 'Ja. Ik wil weten waarom jij geen relatie wilt. Je zei dat je een les had geleerd.' Zijn stem werd zachter. 'Wat voor les was dat, Élise? Waarom is liefde voor jou niet mogelijk?'

Hij dacht dat ze geen antwoord zou gaan geven, maar toen kwam ze half overeind, de slaapzak om haar middel. Ze droeg een groot shirt dat van een van haar schouders was gezakt. Iets in de overgang van haar hals naar de blote ranke schouder maakte dat ze er nog kwetsbaarder uitzag.

'Ik doorzie mensen niet goed. Ik ben erg emotioneel. Daardoor word ik verblind.' Ze hees het T-shirt op, maar dat zakte onmiddellijk weer af. 'Soms maak ik echt heel grote fouten. Ik ben veel te gepassioneerd.'

Daarover liepen de meningen uiteen, na dat incident in het bos. Het was hem echter nu wel duidelijk dat ze van iemand had gehouden, die haar in de steek had gelaten. Dat verklaarde ook die abrupte overgangen van verzengend heet naar ijskoud. 'Kun je te veel passie hebben?'

'Het probleem met passie,' zei ze zacht, 'is dat die maar al te makkelijk te verwarren is met liefde. Het verblindt je voor leugens. Je gelooft wat je wilt geloven en geeft je helemaal. En het risico van je helemaal geven is dat je alles kwijtraakt.'

'Het was Pascal Laroche, hè?' Hij vroeg zich af waarom het zo lang had geduurd voordat hij dat doorhad. 'Hij was het.'

'Ik was achttien. Hij tweeëndertig. Ouder. Bijzonder aantrekkelijk. Ik werkte vier maanden voor hem, toen hij me voor het eerst kuste. In eerste instantie dacht ik dat hij onmogelijk in mij geïnteresseerd kon zijn. Ik was zo naïef. Zo anders dan de vrouwen met wie hij normaal gesproken omging. Ik zei nee, zonder me te realiseren dat dat voor hem juist een aanmoediging zou zijn de jacht op mij te openen. Pascal was de meest competitieve persoon die ik ooit heb ontmoet. In de keuken was hij briljant, werd hij door iedereen bewonderd. Die bewondering was zijn brandstof. Daar draaide hij op. Hij liet me niet meer met rust en ik werd verliefd op hem. Je vraagt je misschien af waarom, maar hij kon heel charmant zijn, en waarschijnlijk voelde ik me ook wel gevleid. Ik hield van hem met alles wat ik in me had, en ik was ervan overtuigd dat hij ook van mij hield. Dat was het moment waarop ik heb geleerd dat iets wíllen niet een garantie is dat het ook gebeurt. Mijn moeder maakte zich zorgen, maar ik wilde niet naar haar luisteren. Ze was altijd heel beschermend en meestal liet ik dat gewoon over me heen komen, maar die keer reageerde ik daar niet goed op. Ik kwam in opstand.'

'Dat is niet zo gek, op die leeftijd. Ga maar eens met mijn moeder praten over wat Tyler zoal heeft uitgevreten. Hij heeft nota bene een meisje zwanger gemaakt. Ik kan je wel vertellen dat dat een behoorlijk heftige tijd was. De familie Carpenter wilde Tyler vermoorden. Opa kan nog steeds niet langs hun boerderij rijden zonder te vloeken. Hij heeft Janet nooit gemogen.'

'Maar jouw familie is altijd één front blijven vormen. Toen mijn moeder zwanger werd, wilden haar ouders niets meer met haar te maken hebben. Mijn grootouders hebben mij zelfs nooit willen zien. Het gevolg was dat mijn moeder en ik heel close waren. Ik was haar enige familie, en zij de mijne.' Na een korte stilte ging ze verder: 'Toen ik die baan bij Chez Laroche kreeg, was ze ongelooflijk trots op me. Maar nadat ze Pascal had ontmoet en had gezien hoe de zaken ervoor stonden, hoe hij was, begon ze zich ernstig zorgen te maken. Ze had onmiddellijk gezien wat voor soort man hij was. Ze probeerde me te waarschuwen, maar ik wilde niet luisteren.'

'Dat lijkt me een vrij normale reactie op dat moment.'

'Het was de eerste keer in ons leven dat we ruzie hadden. Ze schreeuwde tegen me, dreigde met van alles en ik schreeuwde terug. Ik begrijp nu wel dat ze ten einde raad was, dat ze niet wist hoe ze tot me moest doordringen, maar ik had steeds minder zin naar huis te gaan.'

Het was niet moeilijk de overeenkomsten met zijn eigen situatie te zien, en Sean draaide onrustig in zijn slaapzak. Had hij niet precies hetzelfde gevoeld, na die ruzie met zijn grootvader? 'Je werd twee verschillende kanten op getrokken,' zei hij.

'Ik bleef 's nachts weg, zonder te zeggen waar ik was, omdat ik wist dat ze anders zou proberen me tegen te houden. De enige die me iets kon schelen, was Pascal. Ik was totaal verblind. Van de wereld. Ik was verliefd en sloeg al haar waarschuwingen in de wind. Wat wist zij nu van liefde? Ze was achttien toen ze zwanger raakte van mij en ze zei dat ze dolverliefd was geweest op de man die mijn vader was. Ze zei ook dat zo'n intense verliefdheid je blind maakt voor hoe iemand werkelijk is. Je ziet wat je wilt zien, en gelooft wat je wilt geloven. Ze zei dat ik de relatie moest beëindigen en een andere baan moest zoeken.'

'Maar dat deed je niet.'

'Nee. Ik was verliefd. Ik wilde niet dat daaraan een einde kwam en ik wilde al helemaal niet naar mijn moeder luisteren. Na weer zo'n vreselijke ruzie zei ik dat ik bij Pascal ging wonen.' Ze klemde haar hand zo stevig om de rand van de slaapzak, dat haar knokkels wit werden. 'Ze was onderweg naar het restaurant om te proberen me tot rede te brengen toen ze werd geschept door een taxi. Ik werd gebeld door het ziekenhuis. Ze was... Hoe noem je dat? Overleden op weg naar het ziekenhuis.'

Even deed Sean zijn ogen dicht. Toen schoof hij naar haar toe en trok hij haar in zijn armen. In één klap werd het hem allemaal duidelijk. Waarom ze zo graag wilde dat hij het goed maakte met zijn grootvader. Het belang dat ze aan familie hechtte. Haar weerzin ooit nog verliefd te worden.

'Dat was niet jouw schuld. Daar kon jij helemaal niets aan doen.'

'Als ik niet bij Pascal had willen intrekken, zou zij niet op dat moment de Boulevard Saint Germain zijn overgestoken.' Haar stem klonk gesmoord tegen zijn borst en ze voelde stijf aan in zijn armen, onbuigzaam. 'Ik heb nooit de kans gekregen afscheid te nemen. Ik heb nooit de kans gekregen sorry te zeggen. Niets. De laatste woorden die we hebben gewisseld, waren boze woorden en daarmee zal ik moeten leren leven.'

'Maar ze hield van jou en ze wist dat jij ook van haar hield.'

'Misschien. Ik weet het niet. Ik maakte er destijds zo'n puinhoop van, dat ze misschien niet meer van me hield. En ik heb niet gezégd dat ik van haar hield, dus misschien wist ze dat ook niet. Ik zal het nooit weten. Daarna ben ik volledig ingestort. Ik wist niet wat ik moest doen. Ik had niemand. Niemand, behalve Pascal. Hij regelde alles, zorgde voor mij. Ik was volledig van hem afhankelijk. Dat hij zo lief was, zag ik als bewijs dat mijn moeder het mis had gehad, maar dat was natuurlijk niet zo.' Ze maakte zich een beetje van hem los, streek het haar uit haar gezicht. 'Het is wel heel voorspelbaar waar dit gaat eindigen, hè? Weet je zeker dat je wilt dat ik verderga?'

Een deel van hem wilde dat niet, nee. Hij werd nu al misselijk bij de gedachte aan wat er komen ging. 'Ja,' zei hij echter.

'De eerste keer dat ik hem met een andere vrouw betrapte, was de dag na onze bruiloft.'

'Je bent met hem getrouwd?' Dat had hij niet zien aankomen en hij moest moeite doen zijn verbijstering te verbergen. Naar haar luisteren was als het kijken naar een op hol geslagen trein: je wist dat die op een ramp af denderde, maar kon hem niet tegenhouden.

'Ik hield van hem, dus voor mij was dat een logische stap. Ik droomde ervan samen met hem een gezin te stichten, samen kinderen te krijgen en misschien een huis te kopen op het platteland. Grappig, hè? Je denkt vast dat ik te veel Disney-films heb gekeken.'

'Lieverd –'

'Er waren genoeg signalen, maar die besloot ik te negeren. Ik zag alleen de delen van hem die ik wilde zien. Zijn genialiteit. Zijn charme. Ik maakte mezelf wijs dat zijn driftbuien heel normaal waren omdat hij zo briljant was, dat het begrijpelijk was dat hij gefrustreerd was door mensen die minder briljant waren. En hij was zo attent, na de dood van mijn moeder. Het was verschrikkelijk te moeten leren leven met dat verdriet. Zonder hem zou ik misschien ook wel zijn doodgegaan. Ik was zo kapot, zo eenzaam, dat ik zijn huwelijksaanzoek met beide handen aangreep. Het was alsof ik door een kolkende rivier werd meegevoerd en er plotseling een stok naar me werd uitgestoken. Het was die stok pakken of verdrinken. Nu ik erop terugkijk, zie ik ook wel dat mijn afhankelijkheid een boost was voor zijn ego. Ik gaf hem het gevoel dat hij belangrijk was, en zich belangrijk voelen was voor hem iets essentieels. Hij vond het heerlijk bewierookt te worden. Een relatie met een gelijke was voor hem totaal niet interessant. Hij moest altijd de overhand hebben.'

Zijn maag kneep samen. Een eenzaam, verdrietig meisje, overgeleverd aan een narcistische schoft. 'Je hoeft er niet over te praten. Het spijt me dat ik er zo op aandrong dat je het me zou vertellen.'

'Die dag na de bruiloft, toen ik hem met die andere vrouw betrapte, zei hij dat het een vergissing was. Een vergissing! Alsof twee mensen die op een natte vloer waren uitgegleden zo terecht konden komen.' Ze rolde met haar ogen, en het lukte haar zelfs om een lachje te produceren.

Sean daarentegen was absoluut niet tot lachen in staat. 'Je hebt het hem vergeven?'

'Ja, omdat ik het alternatief niet aankon.' Ze schudde haar hoofd. 'Ik schaam me te moeten toegeven dat ik hem nog een kans heb gegeven, maar ik was heel erg kwetsbaar, en erkennen dat mijn moeder misschien gelijk had gehad, was op dat moment nog veel te pijnlijk.

Uiteraard is het daarna niet gestopt. Dat doet het nooit, hè? Hij was beroemd. Er waren altijd vrouwen. Dat hij met mij was getrouwd, maakte geen enkel verschil. Hij had de ene na de andere relatie, soms meer tegelijkertijd. En altijd leugens. Alles wat hij zei was gelogen. Op een avond, midden in een vreselijke ruzie, zei ik dat ik wilde scheiden. Dat was de eerste keer dat hij me sloeg.'

'Jezus. Nee, toch?' Een misselijk gevoel vermengde zich met woede. 'O, lieve schat...' Waarom had hij daarvan geen enkel vermoeden gehad? Hij wist niet wat hij moest zeggen. Wat kon je daarop in vredesnaam zeggen?

'Achteraf had hij er spijt van. Hij zei dat hij er niet aan moest denken me kwijt te raken en dat hij daarom een beetje was geflipt. Het was een ongelukje, net als al die relaties van hem. Het was mijn schuld, omdat ik hem had uitgedaagd. Pascal nam nooit de verantwoordelijkheid voor wat hij deed. Het was altijd de schuld van een ander.' Haar stem klonk vlak. Zakelijk. 'Hij zei me dat het nooit meer zou gebeuren. Dat hij gewoon een beetje gestrest was geweest. Hij had een zware avond in het restaurant achter de rug, met drie zieken, en veel spanningen. Ik was geschokt, uiteraard. Nooit eerder had iemand me geslagen. Mijn moeder sloeg me nooit. Je leest wel over dat soort dingen, maar het is angstaanjagend makkelijk naar de excuses te luisteren. En ik hield me voor dat iedereen fouten maakt. Ik had zelf al zoveel fouten gemaakt, dat ik bijzonder tolerant was als het om die van anderen ging. En ik wist dat ik, als ik bij hem zou weggaan, niet alleen mijn huis, maar ook mijn baan zou verliezen. Een baan waarin ik het ongelooflijk naar mijn zin had. We hadden verschillende vaste klanten. Pascal maakte lange dagen, ik voelde me vaak alleen, en zij waren een soort familie voor me.'

Gasten in het restaurant? Familie? Hij dacht aan zijn eigen familie. Een hechte club. Om gek van te worden. Ze waren er altijd. Altijd.

'Het bleef niet bij die ene keer. Hij heeft je daarna weer geslagen?' Hij wist de vraag er met moeite uit te wringen. De gedachte dat ze dat alleen had moeten trotseren, deed pijn.

'Ja. En die keer ben ik wel vertrokken.'

Aan haar gezicht zag hij dat het verhaal daarmee nog niet was afgelopen. 'Waar ben je naartoe gegaan?'

'Ik vond werk in een klein restaurantje op de Rive Gauche. Heel eenvoudig. Niet bekend of zo. Ik dacht dat Pascal wel blij zou zijn dat hij van me af was en dat hij verder niet achter me aan zou komen. Dat had ik mis. Dat ik bij hem was weggegaan, bleek voor hem de ultieme vernedering. Als wraak zou hij ervoor zorgen dat de eigenaar van het restaurant die mij had aangenomen, failliet zou gaan. Dat kwam hij me persoonlijk vertellen, samen met de mededeling dat ik bij geen enkel restaurant in Parijs ooit nog zou worden aangenomen en dat ik dus wel gedwongen zou zijn bij hem terug te komen. Daarna sloeg hij me weer. En daarvoor ben ik hem eeuwig dankbaar, want die avond zat Jackson in het restaurant.'

'Jackson?'

Een zachte glimlach verscheen op haar gezicht. 'Het was al de derde keer die week dat hij er was, omdat hij mijn eten zo lekker vond. Hij had me verteld over zijn bedrijf, over de hotels en het skiën. Hij was degene die me bloedend op straat aantrof. Hij bracht me naar het ziekenhuis, deed aangifte tegen Pascal op het politiebureau en nam me vervolgens mee naar zijn hotel. Ik heb in zijn bed geslapen, hij op een stoel.'

'Is Pascal gearresteerd?'

'Ja. Maar hij heeft een dure advocaat ingehuurd, en zijn pr-mensen hebben ervoor gezorgd dat de zaak in de doofpot terechtkwam. Ze hebben een verhaal verzonnen dat de media voor zoete koek slikten. De volgende ochtend bood Jackson me een baan als kok bij hem aan. In eerste instantie heb ik die geweigerd omdat ik niet het risico wilde lopen dat hij ook in de problemen zou komen, na alles wat hij voor me had gedaan. Maar hij zei dat hij niet uit Parijs zou vertrekken zonder mij.'

'Mooi.' Niet voor het eerst van zijn leven had Sean reden zijn tweelingbroer te bewonderen. 'Dus ben je met hem meegegaan naar Zwitserland.'

'Ja. Jackson heeft me die kans gegeven. Hij heeft me gered. Ik sta diep bij hem in het krijt. En ik ben sindsdien ook niet meer in Parijs geweest, al heb ik daar nog wel steeds het appartement waarin mijn moeder en ik samen hebben gewoond. Soms stemt het me wel verdrietig, omdat ik ooit zoveel van die stad heb gehouden, maar na mijn moeder en Pascal...' Ze haalde haar schouders op. 'Nu is het een besmette plaats. Ik kan er nooit meer terugkeren. Dat zou te pijnlijk zijn. Dan zou ik er alleen maar aan kunnen denken hoe erg ik mijn moeder in de steek heb gelaten.'

Eindelijk vielen alle stukjes op hun plaats. Allemaal. Haar toewijding aan zijn broer. Haar loyaliteit. Haar onvoorwaardelijke liefde jegens zijn familie.

En de reden waarom ze geen relatie wilde.

Het was niet dat ze geen liefde wilde. Ze hunkerde naar een relatie, en naar een familie om bij te horen, maar ze was veel te bang dat het weer fout zou gaan en had geen enkel vertrouwen meer in haar beoordelingsvermogen.

Ze was veel te bang alles kwijt te raken.

Ze had zijn familie tot de hare gemaakt omdat ze op die manier niet riskeerde dat haar hart weer werd gebroken. Hij begreep nu ook waarom Jackson had gezegd dat hij bij haar uit de buurt moest blijven. Zijn broer had gelijk. Hij was volkomen de verkeerde man voor een vrouw als zij.

'Pascal Laroche mag dan een briljante kok zijn, als mens is hij een volslagen mislukkeling. Ik zou hem maar wat graag opereren, zonder narcose.' Het kostte hem al zijn wilskracht haar los te laten. 'Heb je na hem nog relaties gehad?'

'Dat weet je toch?'

'Ik heb het niet over seks. Ik heb het over intimiteit.'

Bij het weinige licht dat er nog was, kon hij de kleur naar haar wangen zien stijgen. 'Dat wil ik niet.'

'En gewoon een beetje gezelligheid? Een etentje? Een avondje naar de opera?'

'Dat doen mensen wanneer ze elkaar beter willen leren kennen. Dat wil ik niet. Dat kan ik niet. De liefde heeft me verblind. Ik zag wat ik wilde zien. Ik heb me helemaal gegeven. Helemaal. Dat doe ik niet nog een keer.'

Toch had ze dat wel gedaan, met zijn familie. De liefde die ze niet aan een man durfde te geven had ze onvoorwaardelijk aan de O'Neils geschonken. Ze had een plek gevonden, waar ze zich veilig voelde en daar had ze zich teruggetrokken, gekoesterd door de warmte van zijn familie.

Zijn hele hart ging naar haar uit. 'Daarom ben je er die avond van het feest ook vandoor gegaan.'

'Normaal gesproken doe ik het niet twee keer met dezelfde man. Ik was nogal van de kaart.'

Net als hij. Het verlangen haar weer in zijn armen te trekken was overweldigend, maar hij wist dat dat niet goed zou zijn. Met een wilskracht waarvan hij het bestaan niet had vermoed, kroop hij weer in zijn slaapzak.

Ook zij wurmde zich weer in haar slaapzak, hem daarbij trakterend op een stukje blote schouder, een glimp van een borst en een glimlach, inclusief kuiltje.

'Het is maar goed dat jij bent meegegaan en niet Tyler. Als ik hém dit allemaal had verteld, zou hij niet hebben geweten waar hij het moest zoeken. Hij zou zich nog liever meten met een beer dan naar het emotionele relaas van een vrouw te moeten luisteren.'

Allebei wisten ze dat ze dit nooit aan Tyler zou hebben verteld. Ze had het nog nooit aan iemand verteld.

Om de een of andere reden bezorgde die gedachte hem een warm gevoel. 'Ga nu maar slapen. Je hebt je rust hard nodig. Mocht er vannacht een beer langskomen, dan verwacht ik dat jij me zult beschermen, dus een beetje energie kun je wel gebruiken.'

'Probeer je me nog steeds wijs te maken dat je niet weet hoe je moet overleven in de wildernis? Daarvoor is het nu te laat. Ik weet inmiddels hoe het zit.'

'Misschien weet je dat wel niet. Ben je niet bang dat de tent vannacht instort?'

'Je wéét waarvoor ik bang ben. Dat heb ik je net verteld.' Ze had zich met haar gezicht naar hem toe gedraaid, warm in haar slaapzak genesteld. 'En jij? Waar ben jij bang voor, dokter O'Neil?'

Voor de gedachte haar pijn te doen.

Ze lag hem nog steeds aan te kijken, wachtend op zijn antwoord.
'Waar ik bang voor ben? Dat ik mijn lievelingspak verpest. Ga slapen.' Hij deed zijn ogen dicht, al wist hij dat hij niet zou kunnen slapen. Niet nu. Wat ze hem had verteld, spookte nog door zijn hoofd en hij lag te denken over hoe haar leven moest zijn geweest. En over hoe het mogelijk was dat ze er zo sterk en relatief ongeschonden uit was gekomen.

Hoofdstuk 14

Stevig in haar slaapzak gewikkeld werd Élise wakker, met het uitgeputte gevoel dat steevast op zo'n emotionele uitbarsting volgde. Ze had niet gehuild, en dat was goed, maar toch voelde ze zich leeg en uitgeblust.

En kwetsbaar.

Wat had haar bezield Sean dat allemaal te vertellen? Nooit eerder had ze iemand het hele verhaal verteld, zelfs Jackson niet. *Merde*, ze had haar diepste geheimen met hem gedeeld. Haar gevoelens. Haar emoties. Haar leven. Alles.

Niets had ze achtergehouden, geen enkel detail, en hij had niets gedaan om haar te laten stoppen met praten.

Er was wel een moment geweest dat ze had gedacht dat hij haar zou gaan kussen. Net nadat ze was uitgepraat, had er in die blauwe ogen van hem een blik gelegen die haar had doen wensen dat haar regel drie nachten was, niet één. Ze wist niet of haar wilskracht sterk genoeg zou zijn geweest als hij haar toen in zijn armen zou hebben getrokken. In plaats daarvan was hij in zijn slaapzak gekropen, zonder haar ook maar aan te raken.

Aangezien ze wist hoeveel hij van seks hield, kon dat maar één ding betekenen. Ze had hem afgeschrikt. Hij had gedacht dat zij net als hij was, meer bezig met werk dan met relaties. Nu hij de waarheid kende, zou hij haar op een afstandje houden. Dat zou een opluchting voor haar moeten zijn. Voor het alternatief zou ze immers nog veel meer van haar regels moeten overtreden?

Ze kwam een stukje overeind, veegde het haar uit haar gezicht en haalde eens diep adem. Vervolgens kleedde ze zich aan, nog lichtelijk van streek door haar eigen gevoelens, en verward over de zijne. Toen ze de tent uit kwam, bleek hij al met het ontbijt bezig te zijn op het kleine kooktoestel.

'Ik heb ontbijt gevonden in die tas vol verrassingen van jou. Versgebakken muffins en spek. Goede keus.' Hij draaide de plakjes spek om in de pan, met zijn glimlach iedere mogelijke spanning verdrijvend. In het vroege ochtendlicht had zijn haar een blauwigzwarte glans, en over zijn kaken lag een donkere gloed. In tegenstelling tot wat je misschien zou denken, leek hij hier net zo op zijn gemak als in een duur restaurant.

Er zat zo'n ongelooflijke knoop in haar maag, dat ze betwijfelde of ze überhaupt wel zou kunnen eten. Het vertrouwelijke gesprek van de vorige avond had haar meer van haar stuk gebracht dan welke seks dan ook. Hoe dwaas het ook klonk, dat gesprek was het intiemste wat ze ooit samen hadden gedeeld.

Ze liet zich naast het kooktoestel op haar knieën zakken en keek naar de zon die langzaam boven de bergtoppen uit klom. 'Hoe laat is het? Hebben we haast?'

'We zitten op het schema van Tyler en hij is een slavendrijver. Volgens zijn instructies moest het ontbijt bij zonsopgang worden gemaakt. Dan hebben we het moeilijkste deel van de tocht al achter de rug voordat het warm en benauwd wordt. Hij denkt dat dat stelletje slappe zakenmensen tegen lunchtijd wel steen en been zal klagen, dus het doel is dan de bevroren waterval te hebben bereikt. Dat is onze volgende picknickplek.'

'De bevroren waterval?'

'Zo noemen we hem, omdat je die in de winter kunt beklimmen.' Hij liet de geroosterde muffins op een bord glijden, legde er spek bij, en gaf het haar. 'Nu is hij natuurlijk niet bevroren.'

'Dat is de plek waar je vader je moeder ten huwelijk heeft gevraagd. Dat heeft ze me ooit verteld.'

'Ja, dat klopt, ja.' Hij bleef even naar zijn bord zitten staren, begon toen te eten. 'Dit is echt een goede keus. Zelfs Brenna kan spek bakken.'

Ze aten, ruimden op, zorgden dat al het eten weer goed zat ingepakt zodat ze geen dieren zouden aantrekken, en liepen in een gestaag tempo langs de rivier terug naar Snow Crystal. Ze stopten bij de nog volop stromende waterval om te lunchen en gingen toen weer verder, tot aan het punt waar hun pad een van de mountainbikeroutes van het resort kruiste.

Daarop hadden ze amper een stukje gelopen, toen ze geschreeuw hoorden.

'*Qu'est-ce que c'est?*' Élise trok een rimpel in haar neus en bleef staan om te luisteren.

'Kinderen.' Ook Sean bleef staan nu, zijn hoofd een beetje scheef. 'Iemand die lol heeft?'

'Het klonk niet als een kind.'

Terwijl ze dat zei, dook er verderop op het pad een man op, die wild met zijn armen zwaaide.

Élise kneep haar ogen tot spleetjes. 'Is dat niet de vader van Sam?'

'Ja. Er is iets mis.' Niet gehinderd door de zware rugzak begon Sean te rennen, iets langzamer gevolgd door Élise, die wel degelijk last had van het gewicht op haar rug.

Zodra ze bij de mannen was aangekomen, zag ze Sam bewegingloos op de grond liggen, zijn broek nat van het bloed, net als het pad eronder. Het wiel van zijn nieuwe rode fiets die naast hem lag, vertoonde een vreemde knik. Even werd ze overvallen door pure paniek. Hij zag er zo klein en weerloos uit. '*O, mon dieu…*'

'Zijn wiel knalde tegen een steen en toen werd hij gelanceerd. Hij is gewond aan zijn been.' Zijn vader drukte zijn vingers tegen Sams been, maar het bloed sijpelde tussen zijn vingers door. 'Ik kan het bloeden maar niet stelpen. Het blijft maar stromen. Ik had hem niet alleen moeten laten, maar ik moest hulp gaan halen. O, god, zorg dat het stopt. Zorg dat het stopt.'

'Het is een slagader.' Koel en kalm deed Sean zijn rugzak af en liet zich naast Sam op zijn hurken zakken.

De lippen van het jochie waren blauw. Vegen modder zaten op zijn wangen en zijn haar zat door de war. 'Mijn nieuwe fiets is kapot. Ik heb gemaakt.'

'Die maken we wel en dan is hij weer zo goed als nieuw.' Sean nam het over van de vader, die zo hevig trilde dat hij geen druk op de wond kon houden. 'En we maken jou ook weer zo goed als nieuw.'

Sams ogen zakten dicht. 'Ik voel me zo raar. Draaierig.'

'Niks om je zorgen over te maken. Het komt allemaal weer helemaal goed.' Sean legde zijn beide handen boven de wond en drukte, kalm en geruststellend. 'Élise?'

'Ja.' Ze wilde iets doen, maar voelde zich hulpeloos. Nutteloos. Net als toen Walter die hartaanval had gekregen. Alles aan haar trilde, haar handen, haar knieën. 'Wat kan ik doen? Zeg het maar en ik doe het.' Laat hem niet doodgaan, laat hem alsjeblieft niet doodgaan.

'Boven in mijn rugzak zit een eerstehulpdoos. Die heb ik nodig. En bel Jackson.'

'Er is hier geen bereik.' De vader van de jongen was volkomen over zijn toeren en zijn gezicht zag grauw. 'Dat heb ik al geprobeerd.'

Haastig wrikte Élise de eerstehulpdoos uit de rugzak.

'Is dat mijn bloed op de grond?' Sams stem was onvast en zwak.

'Het ziet eruit als heel veel.'

In stilte beaamde Élise dat. Het was heel veel bloed. Meer dan ze ooit van haar leven had gezien.

'Dat stelt niets voor,' klonk de kalme, geruststellende stem van Sean. 'Een klein beetje bloed kan een enorme bende maken. Heb je nooit bloed op je T-shirt gehad? Man, dat gaat echt alle kanten op.' Hij gebaarde dat Élise de doos moest openmaken. 'Je hebt nog een heleboel over, maak je maar niet druk.'

'Mama zal wel boos zijn dat het op mijn jas zit.'

'Ze zal helemaal niet boos zijn, alleen maar blij dat het goed met je gaat.'

Sams ogen waren groot en paniekerig. 'Ik voel me een beetje slaperig, en alles is heel ver weg.'

'Ik ben bij je, Sam, en het komt helemaal goed. Ik ben hier en ik laat je niet meer alleen.'

'Cool.' Zijn stem werd steeds zwakker. 'U redt levens, toch?'

De uitdrukking op Seans gezicht veranderde niet. 'Aan de lopende band. De hele dag door. Je hoeft je geen zorgen te maken.'

'Ik had die steen niet gezien.'

'Dat kan ons allemaal overkomen, vriend. Vraag maar een keer aan Tyler of hij zijn shirt uittrekt. Bij ieder litteken hoort een verhaal. En straks heb je wél iets om over op te scheppen op school, indruk te maken op de meisjes.' Zijn vingers waren glibberig van het bloed van

Sam, maar zijn greep verslapte geen moment. 'Élise, knip zijn broek af met die schaar.'

Ze pakte de schaar en begon in de doorweekte stof, waaraan modder en bladeren waren blijven kleven, te knippen, zich al die tijd bewust van de doodsangst van de vader, die wanhopig probeerde bereik te krijgen.

'Die telefoon is waardeloos.' Hij hield het ding boven zijn hoofd, er als een gek mee heen en weer zwaaiend. 'Niets. O, God, laat hem niet doodgaan. Laat hem niet doodgaan.'

Élise zag iets van angst opvlammen in de ogen van de kleine jongen en ze wist dat hij het had gehoord.

'Er gaat hier helemaal niemand dood.' IJzig kalm gebaarde Sean met zijn hoofd. 'Probeer het een stukje verderop, richting de waterval. Het gaat met flarden, maar daar is het me wel vaker gelukt. Ga nou maar.'

Sams vader aarzelde, duidelijk heen en weer geslingerd tussen de wens zijn zoon niet alleen te laten en de noodzaak dat telefoontje te plegen. 'Ik wil hem niet alleen laten.'

'Wij redden het hier wel. Vertrouw me maar.'

Élise moest even iets wegslikken. Zij vertrouwde hem. Als hij op dat moment tegen haar had gezegd dat ze van een rots moest springen zou ze dat onmiddellijk hebben gedaan.

En blijkbaar dacht de vader van Sam er hetzelfde over, want hij leek zich te vermannen. Reagerend op het gezag dat in Seans stem doorklonk, knikte hij. 'Ik… ik ben zo terug, Sam. Hou vol. Bij dokter O'Neil ben je in veilige handen. Hij maakt je weer beter. Het komt helemaal goed, jongen. Helemaal goed.'

Het was wel duidelijk dat hij dat zelf nog niet echt geloofde, en kijkend naar de hoeveelheid bloed en de blauwe lipjes van de jongen wist Élise niet of ze het zelf wel geloofde. Maar ze geloofde wel dat Sean alles deed wat mogelijk was en als hij al zijn twijfels had, liet hij dat in ieder geval niet merken.

'Maak de verpakking van de steriele gaasjes open. Allemaal. En geef me dan je sjaal.'

Zijn instructies waren helder en beknopt, maar ze bleef hem staan aanstaren, haar denkvermogen vertroebeld door paniek. Het enige wat door haar hoofd spookte, was de vraag waarom er zoveel bloed was, van zo'n klein jongetje. Hoe kon hij dat in vredesnaam ooit overleven? 'Mijn sjaal?'

'Ik heb een verband nodig. Misschien een tourniquet.' Zijn stem wist door haar paniek heen te dringen. 'Doe het.'

Omdat haar eigen hersens dienst weigerden, volgde ze zijn instructies en op de een of andere manier slaagde ze erin de verpakkingen met trillende vingers open te maken en haar sjaal af te doen.

'Oké, eens even kijken wat we hier hebben. En hoe was het eigenlijk voordat je tegen die steen aan reed? Was het leuk op je nieuwe fiets? Ik zou willen dat ík zo'n fiets had.' Terwijl hij bezig was, bleef hij op luchtige toon tegen de jongen praten, het bloed zo veel mogelijk wegvegend om goed zicht op de wond te krijgen. Heel even spoot het bloed als een fontein omhoog, maar toen bedekte hij de wond met de gaasjes en duwde er hard op. Vervolgens maakte hij een stevig drukverband, dat hij vastzette met de sjaal van Élise. Zijn vingers zaten onder het bloed, net als zijn shirt. Maar de man die klaagde als er een beetje modder aan zijn schoenen kwam, of een stofje op zijn broek, leek het niet eens te merken. Al zijn aandacht was bij het kind, dat onder zijn handen leek weg te glippen. 'Élise, geef me een mes of een vork.'

Haar handen en knieën trilden om het hardst nu. 'Welke van de twee? Een mes of een vork?'

'Maakt niet uit. Ik heb iets nodig om dit strakker te maken. Druk alleen is niet genoeg.'

'Ga ik dood?' Sams ogen waren op het gezicht van Sean gericht. 'Mijn vader zei dat ik doodga.'

'Je gaat niet dood, Sam. Je zult je een paar dagen behoorlijk beroerd voelen, maar het komt weer helemaal goed met je.'

'Waarom zegt hij dat dan, als het niet waar is?'

'Omdat hij in paniek was. Je bent zijn zoon. Hij houdt van je.' Hij draaide de sjaal strakker. 'Het is moeilijk iemand van wie je houdt pijn te zien lijden.'

'Maar u bent niet in paniek, toch?'

'Er is geen enkele reden voor paniek.' Sean keek bijna verveeld. 'Je hebt een snee in je been, meer niet. Niet echt een drama.'

Élise keek naar het bloed en naar het kind en bedacht dat ze nooit getuige wilde zijn van wat Sean dan wel een drama zou noemen.

Sam greep de arm van Sean. 'U zei dat het een slagader was. Dat is niet goed, toch?'

'Tja, als we er niets mee doen, zou het niet goed zijn, nee. Maar we doen er wél iets mee. We hebben het bloeden gestopt en nu gaan we zorgen dat je in het ziekenhuis komt, en dan gaan de dokters daar je weer helemaal oplappen.'

'Kunt u dat niet doen? Ik wil dat u het doet.'

'Er zijn dokters die dat beter kunnen dan ik. Als je je been had gebróken, zou het wat anders zijn. Dan moet je bij mij zijn.'

Élise zou altíjd bij hem willen zijn. Als ze in de problemen zat, zou ze dat willen. Plotseling begreep ze zijn onvoorwaardelijke toewijding aan zijn werk. Hij was begaafd. Gefocust. Als hij 's ochtends naar zijn werk ging, ging hij levens redden. En wat deed zij? Ze maakte taarten. Geen wonder dat hij niet had begrepen dat ze zich zo druk maakte over de uitgestelde opening van het Boathouse. Wat deed zo'n restaurant ertoe in vergelijking met het leven van een kind? In vergelijking daarmee deed toch helemaal niets er nog toe?

Hij deed iets wat maar weinig mensen konden. Hij bezat vaardigheden die maar weinig mensen bezaten. Dat hij die ook goed gebruikte, was niet meer dan terecht.

Sams ogen gingen even dicht, maar hij wrong ze weer open. 'Gaat u met me mee naar het ziekenhuis, dokter O'Neil?'

'Ik zal er zijn.'

'Blijft u de hele tijd bij me, ook als ik slaap?'

'Ik blijf de hele tijd bij je.' Sean aarzelde geen moment. 'Ik zal er zijn wanneer je gaat slapen, en ik zal er zijn wanneer je weer wakker wordt.'

'Belooft u dat? Pinkiebelofte?'

'Ik weet niet wat een pinkiebelofte is, maar ik laat je niet alleen. Dat beloof ik je.'

'Cool.' Nu liet Sam zijn ogen eindelijk dichtvallen, zijn wimpers de enige kleur in zijn bleke gezicht.

Élise moest iets wegslikken. Nooit eerder had ze deze kant van Sean gezien. Of misschien toch wel. Was hij met zijn grootvader niet ook zo geweest? Koel en kalm, terwijl iedereen in paniek was? En gisteravond, toen zij haar hart bij hem had uitgestort, was Sean toen ook niet koel en kalm geweest?

En na het feest, toen hij net zo makkelijk had kunnen weglopen, was hij zo zorgzaam geweest achter haar aan te komen. Was hij zo zorgzaam geweest haar naar bed te dragen en in te stoppen.

'Ik had bereik.' Sams vader voegde zich weer bij hen, met een rood hoofd van het rennen. 'Ze komen eraan. Ze komen er nu aan. Vijf minuten dachten ze. Is dat te lang? Hoelang hebben we voor... O, god, hij is niet meer bij bewustzijn. Dat is een slecht teken, toch?' Hij stond te trillen en te snikken van angst en shock.

Seans blik ging naar Élise en ze begreep hem onmiddellijk. Hij kon zich niet tegelijkertijd met de vader en de jongen bezighouden. Hij wilde Sams vader daar weg hebben, zodat hij het niet nog erger kon maken.

'We lopen ze tegemoet.' Bijna struikelend over haar eigen onvaste benen pakte ze hem bij de arm en leidde hem met zachte hand weg. 'Dan kunnen ze ons sneller vinden. Sean heeft hier alles onder controle. Kom.'

Nu keek Sean niet meer op, maar dat had ze ook niet verwacht. Hij probeerde de jongen te redden, en niets, maar dan ook niets, was belangrijker dan dat. Mocht het kind komen te overlijden, dan zou dat niet zijn omdat Sean O'Neil niet alles had gedaan wat in zijn vermogen lag, dat wist ze.

'Allebei zijn ouders zijn hier. De chirurg praat nu met hen en ze zullen zo bij Sam mogen. Ik denk dat u nu wel kunt gaan, dokter O'Neil. U bent de held van de dag.' De verpleegkundige was knap, haar glimlach geïnteresseerd.

Sean zag het niet eens. Zijn ogen waren gericht op het kind dat daar zo bleek en stil in bed lag. Het waren de langste zes uur van zijn leven geweest. 'Ik blijf tot hij wakker wordt.'

'Dat hoeft niet.' De verpleegkundige bekeek hem nog eens goed.

'Wilt u niet iets anders aantrekken? Uw kleren zitten onder het bloed. Ik kan u wel wat operatiekleding lenen.'

'Niet nodig.' Wat maakte het in vredesnaam uit wat hij aanhad? De jongen was bijna dood geweest en zij maakte zich druk over een paar bloedvlekken in zijn kleren?

'Ik woon hier vlakbij, mocht u behoefte hebben aan wat meer privacy om te douchen en u om te kleden.'

Over schaamteloze uitnodigingen gesproken. Als hij wat meer energie had gehad, zou hij erom hebben gelachen. Wie dacht ze eigenlijk dat hij was? Een superheld?

Na de emotionele druk van de afgelopen zes uur, de dollemansrit in de ambulance, en de haastige tocht op leven en dood naar de operatiekamer, zou hij onmiddellijk in slaap vallen bij het zien van een bed. Het hele Boston Ballet zou hier naakt door de kamer hebben kunnen dansen zonder dat het hem zou zijn opgevallen. Hij was gesloopt.

Toen zag hij Élise in de deuropening staan, en zijn hart sprong op. Maar in haar ogen lag niet de warme blik die hij had verwacht na de nacht die ze samen hadden doorgebracht, en het drama waarvan ze getuige waren geweest. Ze stonden uitdrukkingsloos. Haar hele gezicht was een masker. De groene ogen waarmee ze binnen de kortste keren het heetste vuur kon doen ontbranden, waren nu koud als ijs.

'Ik kwam je vertellen dat de ouders van Sam er zijn.' Haar stem was al net zo kil als haar ogen. 'Ik heb ze hiernaartoe gebracht. Het was niet veilig ze zelf te laten rijden. Zijn moeder is uiteraard in alle staten. De dokter praat nu met hen.'

'Oké.' Wat was er in 's hemelsnaam met haar aan de hand? Ze was vast in shock. Die hele toestand met Sam moest haar doodsbang hebben gemaakt. Hem in ieder geval wel.

'Ik moet nu weer terug. Het restaurant zit vol vanavond en ik kan ze niet in de steek laten.'

'Ik zou maar al te graag aanbieden je een handje te helpen, maar ik ben hier voorlopig nog niet weg.'

'Dat begrijp ik.' Ze schonk hem een flauw glimlachje. 'Ik neem aan dat het nog wel even duurt voordat je hier klaar bent.'

In de veronderstelling dat ze het over Sam had, zei hij: 'Ja. Nou, misschien zie ik je later nog wel.'

'Dat betwijfel ik. Ik ben straks aan het werk en daarna ga jij weer terug naar Boston. Dag, Sean.' Ze wierp nog een laatste blik op Sam en heel even verscheen er een zachtere uitdrukking op haar gezicht. Toen draaide ze zich om en liep de kamer uit, de deur achter zich dichttrekkend.

Hij had het gevoel dat hem iets ontging, maar hij was te moe om uit te vogelen wat dat was.

Élise kookte, glimlachte en voorzag een kleine honderd mensen van eten, terwijl ze haar best deed om niet te denken aan wat Sean met die knappe verpleegkundige deed.

Ze had de glimlach gezien.

De uitnodiging gehoord.

De uitnodiging die hij niet had afgeslagen.

Een week geleden zou dat haar niets hebben gedaan. En nu? 'Merde.' Ze trok een pan uit de kast, zo ruw dat een paar andere omvielen. Nu deed het haar ook niets. Hij was vrij om te doen wat hij wilde, het bed in te duiken met wie hij wilde. Wat maakte het uit dat zijn lieve, gevoelige gedrag van de vorige avond blijkbaar maar een schijnvertoning was geweest? Dat was ook niet wat haar van streek had gemaakt. Nee, wat ze echt erg vond, was dat hij zijn plechtige belofte aan Sam had verbroken.

Hij had Sam beloofd dat hij bij hem zou blijven totdat hij wakker zou zijn, maar het was wel duidelijk dat daaraan voorwaarden verbonden waren geweest, zoals bijvoorbeeld dat hij geen beter aanbod zou krijgen van een sexy blonde verpleegkundige, zonder enig gevoel voor timing en fatsoen.

Hij had dus gewoon gelogen zoals het hem uitkwam. Waarom verbaasde dat haar nog? Ze had lang genoeg met een man samengeleefd die precies hetzelfde deed, om te weten waartoe mensen in staat waren.

Ze zette de pan met zo'n harde klap op het fornuis, dat Poppy ervan schrok.

'Gaat het wel goed, chef?'

'Prima.' Ze goot olie in de pan, wachtte tot die heet genoeg was om de knoflook en de gember erin te doen. 'Kan niet beter.'

Het ging niet om háár. Al ging Sean met het hele vrouwelijke personeel van het ziekenhuis naar bed... dat zou haar worst wezen. Het ging erom dat hij zijn belofte aan kleine Sam niet was nagekomen.

Hoe kon hij dat doen? Hij kon hij liegen tegen een kind? Dat was echt het laagste van het laagste. Daarvoor was geen enkel excuus.

'Weet je zeker dat het goed gaat?' Poppy wierp een bezorgde blik over Élises schouder. 'De knoflook brandt namelijk aan.'

Élise keek in de pan. Het was waar. De knoflook was donker en verspreidde een onaangenaam bittere geur. Ze had hem laten aanbranden, als de eerste de beste amateur. Het was echt jaren geleden dat ze zoiets had gedaan.

Met een uitroep van afkeer haalde ze de pan van het vuur en deed een stap achteruit, haar handen afwerend in de lucht. 'Ik had helemaal niet moeten koken vanavond. Ik ben te erg van streek.'

'Natuurlijk ben je van streek,' zei Poppy op sussende toon, langs haar heen reikend om het gas uit te draaien. 'Je hebt een traumatische dag achter de rug. We maken ons allemaal zorgen om Sam. Om de haverklap wordt me gevraagd hoe het met hem is. Soms denk je dat het mensen alleen maar interesseert of hun biefstuk wel goed is gebakken, maar dan gebeurt er zoiets en realiseer je je dat het hun wel degelijk iets kan schelen. Daarvan krijg je weer vertrouwen in de mensheid, moet ik zeggen.'

Was dat zo? Haar vertrouwen in de mensheid was jaren geleden al aan gruzelementen geslagen en wat er vandaag was gebeurd, had daarin beslist geen verandering kunnen brengen.

Het was weer net als destijds met Pascal.

Poppy schoof haar opzij en begon met een schone pan. 'Ga jij maar met de gasten praten, chef. Wij redden het hier wel. Ik heb alles in de hand.'

Met de gasten praten. Élise haalde eens diep adem. Ja, dat ging ze doen.

En niet meer aan Sean denken. Ze zou blij moeten zijn dat hij zijn ware aard had getoond. Heel even, toen hij Sams leven had gered, was ze bereid geweest haar eigen leven in zijn handen te leggen. Ze had enorm respect voor hem gehad. Was volledig overweldigd geweest door hoe fantastisch hij was.

Ze kon echter geen enkele bewondering opbrengen voor een man die een belofte aan een kind verbrak.

'Nog nieuws over kleine Sam, Élise?' Een familie die in een van de huisjes logeerde, keek haar met sombere gezichten aan toen ze de elegant ingerichte eetzaal in liep, een glimlach op haar gezicht geplakt, haar gedachten elders.

'De artsen zijn heel tevreden.' Het verbaasde haar altijd weer hoe snel slecht nieuws zich verspreidde, maar misschien was dat ook weer niet zo verrassend, gezien de omvang van het resort en het feit dat sommige gasten al jaren op Snow Crystal kwamen.

'Ik zag hem op die nieuwe fiets van hem, samen met zijn vader. Hij was in de wolken. Zo naar wat er is gebeurd.'

'Die arme moeder. Ze zeggen dat het jochie, als dokter O'Neil er niet was geweest, het niet zou hebben overleefd. Hij is echt een held.'

'Gaat het goed met hem, chef?' Zelfs het hoofd van de bediening, Tally, die zich nooit echt in het leven van haar klanten verdiepte, kwam naar haar toe voor een update.

Élise mompelde geruststellende woorden, sprak de hoop uit dat iedereen, ondanks alles wat er die dag was gebeurd, van zijn maaltijd genoot, en liep van de ene tafel naar de andere.

En bij iedere tafel werd ze geconfronteerd met dezelfde vragen. Dezelfde uitroepen. Dezelfde verheerlijking van de heldendaden van Sean, totdat ze uiteindelijk de keuken weer in vluchtte. 'Iedereen heeft het alleen maar over Sam en Sean.'

'Hoe is het met hem, chef?' Antony, haar nieuwste aanwinst, en de jongste van het keukenpersoneel, keek op van de groenten die hij aan het snijden was. 'Hij was hier gisteravond om zijn lievelingspizza te eten. En hij zei dat hij zijn chocoladeverjaardagstaart geweldig vond. Leuk joch. Gelukkig maar dat dokter O'Neil er was.'

Élise klemde haar tanden op elkaar en moest zich dwingen niet ergens tegenaan te slaan. 'Het gaat goed met Sam. Maar het is wel belangrijk dat we ons op ons werk blijven concentreren. De gasten verwachten nog steeds goed eten. Die zitten er niet op te wachten dat het personeel instort.'

'Ja, chef. Ik bedoel nee, chef.'

Bij het zien van Antony's nerveuze blik voelde ze zich even schuldig. Ze was een perfectioniste, dat was waar. Mensen betaalden er goed voor haar eten te eten en ze verdienden het iets goeds te krijgen. Maar ze was geen bullebak.

En ze wist ook dat haar uitval in dit geval niets te maken had met een verminderde kwaliteit, en alles met de gedachte aan Sam die alleen wakker zou worden, zich afvragend waar Sean was.

Ik laat je niet alleen, dat beloof ik je.

Arme Sam. Hij zou op jonge leeftijd al moeten leren dat mensen beloftes deden zoals het hun uitkwam, om zich daaraan vervolgens, zonder er ook maar een seconde over na te denken, niet te houden. De gedachte aan Seans lange sterke ledematen, verstrengeld met die van de verpleegkundige, drong zich voortdurend aan haar op.

Daartussendoor was er ook steeds dat andere beeld van hem: zoals hij er kalm en met vaste hand alles aan had gedaan Sam te redden. Ze hoorde nog steeds de geruststellende, vriendelijke stem waarmee hij het paniekerige kind had weten te kalmeren. Maar onmiddellijk daarna zag ze hem weer aan het bed van de jongen zitten, glimlachend naar de knappe verpleegkundige. 'Merde.'

Antony maakte een sprongetje van schrik. 'Chef?'

'Niets. Je doet het prima. Ik ben blij jou in mijn team te hebben.' Ze dwong zichzelf weer om zich op haar werk te concentreren, woest dat ze zich zo had laten gaan.

Tegen de tijd dat haar dienst erop zat, had ze zich zo kwaad gemaakt, dat ze de weg naar Heron Lodge in de helft van de gebruikelijke tijd aflegde. Met twee treden tegelijk rende ze het trapje op en bleef toen stokstijf staan bij het zien van Sean, die onderuit gezakt in de stoel op haar veranda zat. Hij was wel de laatste die ze had verwacht te zien.

Haar hart sprong op, maar het volgende moment kwam alle woede die ze tijdens haar werk had opgekropt, er in één keer uit. Er was geen houden meer aan. 'Wat doe jij hier? Ga van mijn terras af, jij *orribele, leugenachtige...*' Ze gebruikte een Frans woord, en zag de uitdrukking op zijn gezicht veranderen, van warm naar behoedzaam.

'Sorry?'

'Jij verwacht dat ik je met open armen ontvang, na wat er is gebeurd? Hoe denk je dat ik me voel?'

Hij bleef roerloos zitten. 'Ik neem aan dat het heel vervelend was om te zien, ja.'

'Heel vervelend? Dat is wel heel zacht uitgedrukt. Heel even dacht ik dat je een held was, maar nu weet ik dat er niets heldhaftigs aan jou is, Sean O'Neil.' Alle emoties van die dag kwamen eruit, zonder enige remmingen. 'Niets.'

'Dat ben ik met je eens. Ik deed gewoon mijn werk.' Hij kwam overeind, zijn mond een strakke lijn. 'Hoor eens, ik begrijp dat het behoorlijk schokkend voor je moet zijn geweest. Waarom gaan we niet –'

'Blijf bij me uit de buurt.' Woest, diep verontwaardigd, stak ze haar hand op om hem tegen te houden. 'Als je weet wat goed voor je is, blijf je bij mij uit de buurt. Kom vooral niet dichterbij.'

Uiteraard negeerde hij haar woorden volledig. 'Als je ook maar half zo moe bent als ik, moet je nodig je bed in. Laten we naar binnen gaan.'

'Je dacht toch niet dat ik samen met jou mijn bed in ging? Na wat jij hebt gedaan? Omdat je een leven redt, en je gedraagt als een held, en bloemen meeneemt voor je grootmoeder, denk je zeker dat alle vrouwen op je zitten te wachten, *n'est-ce pas?*' Ze was zo kwaad dat ze over haar woorden struikelde en van Engels naar Frans ging, en weer terug. 'Jij vindt jezelf onweerstaanbaar, hè?' Hij was net als Pascal. Precies zoals Pascal.

'Wacht even... even terug.' Hij fronste zijn voorhoofd. 'Je noemde me net een leugenachtige nog iets. Waarover heb ik gelogen? En wat hebben die bloemen voor mijn grootmoeder ermee te maken?'

'Ga weg!'

'Niet voordat je me hebt verteld waarover ik volgens jou heb gelogen.'

Dat hij dat nog moest vragen was de druppel. 'Waarom ben je hier trouwens? Heeft ze je eruit geschopt? Of heeft de grote Sean O'Neil zijn eigen snelheidsrecord om het bed van een vrouw uit te komen, gebroken?'

'Wie heeft me waaruit geschopt?'

Ze balde haar handen tot vuisten, de pijn een onverteerbaar brok in haar keel. 'Je weet haar naam niet eens meer. Ik walg van je.'

'Lieve schat, ik ben zo moe dat ik amper mijn eigen naam nog weet.' Nu begon hij geïrriteerd te raken. 'Wil je me misschien vertellen wat er aan de hand is? Ik heb namelijk geen flauw idee.'

Ze was achteruit het trapje weer af gegaan en het pad weer op, maar hij was op haar af gelopen, en stond nu vlak voor haar.

'Ik wil dat je weggaat. Nu.'

'Ik ga niet weg voordat ik weet waarom je zo kwaad bent.'

'Je hebt je belofte verbroken. Je zegt... je zei...' Weer struikelde ze over haar woorden. 'Je hebt dingen gezegd waar je niets van meende. Het waren allemaal leugens.' Razend op hem én op zichzelf omdat ze hem had geloofd, gaf ze hem een harde duw, net op het moment dat hij nog een stap naar voren deed, waardoor hij zijn evenwicht verloor, en in het meer belandde.

Er klonk een enorme plons en Élise kreeg eerst een heleboel water en toen een stroom verwensingen over zich heen.

'Wat héb jij in godsnaam? Ik heb deze kleren net een halfuur geleden aangetrokken. Dat is al de tweede set die ik vandaag verpest. Ik gebruik hier op Snow Crystal meer kleren dan ooit in Boston.' Vloekend hees hij zich het water uit, druipend en in niets meer lijkend op zijn gewoonlijk zo verzorgde zelf.

'Ik wil dat je weggaat.'

'Ja, die boodschap was overgekomen, ja.' Hij veegde het water uit zijn ogen, en keek naar het shirt dat tegen zijn borst zat geplakt. 'Voordat ik dat doe, ga je me eerst vertellen welke belofte ik zogenaamd verbroken zou hebben.'

'Je herinnert het je niet eens meer! Je verbreekt zo vaak beloftes dat het je niets meer doet.' Ze rende het trapje weer op, pakte een glazen kandelaar van de tafel en gooide die naar zijn hoofd. 'Je had Sam beloofd dat je hem niet alleen zou laten.'

Hij dook weg, en de kandelaar belandde met een plons in het water.
'Dat is de belofte waarover we het hebben?' Hij staarde haar aan, vanonder natte, aan elkaar geplakte wimpers. 'We hebben het over Sam?'
'Ja. Hij was doodsbang en jij pakte zijn hand en je was zo koel en kalm, en je belóófde het, Sean. Je zei het alsof je het meende, en toen... toen ging je...' Haar normaal zo vloeiende Engels liet haar wederom in de steek, en ze stapte over op het Frans, hem dingen naar het hoofd slingerend waarmee ze bij een Parijse taxichauffeur bewondering zou hebben geoogst.

De verbijsterde uitdrukking op zijn gezicht maakte haar wel duidelijk dat er aan zijn opvoeding weinig Franse taxichauffeurs te pas waren gekomen.

'Ik begrijp er geen woord van. Als je me wilt uitschelden, doe dat dan in het Engels, of op zijn minst in schoolboeken-Frans.'

'Je had het hem beloofd, en toen liet je 'em in de steek om seks te 'ebben met die verpleegster met die wellustige ogen en veel te rode lippen, die ze voortdurend zo tuitte.' Ze zag dat hij zijn wenkbrauwen, bij haar overdreven imitatie, verbaasd optrok.

'Gaat het daarom? Om die verpleegkundige?' Vloekend veegde hij het water dat in zijn gezicht droop, weg met de palm van zijn hand. 'Al dat gegooi en geschreeuw, en die duw het meer in, waren alleen maar omdat jij jaloers bent?'

'Ik ben niet jaloers! Dit gaat niet om mij. Het gaat om Sam.'

'Sam heeft gezegd dat je me moet verdrinken en een kandelaar naar mijn hoofd moet gooien? Dat denk ik toch niet. Dit gaat niet om Sam, dit gaat om jou, lieve schat.'

'Ik ben je lieve schat niet.'

'Je bent jaloers.' Hij zei het traag, als een openbaring, en zijn onverwachte glimlach maakte dat ze hem het liefst nogmaals het meer in had geduwd en zijn hoofd onder water had gehouden.

'Waarom zou ik jaloers zijn? Het kan me geen moer schelen met wie jij in het bed duikt, *tu comprends?*'

'Ik begrijp je wel, ja,' zei hij kalm, 'maar de juiste formulering is: het bed in duikt. Je voorzetsel stond verkeerd, liefje.'

'Ik ben je liefje niet. En ik doe met mijn voorzetsels wat ik wil, net als met jou. Ik ben niet jaloers. Het kan me niet schelen dat je met haar naar bed bent geweest. Het kan me niet schelen dat je Sams leven hebt gered, of dat je bloemen voor je grootmoeder hebt gekocht. Jíj kunt me helemaal niets schelen!' Ze schreeuwde nu. 'Het enige wat me kan schelen, is dat je je belofte aan een kind hebt verbroken. Je hebt geen moraal. Door jou 'eeft hij nu geleerd nooit mensen te vertrouwen.'

'Ben je klaar met schreeuwen?' Sean haalde zijn vingers door zijn natte haren, nog meer druppels over zijn shirt sproeiend. 'Want dan zou ik namelijk graag iets willen zeggen.'

'Ik wil het niet horen. Ik wil niet horen dat ze aantrekkelijk was, dat het niets te betekenen had, of dat je was uitgegleden en boven op haar was gevallen, of meer van dat soort shit waarmee mannen aankomen om hun foute gedrag goed te praten.'

'Wat dacht je van: ik ben niet met haar naar bed geweest? Wil je dat wél horen?'

'Ik luister niet naar je leugens.' Ze drukte haar handen tegen haar oren. 'En het kan me sowieso niet schelen.'

'Natuurlijk kan het je wel iets schelen, maar je bent zo verdomde bang dat je van jezelf niet mag luisteren. En na wat je me gisteravond hebt verteld, begrijp ik dat ook wel. Maar ik ben Pascal niet, Élise. Ik sta niet toe dat je je gevoelens voor hem op mij projecteert.'

Even bleef het stil, op het geluid van haar hijgende ademhaling na. Bij de herinnering aan wat ze hem allemaal had verteld, kromp ze in-een. 'Het gaat niet om mij. We hebben geen relatie. We zijn niet samen, en jij bent me niets verschuldigd. Het is absoluut niet hetzelfde als met Pascal, omdat mijn gevoelens, die zijn er niet bij betrokken.' Ze zocht naar de juiste woorden, gefrustreerd toen die er niet helemaal in de goede volgorde uit kwamen. 'Ik ben alleen maar kwaad voor kleine Sam. Mij kan het niet schelen wat je doet.'

'Dat kan je niet schelen?' Met een veelbetekenende blik in haar richting begon hij het water uit zijn shirt te wringen. 'Weet je dat zeker? Voor iemand die het niet kan schelen, maak je je anders behoorlijk druk. En omdat ik zie dat je zo van streek bent, zal ik het nog één keer zeggen. Ik heb haar niet aangeraakt. Ik was niet bij haar.'

'Ik was erbij, Sean. Ik was erbij toen ze dat aanbod deed, en naar je glimlachte. *Merde*. Het verbaast me nog dat ze je niet gewoon het bed van Sam in heeft getrokken, om tijd te besparen. Ik was erbij.'

'Te oordelen naar die duw in het meer, en die vliegende kandelaar, was je er anders niet meer toen ik haar afwees.'

'Ik...' Haar afwees? Met piepende remmen kwam haar razernij tot stilstand, net als zijn sportwagen voor een stoplicht. 'Je hebt haar afgewezen?'

'Ja. En de volgende keer dat je je afvraagt waar ik ben, kun je me gewoon bellen, of een berichtje sturen. Ik heb je mijn nummer gegeven, weet je nog?'

'Ik zou je nooit bellen. Of een berichtje sturen. Jij... jij...' Opluchting vermengde zich met het besef dat ze zich als een idioot had gedragen, en die opluchting vond ze nog het meest verontrustend. Het zou haar immers niets moeten schelen wie hij kuste, of wat hij deed? Het zou haar zelfs niets moeten schelen dat hij niet bij Sam was gebleven. Hij had het gezegd om Sam gerust te stellen, en geruststelling was belangrijk in zo'n situatie.

Zoals gewoonlijk had ze weer veel te overdreven gereageerd. Ze was gewoon moe, meer niet. Gespannen als gevolg van de vreselijke gebeurtenissen van die dag en de emotionele ontlading de avond daarvoor.

'*Je suis désolée*. Ik heb nogal een kort lontje, en ik dacht... ik dacht...' Haar adem stokte even. 'Kun je alsjeblieft nu gaan?'

Hij fronste zijn voorhoofd. 'Élise –'

'Ga nu maar. Je hebt gelijk. Ik ben erg moe. Ik moet nodig naar bed.'

'We zouden –'

'Nee, dat zouden we niet.' Ook al was hij er niet met die verpleegster vandoor gegaan, dat veranderde nog niets aan het feit dat hij zich niet aan zijn belofte aan Sam had gehouden. Dit was de wake-upcall die ze nodig had gehad. 'Ga weg. Alsjeblieft, ga nu weg.'

Hoofdstuk 15

'Ik zag iets heel interessants toen ik gisteravond uit de stad terugkwam.' Tyler zat op zijn hurken in het stof, samen met Jackson bezig met de fiets van Sam. 'Zo te zien is er verder niets mis met die fiets. Hij heeft gewoon pech gehad. En hij was nog niet stabiel genoeg. Ze hadden nooit dat pad op moeten gaan. Dat staat ook duidelijk aangegeven, dus je hoeft jezelf niets kwalijk te nemen. Geef dat wiel eens even aan? Als ik hiermee klaar ben, is dit ding weer zo goed als nieuw.'

Het geknikte wiel lag naast hen op de grond, een verwrongen herinnering aan de gruwelijke gebeurtenis van de vorige dag.

'Maar je had dus iets interessants gezien?' Jackson greep alles aan om maar niet te hoeven denken aan bloed en ziekenhuizen. 'Blond of bruin?' Hij hoopte maar dat het geen rood haar was geweest. Hij hoopte maar dat het niet Janet Carpenter was geweest.

'Het was geen vrouw.'

Jackson haalde opgelucht adem. 'Heb jij ook oog voor dingen die níet met vrouwen te maken hebben?'

'Hiervoor wel.' Tyler zette het nieuwe wiel vast in het frame. 'Het was onze broer, dokter Cool. Hij liep over het pad langs het meer en kwam bij Heron Lodge vandaan.'

Jackson verstijfde, Janet Carpenter onmiddellijk vergeten. 'Ik vermoord hem.'

'Te oordelen naar zijn ietwat verfomfaaide uiterlijk had iemand anders dat al geprobeerd. Hij had een nat pak, en ik denk zomaar dat hij niet uit vrije wil het meer in was gedoken.' Tyler kwam met zijn vingers tussen de spaken en vloekte.

'Hij brengt veel te veel tijd met Élise door. Shit, je bloedt. Na gisteren wil ik nooit meer bloed zien. Maak het schoon.'

'Je medeleven ontroert me.' Tyler werkte het bloed weg en maakte vervolgens met snelle, vaardige vingers de remmen weer vast. 'Dat vond ik dus interessant. Telkens wanneer ik kijk, staat hij haar smachtend aan te staren. Wanneer heeft hij ooit zoveel tijd met één vrouw doorgebracht?'

'Van mij mag hij smachtend staren naar wie hij wil, zolang het maar niet naar Élise is. Je weet hoe Sean is. Als het om vrouwen gaat, zorgt hij altijd voor problemen.'

'Misschien. Misschien heeft ze hem daarom ook het meer in geduwd.' Tyler veegde met zijn onderarm langs zijn voorhoofd. 'Te oordelen naar de uitdrukking op zijn gezicht waren de problemen echter deze keer voor hem. Élises ideeën over relaties kennende, zou hij wel eens een koekje van eigen deeg kunnen krijgen.'

Jackson fronste zijn voorhoofd. 'Denk je echt dat het serieus is?'

'Geen idee.' Tyler draaide het wiel rond om het te controleren. 'Maar hij heeft hier de afgelopen weken meer tijd doorgebracht dan in alle afgelopen jaren bij elkaar. Natuurlijk kan dat met opa te maken hebben, maar aangezien opa er inmiddels weer gezonder uitziet dan jij, betwijfel ik dat.'

Jackson bromde iets. 'Je bloedt nog steeds.'

'Ik ben klaar.' Tyler zette de fiets weer rechtop, draaide nog een keer aan het wiel en knikte tevreden. Toen zwaaide hij zijn been over het zadel en reed een rondje om de remmen te checken.

'Je bent echt vier keer te groot voor die fiets. Je ziet eruit alsof je zo het circus in kan.'

'Dat kind gaat er niet op voordat ik zeker weet dat alles het goed doet.' Tyler kneep nog een laatste keer in de remmen en sprong weer van de fiets. 'Zo goed als nieuw.'

'Konden we dat van Sam ook maar zeggen. Iedere keer dat ik eraan denk, breekt het koude zweet me weer uit.'

'Met hem komt het ook weer helemaal goed, met dank aan dokter Cool.'

'Ja. Shit. Hoe kan ik nu in vredesnaam boos op hem zijn, als hij zoiets doet?' Jackson wreef over zijn gezicht, denkend aan hoe anders het had kunnen aflopen. 'Als hij niet in de buurt was geweest –'

'Dat was hij wel. Klaar. En hij doet dat soort dingen omdat hij daarvoor is opgeleid. Laat alsjeblieft niet zien dat je onder de indruk bent, want dan wordt hij helemaal onuitstaanbaar, en zal ik hem op mijn beurt in het meer moeten gooien. We willen toch niet worden beschuldigd van vervuiling? Je weet wat een milieufreak opa is. Jij ook trouwens, nu ik erover nadenk.'

Jackson staarde naar de bergen, denkend aan hoe kalm Sean altijd was geweest in iedere crisis die ze in hun jeugd hadden doorgemaakt. 'Hij mag er dan voor zijn opgeleid, dat neemt niet weg dat hij er verdomde goed in is.'

'Dat zal ik ook niet ontkennen. Ik ga die fiets schoonmaken en hem dan bij Sams familie afleveren. Al heb ik begrepen dat Sam hem voorlopig niet zal gebruiken. Zouden ze niet eigenlijk morgen naar huis gaan?'

'We hebben gezegd dat ze nog een week kunnen blijven. Sam is nog niet tot reizen in staat. Dat was voor het eerst dat ik blij was dat we niet vol zitten.'

'Zodra hij weer een beetje is hersteld, kan ik hem misschien wel een paar lessen geven,' opperde Tyler als terloops.

Jackson staarde hem aan. 'Jij? Kinderen lesgeven in mountainbiken? Je zou al dood zijn van verveling voordat je het resort hebt verlaten.'

Zijn broer haalde zijn schouders op. 'Soms moet je een uitzondering maken. Het zou jammer zijn als hij door die val nooit meer zou durven mountainbiken.'

Jackson bedacht wat het voor Sam zou betekenen de kans te krijgen te gaan mountainbiken met een goudenmedaillewinnaar als zijn broer. 'Dat is heel aardig van je.'

Tyler keek een tikje gealarmeerd. 'Misschien kun je het beter maar tegen niemand zeggen. Ik ga er geen gewoonte van maken.'

'Prima.' Een glimlachje verbijtend, boog Jackson zich voorover om het gereedschap op te ruimen. Hij keek nog eens naar de fiets, die er inderdaad weer zo goed als nieuw uitzag. 'En Tyler, bedankt.'

'Geen dank. Het kind kan ik niet repareren, maar de fiets wel, en een van de twee is zo gek nog niet, toch?'

Élise kon de slaap niet vatten. De gebeurtenissen van de vorige dag bleven maar door haar hoofd malen, waarbij rode lippenstift zich in haar bonzende hoofd voortdurend vermengde met bloed, totdat de eerste zonnestralen haar slaapkamer binnen vielen.

Om maar niet aan Sean te hoeven denken bakte ze een enorme chocoladetaart, bedekte die met glazuur en bracht hem toen naar het huisje van de familie van Sam.

De vader van Sam deed open. Te oordelen naar zijn bleke gezicht werd hij gekweld door dezelfde wat-nu-als-flashbacks als die, waarvan zij de hele nacht had wakker gelegen.

'Hallo.' Zijn overhemd zat scheef dichtgeknoopt, alsof hij zich haastig had aangekleed en zich geen tijd had gegund in de spiegel te kijken. Hij deed de deur verder open. 'Ik wilde zo al bij je langsgaan, om je te bedanken.'

'Is dat Élise?' klonk de stem van Sam uit de woonkamer. 'Mag ze bij me komen?'

Na een knikje van de vader van de jongen stapte Élise over wat speelgoed dat in de gang lag heen en liep de woonkamer in, waar Sam onder een deken op de bank naar een tekenfilm lag te kijken. Hij zag er erg witjes maar glimlachte.

'Hoe gaat het met je, *mon petit chou*?' Ze boog zich over hem heen om een kus op zijn voorhoofd te drukken. 'Ik heb een taart voor je meegenomen. Chocola. Je lievelingssmaak. Ik heb hem zelf gemaakt.'

'O, wow, wat een grote. Mam! Kom eens naar mijn taart kijken. Het is dezelfde als op mijn verjaardag.'

Het was een hele opluchting voor Élise dat hij zo levendig was. 'Maar hoe voel je je nu?'

'Een beetje vreemd, maar Sean zegt dat dat normaal is. Hij maakt zich geen zorgen.' Sam stak zijn hand uit naar de taart, net op het moment dat zijn moeder de kamer in kwam, de baby op haar arm.

'Sam, nee! Je gaat geen taart eten voor het ontbijt. En het is dokter O'Neil voor jou, geen Sean.' Ook haar gezicht was bleek en de donkere kringen onder haar ogen maakten wel duidelijk dat er van slapen die nacht weinig was gekomen.

Sam sperde zijn ogen wijd open. 'Ik mocht hem Sean noemen.'

'Ik heb liever dat je dokter O'Neil zegt.'

'Ik zal de taart maar bij jou in bewaring geven.' Glimlachend gaf

Élise de taart aan Sams moeder en ging toen naast de jongen zitten. 'Je zult wel moe zijn na zo'n nacht in het ziekenhuis. Ben je vanochtend thuisgekomen?'

'Nee. Ik ben daar niet blijven slapen. Sean, ik bedoel dokter O'Neil, heeft ons gisteravond naar huis gebracht.'

Élise slaagde erin haar verbazing te verbergen. 'Bedoel je dat hij terug naar het ziekenhuis is gereden om jullie te halen?'

Waarom wist ze dat niet? Waarom had hij dat niet verteld?

Omdat ze hem het meer in had geduwd en een kandelaar naar zijn hoofd had gegooid.

'Hij is helemaal niet weggegaan,' verklaarde Sam trots. 'Hij is de hele tijd bij me gebleven, zoals hij had beloofd. Toen ze zeiden dat hij naar huis moest gaan, deed hij dat niet. Hij kreeg nog bijna ruzie met een van de dokters, maar Sean... ik bedoel dokter O'Neil...' Met een schaapachtige grijns keek hij naar zijn moeder. 'Hij zei dat hij wegging wanneer ik wegging. Niet eerder. Zo cool. Alsof hij mijn privédokter was of zo. En de man die mijn been heeft gemaakt, zei dat Sean mijn leven heeft gered.'

Zijn moeder werd zo mogelijk nog een tintje bleker en deze keer verbeterde ze hem niet. 'We hebben echt alles aan hem te danken.'

'Later word ik net als hij. Ik wil ook levens redden.' Sam gluurde naar de taart. 'Is dat chocoladeglazuur?'

'*Oui*. Ja.'

'Je mag wel Frans praten, hoor,' zei Sam gul. 'Dat leer ik ook op school. *Je m'appelle Sam*. En *sang* heb ik van jou geleerd.'

Haar maag leek zich om te draaien. Ze wilde nooit meer *sang* zien. '*Super*, je uitspraak is echt heel goed. Je zegt dus dat dokter O'Neil nooit uit het ziekenhuis is weggegaan?'

'Nog geen minuutje. En hij heeft me zijn telefoonnummer gegeven en gezegd dat ik hem altijd mocht bellen als ik me raar voelde. Ja toch, pap?'

'We hebben heel veel aan hem te danken, dat is een ding dat zeker is.' Sams vader zag er doodmoe uit. 'Kan ik je iets te drinken aanbieden, Élise? Iets fris? Koffie?'

'Nee, dank je. Ik moet aan het werk.' Nog steeds bezig te bevatten

dat Sean zijn belofte helemaal niet had verbroken, kwam Élise overeind. Sterker nog, hij was niet alleen bij Sam gebleven tot hij was bijgekomen uit de narcose, maar hij had zelfs gewacht tot die uit het ziekenhuis was ontslagen, om hem vervolgens veilig naar Snow Crystal terug te brengen. 'Ik zal jullie iets laten brengen voor de lunch, zodat je het huisje niet uit hoeft. Ben je pizza al zat?'
'Nee!' Sams gezicht lichtte op. 'Kaas en tomaat, maar geen stukjes tomaat. Dat is vies. Zo doen ze het in het dorp. Ik vind die van jou veel lekkerder, met gladde saus. Lekkerder dan thuis.'
'Komt voor elkaar. Pizza zonder vieze stukken tomaat. En chocoladetaart toe.' Ze liep naar de deur, een beetje licht in haar hoofd. Sean was niet weggegaan. Hij had zich gewoon aan zijn belofte gehouden. Hoe had ze het zo mis kunnen hebben? 'Voor je vader en moeder zal ik er nog iets extra's op doen.'
'Dat is heel aardig van je.' Sams vader liep met haar mee naar buiten, waar hij haar bij de arm pakte. 'Ik wilde je nog bedanken voor gisteren. Ik was zo in paniek, dat ik niet weet wat er zou zijn gebeurd als jullie er niet waren geweest.'
Élise legde haar hand op de zijne. 'Sean is degene die je moet bedanken.'
'Ja. En dat ga ik ook doen, zodra ik hem zie. Ik sta nog steeds te trillen,' bekende hij, met zijn vingers over zijn voorhoofd wrijvend. 'Kon niet slapen vannacht. Ik blééf maar denken hoe het zou zijn afgelopen als jullie niet net op dat moment waren langsgekomen.'
Élise zei maar niet dat zij daaraan ook voortdurend had moeten denken. 'Laten we daar maar niet te lang bij stilstaan. Ik moet nu naar het Boathouse. Mochten jullie nog iets nodig hebben, dan hoef je alleen maar de receptie te bellen. Daar geven ze de boodschap wel aan mij door.'
Hoe laat was ze bij Heron Lodge teruggekomen? Rond middernacht. Toen ze Sean op haar terras had zien zitten, had ze aangenomen dat hij bij die knappe verpleegster vandaan kwam.
In plaats daarvan had hij het gezin van het ziekenhuis naar huis gebracht. De hele tijd was hij bij Sam gebleven, hij had zelfs geweigerd te vertrekken toen ze hem dat hadden gevraagd.

En als beloning voor de moeite die hij zich had getroost en voor het feit dat hij zich aan zijn belofte aan een klein jongetje had gehouden, had hij van haar de volle laag gekregen én een nat pak.

Sean zat op het terras van het Boathouse, achter een kop koffie die Poppy hem had gebracht.

Het zat bomvol, zowel binnen als buiten, en hij bedacht dat Élise echt een megaprestatie had geleverd door dit café zo snel uit de grond te stampen. Op dat moment was er echter geen spoor van haar te bekennen, en hij nam aan dat ze in het andere restaurant was.

Zijn grootvader zat tegenover hem te praten.

Sean had geen idee waarover. Hij luisterde niet. Zijn gedachten werden volledig in beslag genomen door Élise. Hij dacht aan de blik in haar ogen vlak voordat ze hem het meer in had geduwd. Hij dacht aan haar haren die tegen haar mooie gezicht geplakt hadden gezeten, toen de regen door het bladerdak op hun lichamen drupte. Hij dacht aan die blote schouder en aan haar haperende stem, toen ze de waarheid over haar verleden had onthuld.

Zich realiserend dat zijn grootvader op een antwoord wachtte op een vraag die hij niet eens had gehoord, pakte Sean zijn koffie en deed zijn best zich te concentreren. 'Wat zei je, opa?'

'Ik zei dat ik dingen over je had gehoord.'

Díngen? In afwachting van een opmerking over Élise haalde Sean, naar hij hoopte zo nonchalant mogelijk, zijn schouders op. 'Je moet niet alles geloven wat je hoort.'

'Dit wil ik maar al te graag geloven.'

Wat wilde zeggen dat hij weer aan het koppelen was. Met een zucht zette Sean zijn kopje neer. Eén nacht met een vrouw en plotseling was iedereen om hem heen de kerk al aan het regelen.

'Ik weet niet wat je hebt gehoord, maar het is waarschijnlijk overdreven.'

'Is dat zo?' Zijn grootvader keek hem aandachtig aan. 'Ik heb namelijk gehoord dat je het leven van die jongen hebt gered.'

Sam. Hij had het over Sam, niet over Élise. In het besef dat hij zich bijna had verraden, haalde Sean eens diep adem. 'Hij bloedde. Ik heb het bloeden gestopt. Basis-eerstehulpverlening.'

'Zo klonk het anders niet. Ze zeggen dat je een held bent.' Zijn grootvader speelde wat met een van de amandelkoekjes die Poppy die ochtend vers had gebakken. 'Iedereen heeft het erover.'

'Het gaat goed met de jongen. Dat is het enige wat telt.'

'Maar dat het goed met hem gaat, komt door jou.'

Het had een beetje nors geklonken en Sean kon een glimlachje niet onderdrukken. 'Krijg nou wat, opa, zit je me nu te prijzen? Het leek er verdacht veel op.'

Zijn grootvader nam een hap van het koekje. 'Ik zeg alleen dat ik blij ben dat je al die uren studeren en lezen goed hebt gebruikt. Je hebt je hersens niet verspild, en dat is goed, want ik heb een hekel aan verspilling. Ik ben trots op je.'

Deze week was een aaneenschakeling van schokkende ervaringen geweest. Eerst die onthulling van Élise, toen dat tragische ongeval van Sam en nu dit. Sean voelde een enorm brok in zijn keel. 'Opa…'

Hij wist niet wat hij moest zeggen en dat Élise juist dat moment uitkoos om het terras van het Boathouse op te lopen, hielp ook al niet. Haar haar, dat glansde als geboend eikenhout, danste om haar knappe gezicht. Heel even zag hij haar voor zich met lang haar, met een paardenstaart waaraan ze een blinkende keuken door werd gesleurd.

Zijn maag kneep pijnlijk samen. Een golf van emotie sloeg door hem heen en het enige wat hij kon denken was: niet nu. De gevoelens die hij voor haar koesterde, kon hij op dat moment absoluut niet aan, niet nu zijn grootvader dingen zei die hij nog nooit had gezegd.

'Ik heb hem niet gered.' Hij dwong zichzelf om zich op het gesprek te concentreren. 'Dat hebben de chirurgen gedaan.'

'Voor zover ik heb gehoord, hádden ze alleen maar iemand te redden omdat jij hem eerst had gered. Dat je als dokter zo'n belangrijke pief bent, wil echter nog niet zeggen dat je niet wat vaker naar huis kunt komen. Je zou er niets van krijgen af en toe ook eens voor een familieavond te komen opdagen.'

Familieavond? Hij kromp ineen. 'Doen jullie dat nog steeds?'

'Ja, zoals je zou weten als je hier wat vaker was. Je grootmoeder zou het geweldig vinden als je ook een keertje kwam.'

Élise kwam op hem af lopen, hem recht in de ogen kijkend.

Haar hakken tikten op de houten veranda.

Zijn hart bonsde tegen zijn ribben.

Hij vroeg zich af of ze van plan was hem nogmaals het meer in te gooien. Als het zo doorging, zou hij een hele nieuwe garderobe moeten aanschaffen.

'Goeiemorgen, Sean.' Ze schonk hem een koele blik en boog zich toen voorover om zijn grootvader te omhelzen. 'Walter. Wat zie je er goed uit. Je hebt ook weer kleur in je gezicht. Hoe voel je je?'

'Prima. Maar ik kan hier nog geen vijf stappen doen, of er is wel weer iemand die me vertelt dat mijn kleinzoon een held is.' Walter maakte een brommend geluidje. 'Een hoop gedoe om niets, lijkt me zo. Als hij met die opleiding van hem nog geen jongen kan redden, wat zou het dan allemaal voor zin hebben gehad?' Hij stond echter op en legde zijn hand op de schouder van Sean.

De kracht in die gerimpelde, verweerde hand, benam Sean even de adem. 'Het was een geluk dat wij net langskwamen,' wist hij uiteindelijk uit te brengen.

'Het was een geluk dat je thuis was. Zie je nu wel? Je hoeft niet naar Boston terug te gaan om levens te redden. Dat kun je ook hier op Snow Crystal doen.'

Sean lachte, een soort van opgelucht dat het weer als vanouds was. 'Jij geeft ook nooit op, hè?'

'Nooit. En jij ook niet. Daarom leeft die jongen nu nog.' Walter draaide zich om en gaf Élise een kus op haar wang. 'Ik laat jullie alleen. Al dat medische gepraat wordt me te veel.'

'Ik hou van je, Walter.'

Sean bleef even roerloos zitten, zijn hand onderweg naar zijn koffiekopje. Hij begreep het nu. Hij begreep waarom ze geen gelegenheid voorbij liet gaan die woorden te zeggen tegen de mensen die belangrijk voor haar waren.

Hij pakte zijn kopje en nam een slok koffie, intussen observerend hoe mooi Élises haar de lijn van haar kaak volgde en de aandacht op haar mond vestigde. De mond die hij nog een keer wilde kussen. En nog een keer.

Pas toen hij zag dat zijn grootvader een stuk verderop met Poppy stond te praten, keek hij Élise aan. 'Ben je gekomen om me nog een keer het meer in te kiepen? Als dat zo is, moet ik misschien wat dichterbij komen. Ik wil niet dat dat gezinnetje daar helemaal nat wordt.'

'Ik ben gekomen om te zeggen dat het me spijt.' Ze liet zich op de stoel zakken waarvan Walter zojuist was opgestaan. 'Ik verweet je dat je je niet aan je beloftes hield. Je had moeten zeggen dat dat niet terecht was.'

'Dat heb ik geprobeerd. Je luisterde niet en voor ik het wist, kreeg ik ineens een sloot water naar binnen, en daarna...' Zijn blik ging naar haar mond. 'Daarna wilde je dat ik wegging.'

'Ik was heel kwaad op je. En nu ben ik kwaad op mezelf. En jij zou ook kwaad op mij moeten zijn.'

Kwaad? Er gingen allerlei emoties door hem heen die hij niet eens kon benoemen, maar woede zat daar niet bij. Het begon hem een beetje te beangstigen. Vrouwen hadden voor hem altijd in een duidelijk afgebakend deel van zijn leven gezeten, onder het kopje ontspanning. Ze zorgden voor aangenaam gezelschap bij een etentje, theaterbezoek, en ja, seks. Ze maakten deel uit van zijn leven zonder daarop echt invloed te hebben. Ze kwamen in zijn leven en verdwenen daar ook weer uit, en het kwam maar zelden voor dat hij daarna nog aan hen dacht. Hij was altijd een expert geweest in oppervlakkigheid en afstand houden. Tot nu toe dan. Nu kon hij alleen nog maar aan Élise denken. Ze intrigeerde hem. Ze wond hem op. Ze liet hem niet meer los. Shit.

Een deel van hem was het liefst hard weggerend, maar zijn voeten leken aan de veranda vastgespijkerd. 'Ik ben niet boos. Je was van streek door wat er met Sam was gebeurd. Ik ook.'

'Ik dacht dat je tegen hem had gelogen. Dat was niet zo. Ik had niet tegen je tekeer moeten gaan. Het was niet goed dat ik zo door het lint ging.'

'Ik ben niet bang voor je temperament. En bovendien ging je niet echt tegen míj tekeer, of wel soms?' Hij sprak op zachte toon, wensend dat ze dit gesprek ergens anders waren begonnen dan op het overvolle terras van het Boathouse. Een snelle blik in het rond leerde hem echter dat er niemand dichtbij genoeg zat om hen te kunnen horen. 'Je ging tekeer tegen hém.'

Haar ademhaling versnelde. 'Hem?'

'Pascal. De man die meedogenloos over jouw hart heen is gewalst. De man die zijn beloftes niet nakwam, en maakte dat je bang werd opnieuw verliefd te worden. De man die tegen je loog.' Hij dronk zijn kopje leeg, bedenkend dat het er van een afstandje waarschijnlijk uitzag of ze het over het eten hadden, of over het weer. 'De man die ervoor heeft gezorgd dat jij je relaties tot één nacht beperkt, nooit meer. Dat was de man tegen wie je tekeerging, wat ik je overigens niet kwalijk kan nemen. Dat zou ik waarschijnlijk ook doen, mocht ik hem ooit tegenkomen. Misschien dat ik hem zelfs een kandelaar naar het hoofd zou slingeren, of hem het meer in zou gooien.'

Ze staarde hem aan, een behoedzame blik in haar groene ogen. 'Hij kan niet zwemmen.'

'Des te meer reden hem het meer in te duwen. Zo'n honderd meter verderop is een diep stuk, vlak naast het pad. Dat lijkt me een uitstekende plek.'

'Je hebt Sam je telefoonnummer gegeven voor het geval hij je 's nachts nog nodig zou hebben.'

'Ja, ach, weinig kans dat hij me twintig keer per dag gaat bellen om me de liefde te verklaren.'

'Dat zou zomaar kunnen. Hij ziet je als zijn grote held.'

'Hij heeft iets bijzonder beangstigends meegemaakt.'

'Ik ook. Ik kan het maar niet vergeten.' Ze bracht haar hand naar haar gezicht en haalde eens diep adem. 'De hele nacht heb ik al dat bloed voor me gezien. Ik bleef maar denken wat er zou zijn gebeurd als we vijf minuten langer naar het uitzicht hadden staan kijken, als we twee minuten langer hadden gepauzeerd.'

'Dat hebben we niet. En met dat soort gedachten maak je jezelf alleen maar gek.'

'Volgens mij ben ik al een beetje gek.' Ze liet haar hand weer zakken. 'Je was echt een held. Je bleef zó kalm.'

'Je had het glas whisky moeten zien dat ik na afloop, bij Jackson thuis, heb ingeschonken.'
'Dat was na afloop. Toen het erop aankwam, was je de rust zelve. Er is trouwens nog iets anders…' Ze slikte even. 'Iets anders, waaraan ik steeds moet denken.'
Hij keek haar recht in de ogen. 'Wat dan?'
'Die nacht in de tent.' Haar tong gleed over haar lippen. 'Ik heb je zoveel verteld. Dingen die ik nooit eerder aan iemand heb verteld.'
Hij vroeg zich af waarom dat hem zo'n goed gevoel gaf, terwijl het eigenlijk reden voor paniek zou moeten zijn. 'Daar ben ik blij om.'
'Meen je dat?'
'Wanneer iemand een zwaar voorwerp naar je hoofd gooit, helpt het echt enorm als je tenminste begrijpt waarom.'
'Het spijt me echt heel erg. Ik beschuldigde je ervan met die verpleegster het bed in te zijn gedoken. Maar zo ben je helemaal niet.'
Dat wilde hij maar al te graag beamen. Hij wilde haar geruststellen, en zeggen dat hij zoiets nooit zou doen, maar dat kon hij niet, of wel soms? 'Misschien ben ik wel degelijk zo,' zei hij dus. 'Misschien dat onze beweegredenen verschillend zijn, maar ik doe ook niet aan relaties, net als jij. Voor mij komt mijn werk altijd op de eerste plaats.' Althans, dat was altijd zo geweest. En nu? Nu wist hij dat niet meer zo zeker. Hij wist helemaal niets meer zeker, en daarvan begon hij behoorlijk in de war te raken, aangezien hij altijd precies had geweten wat hij wilde. Wat zijn doel was.
Shit. Nog even en hij was al een huis aan het bouwen, inclusief burgerlijk wit tuinhek.
En wat Élise betrof… hij had gedacht dat ze uit hetzelfde hout waren gesneden, maar hij wist nu dat dat niet zo was. Ze wilde heel graag een relatie en een gezin. Met alles erop en eraan. Maar ze was diep gekwetst en had geen vertrouwen meer. Een heel andere uitgangspositie dus dan hij.
Wanneer hij iets met een vrouw had, had hij het nooit over het verleden of de toekomst. Hij leefde in het heden. Het zou voor hen allebei het beste zijn als hij nu naar Boston vertrok en voor de kerst niet meer terugkwam. 'Ik moet vanavond terug naar Boston,' zei hij.

Even glansde er iets in haar ogen. 'Natuurlijk,' zei ze toen.

Dat was het. Nu moest hij opstaan en maken dat hij wegkwam voordat hij iets deed, waarvan problemen zouden komen. Tot ziens, Élise.

'Er is een nieuw restaurant, ongeveer een uur rijden hiervandaan, waar ik al een tijdje graag een keer wil gaan eten. Als je mijn broer kunt overhalen je aanstaande zaterdag een avond vrij te geven, zou je met me mee kunnen gaan en je deskundige oordeel kunnen geven.'

Ze staarde hem aan. 'Bedoel je dat je met me uit wilt?'

'In plaats van seksen in het bos?' Het had nogal droog geklonken. 'Ja, dat bedoel ik, ja. Samen een avond doorbrengen op een plek waar mijn schoenen er niet onmiddellijk aan gaan. Samen eten en praten. Zo moeilijk is dat niet.' Voor haar echter wel, vermoedde hij.

'Als... als een afspraakje, dus?'

Hij had er de voorkeur aan gegeven het niet te benoemen. 'Nou, het was mijn bedoeling de avond door te komen met al onze kleren nog aan, als je dat bedoelt. Zo in het openbaar gaat dat misschien nog wel lukken ook. Wat zeg je ervan?'

'Ik doe niet aan afspraakjes.'

'Ik ook niet. Wat dat betreft hebben we dus allebei geen idee, maar aan eten doen we in ieder geval wel, dus misschien dat we ons in eerste instantie daarop kunnen concentreren. Dan zien we wel hoe het loopt. Gewoon een gezellige avond samen. Ingewikkelder dan dat hoeft het niet te zijn.' Hij genoot van haar gezelschap. Zij van het zijne. Meer niet. Twee mensen die samen wat tijd doorbrachten.

'Oké,' zei ze traag, alsof ze er nog niet helemaal zeker van was. Toen was daar opeens dat kuiltje in haar mondhoek. 'Maar ik zeg alleen maar ja omdat dat betekent dat je hier dan volgend weekend weer bent, wat Walter veel plezier zal doen.'

'Je kunt ook gewoon met mijn opa uit eten gaan, zonder mij, als je dat liever doet.'

'Nee, want dan zou jij geen reden hebben naar huis te komen. Maar we kunnen hem wel meenemen? Als we onze kleren aanhouden, maakt dat niet uit, toch?'

'Misschien dat ik daarover een heel klein beetje heb gelogen. Misschien was ik stiekem wel van plan je ná het eten uit de kleren te krijgen.'

Ze lachte. 'Misschien was ik wel van plan jóú uit de kleren te krijgen. Weet je zeker dat je de tijd kunt vrijmaken?'

'Ja.' Gewoon nog meer goochelen en gunsten vragen. 'En jij?'

'Ik moet even met Poppy en Elizabeth overleggen, maar dat moet wel mogelijk zijn, ja. We hebben inmiddels een goed team. En bovendien is dit research. Dat is belangrijk.'

'Research?'

'Als kok doe je er goed aan af en toe het eten van anderen te proeven.' Ze stond op. 'Tot zaterdag dan.'

Hoofdstuk 16

Sean trof Jackson op een ladder, bezig met de reparatie van het dak van een van de huisjes. 'Jij pikt hier ook wel alle glamourklussen in, hè?'

'Je kent me toch? Ik leef het leven van een tycoon.' Jackson was net klaar en kwam de ladder weer af. 'Ik neem aan dat jij weer naar Boston verkast?'

'Zo, ja. Ik ben net even bij Sam gaan kijken. Het gaat goed met hem.'

'Dankzij jou.' Jackson legde zijn gereedschap neer. 'Wanneer zien we je weer? Met kerst?'

'Opa heeft me uitgenodigd voor de familieavond.'

Zijn broer glimlachte. 'Ik wilde dat ik je gezicht had kunnen zien. Ik ga er maar vanuit dat je daarvoor niet komt opdagen?'

'Nee, maar volgend weekend ben ik er weer. Ik ga met Élise uit eten, dus mocht je me nog onder handen willen nemen, dan is dit je kans.'

Jackson veegde zijn handen af aan zijn spijkerbroek. 'Ik heb gehoord dat ze daartoe zelf uitstekend in staat is. Wat had je met haar gedaan?'

'Niks. Niet dat het je iets aangaat.' Sean vloekte binnensmonds. 'Blijft er hier nog wel iets geheim?'

'Niet wanneer je in mijn huis logeert, het halve meer in mijn keuken loost en mijn personeel afleidt.'

'Toevallig had ik helemaal niets gedaan, maar er is waarschijnlijk wel een moment geweest dat ik het wél verdiende maar ermee wegkwam, dus laten we maar zeggen dat we quitte staan. Kan het restaurant een zaterdag zonder haar?'

'Als zij zegt dat het kan, dan kan het. Dat is helemaal haar verantwoordelijkheid. Ze heeft voor een goed team gezorgd, zodat alles niet onmiddellijk in de soep loopt wanneer ze er zelf niet is. En ze heeft wel een beetje vrije tijd verdiend. Het verbaast me alleen dat ze die met jou wil doorbrengen.'

Sean lachte kort. 'En bedankt. Ik hou ook van jou.'
Hij zei het nooit, realiseerde hij zich. Nooit zei hij dat tegen zijn familie. Niemand die daaraan ooit woorden vuil maakte.
'Wordt dit nu een gewoonte? Dat je vaker naar huis komt? De afgelopen jaren had ik namelijk de indruk dat je overal liever was dan hier.'
Het was voor het eerst dat de waarheid zo cru werd uitgesproken. Sean voelde de spanning in zijn schouders. 'Ik had het druk.'
'Ja, dat begrijp ik. Maar we weten allebei dat dat niet de reden was dat je hier wegbleef.' Jackson schopte tegen een steentje. 'Je bent niet de enige die hem mist, hoor. We missen hem allemaal. En opa waarschijnlijk nog het meest van iedereen.'
Schuldgevoel maakte zich van Sean meester. Hij wist dat hij zo bezig was geweest met zijn eigen verdriet, dat hij nauwelijks aan iemand anders had gedacht. Zijn overlevingsstrategie had bestaan uit werken en uit de buurt blijven. 'We hebben ruzie gehad. Op de begrafenis.'
Jackson knikte. 'Ik vermoedde al dat er iets was gebeurd.'
'Ik heb dingen gezegd...' Met de herinnering kwamen ook de pijn en het gevoel van hulpeloosheid weer terug. 'Ik ben veel te ver gegaan.'
'We hadden het allemaal moeilijk.'
'Ik heb gezegd dat het zijn schuld was.' Sean drukte zijn vingers tegen zijn neus. 'Dat papa nooit naar Nieuw-Zeeland zou zijn gegaan als hij het hier niet zo vreselijk had gevonden. Dat hij dan dus nooit in die rotauto zou hebben gezeten, en nooit zou zijn geslipt.'
'Je weet dat dat bullshit is, hè?'
'O ja?' Daarvan was hij nog steeds niet helemaal overtuigd. Het bleef maar door zijn hoofd malen. Iedere keer dat hij op het punt had gestaan het er met zijn grootvader over te hebben, had dat in de weg gezeten. 'Opa heeft papa van het begin af aan onder druk gezet en dat werd alleen maar erger. Het enige waarom hij gaf, was Snow Crystal.'
'Ja, daarom geeft hij inderdaad heel veel, maar hij deed er met name alles aan het familiehuis en -bedrijf veilig te stellen.' Jackson haalde de ladder van de gevel en liet hem op de grond zakken. 'Dat kun je van papa niet zeggen.'

Sean voelde woede opborrelen. 'Hij deed zijn best.'

'Deed hij dat echt?'

'Hij wilde hier helemaal niet zijn. Dit was niet wat hij met zijn leven wilde doen.'

'Dan had hij dat moeten zeggen. Hij had de moed moeten hebben die keuze te maken.' Jackson had zijn vingers nu zo stevig om de ladder geklemd, dat de knokkels wit werden. 'In plaats daarvan heeft hij Snow Crystal naar de rand van de afgrond geholpen. Hij had tegen iemand moeten zeggen dat hij het niet aankon, maar hij heeft de cijfers voor iedereen verborgen gehouden, voor opa incluis. Maar opa vermoedde wel iets, vandaar de druk die hij op papa uitoefende om hem de waarheid te vertellen. Opa begon in paniek te raken.'

'Omdat hij dacht dat ze het bedrijf zouden kwijtraken –'

'Omdat hij dacht dat ze hun huis zouden kwijtraken! Alles! Verdomme, Sean, denk nu eens even aan oma, en mama, en alle mensen die we in dienst hebben. Papa had een bepaalde verantwoordelijkheid, maar die nam hij niet. Hij heeft het roer overgenomen en vervolgens toegekeken hoe het schip op de klippen liep.'

'Zo is het niet gegaan.'

'Niet? Was jij erbij? Heb jij de boeken bekeken? Heb je met opa gepraat over wat er aan de hand was, of heb je alleen maar naar papa geluisterd? Ja, ik weet dat jullie nogal close waren. Daarmee heb ik ook nooit problemen gehad, maar je visie werd erdoor vertroebeld. Als dokter zou je toch gewend moeten zijn analytisch te denken en te oordelen op basis van bewijzen, niet op basis van emoties. Misschien wordt het tijd dat je dat eens gaat doen.'

Seans mond voelde aan alsof hij een hap zand had genomen. Het beeld in zijn hoofd, dat ooit zo duidelijk was geweest, was nu onscherp en verwrongen. 'Ik had ook bewijzen. Papa belde me altijd 's avonds laat om stoom af te blazen. Hij vertelde me dat opa hem voortdurend op zijn nek zat. Dat hij zijn best deed, maar dat het nooit goed genoeg was.'

'Hij belde jou? Dat wist ik niet.' Jackson deed even zijn ogen dicht en schudde zijn hoofd. 'Waarom heb je me dat niet verteld?'

'Jouw bedrijf in Europa groeide explosief. Je had genoeg aan je hoofd. Ik dacht dat je dat niet hoefde te weten.' Hij haalde eens diep adem. 'Ik had natuurlijk moeten weten dat er verschillende kanten aan het verhaal zaten. Ik had meer vragen moeten stellen. Ik wist dat papa het vreselijk vond het bedrijf te moeten runnen. Dat had hij altijd al vreselijk gevonden, dus daaraan heb ik verder geen aandacht besteed. Ik wist niet dat hij dingen verborgen hield. Ik wist niet dat hij in de problemen zat. Opa heeft daarover ook nooit iets gezegd.'

'Hij wilde onze herinnering aan hem niet bezoedelen.' Jackson lachte kort. 'Het ironische is dat ik precies hetzelfde heb gedaan. Toen ik eenmaal wist wat een zootje het was, heb ik geprobeerd de boel weer op de rails te krijgen, zonder te vertellen hoe beroerd we er precies voorstonden. Ik wilde opa niet van streek maken. Maar die bleek het dus allang te weten.'

'Wanneer ben je achter de waarheid gekomen?'

'Toen ik na de dood van papa naar huis kwam. Tegen die tijd was opa zo bang ook nog maar iemand te vertrouwen en voelde hij zich zo schuldig dat hij papa met Snow Crystal had opgezadeld, terwijl die dat helemaal niet wilde, dat het niet bepaald makkelijk was met hem om te gaan. Ik mocht nog geen dennenappel oprapen zonder dat ik dat eerst aan hem had gevraagd.' Jackson pakte de fles water die bij zijn gereedschap stond. 'We hebben het overleefd.'

Sean begreep dat het in werkelijkheid nog veel zwaarder moest zijn geweest dan zijn broer het nu deed voorkomen, en hij voelde een nieuw respect jegens hem. 'Daarvan heb je me helemaal niets verteld.'

'Ik wilde jouw herinnering aan papa ook niet bezoedelen.'

'Hij had een hekel aan deze plek. Hij had het gevoel gevangen te zitten. Ik denk dat hij dat een beetje op mij heeft overgedragen.'

'Hij had jou daarmee nooit zo mogen belasten. Je had het moeten zeggen.'

'Ik wilde jou er niet ook mee belasten.' Sean lachte vreugdeloos. 'Iedereen beschermde dus iedereen.'

'Daar lijkt het wel op, ja.' Jackson nam een slok water. 'En ik had het onder controle. Ik dacht dat jij de details ook niet hoefde te weten. Als ik van die telefoontjes had geweten, had ik daarover misschien anders gedacht.'

'Het was altijd 's avonds laat. Vast als mama al naar bed was.'

'Hij spuwde zijn gal bij jou.' Jacksons hand sloot zich steviger om de fles water. 'Dat had je me moeten vertellen. En ik had jou moeten vertellen over de puinhoop, die hij had achtergelaten. Dan had je de afgelopen jaren niet zoveel woede jegens opa gekoesterd. Is dat de reden dat je zo weinig thuiskwam?'

'Dat, en het schuldgevoel.'

'Schuldgevoel?'

Nu schopte Sean tegen een steentje. 'Jij hebt alles opgegeven om naar huis te komen en hier de boel te gaan runnen. Het ging van papa's schouders naar die van jou. En ik liet je daarmee gewoon zitten.'

Jackson fronste zijn voorhoofd. 'Wat had je anders moeten doen? Je mag dan een verdomd goede arts zijn, je weet helemaal niets van winstmarges, of het vullen van bedden. Bovendien is dit ook niet wat jij zou willen doen.'

'Dat is waar, maar –'

'Het is wel wat ík wil doen. Waar ik goed in ben. Jij doet ook waarin je goed bent, en we zijn allemaal trots op je.' Jackson schroefde de dop weer op de fles. 'Inclusief opa.'

Sean dacht aan hun gesprek eerder die dag. 'Misschien.'

'Niks misschien.'

'Er is nog iets. Over papa.' Hij liet zijn tong over zijn lippen glijden. Dit had hij nooit hardop gezegd. Alleen gedacht. 'Denk jij dat het echt een ongeluk was, of denk je dat hij –'

'Nee, dat denk ik niet. Ik zal niet zeggen dat die gedachte destijds niet bij me is opgekomen, want dat is wel zo, maar erg lang is die niet blijven hangen.' Jackson legde zijn hand op Seans schouder. 'Papa was een waardeloze zakenman, maar hij hield van zijn familie. En van deze plek. Hij wist alleen niet hoe hij de boel hier moest runnen en dat wilde hij ook niet leren. Hij is verongelukt omdat hij geen grip had op het ijs. Daar was de politie ook heel duidelijk over. Verder niets. Dat zou hij mama nooit hebben aangedaan. En oma ook niet. Ons allemaal niet.'

'Ik moet met opa praten. Dat hebben we allebei steeds uitgesteld.

We praten over van alles, behalve over wat er is gebeurd. Ik moet hem mijn verontschuldigingen aanbieden.'

Jackson liet zijn hand weer zakken en grijnsde. 'Je zou je op een familieavond kunnen laten zien. Daarmee zou je al een aardig eind komen.'

Het restaurant zag er mooi uit, met uitzicht over Lake Champlain en de bergen daarachter.

'Leuk.' Terwijl Élise ging zitten, keek ze eens goed om zich heen, de flakkerende kaarsen en het glinsterende bestek in zich opnemend. 'Niet zo knus als het Boathouse, maar minder formeel dan de Inn. Een beetje ertussenin.'

'Het is nogal een hachelijke onderneming iemand mee uit eten te nemen die kan koken zoals jij.' Sean zag er echter allesbehalve bezorgd uit toen hij even met de ober praatte en zijn jasje uittrok.

Ze had natuurlijk niet moeten kijken, maar dat deed ze wel. Naar zijn schouders, breed en gespierd onder zijn strak gesneden overhemd. Naar zijn kaken, vers geschoren, maar nu alweer een beetje donker. Die avond zag hij er buitengewoon gedistingeerd uit, maar even zag ze weer voor zich hoe hij met ontbloot bovenlijf op haar terras aan het werk was geweest, een beeld dat naadloos overging in dat waarin hij met zijn rug tegen de boom stond, zijn overhemd half door haar van zijn lijf gerukt.

Haar hart begon een beetje sneller te kloppen. Of hij nu halfnaakt op haar terras geknield zat, of een keurig pak aanhad, hij had altijd dezelfde uitwerking op haar. Het was maar goed dat hij haar gedachten niet kon lezen. Toen ze opkeek, besefte ze echter dat hij dat wel degelijk kon.

Ze zag het in zijn ogen. Ze zag het vuur branden. De glans die haar duidelijk maakte dat hij precies hetzelfde voelde.

Haastig wendde ze haar blik af. 'Zo hachelijk is dat niet. Ik ben allang blij dat ik niet zelf hoef te koken.'

'Je ziet er mooi uit in die jurk. Blauw staat je goed.'

Haar hartslag ging nu alle kanten op. Ze was niet gewend aan etentjes met mannen en complimentjes. 'Het is turquoise.'

'O ja? Dan staat turquoise je goed. Ze zeggen dat dit het beste restaurant in de omgeving is. De chef-kok is nieuw.' Ontspannen achterovergeleund in zijn stoel keek hij om zich heen en ze vroeg zich af of hij haar spanning had gevoeld.

'Ik ben heel benieuwd naar de menukaart.'

'Die krijg je niet te zien. Ik bestel.'

'Denk je dat ik zelf niet meer kan praten?'

'Nee, maar als ik jou een menukaart geef, ga je ieder gerecht en ieder ingrediënt zitten bestuderen, in plaats van je aandacht op mij te richten. We nemen de vissoep en daarna de met ahornsiroop geglaceerde eend.' Glimlachend gaf hij de menukaart en de wijnkaart terug aan de ober, en bestelde een fles pinot noir. 'Krijg ik nu op mijn kop, omdat ik rode wijn bij vis bestel?'

'Nee. Ik ben dol op pinot noir, zoals je heel goed weet. Het is een uitstekende wijn voor bij het eten.'

'En een bijzonder lastige druif. André Tchelistcheff heeft ooit gezegd: "Cabernet sauvignon is door God geschapen, pinot noir door de duivel".' Hij wachtte tot de wijn was ingeschonken, en hief zijn glas. 'Ooit neem ik je mee voor een wijnproeftochtje in Californië. We beginnen in Yorkville en eindigen aan de kust, bij Albion. Een aaneenschakeling van prachtige landschappen, meer dan zestig kilometer lang. Eeuwenoude sequoiabossen, afgewisseld met uitgestrekte wijngaarden. We zouden zelfs naar San Francisco kunnen rijden en daar een paar dagen kunnen doorbrengen om zuurdesembrood en vis te eten.'

Hij praatte alsof ze samen een toekomst hadden. Alsof dit een relatie was, in plaats van alleen een avondje uit.

Of misschien probeerde hij het gesprek gewoon luchtig en algemeen te houden, om te zorgen dat zij zich op haar gemak voelde.

Ze keek naar de wijn, die een prachtige licht robijnrode kleur had, en bedacht hoe heerlijk dat moest zijn, wat hij zojuist had beschreven.

'Dat klinkt als een droom.'

'Het hoeft geen droom te blijven. Nu het Boathouse eenmaal draait, kun je meer personeel inhuren, wat meer tijd vrij nemen.'

'Dat kunnen we ons nog helemaal niet veroorloven, meer personeel. Het gaat beter, maar zo goed nu ook weer niet. Ik weet dat Jackson zich nog steeds zorgen maakt. Als het geen goed winterseizoen wordt, als we niet genoeg sneeuw krijgen…' Ze haalde haar schouders op. 'Hij heeft het er zwaar mee.'

'Niemand die beter weet hoe je bedden vol moet krijgen dan mijn broer. Voordat hij Snow Crystal overnam, had hij een buitengewoon succesvol hotelbedrijf. En uiteraard heeft hij nu ook Kayla, die weet hoe ze de publiciteit moet zoeken.'

Het voorgerecht werd op tafel gezet. Nadat ze de presentatie had bewonderd, nam ze aandachtig proevend een hap. 'Dat smaakt goed. Goed gekozen van je. Dit is de eerste keer dat iemand eten voor me heeft uitgekozen, sinds ik vier was. Mijn moeder spaarde altijd hard om één keer per maand met mij naar een restaurant te gaan. Dan liet ze mij kiezen wat we aten. Ze wilde dat ik alle ingrediënten goed bestudeerde, en dan bedacht wat het beste bij elkaar leek te passen.'

'Dat klinkt als een volmaakt moeder-dochteruitje.'

'Zij vond het belangrijk. Iets waaraan ze haar geld graag uitgaf. Als ik heel eerlijk ben, vond ik het net zo leuk thuis samen met haar te koken.'

'Je zei dat het eerste wat je je kan herinneren, is dat je met haar madeleines maakte. Is dat wat jullie op die foto in Heron Lodge aan het doen zijn?'

Heel even werd de emotie haar bijna te veel. 'Ja. Voor mij ligt mijn hele jeugd besloten in die foto.'

'Ik heb je madeleines nog nooit geproefd. Sterker nog, volgens mij heb ik er nog nooit een gegeten.'

'Ik maak ze niet meer. Ze doen me te veel denken aan…' Weer haalde ze haar schouders op. 'Er zijn nog zoveel andere lekkere dingen om te maken.'

'Zou je je eigen restaurant willen hebben?'

Ze was hem dankbaar dat hij op een ander onderwerp overstapte. 'Het Boathouse voelt als mijn restaurant. En op Snow Crystal wonen is mijn droom. Ik zou niets anders willen.'

'Mijn familie boft maar met jou.'

'Ik ben degene die boft.' Ze keek naar hem op. Het kaarslicht gaf zijn trekken iets zachts en toverde een glinstering in zijn donkere haar. Met deze man tegenover je maakte het niet uit hoe de sfeer om je heen was, want iedere rechtgeaarde vrouw zou slechts aandacht hebben voor hém.

Het was overigens niet alleen zijn uiterlijk dat haar aantrok, maar ook zijn scherpe geest en zijn intelligentie. Praten met hem gaf haar een kick die ze, voor zover ze zich kon herinneren, nooit bij iemand anders had ervaren.

Waarover Pascal en zij hadden gepraat, kon ze zich amper nog voor de geest halen. In hun relatie had het voornamelijk om eten gedraaid. Hun werk. Hij had nooit enige belangstelling getoond voor wat zij wilde. Had haar nooit naar haar dromen gevraagd. Nooit had hij haar de aandacht gegeven die Sean haar gaf.

Ze dacht aan de nacht die ze samen in de tent hadden doorgebracht. De nacht dat hij alleen maar geluisterd had, terwijl zij al haar geheimen eruit had gegooid. En nu luisterde hij weer, zijn blik warm en aandachtig.

'Dat heb je goed gedaan, met het Boathouse. Het zal Snow Crystal echt een flinke boost geven.'

'Zonder jou zou het nooit op tijd af zijn geweest, maar het is allemaal goed gekomen. En over goedkomen gesproken, Sam is gisteren naar huis gegaan. Hij lijkt weinig aan zijn nare avontuur te hebben overgehouden, en ze hebben alweer geboekt voor kerst en volgend jaar zomer.' Ze vond het een stuk prettiger over haar werk te praten, het gesprek neutraal te houden en misschien realiseerde hij zich dat ook, want hij deed hetzelfde.

'Jackson en Kayla zullen wel blij zijn. En jij? Moet jij er nog veel aan denken?'

Ze huiverde even en legde haar bestek neer. 'Dat sta ik mezelf niet toe.' Dit was geen onderwerp dat ze als afleiding wenste te gebruiken.

Weer keek ze hem aan, haar onregelmatige hartslag negerend. Het bovenste knoopje van zijn overhemd stond open, waardoor ze een glimp van zijn hals opving. Meer dan een glimp had ze ook niet nodig. Ze was heel goed in staat de rest zelf aan te vullen.

Het ontging haar niet dat de vrouw aan de tafel naast hen een steelse blik in zijn richting wierp, en ze werd heen en weer geslingerd tussen ergernis en sympathie. Het zou zonde zijn als vrouw níet naar Sean te kijken, en ze moest toegeven dat hij, sinds ze binnen waren, alleen nog maar naar háár had gekeken. 'Hij vertelde dat je hem had gesms't. Dat was aardig van je.'

'Hij moet behoorlijk geschrokken zijn. Ik ben blij te horen dat het ze er niet van zal weerhouden terug te komen. Maar is het druk in het Boathouse?'

'We zitten elke dag vol, ontbijt lunch, én diner. De zondagsbrunch trekt ook veel mensen uit de omgeving. Jackson is tevreden.'

Na een korte stilte zei hij: 'Ik heb hem vorige week gesproken. Ik heb het hem verteld, van mijn vader.'

'Over die telefoontjes? Daar ben ik blij om. Die last had je nooit alleen moeten dragen.'

'Ik had het hem inderdaad veel eerder moeten vertellen.' Zijn mond verstrakte. 'Ik bleek het over een heleboel dingen mis te hebben.'

'Wat je vader betreft?' Langzaam zette Élise haar glas neer. 'Wil je erover praten?'

Hij schonk haar een vermoeid glimlachje. 'We weten allebei dat mijn opa degene is met wie ik moet praten. Dat had je goed gezien. Net als de rest. Volgens mij begint hij een beetje bij te draaien. Vorige week is er een moment geweest dat ik dacht dat hij het onderwerp zou aansnijden.'

'Maar dat deed hij niet?'

'Nee. Hij zei alleen dat hij trots op me was.' Om zijn mond speelde een vaag glimlachje. 'Wat nogal ongebruikelijk was.'

'Waarschijnlijk besefte hij door wat je voor Sam had gedaan, pas hoe goed je bent in wat je doet. Dat je helemaal op je plaats bent in het ziekenhuis.'

'Dat zal hem er ongetwijfeld niet van weerhouden te blijven zeuren dat ik een baan dichter bij huis moet zoeken.'

'Nee. En hij zal ook niet rusten voordat je op een familieavond verschijnt.'

Sean lachte. 'Fright Night, noemt Tyler die.'

Ze zaten ogenschijnlijk rustig te praten, maar iedere blik die ze wisselden, hield een belofte in, een belofte van meer. De lucht om hen heen was geladen. Vonken schoten over en weer. Het was bijna onmogelijk een normaal gesprek te blijven voeren, maar ze was vastbesloten haar uiterste best te doen.

'Ik vind het een mooie traditie. Net zoiets als dat mijn moeder me één keer per maand mee uit eten nam. Dat was een moment voor ons samen. Een moment dat we over dingen praatten, zonder te worden afgeleid. Die familieavond van jullie is net zoiets, alleen zijn jullie met een heleboel en gaat het er nogal luidruchtig aan toe. Jullie boffen maar. Wanneer wilde je nu met je grootvader gaan praten?'

'Morgen.'

'Je blijft vannacht op Snow Crystal.'

'Dat was het plan, ja.' Hij keek haar recht in de ogen nu. 'Mijn broer heeft alleen wel een beetje genoeg van me als logé, dus misschien dat ik uiteindelijk toch naar Boston terug moet, tenzij ik een andere slaapplek kan vinden.'

Geen van beiden merkten ze dat de ober de borden weghaalde.

'Sean –'

'Ik weet wat je gaat zeggen. Je gaat zeggen dat je nog nooit een hele nacht met een man hebt doorgebracht, dat dat niets voor jou is. Maar we hebben al een hele nacht samen doorgebracht, Élise. Afgelopen zomer was een hele nacht. Ik stel gewoon voor dat we dat nog een keer doen, maar dan zonder te worden lek geprikt door insecten, en zonder de plenzende regen.'

Ze lachte, zoals zijn bedoeling was geweest. 'Ik vond die regen juist geweldig. Het had iets magisch. Iets heel speciaals.' Ze wist heel goed dat het niet de regen of de zomergeur van de bladeren was geweest die het speciaal had gemaakt, maar de chemie. Dat wat er tussen hen was geweest.

'Ik vond de regen ook fantastisch.' De glinstering in zijn ogen maakte wel duidelijk dat zijn herinnering aan die nacht nog net zo levendig was als die van haar. 'Laten we gaan.'

Hij betaalde, en ze liepen van het restaurant naar de auto, zo dicht bij elkaar dat hun schouders elkaar af en toe raakten.

'Dank je wel. Ik heb een leuke avond gehad.'

'Ik ook. De volgende keer neem ik je mee naar Boston. Dan gaan we naar de opera.'

De volgende keer? Ze kreeg het gevoel ergens op af te denderen zonder nog te kunnen remmen. 'Ik ben nog nooit naar een opera geweest. Wel een keer naar een balletvoorstelling, met mijn moeder. Fantastisch vond ik dat.'

'Dit zul je ook geweldig vinden, al noemt Tyler het kattengejank.'

In het donker reden ze naar huis, over slingerende wegen door het bos, door dalen en dorpjes, langs mooie kerkjes en overdekte bruggen. Zij was zich echter alleen maar bewust van hem. Van zijn handen op het stuur, zijn kracht, zijn beheersing. En van haar eigen gevoelens.

Ze bleef maar aan hem denken, naar hem kijken, ernaar verlangen hem aan te raken, tot ze dacht dat ze gek zou worden. Ze dacht dat ze de enige was die daar last van had, maar toen ze voor een stoplicht waren gestopt, voelde ze plotseling zijn hand op de hare, en haar hart leek even stil te staan.

Zonder dat er iets werd gezegd, sloten haar vingers zich om de zijne, terwijl een verrukkelijk gevoel van verwachting en opwinding zich door haar lichaam verspreidde.

Hij bleef recht voor zich uit staren, maar draaide uiteindelijk heel even zijn hoofd om haar aan te kijken, hun handen naar beneden duwend, totdat zijn vingertoppen haar blote bovenbeen raakten.

De blik in zijn ogen benam haar de adem en tegen de tijd dat ze de weg naar het resort in draaiden, was ze in staat zich uit de rijdende auto te storten en het bos in te rennen.

Amper had hij de motor uitgezet, of ze besprongen elkaar als twee wilde dieren. Zijn mond landde ruw op de hare. Haar handen klauwden zich om zijn overhemd. Ze voelde zijn vingers in haar haar, de erotische beweging van zijn tong tegen de hare, het kolken van haar bloed door haar aderen. Het was een rauwe, verzengende kus en ze sloeg haar armen om zijn nek, intussen dichter naar hem toe schuivend.

Het kostte hem al zijn wilskracht zijn mond lang genoeg van de hare te halen, om 'niet hier' te kunnen uitbrengen.

Ze vielen half de auto uit, hij pakte haar bij de hand en ze begonnen te rennen, over het smalle pad dat naar het meer en naar Heron Lodge leidde.

Te ver, dacht ze, hem bij de schouder pakkend. 'Kus me.'

Met een zachte vloek remde hij af, drukte zijn mond op de hare en kreunde toen ze opnieuw haar armen om zijn nek sloeg. 'Niet hier. Niet…' Hij had zijn arm stevig om haar middel geslagen, haar met zijn kus zo in vuur en vlam zettend dat ze bang was dat ze weldra niet meer op haar benen zou kunnen staan.

In een wanhopig verlangen hem aan te raken, zijn huid onder haar handen te voelen, sjorde ze aan zijn overhemd. 'Ik wil je –'

'Jezus, Élise…' Hij duwde haar met haar rug tegen een boom, zijn handen op haar heupen, haar tegen zijn opgewonden lijf aan trekkend, terwijl zij haar handen over zijn schouders liet glijden.

Ze voelde zijn keiharde spierbundels, voelde zijn ruwe kaak tegen de zachte huid van haar hals en deed haar ogen dicht. 'Nu… alsjeblieft, nu.' Ze kon niet langer wachten. Het volgende moment werd ze echter met een gesmoorde vloek in zijn armen getild. 'Sean –'

'Niks zeggen.' Met op elkaar geklemde kaken droeg hij haar de korte afstand naar haar huisje. 'Niks zeggen. En vooral niet kussen. Ik probeer te lopen.'

'Ik wil –'

'Ja, ik ook.' Hij nam de treden naar het terras in twee stappen. 'Maar deze keer wil ik eens een poging wagen met een bed en een dichte deur.'

Er stond bijna geen wind, het water lag er rustig en vredig bij, het bos koesterde zich in de warmte van de zomeravond. Boerenzwaluwen wiekten zacht door de lucht, terwijl Sean het terras over liep. Maar op dat moment had ze geen enkele belangstelling voor haar omgeving, alleen voor de man.

Ze liet haar lippen over zijn kaak glijden en hoorde zijn adem even stokken. 'Heb ik al gezegd dat je sexy bent?'

'Zeg dat maar niet,' zei hij, de deur met zijn schouder openduwend. 'Nog niet. Hou die gedachte vast.'

'Je bent sexy.'

'Holy shit.' Hij schopte de deur dicht en gaf het op. Half struikelend gingen ze in de richting van de trap, te ver heen om nog te kunnen stoppen, elkaar uitkledend en kussend en aanrakend, gretig en wanhopig. Ze rukte het overhemd van zijn lijf. Hij trok haar haar jurk uit. Haar beha belandde op de vloer, gevolgd door het minuscule stukje bijpassende zijde dat nog het enige was geweest wat over was. Even later was ook hij naakt en duwde hij haar op het bed, waar ze op de een of andere manier waren aangekomen. Zijn mond lag weer op de hare, zijn kus hartstochtelijk en erotisch.

Maanlicht viel door de open ramen naar binnen, op naakte ledematen, gespierde schouders, glanzend donker haar en glinsterende blauwe ogen.

Het vuur dat ze samen hadden ontstoken, was allesverzengend, het verlangen in haar binnenste allesoverheersend, zodat haar heupen als vanzelf leken te bewegen, haar lichaam niet in staat nog langer te wachten.

Zijn hand gleed tussen haar benen en de intieme streling van zijn vingers joeg een bijna ondraaglijke siddering door haar lijf. Zijn mond bewoog naar beneden, sloot zich om haar borst, haar kwellend tot haar gekreun overging in een snik en hij nog verder naar beneden zakte, haar benen uit elkaar schuivend.

Ze voelde zich naakt en kwetsbaar en heel even leek ze te aarzelen, maar het volgende moment hadden zijn sterke handen zich al om haar heupen gesloten en voerde hij haar met zijn mond en zijn tong naar steeds grotere hoogten.

Op het moment dat ze het bijna niet meer hield, trok hij haar onder zich en ging hij met één beweging, die haar een kreet ontlokte, bij haar binnen. Hard, krachtig en hartstochtelijk nam hij steeds verder bezit van haar, terwijl zij haar vingers in zijn schouders groef, zich stevig aan hem vastklampend, omdat ze nooit eerder zoiets had ervaren, iets waarover ze zo weinig controle had. Ergens diep vanbinnen wist ze dat dit niet gewoon seks was, dat er deze keer een heel andere band tussen hen was. Heel even deed ze een poging haar emotionele evenwicht te hervinden, de zelfbeheersing die ze al bijna tien jaar als een beschermend schild had gebruikt, maar dat leek niet meer mogelijk. Alle muren, die ze om zich heen had opgetrokken, waren met donderend geraas ingestort, of misschien had hij ze wel neergehaald, want ze kon zich nergens meer verstoppen voor de blik waarmee hij haar bij iedere beweging diep in de ogen keek. Dit was pas echt naakt, realiseerde ze zich. Dat had niets met kleren te maken, maar alles met de intimiteit die ze nu met deze man deelde.

'Kom...' gromde hij, zijn mond op de hare. 'Hou je niet in. Ik wil het allemaal. Ik wil jou helemaal.'

'Sean...' Ze had geen andere keus dan hem alles te geven wat hij van haar vroeg. Ze was verloren, bezeten, had niets meer in de hand en ze voelde hoe de sensatie hen allebei in haar greep kreeg, hoorde hem vaag kreunen, toen haar lichaam zich om het zijne spande. Het volgende moment leek ze te zweven, los te komen van de wereld, en stortte ze, zich nog steeds stevig vasthoudend aan zijn sterke schouders en op rauwe toon zijn naam tegen zijn lippen stamelend, samen met hem onverbiddelijk een allesverzengende vergetelheid in.

Het duurde even voordat ze überhaupt weer in staat waren zich te bewegen of iets te zeggen. Ze was zich bewust van zijn gewicht, zijn sterke armen om haar heen, zijn onregelmatige ademhaling, terwijl hij probeerde zich weer een beetje onder controle te krijgen. En wat haarzelf betrof...

In totale verbijstering staarde ze naar het plafond van haar kleine slaapkamer terwijl ze haar best deed niet in paniek te raken. Wat was er in vredesnaam gebeurd?

'Godallemachtig.' Hij liet zijn hoofd op haar schouder zakken en schoof toen van haar af, zich op zijn rug draaiend en haar meetrekkend. 'Ik ben trots op ons.'

'Sorry?'

'We hebben het bed gehaald. Voor ons een hele prestatie.'

Zelfs in bed wist hij haar nog aan het lachen te maken. Het paniekgevoel verdween. 'De bovenkant van het bed. Onder de dekens is niet gelukt. Ik hoop dat je geen stukjes bos op mijn witte sprei hebt achtergelaten. Die is me bijzonder dierbaar.' Na de intensiteit van wat ze zojuist hadden gedeeld, voelde het prettig het over iets luchtigs te hebben.

Hij hees zich op een elleboog en keek eens naar het mooie bed, vol zachte kussens. 'Wie heeft er dan ook in 's hemelsnaam een witte sprei?'
'Ik. Het is zijde. Hij is van mijn moeder geweest.'
'Oké... dan blijven we de volgende keer wel in het bos. Maakt niet uit waar. Ik zal niet langer doen of ik een moderne, beschaafde man ben. Bij jou gedraag ik me als een holenmens, klaar om iets aan mijn speer te rijgen, wat jij dan kunt klaarmaken.'
Lachend, gevleid, liet ze haar hand over de stoppels op zijn kaak glijden. 'Dat zou je je schoenen kosten.'
'Shit, ik wist dat er een addertje onder het gras zat.' Hij boog zich over haar heen om een kus op haar mond te drukken. 'Maar voor jou zou ik dat wel over hebben. Zou je bij mij in mijn hol willen wonen?'
Hoewel ze wist dat hij een grapje maakte, begon haar hart toch sneller te kloppen. 'Zijn er in je hol ook zijden lakens?'
'Nog niet, maar als jij er intrekt, wel.'
'Ik zal erover nadenken. Of misschien kunnen we gewoon in het bos gaan wonen. Ik ben dol op het bos.' Haar hand ging weer naar zijn schouder. Hij was een stuk gespierder dan Pascal, maar ze wist dat deze man zijn kracht nooit zou gebruiken om iemand pijn te doen. Dat was zwak en Sean was door en door sterk. 'Ik vond het heerlijk samen met jou in de regen.'
Zijn ogen werden donkerder. 'Geweldig. Dat is nou net het enige wat ik niet voor je kan regelen. Misschien moet ik buiten mijn regendans gaan doen. Of we kunnen de douche gebruiken. Telt dat ook?'
'Prima plan. Een douche en dan seks op mijn zijden lakens.'
'Sorry? Het enige woord dat ik opving, was seks. De rest ging langs me heen.' Zijn hand gleed in haar haar. 'In principe een goed idee, die douche, maar ik ben een meter negentig en ik weet niet of we daar wel met zijn tweeën in passen. Ik heb die douche zelf gemaakt, weet je nog wel? Tyler heeft drie dagen aan een stuk door gemopperd omdat hij bij het tegelen voortdurend zijn hoofd stootte. Dat schuine dak was ongelooflijk onhandig.'
'Dat is nou juist de charme van die badkamer, vind ik. En ik vind dat het hoog tijd wordt de mogelijkheden ervan uit te proberen, vind je ook niet?'

'Ja. Nee. Jezus, weet ik veel... Vraag me niet over iets na te denken. Ik kan helemaal niet denken, terwijl jij naakt naast me ligt.' Zijn mond vond de hare weer, ruw, vragend. 'Je smaakt echt hemels. Ik zou je de hele nacht kunnen kussen.'

'Ik hoop dat je dat ook doet. Het zou zonde zijn de tijd niet goed te gebruiken. Daarvoor kom je niet vaak genoeg naar huis.'

'Ik denk erover hier weer te komen wonen.'

Glimlachend liet ze zich uit bed glijden en ze liep naar de douche, wetend dat hij al haar bewegingen volgde.

In twee stappen was hij bij haar, achter haar aan de badkamer in duikend, vloekend op de krappe ruimte.

De ruimte was inderdaad klein, maar slim en stijlvol ontworpen, met Italiaanse tegels en glas. De O'Neils hadden smaak, en de afwerking was perfect.

Ze had het altijd een aangename badkamer gevonden, maar nu bleek die ook nog ongekende mogelijkheden te bieden. En Sean. Hier, in deze beperkte ruimte, was ze zich nog meer bewust van zijn pure kracht dan anders. Naar hem opkijkend, zag ze verlangen in zijn ogen gloeien en ze wist dat hij hetzelfde zag in die van haar.

'Regen. Maar niet koud, neem ik aan.' Hij draaide de kraan open, stelde de juiste temperatuur in.

Iedere beweging die hij maakte, was doelgericht en ze kreeg kriebels in haar buik en voelde haar bloed sneller gaan stromen toen hij haar een scheve grijns schonk en de zeep pakte. Met zijn grote, sterke handen streelde hij iedere vierkante centimeter van haar lijf, geen enkel stukje onberoerd latend, tot ze naar adem snakkend stond te kronkelen onder de stralen, haar vingers om zijn schouders geklemd.

Hij was al net zo lichamelijk ingesteld als zij. Net zo hartstochtelijk en ongeremd. Met traag voorspel zou het bij hen nooit iets gaan worden. Weer was de manier waarop hun monden elkaar troffen, meer een botsing dan een kus, zijn tong vurig en sensueel, met een enigszins ruwe toevoeging van zijn tanden, die ze als bijzonder opwindend ervoer.

Ze ademde zijn geur in, beroerde met haar handen zijn harde spieren en zijn stevige, glanzende huid, luisterde naar zijn zwoegende ademhaling. Toen hij haar optilde en zijn mond zich om haar borst sloot, liet ze haar hoofd achterover zakken, volkomen opgaand in alles wat er in haar gebeurde, in het genot dat ze met iedere langzame beweging van zijn vaardige tong voelde groeien. Ze sloeg haar benen om hem heen, voelend hoe opgewonden hij was, maar hij hield haar net te hoog om haar te kunnen geven wat ze wilde, waarnaar ze zo hevig verlangde.

'Nee…' Meer dan een grom tegen haar hals was het niet. 'Nog niet.'

'Ja, nu.' Ze begroef haar handen in zijn haar, plantte haar mond op de zijne en bewoog haar heupen, maar hij was sterker en hij hield haar stevig vast, het haar zodoende onmogelijk makend ontlading te zoeken voor de groeiende spanning in haar onderlijf.

'Ik wil je. Ik wil je steeds weer.' Hij drukte haar met haar rug tegen de muur, kuste haar lang en hard en draaide de kraan dicht. Nu was hun gejaagde ademhaling nog het enige geluid in de ruimte. 'Hoe laat ik dit gevoel ophouden? Vertel het me, want als dit zo doorgaat, kan ik maandag echt niet meer naar mijn werk.'

Met die woorden ontdeed hij haar van het zoveelste beschermlaagje, maar voordat ze een poging had kunnen doen dat te herstellen, had hij al een handdoek van het rek gegrist en haar erin gewikkeld, haar intussen nog steeds kussend. Dat zijn bewegingen enigszins ruw en ongecoördineerd waren, maakte het alleen maar opwindender. Dat deze normaal zo beheerste man bij haar alle controle leek te verliezen maakte haar helemaal gek, en ze hield zich voor dat zelfbescherming wel even kon wachten. Dat dit nog steeds gewoon seks was. Gewoon alleen maar seks.

Met de druppels water nog in zijn donkere haar tilde hij haar op en legde hij haar weer op het bed, naakt en nog een beetje vochtig. 'Kunnen je lakens tegen een beetje water?' Hij bleef haar maar kussen, met zijn mond een spoor over haar lichaam trekkend.

De spanning was nu bijna ondraaglijk. De chemie zo overweldigend dat haar buik ervan samentrok. Toen ze hem boven op zich trok, voelde ze hem even tegen zich aan, maar onmiddellijk draaide hij zich op zijn rug, zodat zij boven op hem zat.

Van langzaam aan doen kon geen sprake meer zijn, zo opgewonden als ze allebei waren. Ze zette haar nagels in zijn schouders en liet zich op hem zakken.

'Mijn god, Élise.' Hij maakte een kreunend geluid diep in zijn keel, begroef zijn handen in haar haar en trok haar hoofd naar het zijne. Toen zij haar tanden in zijn onderlip zette, deed hij bij haar hetzelfde, zijn ogen strak op de hare gericht, terwijl hij in haar bewoog.

Zijn ogen waren donker van rauw verlangen, zijn kaken strak, in een gezicht dat zo mooi was dat het bijna pijn deed om naar te kijken. Maar dat deed ze toch. Ze keek, net als hij. Niemand die zich verstopte, niemand die deed alsof, alleen maar diezelfde eerlijkheid die hun hele relatie had gekenmerkt. Ze voelde de vrije val inzetten, voelde hem reageren op de samentrekking in haar lichaam, hoorde de gekwelde kreun, waarmee hij de worsteling met zijn laatste restje zelfbeheersing verloor. Meedogenloze golven van genot sloegen door haar heen en hij smoorde haar kreet met zijn mond, terwijl ook hij de ultieme ontlading vond.

Weer duurde het een tijdje voordat ze een beetje waren bijgekomen. Volkomen leeg en uitgeput lag ze op zijn borst, zich maar al te bewust van zijn warme hand op haar rug, zijn beschermende arm om haar heen. Toen haar hartslag weer enigszins in de buurt van normaal kwam, probeerde ze te gaan verliggen, maar hij hield haar stevig vast en verschoof alleen even om het dekbed over hen heen te trekken.

Intiemer kon haast niet. Zoiets intiems had ze zichzelf sinds Pascal nooit meer toegestaan. Ze fronste haar voorhoofd en wilde zich al uit zijn armen losmaken en vragen of hij niet eens naar huis moest, toen hij zijn hoofd draaide, haar weer tegen zich aan trok en haar nogmaals kuste.

Hij kon ontzettend goed kussen. Hij wist precies hoe hij die mond van hem moest gebruiken om een vrouw van al haar wilskracht te beroven, en dat had hij bij haar inmiddels ook al vaak genoeg gedaan. Maar deze keer niet. Deze keer kuste hij haar zo teder, dat hij daarmee haar hele wereld op zijn kop zette.

Van haar stuk gebracht door gevoelens die ze niet kon benoemen, staarde ze in die verleidelijke blauwe ogen en voelde ze alles in zich smelten.

Het was wel duidelijk dat hij van plan was de hele nacht te blijven, en ze wist niet goed wat ze daarvan moest denken.

'Denk je nu echt dat samen in één bed slapen intiemer is dan datgene wat wij zojuist hebben gedeeld?'

Dat hij haar gedachten zo makkelijk kon lezen beangstigde haar.

'Ik doe het gewoon niet. En jij ook niet. Je blijft nooit slapen bij een vrouw.' Ze wist dat het aantal harten dat Sean had gebroken het aantal botten dat hij had gerepareerd, evenaarde. 'Je gaat er altijd weer vandoor. Iedere keer.'

'Lieverd, ik kan je vertellen dat ik op dit moment absoluut niet in staat ben waar dan ook naartoe te gaan.' Hij deed zijn ogen dicht, een glimlachje om zijn mond. 'Mijn lichaam weigert dienst.'

Paniek borrelde in haar op. 'Ik wil nog naar de badkamer.'

'Prima, als je maar gelijk weer terugkomt.'

Nadat ze zich uit zijn greep had bevrijd, liep ze naar de badkamer, zich afvragend of hij de gelegenheid zou aangrijpen er alsnog vandoor te gaan, terwijl zij niet in de kamer was.

Geschokt en verward als ze was, nam ze er de tijd voor in de badkamer. Tien minuten later kwam ze pas weer naar buiten. En zag Sean slapend op het bed liggen.

Hij lag breeduit, zijn armen en benen gespreid, zijn linkerarm boven zijn hoofd. De dikke, donkere wimpers die meestal op de tweede plaats kwamen, ná die blauwe ogen van hem, rustten op zijn gebruinde huid.

Besluiteloos bleef ze staan. Ze kon bij hem in bed kruipen, maar dat zou betekenen dat ze ook samen wakker zouden worden en daarmee zou hun relatie een heel andere, voor haar ongewenste, status krijgen.

Ze kon hem ook wakker maken en hem vragen naar Jackson te verkassen, maar hij was al in diepe slaap. Ze wist dat zijn werk veel van hem vroeg en dat de gebeurtenissen van de afgelopen weken ook hun tol moesten hebben geëist. Hij liet niets merken, absorbeerde stress en druk als een vloeipapiertje, maar die konden hun uitwerking toch niet hebben gemist. Ze kon hem onmogelijk wakker maken. Zo egoïstisch was ze niet.

Met een zucht besloot ze dat ze hem dus zou laten liggen, wat haar twee mogelijkheden gaf. Deze keer maakte ze de keuze met haar hoofd, het dekbed over hem heen trekkend, zodat hij het niet koud zou krijgen. Toen pakte ze een paar kussens en trok een deken uit de mand aan het voeteneind van haar bed, zichzelf veroordelend tot een nacht op de bank.

Hoofdstuk 17

Sean ontwaakte met de geluiden van vogels en van het meer en even bleef hij stil liggen, zijn hersens nog half in slaap, zijn lichaam zwaar. Het kostte hem een momentje helemaal wakker te worden en zich te realiseren waar hij was.
Heron Lodge.
In het bed van Élise.
Van Élise zelf was echter geen spoor te bekennen. Een enkele blik maakte hem duidelijk dat ze die nacht niet in haar eigen bed had geslapen. Hij was volkomen knock-out gegaan en zij had... ja, waar had zij eigenlijk de nacht doorgebracht?
'Shit.' Hij graaide zijn horloge naar zich toe, zag dat het over achten was en wist dat het al te laat was om lastige vragen van zijn tweelingbroer te ontlopen. Zich afvragend wanneer hij voor het laatst zlang had uitgeslapen, kwam hij zijn bed uit en ging op zoek naar Élise. Heron Lodge bleek echter verlaten. Op het aanrecht stond verse koffie, inmiddels koud geworden, het bewijs dat ze al een tijdje weg was.
Ze was niet blijven hangen voor lome ochtendseks, of zelfs maar een gesprekje achteraf. Dat zou een opluchting voor hem moeten zijn, maar tot zijn verbazing voelde dat niet zo.
Hij nam een hap van een van de zoete broodjes die op een bord lagen, moest wederom haar kundigheid bewonderen en warmde toen de koffie op. Pas toen hij de beker naar zijn lippen bracht, viel zijn oog op de keurig opgevouwen deken op de bank. Hij liet de beker weer zakken. Ze had op de bank geslapen?
Een hem onbekend schuldgevoel schoot door hem heen, samen met andere emoties die hem ook niet vertrouwd waren.
Bij het horen van voetstappen achter hem, draaide hij zich om en zag haar in de deuropening staan in het kortste sportbroekje dat hij ooit had gezien. Een band hield het donkere haar uit haar gezicht, en haar wangen gloeiden. Onmiddellijk stak het verlangen in zijn lijf weer de kop op. Wat ze ook aanhad, hij wilde haar.

'Waarom heb je op de bank geslapen?'
'Omdat jij in het bed lag.'
Als je bedacht dat ze de halve nacht meer dan innig verstrengeld hadden doorgebracht, klonk dat niet erg logisch. 'Het bed was groot genoeg voor ons allebei. Het was niet mijn bedoeling jou eruit te jagen. Nu voel ik me schuldig.'
'Waarom zou je je schuldig voelen over iets wat míjn beslissing was?' Ze liep de keuken in, deed de koelkast open en schonk een groot glas water in.
Sean vroeg zich af of zijn probleem zou zijn opgelost als hij dat over zich heen gooide. De spanning die om hen heen knetterde, was bijna ondraaglijk. Zijn hart ging als een gek tekeer. Hij was ongelooflijk opgewonden. Hij wilde haar tegen het aanrecht duwen en haar dat sportbroekje uittrekken. Hij wilde haar benen uit elkaar schuiven, haar proeven, zich in haar begraven. Hij wilde haar in zijn lip voelen bijten, haar tong in zijn mond voelen, haar handen op zijn huid. Hij wilde het vuur weer ervaren, erdoor worden verslonden. Maar hij wilde haar ook zien lachen, dat kuiltje in haar wang zien verschijnen, naar haar geheimen luisteren en zich warm voelen worden omdat ze hem een beetje begon te vertrouwen. Omdat hij degene was die door al die lagen heen had weten te breken. Hij wilde haar beschermen en haar ervan overtuigen dat niet alle mannen waren zoals Pascal. Hij wilde tegen haar zeggen dat ze iets goeds samen hadden.
Maar hoe kon hij dat nu zeggen? Wanneer was hij ooit goed voor een vrouw geweest? Zijn verleden was een aaneenschakeling van abrupt afgebroken relaties. Zodra het ziekenhuis belde, zodra een van zijn patiënten hem nodig had, liet hij alles uit zijn handen vallen en hij was niet bereid daarin verandering te brengen. Hij was niet bereid het offer te brengen dat nodig was om een relatie kans van slagen te geven.
Waarom stond hij hier dan nog?
Zich kennelijk niet bewust van alles wat er door hem heen raasde, dronk Élise het glas leeg, spoelde het af en zette het neer. Kalm. Koel. 'Ik moet gaan douchen en dan naar het restaurant. Bedankt voor een heerlijke avond, Sean. Het was leuk.'

Leuk? Dat was het? Dat was alles wat ze erover ging zeggen? Het was alsof hij een deur probeerde te openen met een sleutel die hij eerder had gebruikt, maar die plotseling niet meer leek te passen.

En hoe had hij de avond zelf ervaren? Hij had haar in een opwelling uitgenodigd, maar daarvan had hij in de uren die ze samen hadden doorgebracht, geen moment spijt gekregen. Ze waren vrienden, meer niet. Wat was er mis met vrienden die samen wat tijd doorbrachten? 'Ik weet dat je bang bent –'
'Ik ben niet bang. Waarom zou ik bang zijn? We hebben geen relatie. We weten allebei dat het gewoon seks was. Oké, seks in een bed voor de verandering.' Ze glimlachte. 'Maar het blijft gewoon seks. Je maakt je zorgen om niks. Ik hoop dat je een goede week hebt, Sean. Misschien zie ik je op de familieavond.'

'De tomaten zijn prachtig dit jaar.' Élise plukte er een, rook er even aan en legde hem toen in de mand aan haar arm. 'We zullen ze vanavond op het menu zetten in de Inn. Jammer dat het seizoen maar zo kort is.'
'Goed dat we Tom Anderson en zijn kassen hebben.'
'*Oui.*' Élise wierp een snelle blik op Elizabeth, zich afvragend hoeveel ze zou durven vragen. 'Echt een heel sympathieke man, Tom, vind ik. En het was erg aardig van hem tijd vrij te maken om ons in de tuin te helpen deze zomer. Ken je hem al lang?'
'Zijn vrouw en hij kwamen hier altijd op hun trouwdag eten. Zij is acht jaar geleden overleden. Het is een eenzame tijd voor hem geweest. Natuurlijk hebben we hier een vrij hechte gemeenschap, maar dat is toch niet hetzelfde als één speciaal iemand hebben. Daarom is hij vast ook zoveel met zijn groenten bezig.'
'We moeten hem steunen.' Élise plukte nog een tomaat, hopend dat haar instinct niet verkeerd was geweest. 'Als het zo druk blijft in het Boathouse als nu, zouden we onze bestelling voor sla en groenten wel kunnen verdubbelen.'
Elizabeth keek blij. 'De volgende keer dat hij hier is, zal ik het tegen hem zeggen. O, kijk, de platte peterselie ziet er goed uit, en de

munt ook. Zullen we deze week tabouleh op het menu zetten?' Ze plukte een takje en snoof de geur op. 'Michael hield altijd het meest van de winter vanwege de sneeuw, maar ik ben echt dol op de zomer in Vermont.'

'Ik ook. En doen we, tabouleh. Goed idee.'

'Hoe was je etentje met Sean?'

'Het restaurant zag er mooi uit. Het eten was goed. De wijn verrukkelijk.'

'En het gezelschap?'

Haar hart maakte een sprongetje. 'Het gezelschap was uiteraard ook goed. Sean is altijd bijzonder onderhoudend.'

'Hij komt tegenwoordig vaker thuis.' Elizabeth begon munt te plukken. 'Daar is Walter heel blij mee en voor Jackson helpt het echt. Dank je.'

'Waarom bedank je mij? Het komt toch niet door mij dat hij hier is?'

Elizabeth keek haar aan. 'Na de dood van Michael kwam hij niet meer thuis. Ik wist dat hij verdriet had, dat hadden we allemaal, maar natuurlijk wilde Sean er niet over praten. Hij toont zijn gevoelens niet makkelijk. Hij praat niet over persoonlijke dingen.'

Met haar had hij daarover wel gepraat. En zij had met hem gepraat. Over alles. Het was voor het eerst dat ze dat had gedaan. 'Het is altijd moeilijk iemand te verliezen van wie je houdt.'

'Ja.' Elizabeth schoof wat bladeren opzij en vond nog een tros tomaten, dieprood glanzend in het zonlicht. 'Ik weet niet hoe we die tijd ooit zijn doorgekomen. Het was alsof je door een donkere mist liep. We stommelden allemaal maar wat rond, trachtend onze weg te vinden, ons aan elkaar vastklampend.'

'Ja.' Daar was dat brok in haar keel weer. 'Dat vind ik zo mooi bij jullie. Dat is wat jullie een familie maakt, dat jullie één front vormen. Wanneer je valt, is er altijd iemand om je op te vangen.' Voordat ze op Snow Crystal was komen wonen, had ze dat niet gehad.

'Afgelopen kerst is alles veranderd. Kayla is erbij gekomen en ik ben bij jou in de keuken gaan werken.' Behoedzaam plukte Elizabeth de tomaten. 'Ik denk echt dat dat mijn redding is geweest. Jij bent mijn redding geweest.'

Nu had ze niet alleen een brok in haar keel, maar ook nog tranen in haar ogen. 'Het was Kayla's idee.'

'Maar jij hebt me in de keuken én in je team opgenomen.'

'Daar ben ik alleen maar beter van geworden. Je bent heel goed. Nu kan ik zelfs af en toe vrij nemen.'

'Wat jij voor Snow Crystal hebt gedaan – eerst de Inn en nu het Boathouse – is fantastisch. Dankzij jou is de Inn weer uitverkoren als beste restaurant. Een tijdlang heb ik serieus gedacht dat we het bedrijf zouden kwijtraken. Maar Jackson, Tyler, Kayla en jij hebben het met zijn allen van de rand van de afgrond weten te trekken.'

Élise zei maar niet dat het nog steeds zo dicht bij die rand stond dat ze geen van allen echt rustig konden slapen. 'Het gaat zeker alweer een stuk beter. Veel hangt van de winter af, denk ik. We hebben een goed seizoen nodig.'

'Je hebt niet alleen het bedrijf geholpen. Je hebt ook de familie weer bij elkaar gebracht. Door jou te helpen met dat terras was Sean gedwongen hier meer tijd door te brengen. Dat is voor iedereen goed geweest. Ik heb het gevoel dat de complete familie nu eindelijk aan het helen is. Ik zag zijn auto vanochtend bij Alice en Walter staan en ik weet dat hij een cadeau voor zijn grootvader heeft geregeld, dat hopelijk met open armen ontvangen zal worden.'

'Een cadeau?'

'Iets om Walter te helpen. Ik weet dat Sean zich zorgen om hem maakt, al laat hij dat niet blijken. Zo is hij altijd geweest. Tyler ontplofte wanneer hem iets dwarszat, Jackson dacht erover na en praatte er dan over, maar Sean, die hield het altijd voor zichzelf. Hij is altijd de piekeraar geweest. Ik ben blij dat hij is blijven slapen. Ik maak me altijd zorgen wanneer hij naar Boston terugrijdt, terwijl hij moe is.'

Elizabeth aarzelde even, wierp haar een snelle blik toe. 'Élise, ik weet dat het me niets aangaat –'

'Jij mag alles tegen me zeggen.'

'Ik hou zielsveel van mijn zoons, maar daarom zie ik nog wel hoe ze zijn. Wat zijn werk betreft, is Sean altijd heel doelgericht geweest.

Het enige wat hij ooit heeft willen zijn, is arts. Dat zag ik al toen hij nog heel jong was. En ik ben trots op hem, maar soms maak ik me ook zorgen, ja, omdat ik graag zou zien dat er meer in zijn leven is om trots op te zijn dan alleen een carrière. Een leven heeft behoefte aan evenwicht. Dat is er niet in dat van hem. En ik weet niet of dat ooit wel zal komen.'

'En dat vertel je mij, omdat...'

'Omdat je de afgelopen twee jaar als een dochter voor me bent geworden, net zoals hij mijn zoon is, en ik wil niet dat je gekwetst wordt.'

De adem stokte haar in de keel. Tranen glinsterden aan haar wimpers. 'Elizabeth –'

'Misschien heb ik het mis en is er helemaal niets aan de hand, maar als er wel iets aan de hand is, dan... nou ja, ik wil niet dat hij je kwetst.'

'O, *bah*, nu maak je me echt aan het huilen.' Élise zette haar mand neer en omhelsde Elizabeth, haar ogen dichtknijpend in een poging de tranen tegen te houden. 'Ik hou ook heel veel van jou. En van Alice, en van Walter, en van die lieve Jackson. En van Kayla, van Brenna, en zelfs van Tyler, al zou ik soms willen dat hij zijn ogen eens opendeed. Ik bof echt enorm dat ik hier mag wonen en werken. En ik zal niet worden gekwetst.' Dat was onmogelijk. Daarvoor beschermde ze zichzelf te goed. 'Sean en ik, we lachen samen, we praten, en ja, we doen soms ook andere dingen die ik niet met zijn moeder zal bespreken, maar je hoeft je geen zorgen te maken. Al ben ik daardoor wel geroerd. En ik ben ook blij dat Sean vaker naar huis komt. Daar doet hij goed aan. Hij heeft een heel bijzondere familie.'

En zij maakte deel uit van die familie. Dat kon niemand haar afnemen.

Ze vroeg zich af of Sean al met Walter aan het praten was. Of hij eindelijk die breuk aan het repareren was, die hem de afgelopen jaren hier had weggehouden. Ze hoopte het oprecht. En als hij een cadeau had meegenomen, zou dat misschien het begin worden van een heel nieuwe fase in hun relatie.

'Wat moet dat in vredesnaam voorstellen?' Walter staarde naar het apparaat dat midden op de binnenplaats stond.
'Een houthakmachine.' Sean keek er tevreden naar. Het had hem heel wat tijd en hoofdbrekens gekost voordat hij had geweten wat hij moest kopen, en vervolgens ook nog vele uren onderzoek om het perfecte model te vinden. 'Die heb ik hier laten afleveren.'
'Waarom? Voor wie?'
'Voor jou.' Voor een keer negeerde hij de trillende telefoon in zijn zak. Wie het ook was, moest maar even wachten. Dit gesprek was belangrijker dan welk telefoontje dan ook. 'Het is een cadeautje, opa. Zodat je niet meer met een bijl in de weer hoeft.'
'Wil je zeggen dat ik niet meer in staat ben dat met een bijl te doen? Denk je dat ik een watje ben of zo?'
'Nee.' Sean fronste zijn voorhoofd. 'Ik denk alleen dat je een beetje voorzichtig met jezelf moet zijn, meer niet.'
'Ik bepaal zelf wel wat ik wel en niet doe.' Met een bedenkelijke blik liep Walter om het apparaat heen. 'Wat heeft dat ding je gekost?'
'Het is een cadeau, dus de prijs doet er niet toe. En dat ding klieft houtblokken doormidden alsof het niets is.'
'Ik ook.' Zijn grootvader schonk hem een felle blik. 'Dat deed ik al voordat jij werd geboren.'
'Dan wordt het misschien tijd het wat rustiger aan te gaan doen.'
'Ik wil het helemaal niet rustiger aan doen. Dat is ook nergens voor nodig. Stuur dat ding dus maar weer terug naar waar het vandaan komt, en zorg dat je je geld terugkrijgt.'
In stilte probeerde Sean deze schok te verwerken. Het was geen moment bij hem opgekomen dat zijn cadeau niet welkom zou zijn. Natuurlijk kon hij regelen dat de machine weer werd opgehaald en kon hij zijn stijfkoppige grootvader met zijn bijl laten zwaaien tot hij er dood bij neerviel. Eén telefoontje zou genoeg zijn.
Hij had zijn best gedaan. Hij had het geprobeerd. Als zijn grootvader het niet wilde, kon hij er verder ook niets aan doen. Zijn vingers sloten zich al om zijn telefoon, maar toen zag hij ineens weer voor zich hoe bleek en stilletjes Walter in dat ziekenhuisbed had gelegen,

Alice op een stoel naast hem, weigerend te vertrekken. Hij dacht aan zijn moeder en aan Jackson, maar vooral ook aan Élise.

Élise, die bij zijn grootvader was geweest, toen hij in elkaar zakte. Élise, die zijn familie als de hare beschouwde.

Ik hou van je, Walter.

Niet in staat haar stem uit zijn hoofd te krijgen, haalde hij zijn hand weer uit zijn zak en rechtte zijn schouders. 'Dat doe ik niet. Ik stuur hem niet terug.'

'Dan blijft dat verdomde ding hier staan roesten, want ik ga hem echt niet gebruiken. Ik gebruik mijn bijl, zoals ik altijd heb gedaan.'

'Je hebt het niet eens geprobeerd.'

'Iets wat ik niet nodig heb, hoef ik ook niet te proberen.'

Koortsachtig zocht Sean naar een overtuigend argument, maar hij kon niets bedenken. 'Alsjeblieft, opa...' Hij moest moeite doen zijn emoties onder controle te houden. 'Gebruik hem nu maar. Doe voor één keer alsjeblieft gewoon wat ik je vraag.'

'Geef me één goede reden waarom ik dat zou doen.'

'Omdat je ons de stuipen op het lijf hebt gejaagd!' Dat was niet wat hij van plan was geweest te zeggen, maar dat had hij nu dus toch gedaan. Alle te lang opgekropte woede en frustratie kwamen eruit. 'Verdomme, opa, ik heb je afgelopen winter voortdurend aan je kop gezeurd omdat ik vond dat je je een keer moest laten nakijken. En heb je dat gedaan? Nee. Je bent zo verdomde koppig, zo...' Hij pakte zijn neusbrug beet met duim en wijsvinger, zichzelf dwingend diep adem te halen en genoeg te kalmeren om zijn gevoelens duidelijk onder woorden te kunnen brengen. 'Weet je hoe ik me voelde toen Jackson me belde om te zeggen dat je in elkaar was gezakt? Alsof dat telefoontje over papa zich herhaalde. Van de rit van Boston naar het ziekenhuis herinner ik me helemaal niets meer. Alleen dat mijn benen wel pudding leken, en dat ik maar bleef denken dat, mocht je doodgaan... mocht je doodgaan, dan zou ik...' Zijn stem brak en hij maakte zijn zin niet af. Hij stond met zijn handen tot vuisten gebald, zijn gevoelens zichtbaar voor iedereen.

Zwijgend staarde zijn grootvader hem aan. Toen schraapte hij zijn

keel. 'In die toestand had je niet in zo'n auto als die van jou moeten rijden. Je had wel een ongeluk kunnen krijgen.'
 Sean lachte ongelovig. 'En daarom stuurde je me terug naar Boston?'
 'Nee. Dat zei ik, omdat ik dacht dat jij hier helemaal niet wilde zijn.' Naar de grond starend slaakte Walter een diepe zucht. 'Ik weet dat je sinds dat ongeluk van je vader niet bepaald graag meer naar huis kwam, en ik wilde niet dat je je daartoe gedwongen voelde door mij. En ik wilde je niet bij je werk weghouden, dat zo belangrijk voor je is.'
 'Natuurlijk is mijn werk belangrijk, maar niet belangrijker dan bij mijn familie zijn tijdens een crisis. Dacht je dat ik gewoon zou blijven werken, terwijl jij in het ziekenhuis lag? We zijn ons allemaal doodgeschrokken. Daarom heb ik die houthakmachine voor je gekocht, in de hoop dat je je wat meer in acht zou gaan nemen. En ik stuur hem niet terug. Je gaat hem gewoon gebruiken, al moet ik je aan het verdraaide ding vastbinden.'
 Hij bereidde zich voor op een langdurige discussie. Een onenigheid die hun toch al beschadigde relatie alleen nog maar meer deuken zou bezorgen.
 In plaats daarvan zei zijn grootvader: 'Ik wist niet dat je er zo over dacht. Ik wist niet dat je je zorgen maakte om mij.'
 'Nou, dat weet je dan nu.' Sean haalde zijn vingers door zijn haar, kwaad op zichzelf omdat hij zich niet had kunnen beheersen. 'Het spijt me dat ik zo tekeerging tegen je. Geloof het of niet, ik was eigenlijk gekomen om mijn excuses aan te bieden.'
 'Je excuses? Waarvoor?'
 De woorden bleven steken in zijn keel. De emoties in zijn borst. 'Voor al die dingen die ik tegen je heb gezegd op de begrafenis van papa. Ik ging te ver. Ik ging veel te ver.'
 Zijn grootvader rechtte zijn rug een beetje. 'Je was van streek.'
 'Dat is geen excuus. Je had moeten zeggen dat ik mijn mond moest houden, je had terug moeten schreeuwen of zo. Waarom heb je dat niet gedaan?'
 Het bleef even stil. Toen liet zijn grootvader zich op het bankje

zakken, zijn handen op zijn knieën. 'Omdat je kapot was van verdriet.' Zijn stem trilde. 'Dat waren we allemaal. Je wilde iemand de schuld geven en dat begreep ik maar al te goed, omdat ik dat zelf ook deed. Dat gebeurt nu eenmaal als je iemand verliest. Je bracht onder woorden wat ik zelf al dacht: het wás mijn schuld.'

'Nee. Nee, dat was het niet.'

'Misschien niet helemaal, maar in ieder geval deels.'

'Dat is niet waar.' Seans stem klonk rauw. 'Dat had ik mis. Ik had zoveel dingen mis. En ik had dat nooit mogen zeggen.'

'Je was je vader kwijtgeraakt.'

'En jij je zoon.'

'Ja.' Walter staarde naar de bergen in de verte. 'In mijn vroegste herinnering ben ik bij het meer aan het spelen met mijn vader. Deze plek betekende alles voor hem, en voor mij ook. Ik piekerde er niet over iets anders te gaan doen. Het was mijn zuurstof, mijn droom. Toen ontmoette ik je grootmoeder en zij dacht er precies hetzelfde over. Het was geen manier van leven, het wás een leven. Het is geen moment bij me opgekomen dat mijn zoon dat leven niet zou willen.'

'Papa was ook dol op deze plek.'

'Maar niet op het bedrijf. Daarmee wilde Michael eigenlijk niets te maken hebben.'

Sean dacht aan het gesprek dat hij met Jackson had gehad. 'Maar dat zei hij niet tegen je. Dat heeft hij nooit gezegd.'

'Hij probeerde te zijn wat ik wilde dat hij was. Hij wilde mij niet in de steek laten.' Walters stem was hees geworden. 'Ik had het moeten weten. Ik was zo gefocust op wat ik wilde, dat ik nooit heb gevraagd wat hij wilde.'

'Het is goed om gefocust te zijn. Goed om ergens een passie voor te hebben.'

'Niet wanneer die passie je blind maakt.'

'Hij had iets kunnen zeggen. Hij had iets móéten zeggen.'

'Misschien. Maar zou ik hebben geluisterd? Ik denk graag van wel, maar ik weet het niet zeker. Dit bedrijf is geen makkelijke last om te dragen, dat weet ik.'

'Jackson vindt het hier heerlijk.'

'Ja. Dat is wel een geruststellende gedachte.'
Sean ging naast zijn grootvader zitten, hun schouders tegen elkaar. 'Ik ben van plan vaker thuis te komen.'
'Dat zal je grootmoeder fijn vinden.'
Sean draaide zijn hoofd om zijn grootvader aan te kijken. 'En hoe zou jij dat vinden?'
Walter schraapte zijn keel. 'Ik denk dat ik dat ook wel fijn zal vinden, ja. Maar alleen als je het zelf graag wilt.'
'Dat wil ik ook. Ik had je al veel eerder mijn excuses moeten aanbieden, in plaats van gewoon weg te blijven. En ik had moeten zeggen... ik bedoel, ik had je waarschijnlijk vaker moeten vertellen dat... Ik hou van je, opa. Shit.' Hij streek met zijn hand over zijn gezicht. 'Niet te geloven dat ik dat heb gezegd. Goddank is Tyler niet in de buurt.'
'Goddank is je grootmoeder niet in de buurt, met die ruwe taal van jou.' Er viel een lange stilte, gevolgd door een nogal beverig lachje van zijn grootvader. 'Ik hou ook van jou. Ik dacht dat je dat wel wist.'
Sean dacht aan Élise. 'Soms is het goed dingen hardop te zeggen, zodat ze voor iedereen duidelijk zijn. Makkelijk is dat echter niet.'
'Je hebt het nooit makkelijk gevonden over je gevoelens te praten. Ik ook niet.'
'Grappig dat je dat zegt. Élise vindt dat wij op elkaar lijken.'
Zijn grootvader glimlachte. 'Slimme meid. En sterk. Net als Kayla. Zij en Jackson blazen het resort nieuw leven in, en dat is goed. Nu ze hier fulltime komt wonen, zal het alleen maar beter worden.'
'Ik maak me wel een beetje zorgen over Kayla. Ze heeft heel wat moeten opgeven om hier te komen wonen en werken.'
'Vind je?' Walter hief zijn hoofd om een vlucht vogels na te kijken. 'Ik denk dat ze er meer voor terugkrijgt dan ze heeft opgegeven.'
'Ze werkte voor een vooraanstaand publicrelationsbureau in New York. Ze had een carrière.'
'En nu werkt ze samen met de man van wie ze houdt, met wie ze een toekomst plant. Voor een gelukkig leven heb je meer nodig dan alleen werk. Er moet evenwicht zijn. Ik heb geboft. Voor mij zijn

mijn werk, mijn huis en mijn familie met elkaar vervlochten. Ik heb het allemaal bij elkaar. Jij hebt een fantastische carrière, daar twijfel ik niet aan, maar daarvoor moet je wel een verdomd hoge prijs betalen. Verdomd veel opofferen. Je moet wel heel zeker weten dat dat het waard is.'

'Opofferen?' Verbaasd keek Sean hem aan. 'Ik hoef helemaal niets op te offeren. Ik hoef alleen maar aan mezelf te denken. Ik kan zoveel tijd in het ziekenhuis doorbrengen als ik wil, zonder dat iemand vraagt hoe laat ik thuiskom.'

Zijn grootvader staarde naar de groene bossen, omlijst door de blauwe lucht. 'Klinkt als een nogal eenzaam leven.'

'Ik heb voortdurend mensen om me heen.'

'Maar geven die mensen ook om jou? Zou het ze iets kunnen schelen als je ter aarde stortte en niet meer overeind kon komen? Lachen ze samen met jou en houden ze je 's nachts warm? Zitten ze naast je ziekenhuisbed om je hand vast te houden? Zijn ze er over zestig jaar ook nog voor je?' De stem van zijn grootvader trilde. 'Doen die mensen dat allemaal?'

Verbijsterd staarde Sean hem aan. 'Opa –'

'Liefde is geen opoffering, het is een geschenk. Maar jij bent bang en dat begrijp ik. Het vraagt moed toe te geven dat je verliefd bent.'

'Ik ben niet verliefd.' Sean fronste zijn voorhoofd. 'Waarom zeg je dat? Om te beginnen heb ik helemaal geen tijd om een relatie op te bouwen. Er is niemand met wie ik...' Hij maakte zijn zin niet af, klemde zijn kaken op elkaar. 'Je insinueert toch niet –'

'Ik insinueer helemaal niets. Ik kijk wel uit.'

Het was geen liefde.

'Élise en ik hebben samengewerkt, meer niet.'

'Prima.' Walter hees zich overeind en ging de machine eens van dichterbij bekijken, terwijl Sean geïrriteerd naar hem bleef zitten staren.

'Dat terras heb ik afgemaakt omdat ik bij jou en oma in de buurt wilde blijven. Met Élise had dat niets te maken.'

'Heel attent van je. Dat hebben we allemaal bijzonder gewaardeerd. En het was ook heel attent van je met haar te gaan kamperen.'

Sean klemde zijn kaken op elkaar. 'Tyler had het druk.'

Hij dacht een glimlach bij zijn grootvader te bespeuren, maar toen hij weer keek, stond Walter aandachtig naar zijn nieuwe speeltje te kijken. 'Zit er ook een gebruiksaanwijzing bij?'

Het was geen liefde. Echt niet. Het was een ernstig geval van lust, met een heleboel graag mogen en een flinke dosis lachen. 'Ze wil geen relatie. Ik ook niet.'

'Zo te horen passen jullie perfect bij elkaar.'

Ze pasten perfect bij elkaar? Het zweet brak hem uit. Hij dacht aan Élise, ademloos lachend in de regen. Knuffelend met zijn grootvader. Dansend op het terras. Rukkend aan zijn overhemd. Hij dacht aan haar benen, haar hartstocht, haar warme aard, het kuiltje in haar wang, haar mond. O, god, die mond. De mond die hij maar al te graag de rest van zijn leven zou kussen.

Nee!

Het was geen liefde. Echt niet. Echt niet.

Zijn hart ging als een gek tekeer. Hij kreeg geen lucht. Had het benauwd.

Hij staarde naar zijn trillende handen en realiseerde zich dat hij nog nooit zo in paniek was geweest. Zelfs niet wanneer hij wist dat hij iemands leven in zijn handen had. Zijn werk was iets, waarvoor hij lang en hard had gestudeerd, maar dit? Dit was iets, waarop hij zich op geen enkele manier had kunnen voorbereiden.

Hij dwong zich langzaam te ademen, en kalm en analytisch te denken. 'Ik ben niet verliefd, opa. En ik ga ook niet doen alsof, alleen om jou een plezier te doen. Ik moet terug naar Boston.' Hij stond op, viste zijn sleutels uit zijn zak. Liet ze vallen. Vloekte binnensmonds toen zijn grootvader zijn wenkbrauwen optrok.

'Gaat het wel goed met je? Normaal gesproken heb je de meest vaste hand die ik ooit heb gezien.'

'Het gaat prima. Maar ik heb een drukke week voor de boeg. Ik moet nog het een en ander inhalen.' En in Boston zou niemand tenminste belachelijke dingen insinueren.

'Rij voorzichtig. Je grootmoeder maakt zich ongerust om je.' Wal-

ter wreef over zijn nek. 'Soms denk je dat je iets niet wilt, en dan blijkt dat je het helemaal mis hebt gehad. Is jou dat ooit overkomen?'
'Nee.' Sean knarsetandde. 'Ik hou niet van haar.'
'Ik had het over mijn houthakmachine.' Zijn grootvader wierp een blik op zijn nieuwe speeltje. 'Waarover had jij het?'
Sean had het gevoel alsof hij gewurgd werd. 'Ik moet gaan.'

Hoofdstuk 18

Glimlachend draaide Élise een sjaal om haar nek en deed wat eenvoudige sieraden om. Het was familieavond en Sean kwam naar huis. Als iemand aan het begin van de zomer tegen haar had gezegd dat hij een familieavond zou bijwonen, zou ze dat niet hebben geloofd. Nu hij het had goedgemaakt met zijn grootvader, leek het echter een logische volgende stap om meer tijd op Snow Crystal door te brengen.

'*Et donc*, zelfs twee extreem koppige mannen kunnen er uiteindelijk toe worden overgehaald met elkaar te praten.' Met een stralende glimlach keek ze in de spiegel en deed wat lipgloss op haar lippen, blij dat de familie O'Neil in rustiger vaarwater was gekomen. Het Boathouse was een succes, de financiële situatie van het resort was misschien nog niet geweldig maar wel stabiel, Walter was ontspannen, Alice was ook weer de oude en Elizabeth ging opgewekter door het leven.

En wat haarzelf betrof... Haar hart begon een beetje sneller te kloppen. Dat etentje was nu een week geleden en ze had niets meer van Sean gehoord, maar daar zat ze niet mee. Hij had ook niets van haar gehoord. Zo'n soort relatie hadden ze niet. Ze genoot van zijn gezelschap – welke vrouw zou daarvan niet genieten? – en hun vriendschap was gedurende de zomer wel uitgegroeid tot iets wat ze nooit had kunnen voorzien, maar dat was gewoon omdat ze zoveel tijd samen hadden doorgebracht.

Ze vond het fijn voor Walter dat hij naar de familieavond kwam. Haar maakte het niet uit. Nadat ze zichzelf daarvan had overtuigd, liep ze de trap af naar de keuken, maar kwam abrupt tot stilstand toen ze hem in de deuropening zag staan. De bovenste knoopjes van zijn overhemd waren open en in zijn ogen lag een vermoeide blik.

'Sean! Ik had je hier niet verwacht. Ik was onderweg naar het huis. Goede reis gehad?'

'Lang en warm. Mag ik binnenkomen?' Zonder op haar antwoord

te wachten, en zo te zien nogal gespannen, liep hij haar keuken in en deed de deur achter zich dicht. 'Hoe is het hier? Alles goed met opa?'

'Het gaat heel goed met hem. En met de rest ook wel, volgens mij. Een beetje drukker dan normaal. De Inn zit de komende drie weken vol, het Boathouse loopt prima en Jackson zegt dat het aantal reserveringen voor de winter in de lift zit.' Ze vroeg zich af waarom hij zo ver bij haar vandaan bleef staan en besefte toen dat ze zich aanstelde. Hij was naar huis gekomen voor de familieavond, niet voor stomende seks in het bos. 'Kayla is heel blij met de publiciteit in de media en ze is bezig een gastoptreden voor me te regelen in een kookprogramma op de plaatselijke televisiezender.'

'Dat is heel mooi.'

'Ja, en ik moet proberen geen *merde* te zeggen, anders vermoordt Kayla me.' Ze had het gevoel dat hij niet echt luisterde naar wat ze zei. 'Walter is in zijn nopjes met zijn houthakmachine. Dat was een slimme keus van je. En Elizabeth is heel blij met de hulp van Tom in de tuin.' Ze vroeg zich af hoe Sean zou reageren op dat nieuws, maar hij bleef uit het raam naar het meer staan staren.

'Mooi,' zei hij slechts.

Ze bekeek hem eens aandachtig van opzij, onwillekeurig zijn rechte neus en sterke kaaklijn bewonderend. 'Is er iets?'

'Nee. Ja.' Hij draaide zich om, keek haar aan. 'Laten we naar buiten gaan.'

Haar blik ging van hem naar de deur. 'Net wilde je nog naar binnen.'

'Ik ben van gedachte veranderd. Ik wil dit buiten doen.'

'Wat wil je doen?'

Maar hij liep al naar de deur.

Ze ging achter hem aan, niet goed wetend wat ze ervan moest denken. 'Wat is er? Heeft dit met de familieavond te maken? Kun je de druk niet aan? Heb je een zware dag op je werk gehad?'

'Nee, en nee.' In een paar stappen was hij aan de rand van het terras, waar hij zijn handen om het gladde hout van de balustrade klemde. Heel even bleef hij naar het water staan staren, een paar keer diep ademhalend. Toen zei hij: 'Ik heb mezelf voorgehouden dat dit mij niet kon overkomen. Dat heb ik altijd geloofd.'

'Wat kon jou niet overkomen?'

'Ik weigerde de waarheid onder ogen te zien omdat ik dat eng vond.'

'Welke waarheid? Wat vond je eng?' Frustratie vermengde zich met ergernis en de angst dat de relatie met zijn grootvader, nog steeds kwetsbaar, op het punt stond weer uit elkaar te spatten. 'Ik begrijp geen woord van wat je zegt. *Merde*. Ik gooi je het meer weer in, hoor, als je niet wat duidelijker wordt.'

'Ik dacht niet dat ik dit wilde.'

'Wát wilde je niet? Je praat wartaal en ik ben hier de buitenlander.'

'Ik wilde niet verliefd worden. Dat heb ik nooit gewild. Ik dacht dat dat mij niet zou overkomen.'

Het was heel stil. Af en toe scheerde er een vogel over het water. 'Wat –'

'Ik hou van je.' Alles aan hem was gespannen. Zijn kaken. Zijn schouders. 'Jezus, vóór deze zomer had ik dat nog nooit gezegd, en nu zeg ik het ineens de hele tijd.'

'Hoezo zeg je dat ineens de hele tijd?'

'Ik heb het tegen opa gezegd.'

'Natuurlijk.' Een gevoel van opluchting maakte zich van haar meester. 'Goed zo. Je houdt van hem. Ik dacht heel even dat je het tegen mij zei.'

'Dat deed ik ook. Dat doe ik ook.'

Verbijsterd staarde ze hem aan, zich afvragend of ze het verkeerd had begrepen. Of dit een taaldingetje was. 'Je hóúdt van me? Welnee.'

'Toch wel.' Zijn ogen zochten de hare en zijn stem was zacht. 'Ik hou van je, Élise.'

'Wát? *C'est pas vrai*. Je hebt het mis.' Paniek sluimerde vlak onder de oppervlakte. 'Probeer je me gek te maken of zo?'

Hij lachte kort. 'Geloof me, ik maak mezelf de hele week al gek.'

'De hele wéék?'

'Sinds opa erover begon.'

'Je grootvader –'

'Hij wist het. Hij weet het.'

Ze ontspande een beetje. Eindelijk was er een verklaring voor zijn vreemde gedrag. 'Godzijdank. Het is gewoon een van Walters bemoeizuchtige acties. Hij heeft je onder druk gezet en je daarmee in verwarring gebracht.'

'Nee. Deze keer niet. Hij heeft me alleen aan het denken gezet over bepaalde dingen, meer niet. En ik voel me ook niet verward. Mijn gevoelens zijn juist kristalhelder.'

De paniek was terug en werd alleen maar groter. 'Hij heeft wel degelijk druk op je uitgeoefend, subtiele druk. Je weet hoe goed hij daarin is. Gewoon geen aandacht aan schenken, zoals je al dertig jaar doet.'

'Dit gaat niet om hem. Het gaat om mij. En om jou.' Hij keek haar recht in de ogen. 'Ik weet dat ik van je hou. En volgens mij hou jij ook van mij.'

O, god. 'Dat is niet zo. Natuurlijk is dat niet zo.'

Dat kon ze niet. Dat mocht ze niet. Dat zou haar nooit meer overkomen.

Hij wendde zijn blik geen moment af. 'Weet je dat zeker?'

'Natuurlijk weet ik dat zeker. Wat ongelooflijk arrogant, te denken dat ik zelf niet weet wat ik voel. Jij bent zo gewend de vrouwen voor het uitkiezen te hebben, dat je je gewoon niet kunt voorstellen dat een van hen niet dezelfde gevoelens voor jou koestert als jij voor haar.' Haar handen trilden en ze sloeg haar armen om zich heen, zich afvragend waarom ze het ineens zo koud had.

Liefde? Echt niet. Dat zou haar echt nooit meer gebeuren.

'Élise, je was zo jaloers toen je dacht dat ik met die verpleegster naar bed was geweest, dat je geprobeerd hebt me te verdrinken én me knock-out te gooien.'

'Dat was omdat ik dacht dat je Sam in de steek had gelaten. Misschien heb ik een beetje te heftig gereageerd. Een klein beetje maar. En als je echt verliefd op me bent, wat ik betwijfel, spijt me dat, maar ik heb je nooit enige reden gegeven te denken dat deze relatie ergens toe zou leiden.' Ze praatte zo snel dat de woorden over elkaar heen tuimelden. 'Voor mij is het nooit meer dan een vluchtige zomerflirt geweest. Voor jou ook, dacht ik.'

'Een vluchtige zomerflirt? Lieve schat, dat vluchtige was er weken geleden al af. Sterker nog, dat was er vorige zomer al af, nadat we een hele nacht samen hadden doorgebracht.'

'Dat was gewoon seks.'

'Misschien. Maar wat we nu hebben, is veel meer dan dat, en dat weet jij ook.'

'Nee. Dat weet ik niet. Voor mij is het niet meer dan seks.' Haar hart ging als een gek tekeer. Haar mond was droog.

'De beste momenten van deze zomer waren de momenten die ik met jou heb doorgebracht.'

'Ja, omdat de seks geweldig is en je hersens heeft aangetast.' Ze deed een paar stappen achteruit. 'Misschien dat je beter een paar dagen niet kunt opereren. Je bent jezelf niet. Waarom zeg je dit allemaal? Wij zijn uit hetzelfde hout gesneden. Geen van beiden wilden we dit. Daarom ging het ook zo goed tussen ons.'

'Is het ooit bij je opgekomen dat het zo goed gaat tussen ons omdat we elkaar graag mogen? We maken elkaar aan het lachen. We kunnen niet lang samen in één ruimte zijn, zonder de kleren van elkaars lijf te willen rukken.'

'Dat is gewoon een bepaalde chemie.'

'Gewoon?' Hij trok een wenkbrauw op. 'Ik denk voortdurend aan je.'

'Dat is heel normaal. Mannen denken iedere zes seconden aan seks.'

'In dat geval heb ik een probleem, want bij mij is het iedere twee seconden. En dan heb ik het niet over seks. Ik heb het over jóú. Ik denk iedere twee seconden aan jóú. Hoe je lacht, hoe je praat, hoe je loopt. Alles.'

'Dan gaan we naar binnen, hebben seks, gaan daarna naar de familieavond en vergeten alles.'

'Ik ga dit niet vergeten, Élise. Dit gaat niet weg. Wat ik voor je voel, zal niet veranderen. Ik vind het heerlijk bij je te zijn. Ik hou van wie je bent. Ik hou van je hartstocht. Ik hou van je loyaliteit en van je liefde voor mijn familie. Ik hou zelfs van dat deel van jou, dat me in het meer wil gooien.' Hij haalde eens diep adem. 'Ik hou van jou en ik geloof echt dat jij ook van mij houdt.'

'Dat is niet zo! Ik word nooit meer verliefd. Nooit meer. Dat heb ik je verteld. Dat wist je. Ik kan het niet.'

'Ik weet dat je dat niet wilt, en ik begrijp dat je bang bent.' Zijn stem had een tedere klank. 'Ik weet dat je door een hel bent gegaan en dat je leven aan duigen lag. Ik begrijp dat je je daardoor kwetsbaar voelt, en vastbesloten bent jezelf te beschermen, maar wil je Pascal echt de rest van je leven laten verpesten?'

'Verpesten? Ik heb een prima leven. Ik ben nog nooit zo gelukkig geweest.'

'Je lift dus liever mee met mijn familie, dan dat je de kern van je eigen familie vormt?'

Er vormde zich een brok in haar keel. 'Ik hou zielsveel van je familie.'

'En zij van jou. Maar iedere avond ga je naar je eigen huis en slaap je alleen. Je verdient het het leven ten volle te leven, te genieten van alles wat het te bieden heeft, in plaats van je hier te verstoppen, zodat je niet zult worden gekwetst.'

Ze kreeg bijna geen adem meer. Het was of alle zuurstof uit de lucht was verdwenen. 'Ik vind het echt heel moeilijk dit tegen je te moeten zeggen omdat ik je geen pijn wil doen, en omdat ik weet hoe moeilijk het voor jou moet zijn geweest dat tegen mij te zeggen, maar ik hou niet van je. Ik hou niet van je en daarover ga ik niet tegen je liegen.'

'En liegen tegen jezelf?' Zijn stem klonk nu rauw. 'Ben je daartoe wel bereid?'

'Ik lieg niet. Ik ben volkomen eerlijk geweest over mijn gevoelens. Jij bent degene die is veranderd.'

'Ja, ik ben veranderd, ja. Maar dat geef ik ook toe en daar doe ik ook iets mee. Jij verstopt je alleen maar. Wanneer je eraan toe bent dat toe te geven, zie ik je wel verschijnen.'

Toen hij aanstalten maakte weg te lopen, deed ze een stap in zijn richting. 'Wacht! Je kunt niet zomaar… Waar ga je naartoe? Het is familieavond.' Ze kon niet geloven dat een avond waarnaar ze zo had uitgekeken, al afgelopen was voordat hij was begonnen.

'Ik ben plotseling niet meer zo in de stemming voor een familieavond.'

'Maar Alice heeft zich enorm op jouw komst verheugd. Iedereen zal er zijn: je grootvader, Tyler, Jess, je moeder... en ik ben er ook.'
Het duurde even voordat hij zijn hoofd naar haar omdraaide en haar aankeek. 'Denk je dat dit makkelijk voor mij was? Dat het niets te betekenen had? Denk je nu echt dat ik jou kan vertellen dat ik van je hou, en vervolgens aan de keukentafel kan gaan zitten doen alsof er niets is gebeurd?'
'Ik wilde maar dat het niet was gebeurd. Ik wilde niet dat dit zou gebeuren.' Tranen prikten in haar ogen. 'Ik heb je niet gevraagd dat te zeggen. Ik wílde niet dat je dat zou zeggen. We hadden een afspraak –'
'Ja.' Hij schonk haar een scheve glimlach. 'En die ben ik niet nagekomen.'
'Ga alsjeblieft niet weg. Je bent er net.' Haar stem brak. 'Je kúnt niet weggaan. Iedereen verwacht je te zien. Alice is zo blij. En je moeder, en zelfs Walter. Ze hebben het de hele week al over niets anders. Het is voor het eerst sinds lange tijd dat de hele familie bij elkaar is.'
'Ik hoop dat ze een leuke avond hebben.' Hij draaide zich om en liep weg, Élise achterlatend met het gevoel dat ze zojuist door iets kolossaals was verpletterd. Voor het eerst in maanden zou hij er bij zijn geweest op de familieavond, en dat had zij nu verknald. En hij. Hij had alles verknald.

Haar telefoon zoemde, en ze zag een berichtje van Kayla.
Waar blijven jullie? Trek wat aan en kom hierheen :)
Kayla dacht dat zij en Sean... Met een misselijk gevoel liet ze zich op een stoel zakken. Zelf ging ze liever ook niet meer naar de familieavond, maar iemand moest hun vertellen dat Sean niet kwam.
Wat zouden ze teleurgesteld zijn. En dat was haar schuld. Helemaal haar schuld. Ze stond op. Dit kon ze beter maar zo snel mogelijk achter de rug hebben. Langzaam liep ze naar het huis. Ze hoorde een motor brullen en ving nog net een glimp op van Seans rode sportwagen, die in vliegende vaart Snow Crystal verliet.
Hij was weg. Een deel van haar wilde achter hem aan rennen en wild met haar armen zwaaien en schreeuwen om hem te laten omke-

ren, maar haar voeten leken aan de grond vastgelijmd en haar mond was te droog om ook maar enig geluid te kunnen voortbrengen.

Hoe kon hij nu van haar houden? Sean werd niet verliefd. Dat wilde hij niet. En hij wist dat zij dat ook niet wilde.

Trillend op haar benen deed ze de keukendeur open en onmiddellijk kwamen gelach en de heerlijkste geuren haar tegemoet. Walter zat op zijn gebruikelijke plaats aan het hoofd van de tafel, Alice zat te breien, Tyler was in een discussie met Jackson verwikkeld en Kayla checkte onder de tafel haar e-mail. Jess hielp Elizabeth met het eten. En Maple verwelkomde haar, stuiterend door de keuken, met enthousiast geblaf.

Ze waren er allemaal. De hele familie O'Neil had zich om de tafel verzameld. Slechts één familielid ontbrak, en dat was haar schuld. Zij was de reden dat hij er niet was.

Haar benen trilden. Ze voelde zich misselijk.

'Kom binnen, liefje, we vroegen ons al af waar je bleef.' Elizabeth zette een grote blauwe schaal op tafel. 'Sean is laat, maar daar kijkt niemand van op.'

Élise probeerde iets te zeggen, maar haar stem weigerde dienst. Ze bukte om Maple in haar armen te nemen, in de hoop dat dat zou helpen. Toen probeerde ze het nog een keer. 'Ik... Hij komt niet.' Het kwam er zo zwakjes uit, dat ze dacht dat niemand het had gehoord.

Alice klopte echter op de stoel naast zich en zei: 'Natuurlijk komt hij wel. Dat heeft hij beloofd. We hebben zijn auto een halfuur geleden al gezien. We zijn allemaal zo blij. Dit is de eerste keer sinds kerst dat Sean een familieavond bijwoont. Ik vind het zo heerlijk de hele familie bij elkaar te hebben.'

Elizabeth gooide krokant gebakken aardappels in een schaal. 'Hij moet vast nog een telefoontje van het ziekenhuis afhandelen. Je weet hoe hij is. Jess, ik heb nog een onderzetter nodig, lieve schat. En servetten.'

Tyler trok een gezicht. 'Dat is nu iets waarvan ik het nut nooit heb begrepen, servetten.'

Ze luisterden niet naar haar. Ze keken allemaal zo uit naar de komst van Sean dat niemand aandacht voor haar had.

Ze deed nog een poging, met luidere stem deze keer. 'Hij komt niet. Hij is onderweg terug naar Boston.' Ze liet zich op de lege stoel zakken, zonder Maple los te laten. De hond likte haar hand en keek met warme bruine ogen naar haar op, voelend hoe ellendig zij zich voelde.

'Maar dat slaat nergens op.' Alice begreep er niets van. 'Waarom zou hij hierheen rijden en dan gelijk weer terug?'

Dat kwam door haar. Zij was de reden van zijn overhaaste vertrek. Maar wat moest ze zeggen? Hij heeft me verteld dat hij van me houdt, maar ik hou niet van hem? 'Het spijt me.'

Er viel een teleurgestelde stilte, maar toen toverde Elizabeth een glimlachje op haar gezicht. 'Daarvoor hoef jij je toch niet te verontschuldigen? Het is toch niet jouw schuld?'

Dat was het wel. Deze keer was het helemaal haar schuld. Het was haar schuld dat hij niet hier bij zijn familie was. Ze had een wig tussen hen gedreven en dat was echt nooit haar bedoeling geweest. Ze had hem moeten tegenhouden. Ze had moeten zeggen dat ze het zelf te druk had om de familieavond bij te wonen, en hem moeten aanmoedigen wel te gaan.

Ze had alles verknald.

'Zou er iets ergs zijn gebeurd?' vroeg Alice zich af, een bezorgde uitdrukking op haar gezicht. 'Misschien moet Jackson hem even bellen. Hij zei dat hij er zou zijn. Dat zegt hij anders nooit. We hadden ons er allemaal zo op verheugd. Jackson, je moet hem echt even bellen. Straks is er iets mis.'

Er was zeker iets mis, dacht Élise. Zij had hem gekwetst.

Jackson pakte zijn telefoon, toetste een nummer in en haalde toen zijn schouders op. 'Voicemail.'

Het liefst was ze onder de tafel verdwenen, overmand door schuldgevoel als ze was. De breuk tussen Sean en zijn familie was eindelijk weer gelijmd. Hij zou hier moeten zijn. En hij zou hier ook zijn geweest, als dat incident met haar er niet was tussengekomen. Hij verdiende het zijn familie om zich heen te hebben, maar in plaats daarvan koesterde zij zich, in al haar ellende, in de warmte van de O'Neils.

'Maak er niet zo'n toestand van.' Dat was Walter, zijn stem resoluut. 'Hij is vast teruggeroepen naar het ziekenhuis en had geen tijd meer ons dat te vertellen. Laten we gaan eten. Ik rammel.'

'Ik ook.' Tyler pakte een bord. 'Ik ben blij dat hij er niet is, dan kan ik zijn portie ook opeten. Als jullie maar niet denken dat ik ook twee servetten ga gebruiken.'

Élise zat daar maar, te kijken naar de mensen die haar zo liefdevol in hun familie hadden opgenomen. Ze hadden geen idee dat zij de reden was dat Sean er niet was.

Jackson gaf Tyler een biertje. 'Ben je nog met die familie gaan fietsen in de bergen? Hoe ging dat?'

'Heel goed. Ze hebben het allemaal overleefd en alle armen en benen zaten er nog aan, wat maar goed is ook, nu onze huischirurg ons heeft verlaten.' Tyler wilde net zijn voeten op tafel leggen, toen zijn blik die van zijn moeder kruiste en hij zich bedacht. 'Jess was ook mee, hè schat?'

De blik in de ogen van Elizabeth verzachtte onmiddellijk, toen ze naar haar kleindochter keek. 'En hoe was het?'

'Leuk.' Jess hielp met eten opscheppen. 'Behalve dan dat die ene moeder maar kwijlend naar papa bleef kijken. Getver.'

'Heel begrijpelijk, niet getver.' Tyler schepte royaal aardappels op zijn bord. 'Wen er nu maar aan dat je vader een sekssymbool is.'

Alice zond hem een afkeurende blik, maar Jess lag in een deuk.

'Pap, dat is echt super getver.'

'Vrouwen zijn volkomen weerloos met mij in de buurt.'

Jackson rolde met zijn ogen. 'Hebben ze nog een keer geboekt?'

Jess giechelde nog steeds. 'Die moeder wel. Nog twee keer.'

Er werd gepraat, nieuwtjes werden uitgewisseld, anekdotes verteld, en Élise zat daar maar, heel stil, haar hand op de zachte kop van Maple.

Misschien dat ze deze avond wel zouden doorkomen, maar hoe zou het de volgende keer gaan? Niet alleen met familieavonden, maar ook met kerst, verjaardagen en andere feesten. Zou hij dan ook wegblijven?

Zolang zij hier was, zou hij nooit meer naar huis kunnen komen, of wel soms?

Zij had hem dit ontnomen. Zij had hem zijn familie ontnomen.

Ze keek naar Jackson, die lachte om iets wat Tyler had gezegd. Lieve Jackson, die haar had gered toen ze zo volledig aan de grond had gezeten. Vanaf het moment dat ze op Snow Crystal was aangekomen, had ze geweten dat ze hier voor altijd wilde blijven wonen, maar hoe kon ze hier in vredesnaam blijven als ze daarmee een aardbeving in de familie veroorzaakte?

Ze keek naar Walter, die naar Alice glimlachte en zijn bord vol schepte met groente uit zijn eigen tuin. Het ging met de dag beter met hem, en hij keek er vast nu al naar uit in de winter weer te gaan skiën met zijn drie kleinzoons.

En Elizabeth, lieve Elizabeth die als een moeder voor haar was.

Ze waren allemaal zo goed voor haar geweest.

'Ik wil jullie allemaal bedanken.' Ze flapte het eruit en zag de verbaasde blikken. 'Gewoon... ik weet niet of ik dit al eerder heb gezegd, maar jullie zijn allemaal fantastische mensen en jullie hebben me een huis gegeven, en een baan, en een leven, toen ik dat nodig had, en ik zal altijd heel veel van jullie blijven houden. Dat wilde ik even zeggen, nu we hier allemaal zo samen zitten, omdat... nou ja omdat het belangrijk is dat soort dingen af en toe te zeggen.'

Weer verscheen er een zachte blik in de ogen van Elizabeth. 'Wij houden ook van jou, lieverd. We zijn echt heel blij met je.'

'Daar ben ik het volledig mee eens.' Walter gaf haar een knipoog. 'Ook al verschilt jouw idee van een goede pannenkoek nogal van dat van mij.'

'Ik ben dol op haar pannenkoeken,' verklaarde Alice opgewekt. 'Ik ben een sjaal voor je aan het breien voor kerst, Élise. Een groene. En voor jou maak ik een trui, Tyler.'

Tyler keek gealarmeerd. 'Dat hoeft echt niet, oma. Dat is veel te veel werk voor je. Brei maar gewoon een sjaal voor Élise, dan kijk ik daar wel naar.'

Alice schonk hem een stralende blik. 'Ik doe het graag. En nu de winter er weer aankomt, zal ik genoeg tijd hebben om te breien.'

Élise keek naar de wol en ze dacht aan de afgelopen kerst, toen

Alice voor iedereen een rode sjaal had gebreid. Ze had erop gelet dat ze die iedere keer dat ze bij hen op bezoek kwam, omdeed.

'Gaat het wel goed met je?'

Die vraag kwam van Jackson. Jackson, die merkte dat ze niet helemaal zichzelf was.

'Met mij? Ja hoor, prima.' Ze toverde haar meest overdreven glimlach tevoorschijn. 'Maar het is belangrijk dat soort dingen af en toe te zeggen, zodat mensen weten dat ze gewaardeerd worden en dat er van ze wordt gehouden.' Bij haar moeder had ze dat niet gedaan en daarom moest ze nu leven met het feit dat haar moeder was gestorven zonder te weten hoeveel zij van haar had gehouden. 'Jullie zijn allemaal heel bijzonder voor mij. Het belangrijkste in mijn leven.'

'Zijn ze in Frankrijk allemaal zo?' Tyler dronk zijn flesje leeg. 'Ik hou namelijk wel van een beetje waardering en liefde. Misschien moet ik maar gaan verhuizen.'

Iedereen lachte en de aandacht was weer van Élise afgeleid. Terwijl ze Maple bleef aaien, grifte ze hun stemmen en hun gezichten in haar hart. En toen Jackson nog een keer vroeg of het echt wel goed met haar ging, knikte ze glimlachend.

Het ging prima met haar. Het zou prima met haar gaan.

'Dokter O'Neil? Uw broer wil u spreken. Hij zegt dat het dringend is.'

Sean keek op van de MRI-scan die hij zat te bestuderen. Dringend? Was er iets met zijn grootvader? Zijn hart maakte een duikeling. Hij had de hele week niets meer van zich laten horen. Niet meer sinds dat gesprek met Élise. Hij had wel een gemiste oproep van Jackson gehad, maar geen bericht en hij had niet teruggebeld. 'Welke telefoon?'

'Hij is niet aan de telefoon. Hij staat in de gang.' De verpleegkundige keek een tikje verdwaasd. 'Ik wist niet dat u een tweelingbroer had.'

'Hij is híér?' Sean kwam overeind. 'Ik ben zo terug.' Zich afvragend wat Jackson in vredesnaam in Boston kwam doen, zonder waarschuwing vooraf, duwde hij de deuren naar de gang open. Eén blik op de gespannen schouders van zijn normaal zo evenwichtige broer maak-

te hem duidelijk dat dit geen gezelligheidsbezoekje was. 'Wat is er? Is er iets met opa?'
Jacksons gezicht stond strak. 'Met opa gaat het prima. Maar we moeten praten.' Kunnen we ergens gaan zitten?'
Ongerust gebaarde Sean naar het eind van de gang. 'Er is daar een kantoortje dat we wel kunnen gebruiken. Wat is er aan de hand? Je bent hier nooit eerder geweest.'
Zodra de deur achter hen was dichtgevallen, viel Jackson naar hem uit. 'Ik had toch verdomme gezegd dat je haar met rust moest laten.'
'Waarover heb je het in vredesnaam?'
'Over Élise. Ze is weg. En dat is jouw schuld.'
'Weg?' Sean voelde zijn mond droog worden. 'Hoezo weg?'
'Terug naar Parijs.'
'Parijs?' Hij dacht aan wat ze hem had verteld. Dacht aan wat die stad voor haar betekende. 'Nee. Dat zou ze nooit doen.'
Jackson duwde hem een stuk papier in handen. 'Lees.'
Sean vouwde het papier open en zag dat het een geprinte e-mail was, met Élises naam erboven. 'Dit is aan jou geadresseerd.'
'Lees het nu maar.'

Mon cher Jackson, het spijt me heel erg je zo in de steek te moeten laten, maar ik kan niet langer op Snow Crystal blijven. Het doet me veel verdriet omdat ik dacht dat ik hier altijd zou blijven, maar ik zie nu dat dat niet mogelijk is. Ik hoop dat je me kunt vergeven. Ik zou nooit iets doen wat je familie zou kunnen schaden, en wanneer ik blijf, maak ik het Sean moeilijk naar huis te komen. Probeer niet met me in discussie te gaan of achter me aan te komen, want ik weet dat ik gelijk heb. Ik heb natuurlijk eigenlijk een opzegtermijn, maar Elizabeth en Poppy zijn goed en voldoende ingewerkt, en de rest van het personeel doet het ook prima. Snow Crystal beschikt over een sterk team. Ik ga terug naar Parijs. Dat had ik al veel eerder moeten doen, maar ik ben een grote lafaard en het was makkelijker me hier, bij jullie, te verstoppen, waar het veilig was. Ik zal jou en Kayla, Brenna, Tyler, Jess, Elizabeth, die lieve Alice, en natuurlijk Walter, ongelooflijk gaan missen, maar misschien dat je me ooit, wanneer je me hebt vergeven, wilt komen opzoeken, en dan zal ik je Parijs laten zien. De leuke stukken, niet de toeristische. Je hebt me gered toen het in mijn leven volkomen misging, en dat zal ik nooit vergeten. Maak je over mij geen zorgen, ik red me wel. En wees niet boos op Sean. Dit is mijn schuld, niet de zijne. Het was niet mijn bedoeling zijn familie te stelen. Nogmaals, ik vind het heel erg je in de steek te laten. Élise.

Sean liet zijn ogen nog een keer over de tekst gaan. 'Dit geloof ik niet. Ze zou je nooit zo laten zitten. Dat zou ze gewoon nooit doen.'
'Dat dacht ik ook. Blijkbaar hadden we het allebei mis.'
'Jij bent haar held.'
'Wat wil zeggen dat ze zich dus wel heel beroerd moet hebben gevoeld om dit te doen.'
Sean vloekte binnensmonds. 'Onvoorstelbaar, dat ze ervoor heeft gekozen naar Parijs terug te gaan.' Bij de gedachte aan haar, alleen en bang in een stad waarnaar ze had gezworen nooit meer terug te keren, voelde hij zijn maag samenknijpen. 'Waarom doet ze dat in vredesnaam?' Hij had nauwelijks tijd zijn zin af te maken voordat hij hardhandig tegen de deur werd gesmeten, Jacksons vuist om zijn overhemd geklemd.
'Je weet verdomme maar al te goed waarom ze dat doet. Ze doet het voor jóú. Dat schrijft ze toch in dat mailtje? Ik had gezegd dat je bij haar uit de buurt moest blijven, maar je kon het niet laten, hè?'
In de woedende ogen van zijn normaal zo gelijkmatige broer starend, kostte het Sean even tijd zich te vermannen. 'Laat me los, je kreukt mijn overhemd. En je hebt geen idee waarover je het hebt.'
'Ze was gelukkig op Snow Crystal. Ze had een thuis. Wij zijn als familie voor haar. En nu heb jij dat alles de grond in getrapt, alleen voor een paar aangename minuten met haar tussen de lakens.'
'Het waren wel meer dan een paar minuten,' snauwde Sean, 'en ze verschool zich bij jullie, omdat ze te bang was haar leven te leven.'
'Dus toen dacht jij, daar zal ik haar eens een handje bij helpen?'
'Zo was het niet.' Nadat hij zijn broer van zich af had geduwd, begon hij door het kantoortje te ijsberen. Waarom deed ze dit, terwijl er

voor haar alleen maar slechte herinneringen aan Parijs waren verbonden? Waarom?
'Je kunt iedere vrouw krijgen die je wilt, maar toch moest je per se Élise hebben.'
'Ik heb toch al gezegd dat het zo niet is gegaan?'
'Wilde je beweren dat er niets tussen jullie is gebeurd?'
'Nee, dat wil ik niet!' Worstelend met zijn gevoelens liep Sean bij zijn broer vandaan. Waar zou ze naartoe zijn gegaan? In ieder geval niet naar hém, toch? Misschien was dit wel zijn schuld. Hij had haar immers verweten dat ze zich verstopte? 'Ze bezit nog een appartement in Parijs. Dat was van haar moeder.'
'Heeft ze je dat verteld?'
'Ze heeft me nog veel meer verteld. Ze is sinds haar vertrek nooit meer terug geweest. Wat nu, als Pascal erachter komt dat ze terug is? Zal hij haar iets aandoen? Wat, als hij er nog niet klaar mee is?'
Jackson kneep zijn ogen een stukje dicht. 'Heeft ze het daarover ook met jou gehad?'
'Ja, ze heeft me alles verteld.'
'Daarover heeft ze met niemand ooit gepraat. Zelfs niet met Kayla en Brenna.'
'Nou, met mij dus wel. En ze zei ook dat ze nooit meer naar Parijs zou terugkeren. Ze was bang.' En ze voelde zich schuldig omdat ze haar moeder in de steek had gelaten. Eenzaam. Angstig. Het zweet stond in zijn nek. 'Heb jij een adres? Weet je waar dat appartement is?'
'Nee, en als ik dat wel wist, zou ik het je niet vertellen. Zo te horen heb je niet alleen het bed met haar gedeeld. Je bent heel close met haar geworden, hebt haar aangemoedigd haar geheimen met je te delen, en vervolgens heb je gedaan wat je altijd doet, en gezegd dat je niet van haar houdt.' Dreigend stond Jackson voor hem, zijn benen een stukje uit elkaar, een donkere uitdrukking op zijn gezicht. 'Je hebt haar hart gebroken.'
Sean voelde het pijnlijke gevoel in zijn borst aanzwellen, een gevoel dat daar al de hele week zat. 'Zo is het niet gegaan.'
'O nee? Vertel me jouw versie dan maar eens, en een beetje snel

graag, want ik heb nog steeds heel veel zin je een dreun te verkopen. Als jij haar hart niet hebt gebroken, waarom is ze dan niet nog gewoon op Snow Crystal?'

'Omdat zij het mijne heeft gebroken,' verklaarde hij op rauwe toon, naar de andere kant van de ruimte lopend. 'Zij heeft mijn hart gebroken, oké? En dat doet verdomde pijn, dus ik heb absoluut geen behoefte aan jouw gepreek over dat ik haar zou hebben gekwetst.'

Er viel een verbijsterende stilte. 'Zij heeft jouw hart gebroken?'

'Ja. En als je het niet erg vindt, wil ik nu graag even alleen zijn om hierover na te denken.'

'Ik ben hierheen gekomen om uit te vissen wat er aan de hand is en ik ga niet weg voordat ik dat weet.'

Sean knarsetandde. 'Ik heb haar verteld dat ik van haar hou. Zij heeft mij verteld dat ze niet van me houdt. Had je nog meer details gewild? En je mag gerust tegen me zeggen dat ik dit heb verdiend, dat het hoog tijd was dat dit eens gebeurde, maar ik heb liever dat je daarmee wacht tot ik heb bedacht wat ik hiermee aan moet.' Bij het zien van de verbazing op het gezicht van zijn broer lachte hij vreugdeloos. 'Jij denkt dat dit gerechtigheid is. Dat het mijn verdiende loon is voor al die vrouwen die bij jou hebben uitgehuild, omdat ik niet wilde zeggen dat ik van ze hield. De eerste keer dat ik dat wél zeg, zeg ik het tegen een vrouw die het niet wil horen.'

'Je hebt daadwerkelijk gezegd dat je van haar houdt? En nu is ze vertrokken?' Jackson trok zijn wenkbrauwen op. 'Dat snap ik niet.'

'Dan ken je haar waarschijnlijk toch niet zo goed als je denkt.'

'Ik nam aan dat zij verliefd op jou was geworden en dat dat niet wederzijds was. Ik dacht dat ze was vertrokken om een ongemakkelijke situatie te voorkomen. Als jij verliefd bent op haar, waarom is ze dan weggegaan? Dat is niet logisch.'

'Dat is juist heel logisch. Wij zijn haar familie. Of liever gezegd, dat zijn júllie.' Sean glimlachte grimmig. 'Familie is voor haar het belangrijkste wat er is. Ze heeft er de hele zomer bij me op aangedrongen dat ik met opa ging praten. Me voortdurend aangemoedigd het met hem goed te maken.'

'En dat heb je ook gedaan. Waarom zou ze dan weg willen?'

'Omdat ze denkt dat haar aanwezigheid daar mij zou weghouden. Ze denkt dat ik minder naar huis zou komen. Dat de familie me minder zou zien.'
'Omdat je niet bent komen opdagen op die familieavond?'
'Dat was waarschijnlijk wel de aanleiding, ja. Na die afwijzing was ik niet zo in de stemming voor een gezellig avondje.'
'En je weet zeker dat je die vier woorden expliciet hebt gezegd? Dat je niet hebt aangenomen dat ze het wel begreep, of –'
'Ik heb het duidelijk gezegd, datgene wat ik had gedacht nooit te zullen zeggen. Voor het eerst van mijn leven, nou ja, opa niet meegerekend, maar dat telt niet.'
'Opa?'
'Dat doet er niet toe. Ik heb het zelfs meer dan eens tegen Élise gezegd, zodat daarover geen misverstand kon bestaan. Dat je het weet. En nee, ze heeft niet hetzelfde tegen mij gezegd, ze heeft zich niet in mijn armen gestort en we leven niet nog lang en gelukkig. Kunnen we er dan nu over ophouden? Het was de eerste keer al moeilijk genoeg. Het allemaal nog een keer te moeten oprakelen, is allesbehalve prettig.'

Jackson schonk geen aandacht aan zijn woorden. 'Het verbaast me, omdat ik eerlijk gezegd dacht...' Hij schudde zijn hoofd. 'Laat ook maar. Het verklaart wel waarom ze zo stil was op de familieavond. En waarom ze maar bleef zeggen dat het haar schuld was dat jij niet was komen opdagen.'

'Het was niet haar schuld, maar die van mij. Ik had geen zin in gezelschap, maar het is geen moment bij me opgekomen dat ze het zichzelf kwalijk zou nemen dat ik er niet was, of dat ze tot de conclusie zou komen dat zij een bedreiging voor de familie vormde.'

'Ze gedroeg zich nogal vreemd. Ze vertelde ons allemaal hoeveel ze van ons hield.'

'Wat is daar zo vreemd aan? Ze vertelt mensen voortdurend dat ze van hen houdt. Alleen mij niet. Heb je geprobeerd haar te bellen?'

'Haar telefoon staat uit.'

'Waarom zou ze haar telefoon uitzetten?' Hij werd zo mogelijk nog ongeruster. Ze was teruggegaan naar een plek waar ze niet meer was

geweest sinds Jackson haar had meegenomen. Een plek vol herinneringen aan geweld en verdriet. De gedachte dat ze de confrontatie daarmee helemaal alleen zou moeten aangaan, was onverdraaglijk.
'Ik vlieg naar Parijs.'
'Hoe wilde je dat doen?'
'Zoals de meeste mensen dat doen. Met een vliegtuig.'
'Maar je werk dan?'
'Dit is belangrijker. Élise is daar hoelang niet meer geweest? Acht jaar? Er moet iemand bij haar zijn.' Hij pakte zijn telefoon en begon naar vluchten te zoeken, met open mond aangestaard door Jackson.
'Je neemt vrij?'
'Dat heb ik voor opa toch ook gedaan?'
'Opa is familie.'
'Élise ook. Anderen moeten het hier maar even van me overnemen.' Alweer. Hij stond inmiddels bij zoveel mensen in het krijt, dat hij niet wist of hij dat ooit nog zou kunnen goedmaken. 'Er gaat vanavond een directe vlucht. Ik heb alleen nog een adres nodig.'
'Dat heb ik niet. Ze werkt al acht jaar voor mij.'
'Maar die avond dat je haar hebt gered, ben je bij haar thuis geweest. Wat herinner je je daar nog van?'
'Het is acht jaar geleden en ik had mijn handen vol aan een gewelddadige man en een doodsbange vrouw. Op de buurt heb ik niet echt gelet.'
Sean probeerde zijn ongeduld te bedwingen. 'Denk na.'
'Het enige wat ik me nog kan herinneren, is dat ik haar daar heb weggehaald, en dat het me de grootste moeite kostte niet alle botten in het lijf van die man te breken.' In een gefrustreerd gebaar spreidde Jackson zijn handen. 'Ze woonde niet ver van de rivier, dat weet ik nog. We zijn nog geen halfuur in haar appartement geweest. Terwijl ik de wacht hield, heeft zij wat dingen in een tas gepropt. Vanuit het badkamerraampje kon ik een stukje van het Louvre zien. Rue de Lille, ja, dat was het. Ze woonde aan de Rue de Lille.'
'Welk nummer?'
'Geen idee.'

Sean rolde met zijn ogen en boekte intussen een vlucht van Boston naar Parijs. 'Laten we maar hopen dat het niet zo'n lange straat is.'
'Je gaat er gewoon naartoe, en dan hoop je maar dat je haar kunt vinden?'
'Als jij haar adres niet hebt, heb ik weinig keus, nietwaar?'
'Hoe weet je dat ze jou wil zien?'
'Dat weet ik niet. Ik weet alleen dat ze, als ze echt terug is naar die plek, een vriend nodig heeft.'

Hoofdstuk 19

Alles in het appartement was bedekt met een dikke laag stof en een al even dikke laag herinneringen. Verstikkend en benauwend. Haar keel deed zeer en haar ogen prikten. Het was niet veranderd. Er was niets veranderd en overal waar ze keek, zag ze haar moeder. En haar fouten.

De gevoelens die ze zo diep had begraven, kwamen allemaal weer naar boven. Ze pakte een potje op dat ze op school had gemaakt, toen ze acht was. Terwijl ze het tussen haar vingers ronddraaide, herinnerde ze zich nog precies hoe blij haar moeder was geweest toen ze daarmee was thuisgekomen.

Ze had zichzelf voor de gek gehouden, nietwaar? Toen ze had gedacht dat ze dit achter zich had gelaten, had ze zichzelf voor de gek gehouden. Het enige wat ze had gedaan, was het verleden negeren, het verdringen, weigeren ernaar te kijken door er als een kind haar ogen voor te sluiten. Maar ze had het niet echt achter zich gelaten. Er zat een groot, zwart gat in haar leven en in plaats van dat te dichten, had ze er een hek omheen gezet en er steeds voorzichtig omheen gemanoeuvreerd, zonder ernaar te durven kijken, bang dat ze er bij één verkeerde stap zo weer in zou vallen.

Moe van de lange vlucht en afgemat door de herinneringen, ging ze op het bed liggen, zonder te kunnen slapen. De hele nacht lag ze aan haar moeder te denken, gekweld door schuldgevoel, en ze wist dat ze hier nooit zou kunnen wonen, het appartement delend met de geesten uit haar verleden.

Ze kon echter ook niet terug.

Sean had beslist geen behoefte aan nog een reden om bij Snow Crystal uit de buurt te blijven. En de O'Neils hadden geen behoefte aan iemand die hun familie uit elkaar rukte.

De volgende ochtend gooide ze de luiken open en bleef even staan kijken naar het zonlicht op de daken van Parijs. Het appartement was klein, maar de ligging perfect, vlak bij de Seine. Wanneer ze voor het badkamerraampje op haar tenen ging staan, kon ze het Louvre zien.

Nu ze weer licht en frisse lucht het appartement in had gelaten, begon ze op te ruimen.

Het kostte haar twee dagen. Ze vulde grote zakken met kleren en andere bezittingen. Sommige gooide ze weg, andere bracht ze naar een kringloopwinkel. Ze wilde geen herinneringen aan het verleden meer, geen herinneringen aan de verkeerde keuzes die ze had gemaakt, aan de gevolgen daarvan, en aan alle ellende. Het enige wat ze bewaarde, waren wat persoonlijke bezittingen van haar moeder en een verzameling foto's. Ze had geen idee gehad dat haar moeder er zoveel had gemaakt. Een snelle blik leerde haar dat het begon met babyfoto's en eindigde met een foto van Élise als enige vrouw in de keuken van Chez Laroche. Ze stopte ze allemaal in schoenendozen, hopend dat ze ze ooit uitgebreid zou kunnen bekijken zonder zich daar slecht bij te voelen.

Toen ze klaar was met opruimen, stofzuigde en poetste ze tot alles haar tegemoet blonk en er geen stofje meer te bekennen was. Zolang ze bezig was, had ze minder tijd om na te denken.

Ze probeerde niet te denken aan het koken met haar moeder of aan die donkere tijd met Pascal. Ze kon echter niet voorkomen dat haar gedachten steeds weer naar de familie O'Neil gingen. Wat zouden ze nu aan het doen zijn? Ze wierp een blik op haar telefoon en berekende het tijdverschil. In Vermont was het nu ochtend en werd in het Boathouse het ontbijt geserveerd.

Kayla was ongetwijfeld haar mail aan het doornemen op haar telefoon. Tyler zou zijn blik over de vrouwelijke gasten laten gaan, mopperend op het werk. Walter deed vast alweer te veel. Alice zat te breien en zich intussen zorgen te maken, en Elizabeth was druk in de keuken bezig, samen met Poppy. En Jackson, haar lieve Jackson, hield het schip drijvend, het naar dieper water sturend zodat het niet op de rotsen te pletter zou slaan.

Zouden ze haar missen? Zouden ze aan haar denken?

Nee, waarschijnlijk niet. Ze had Jackson laten stikken. Na alles wat hij voor haar had gedaan, had zij hem laten stikken.

In een poging het schuldgevoel en de algehele misère te verdrijven, had ze zich helemaal uit de naad gewerkt, maar nog kon ze 's nachts niet slapen. Ze lag te luisteren naar het verkeer, en alle andere geluiden van de stad, en moest wel aan Heron Lodge denken.

Ze miste de rust van het meer, de nachten, waarin het enige geluid de roep van een overvliegende uil was. Ze miste de geur van het water en de frisse lucht van het bos.

Ze miste Sean.

Niet dat ze van hem hield, want dat was beslist niet zo. Dat deel van zichzelf had ze uitgeschakeld. Emoties mochten onder geen beding invloed hebben op de beslissingen die ze nam of op de manier waarop ze haar leven leidde. Maar ze hadden een heerlijke zomer samen gehad, en ze miste hem. Ze miste zijn lach, zijn geflirt, zijn intelligentie, zijn waardering voor lekker eten en goede wijn, en ja, ze miste de seks. En ze moest steeds aan hem denken.

Was hij alweer thuis geweest na die dag dat hij had gezegd dat hij van haar hield? Of bleef hij daar nog uit de buurt? Ze hoopte maar van niet.

Nadat ze vroeg was opgestaan, zat ze op de vloer nog een la vol foto's uit te zoeken, toen ze plotseling voetstappen hoorde op de trap naar haar appartement op de bovenste verdieping. Ze was nog amper buiten geweest, behalve dan voor wat boodschappen, en het was niet erg waarschijnlijk dat iemand die ze kende, haar had gezien. Het was nog veel onwaarschijnlijker dat Pascal haar een bezoekje kwam brengen.

Toch leek haar hart even stil te staan toen de voetstappen voor haar deur stilhielden. Had Pascal op de een of andere manier ontdekt dat ze terug was?

'Élise?'

Bij het horen van Seans stem voelde ze haar hart een tuimeling maken. Sean was in Parijs? Ze krabbelde overeind en rukte de deur open 'Wat doe jij hier? Is er iets met Walter? Of met Jackson?'

'Waarom denk je altijd gelijk aan slecht nieuws wanneer je mij ziet?' Hij hield een fles wijn omhoog. 'Ik had deze geweldige pinot

noir gevonden, maar er was niemand met wie ik die kon drinken. Aan Tyler is het niet besteed en Jackson heeft het te druk.'
Ze uitte een gesmoord lachje. 'Dus ben je maar naar Parijs gevlogen?'
'Ik ken niemand die wijn en eten meer weet te waarderen dan jij.'
Ze staarde naar de fles wijn, toen naar hem. 'Wat dóé je hier? Je hoort in Boston te zijn, aan het werk.'
'Sommige dingen zijn belangrijker dan werk.' Zonder op een uitnodiging te wachten liep hij naar binnen en liet zijn tas op de grond vallen. 'Ik hoorde dat je in Parijs was. Ik dacht dat je misschien wel een vriend kon gebruiken.'
'Een vriend?'
'Dat je zo verbaasd kijkt, neem ik je niet kwalijk. Ik zal niet beweren dat ik een ervaren vriend ben, maar ik heb wel meer dan genoeg ervaring met terugkeren naar een plek met slechte herinneringen, dus ik dacht dat ik de rest al doende wel kon leren.'
Ze was nog steeds een beetje verdwaasd van de schok hem ineens voor haar deur te zien staan. 'Hoe heb je me gevonden?'
'Ik heb Jackson de duimschroeven aangedraaid, tot hij alles vertelde wat hij zich herinnerde van het uitzicht uit het raam. Zodra ik hier in de straat was, heb ik geprobeerd uit te vogelen waar het moest zijn. Zoveel appartementen met uitzicht op de rivier én het Louvre zijn er niet. Ik heb misschien een paar mensen hun bed uit gebeld.'
Hij zette de fles op het aanrecht, keek eens om zich heen. 'Leuk plekje.'
'Wel klein.' En het leek nog veel kleiner met Sean erin. Breed en gespierd als hij was, vulde hij de hele ruimte, maar er ging zoiets geruststellends van hem uit dat ze alle spanning uit haar lichaam voelde wegebben. Eigenlijk moest ze hem wegsturen, maar daartoe kon ze zich niet zetten.
'Als je hier klaar bent, wil je me dan misschien de stad laten zien? Me meenemen naar je lievelingsplekjes? Had me even gebeld om te laten weten dat je deze kant op ging, dan hadden we samen kunnen vliegen.'
'Dat zou ik nooit hebben gedaan.'

'Nee. Je bent veel te bang dat zo'n telefoontje datgene wat er tussen ons is, in een relatie verandert. Dat begrijp ik.' Hij begon kastjes open te trekken, tot hij wijnglazen had gevonden. 'Ik rammel, maar er is hier niets te eten te vinden. Wat is er aan de hand? Jouw keuken staat meestal bomvol eten.'

'Ik had geen zin om te koken.' Omdat alles hier haar aan haar moeder herinnerde, en die herinneringen deden te veel pijn.

Waarschijnlijk besefte hij dat ook, want hij bleef haar lange tijd aankijken en knikte toen.

'Nou, dan ben ik helemaal blij dat ik ben gekomen, want als jij geen zin hebt om te koken, is er echt iets mis. Waar kunnen we hier goed eten?'

'In de buurt? Er is hier alleen een brasserie vlakbij.'

'Lijkt me prima.'

'Sean, wat doe je hier?'

Hij schonk wijn in de glazen en gaf haar er een. 'Ik heb je nooit fatsoenlijk bedankt, hè?'

'Bedankt waarvoor?'

'Dat je er was deze zomer. Dat je me hebt aangemoedigd het goed te maken met mijn grootvader. Dat je naar me hebt geluisterd toen ik over mijn vader vertelde. Voor alles.'

'Ik heb helemaal niets gedaan. Je hebt het zelf gedaan. Je hoeft me nergens voor te bedanken.' Ze nam een slokje van de wijn en die was zo lekker dat ze even haar ogen dichtdeed. De wijn deed haar denken aan Snow Crystal, aan zomer, aan hém.

'Dat ik samen met jou was, heeft me deze zomer door geholpen. Toen ik hoorde dat opa in elkaar was gezakt...' Langzaam zette hij zijn glas neer. 'Alsof ik een enorme trap in mijn maag kreeg. En toen hij zei dat ik beter terug naar Boston kon gaan, wist ik niet wat ik daarmee aan moest, hoe ik die kloof moest overbruggen.'

'Hij houdt van je. Hij is zo trots op je.'

'Dat weet ik. En ik hou van hem.' Hij glimlachte even. 'Moet je mij nou horen, Tyler zou me vast een watje noemen.'

'Ik ben blij dat het beter gaat tussen jullie.'

'Dat gaat het zeker. Ik heb zelfs beloofd bij de volgende familieavond van de partij te zijn, en ik ga Brenna helpen met een training ter voorbereiding op de winter.' Hij keek naar de stapel schoenendozen op de vloer. 'Wat zit daarin?'

'Foto's.' Ze voelde de pijnlijke druk op haar borst. 'Mijn moeder heeft heel veel foto's gemaakt. Ik kan het nog niet opbrengen ze te bekijken, maar ik wil ze ook niet weggooien. Ik ben blij dat het beter gaat voor jou aan het thuisfront, maar ik weet nog steeds niet wat je hier precies komt doen.'

'Tot nu toe heb jij in deze vriendschap alle steun gegeven, dus ik vond dat het zo onderhand wel eens mijn beurt was. Ik dacht, ik zorg gewoon dat ik in de buurt ben voor het geval je iemand nodig hebt om zware dozen te dragen of ex-echtgenoten in elkaar te slaan.'

Ze keek hem aan. 'Je zou je overhemd maar kreuken.'

'Sommige dingen zijn dat waard.' Hij pakte zijn glas, nam een slok. 'Maar heb je al iets van hem gehoord?'

'Nee. En dat wil ik ook niet.'

'In ieder geval hoef je je daarover nu geen zorgen meer te maken, want ik ben er. Mocht hij opduiken, dan kunnen hij en ik samen een goed gesprek hebben. En nu we het toch over gesprekken hebben, het is jouw beurt mij te vertellen wat jíj hier doet.' Hij leunde tegen het aanrecht, en zijn schouders leken zo mogelijk nog breder in het smalle keukentje. 'Wat doe je in Parijs, terwijl ik weet hoeveel je van Snow Crystal houdt? En van je werk.'

'Ik doe wat ik al veel eerder had moeten doen. Ik was een lafaard. Ik vermeed het hier terug te komen, vanwege de nare herinneringen.'

'Zet het appartement te koop en kom terug naar Snow Crystal. De winter komt eraan. Iedereen is bezig te bedenken hoe ze het meeste uit dat seizoen kunnen halen. Jij bent een essentieel onderdeel van het team.'

Diep vanbinnen roerde zich iets, maar ze schudde haar hoofd. 'Dat kan ik niet.'

'Prima. Dan verkoop je het niet, maar verhuur je het.'

'Het gaat niet om dit appartement. Dat ga ik inderdaad verkopen. Morgen komt er iemand voor een taxatie. Maar ik kom niet terug naar Snow Crystal. Ik ga iets anders zoeken. Misschien niet in Parijs. Bordeaux misschien.'

'Waarom? Omdat ik heb gezegd dat ik van je hou en je daarmee de stuipen op het lijf heb gejaagd? Dat was een vergissing.' Zijn stem was zacht. 'Als ik beloof dat nooit meer te zeggen, kom je dan terug?'

'Je denkt dat het een vergissing was?'

'Jazeker. Een grote vergissing.'

Het was natuurlijk belachelijk je teleurgesteld te voelen over iets wat je sowieso niet wilde. Dat sloeg nergens op.

Zoals al haar gevoelens nergens op sloegen.

'Je hebt gelijk. Laten we gaan eten.' Ze pakte haar tas en haar sleutels en duwde Sean zo ongeveer naar buiten. 'Vertel eens hoe het met iedereen gaat. Hoe is het met Walter? Gebruikt hij de nieuwe houthakmachine? En met Alice? Schiet haar breiwerk al op? En redden Elizabeth en Poppy het een beetje in de keuken?'

'Ik heb geen idee. Je weet dat ik het runnen van Snow Crystal aan mijn broer overlaat. Dat zul je hém moeten vragen, wanneer je hem weer ziet.'

Daarop besloot ze niet in te gaan. 'Hoe wist je dat ik weg was?'

'Jackson kwam naar het ziekenhuis, klaar om met me op de vuist te gaan. Dat was overigens voor het eerst dat ik mijn broer zo vechtlustig heb gezien. Meestal is hij degene die de gemoederen tot bedaren probeert te brengen.' Ze waren inmiddels op straat aangekomen, en Sean kon haar nog net bij de arm grijpen toen er een brommertje langs scheurde.

Ze voelde de kracht van zijn vingers op haar huid, ademde zijn mannelijke geur in en het verlangen hem te kussen was bijna overweldigend. Bijna.

Ze maakte zich van hem los. 'Hij wilde met je op de vuist? Dat zou Jackson nooit doen.'

'Nee. Maar het scheelde niet veel. Zoveel geeft hij om jou. Hij heeft mijn overhemd gekreukt.'

Nu kon ze een glimlach niet onderdrukken. 'Ik heb tegen hem gezegd dat het niet jouw schuld was.'

'Hij geloofde je niet. Als ik zonder jou terugkom, is mijn leven geen stuiver meer waard.'

Het was een perfecte nazomeravond, en in de kleine brasserie, waar ze elleboog aan elleboog zaten met toeristen en mensen uit de buurt, genoten ze van een eenvoudige maaltijd en huiswijn. Daarna liepen ze langs de rivier, kijkend naar de zon die onderging boven het Louvre.

Sean vertelde over zijn werk in het ziekenhuis, en over zijn onderzoek, en vervolgens maakte hij haar aan het lachen met verhalen over de halsbrekende toeren die Tyler als kind had uitgehaald.

Het enige waarover ze het niet hadden, was dat hij had gezegd dat hij van haar hield.

'Waar slaap je vanavond?'

'Ik heb een hotel in de buurt geboekt. Ik wist niet of je gezelschap zou willen of niet.' Hij nam de sleutel van haar over en maakte de deur van haar appartement open, naar haar gezicht kijkend toen ze in de deuropening bleef staan. 'Nare herinneringen?'

'Vooral schuldgevoel. Ik vind het vreselijk dat het laatste wat ik tegen mijn moeder heb gezegd, iets kwaads was, en dat ze is gestorven zonder te weten hoeveel ik van haar hield. Daar moet ik steeds maar weer aan denken.' Het van zich af schuddend liep ze naar de keuken. 'Koffie?'

'Graag.' Hij liet zich op de bank zakken, naast de dozen met foto's.

'Ik weet dat jij die foto's nog niet wilt bekijken, maar vind je het erg als ik dat wel doe?'

'Ga je gang.' Misschien had ze ze toch moeten weggooien. Wat had het voor zin iets te bewaren, waarvan je je alleen maar beroerder ging voelen?

Ze maakte koffie en zette een beker op het kleine tafeltje voor hem. 'Ik mis mijn koffiemachine.'

'We missen het allemaal dat jij koffie maakt met jouw koffiemachine. Élise, je moet hier echt even naar kijken.'

Ze bleef met haar rug naar hem toe staan. 'Dat kan ik niet. Nog niet. Misschien later ooit.'

'Dit moet je echt zien.'

'Sean –'

'Je wist niet zeker of je moeder wel wist dat je van haar hield, ik kan je vertellen dat ze dat absoluut wist.'

'Hoe weet je dat?'

'Omdat ik naar het bewijs daarvan zit te kijken, liefje. Kom even kijken.'

Ze draaide zich om en zag hem door de foto's bladeren.

'Waar is deze genomen?' Hij hield een foto op en ze glimlachte bij de herinnering.

'Boven op de Arc de Triomphe. Ik was acht. Ik was helemaal naar boven geklommen en heel trots op mezelf.' Ondanks haar tegenzin ging ze naast hem zitten.

'En deze?' Zo ging hij door de foto's heen, vragend wanneer, waarom, en hoe, totdat de herinneringen haar te veel werden.

'Doe ze weg, Sean.'

Hij stopte de foto's terug in de doos en deed de deksel er weer op. 'Ik had er een puinhoop van gemaakt met mijn grootvader, maar hij heeft me vergeven, omdat je dat doet, als familie. En zelfs toen ik kwaad op hem was, is er geen moment geweest dat ik niet van hem hield. En hij wist dat.'

'Dat weet ik. Zodra je hoorde dat hij in het ziekenhuis lag, heb je alles uit je handen laten vallen en ben je gekomen. Maar jouw familie is ook anders.'

'Jouw moeder wist ook dat je van haar hield. Het bewijs zit hierin.' Hij zette de doos zacht op haar schoot. 'Ze wist dat je van haar hield, en zij hield minstens zoveel van jou. Daarom wilde ze ook het beste voor je. Dat willen we altijd voor de mensen van wie we houden. Dat kun je niet aan- en uitzetten. Boze woorden veranderen daaraan niets.' Hij stond op. 'Ik moet morgen weer terug. Ga met me mee.'

Ze zou niets liever willen, maar negeerde dat. 'Dat kan ik niet.'

'Snow Crystal is je thuis. Iedereen mist je. Dat is waar je zou moeten zijn.' Hij aarzelde en heel even dacht ze dat hij haar zou gaan kussen, maar toen liep hij naar de deur. 'Mocht je van gedachten veranderen of iets nodig hebben, bel me.'

'Dat zal ik niet doen. Ik heb je nog nooit gebeld.'

Zijn ogen glansden. 'Ik had voor afgelopen week nog nooit "ik hou van je" gezegd, wat maar weer eens bewijst dat alles mogelijk is. Mijn nummer staat in je telefoon.'

Hoofdstuk 20

'Eindelijk de hele familie bij elkaar, het lijkt wel een sprookje, vind je ook niet, Jess? We hebben zelfs servetten. De beschaving heeft definitief haar intrede gedaan op Snow Crystal.' Grijnzend kwam Tyler overeind om een grote schaal van zijn moeder aan te pakken. 'Ha, dat is mijn portie. En wat eten jullie?' Hij zette de schaal op tafel en keek eens om zich heen. 'Ik heb nog nooit zoveel treurige gezichten om een tafel bij elkaar gezien. Het is familieavond. Jullie worden geacht te lachen en van elkaars gezelschap te genieten. Wat hééft iedereen verdomme?'

Nu liet Walter van zich horen. 'Niet vloeken. Dat maakt je grootmoeder van streek.'

'Dat is niet de reden dat ik van streek ben.' Alice schudde haar hoofd toen Elizabeth haar wat wilde opscheppen. 'Ik hoef maar een klein beetje. Ik heb geen honger.'

'Ik ben uitgehongerd, geef mij maar wat extra.' Tyler boog zich voorover en zijn servet gleed op de grond. 'Zoals ik al vaker heb gezegd, het nut van die dingen ontgaat me.'

Jess giechelde. 'Ze zorgen ervoor dat je geen vlekken op je kleren krijgt.'

'Vlekken geven karakter aan je kleren. Achter iedere vlek op mijn spijkerbroek zit een verhaal.'

'We willen het niet weten.' Jackson schoof de aardappels naar Alice. 'Je moet echt iets eten, oma.'

Mistroostig staarde Alice naar haar bord. 'Dat kan ik niet, omdat dit Élises stoofschotel is. Zij heeft Elizabeth geleerd hoe ze die moet maken, en ik kan er niet naar kijken zonder aan haar te denken. Het maakt me verdrietig dat ze er niet is. Waarom is ze niet met Sean mee teruggekomen nadat hij helemaal naar haar toe was gevlogen? Wat heb je tegen haar gezegd?'

'Het gaat waarschijnlijk meer om wat hij níét tegen haar heeft gezegd,' bromde Walter.

Seans blik kruiste die van Jackson en hij pakte zijn wijnglas. Hij wist bijna zeker dat er niet genoeg alcohol in huis was om hem deze familieavond door te helpen. Waarom had hij in vredesnaam beloofd te komen? 'Ik heb gezegd wat ik wilde zeggen.'

'Maar heb je ook gezegd dat je van haar houdt?' Het eten lag nog onaangeroerd op zijn grootmoeders bord. 'Dat willen vrouwen graag horen en mannen zeggen het niet vaak genoeg.'

Enthousiast viel Tyler op zijn stoofschotel aan. Zíjn eetlust had duidelijk nergens onder geleden. 'Ik hou van je, oma.'

In haar ogen verscheen een zachte blik. 'Dat weet ik toch, jongen. Je bent altijd een beetje een ongeleid projectiel geweest, maar wel een met een groot, sterk hart, en ooit zal er een vrouw komen die jou voor de rest van je leven tot de hare zal maken.'

Tyler verslikte zich in zijn eten. 'Niet als ik op tijd dekking kan zoeken.'

Jess giechelde weer. 'Je zou je onder je servet kunnen verstoppen.'

'Dan is dat nog ergens goed voor.'

'Hoe bedoel je dat mannen dat niet vaak genoeg zeggen?' Walter keek naar Alice. 'Ik zeg het elke dag tegen je. Dat heb ik vanaf de eerst dag gedaan.'

'Dat weet ik.' Met een tedere blik in haar ogen stak Alice haar hand naar hem uit. 'Ik kwam ahornsiroop kopen –'

'O, nee, alsjeblieft niet, niet dat...' Tyler liet zijn vork vallen en schoof zijn bord van zich af. 'En alsjeblieft ook geen gezoen aan tafel. Ik ben al dat gezoen spuugzat. Als mensen elkaar in de ogen willen kijken, gaan ze maar naar het restaurant, voor het hele gedoe met kaarsen en wijn. Dat is niet voor een familieavond.'

'Over het restaurant gesproken, we hebben hulp nodig,' merkte Elizabeth kalm op. 'Wanneer het seizoen eenmaal begint, redden we het niet zo. Je zult er iemand bij moeten aannemen, Jackson.'

Jackson pakte het zoutvaatje. 'Ik zal morgen actie ondernemen.'

'Dat doe ik wel.' Kayla typte iets in haar telefoon. 'Jij hebt al genoeg te doen.'

'Je neemt helemaal niemand aan.' Walter liet zijn vuist zo krachtig op de tafel neerdalen dat de kopjes en het bestek ervan rammelden.

Maple zocht dekking. 'We hebben al de beste chef-kok die er is. We hoeven niet op zoek naar een andere.'

Jackson legde zijn vork neer. 'Ze is weg, opa. Ze is terug naar Parijs.'

'Omdat ze nog het een en ander te regelen had. Wanneer ze daarmee klaar is, komt ze terug. In de tussentijd redden we het wel, want dat doe je als familie, en ze is familie.'

Jackson wisselde een blik met Sean. 'Opa –'

'Wanneer zij er klaar voor is hier weer aan de slag te gaan, wacht haar baan op haar.' Walter keek dreigend, maar Sean zag dat zijn hand trilde toen hij zijn glas pakte.

'Ze komt niet terug, opa.' Het was alsof er een baksteen op zijn borst lag. 'Jackson moet dingen gaan regelen.'

'Ze is amper vijf minuten weg en jullie willen haar baan al aan een ander geven?'

'Ze is verdomme echt weg!'

'Ik begrijp niet waarom iedereen zo tegen elkaar zit te schreeuwen.' Alice schoof het eten op haar bord heen en weer, te ontdaan om over het taalgebruik te klagen. 'En ik begrijp niet waarom ze is weggegaan. Ze vond het hier heerlijk. Ik weet dat ze het hier heerlijk vond. De laatste familieavond bleef ze maar zeggen hoeveel ze van ons hield.'

'Omdat ze op het punt stond te vertrekken,' zei Jackson op matte toon. 'Dat was haar manier om ons te bedanken, maar geen van ons begreep dat destijds.'

Sean slaakte een zucht. Hij begreep het maar al te goed. Na wat er met haar moeder was gebeurd, zou ze geen gelegenheid voorbij laten gaan de mensen in haar leven te laten weten dat ze van hen hield.

Het ironische was dat ze dat tegen iedereen had gezegd, behalve tegen hem. De pijn in zijn borst werd zo mogelijk nog heftiger.

'Waarvoor zou ze ons moeten bedanken?' Walter fronste zijn voorhoofd. 'Wij zouden háár moeten bedanken. Haar kookkunst is vermaard in Vermont, New Hampshire en een groot deel van de oostkust. Vorige week waren hier mensen uit Californië die over haar hadden gelezen. Begin dus niet over een vervanger, want ze is onvervangbaar. En als Sean zijn mond had opengedaan, was ze waarschijnlijk ook nooit vertrokken.'

Sean vloekte binnensmonds, zijn glas iets te hard op tafel terugzettend. 'Ik heb mijn mond ook opengedaan! Ik heb haar gezegd dat ik van haar hield. Ja, ik meen het,' zei hij bij het zien van zijn moeders verbaasde blik. 'Dat heb ik tegen haar gezegd. Tot een paar keer toe, om precies te zijn, zodat er geen misverstand over kon bestaan. En kunnen we het dan nu over iets anders hebben?'

Jackson zond hem een bezorgde blik, Tyler en Kayla keken hem met open mond aan, en zijn moeder...

'O, Sean.' Tranen glinsterden in haar ogen en ze had haar hand tegen haar mond geslagen. 'Dat is... Dat is geweldig. Ik ben zo blij.'

'Je hebt geen enkele reden blij te zijn, want zij voelt niet hetzelfde voor mij. Kunnen we dit dan nu laten rusten? We hebben er wel lang genoeg over gepraat.'

'Niet hetzelfde...' Elizabeth wisselde een perplexe blik met Alice. 'Natuurlijk voelt ze wel hetzelfde.'

Sean klemde zijn kaken op elkaar, zich afvragend wat hij in vredesnaam moest doen om te zorgen dat ze hierover ophielden. 'Hoe gaat het met de reserveringen voor de winter, Jackson?'

'Een lichte stijging,' schoot zijn broer hem te hulp. 'Nu alleen nog een heleboel sneeuw, maar over het geheel genomen ben ik wel optimistisch.'

'Ik heb misschien geen verstand van het repareren van gebroken botten,' verklaarde Elizabeth vastberaden, 'maar een verliefde vrouw herken ik onmiddellijk.'

Alice glimlachte. 'Ik wist het allang.'

Sean haalde eens diep adem, koortsachtig zoekend naar een uitweg. 'Mijn telefoon trilt,' loog hij. 'Die staat op stil.' Dat was wél waar. Toen hij het ding uit zijn zak haalde, zag hij dat hij ook echt was gebeld.

Hij had twintig gemiste oproepen. Precies twintig. Allemaal van Élise. 'Ik moet even...' Shit! Twintig? 'Ik moet even bellen.'

Tyler slaakte een zucht. 'Natuurlijk moet je dat. Er moeten levens worden gered, mensen beter gemaakt. Let maar niet op ons. Dan kunnen wij mooi even achter je rug over jou praten.'

Walter fronste zijn wenkbrauwen. 'Kun je niet zeggen dat ze straks terug moeten bellen? Een mens mag toch zeker wel even rustig eten?'

Tyler stak zijn hand al uit naar het bord. 'Ik eet het wel op. Zonde als het koud wordt.'

Zijn grootvader gaf hem een tik op zijn hand. 'Hij gaat nergens heen. Een probleem kan best vijf minuten wachten, toch?'

Precies op dat moment ging zijn telefoon weer over en op het scherm verscheen nogmaals Élises naam. Zijn hart maakte een duikeling. Ze had hem nooit eerder gebeld. Nooit. En nu had ze hem een heleboel keer achter elkaar gebeld, zonder dat hij het had gemerkt. Wat zou er aan de hand kunnen zijn?

Hij hield zich voor dat twintig gemiste oproepen niets te betekenen hadden, behalve dan dat er iets vervelends moest zijn gebeurd.

Iets met Pascal?

Hij had haar daar nooit alleen moeten achterlaten.

De telefoon ging nog steeds over, maar hij wilde niet opnemen waar zijn familie bij was. Haastig kwam hij overeind, zo haastig dat hij zijn wijnglas omgooide en de inhoud over de tafel gutste. 'Ik moet –'

'Ga nou maar.' Tyler stond op, gooide zijn servet op de vloeistof, en zag de crèmekleurige stof langzaam rood worden.

'Die servetten waren een huwelijkscadeau,' verzuchtte zijn moeder, terwijl Tyler er nog een bovenop legde.

'Fijn dat ze eindelijk ergens goed voor zijn.'

Sean sloeg de deur achter zich dicht en nam op. 'Élise? Alles goed met je?' Zijn hand trilde zo erg, dat hij de telefoon bijna liet vallen. 'Waar ben je? Is er iets mis?'

Rusteloos liep Élise over het pad langs het meer heen en weer, zich afvragend of ze het misschien helemaal verkeerd had ingeschat. Zich afvragend of hij wel zou komen. Toen zag ze hem door de regen op haar af komen rennen, zijn overhemd tegen zijn lijf geplakt, zijn haar plat op zijn hoofd.

'Ik kan maar niet geloven dat je hier bent. Ik dacht dat je in Parijs was.' Hij pakte haar bij haar armen, trok haar onder het beschermende bladerdak van de bomen. 'Waarom heb je niet gezegd dat je terug zou komen?'

'Dat was ik helemaal niet van plan, maar nadat jij was vertrokken, heb ik heel veel nagedacht en… *merde*, waarom regent het nu weer?' Ze huiverde.

Hij trok haar in zijn armen, hield haar dicht tegen zich aan. 'Mijn telefoon stond op stil en toen ik al die gemiste oproepen van jou zag, kreeg ik bijna een hartaanval. Ik dacht dat Pascal misschien bij je voor de deur had gestaan, of zoiets. Je had me nog nooit gebeld. Nog nooit.'

'Ik weet het.' Ze klappertandde, maar ze wist dat dat van de zenuwen was, niet van de kou. 'Ik moest me je praten. Ik gokte erop dat je hier was omdat het familieavond is.'

'Waarom ben je niet gewoon naar het huis gekomen?'

'Omdat ik het een en ander te zeggen had. Tegen jou, niet tegen iedereen.'

Hij maakte zich een stukje van haar los, een aandachtige blik in zijn blauwe ogen. 'Wil je dat we naar Heron Lodge gaan? Een beetje opdrogen?'

'Nee. Dit is prima.' Ze lachte nerveus toen er door de bladeren heen water in haar nek drupte. 'Het grootste deel van onze relatie heeft zich in dit bos afgespeeld.'

'Relatie?' Zijn toon was behoedzaam. Voorzichtig. 'Ik dacht dat we geen relatie hadden?'

'Dat dacht ik ook, maar toen besefte ik dat ik mezelf voor de gek hield. We hebben al een relatie vanaf de eerste keer dat we elkaar zagen. Het is er altijd geweest, die chemie, die band tussen ons, maar dat vond ik zo eng, dat ik er niet eens over wilde nadenken.'

Hij haalde een keer diep adem. 'Élise –'

'Na Pascal mocht ik van mezelf mijn emoties nergens meer bij betrekken. Ik vertrouwde mezelf niet, omdat bij mij altijd alles gelijk zo overdreven intens is. Houden van doe ik met alles wat ik in me heb, met mijn hele hart, niet alleen maar met een klein stukje…' Ze sloeg haar vuist tegen haar borst. 'Ik wilde geen enkel risico meer nemen, dus gebruikte ik bij beslissingen voortaan alleen nog maar mijn hoofd. En toen, afgelopen zomer, veranderde plotseling alles.'

'Voor mij ook.'

'Ik hield me voor dat het niets te betekenen had, omdat jij bijna nooit thuiskwam, en ik mijn gevoelens dus makkelijk onder controle moest kunnen houden, maar ik blééf maar aan je denken.'

'Ik ook aan jou. Ik dacht dat jij net als ik was. Ik begreep dan ook niet waarom Jackson zo beschermend deed.'

'En toen ontdekte je dat ik niet zoals jij was en had je eigenlijk als een haas naar Boston moeten terugkeren. In plaats daarvan bleef je hier maar terugkomen en vertelde je uiteindelijk dat je van me hield, wat als een enorme schok voor mij kwam, omdat ik dat totaal niet had verwacht.'

'Voor mij was het net zo'n schok en daardoor heb ik het ook niet goed aangepakt.'

'De fout lag niet bij jou, maar bij mij. Ik was heel erg bang. Ik wilde niet verliefd worden en ik wilde niet dat jij verliefd op mij zou worden. Ik wilde ook beslist niets doen wat je familie zou kwetsen, of wat het hun moeilijk zou maken. Ik hou zielsveel van hen allemaal, maar daardoor was het inderdaad wel makkelijk me hier te verstoppen, ja. Ik had liefde in mijn leven en dat was voor mij genoeg. Ik maakte mezelf wijs dat ik geen romantische liefde nodig had.'

'Élise –'

'Ik ging terug naar Parijs omdat ik wist dat ik alles wat ik zolang had ontlopen, eindelijk eens onder ogen moest zien. En toen kwam jij.'

'Ik kon de gedachte niet verdragen dat je die confrontatie helemaal alleen moest aangaan.'

'Jouw komst heeft heel veel voor me betekend.' Ze legde haar hand tegen zijn inmiddels doorweekte overhemd. 'Door jou ben ik die foto's opnieuw gaan bekijken en anders over de dingen gaan denken. Na jouw vertrek heb ik ze allemaal bestudeerd, een voor een, en toen zag ik dat je gelijk had. Het was overduidelijk: mijn moeder hield heel veel van mij en ze wist dat ik ook van haar hield. Het zal me altijd blijven spijten dat ik het niet vaker tegen haar heb gezegd, maar ik geloof nu dat jij gelijk had en dat ze het wist. Ik moest denken aan hoe sterk en onverschrokken ze altijd was geweest. Altijd wist ze wel iets leuks te verzinnen, hoe zwaar het leven soms ook was. Ze zou er allesbehalve trots op zijn geweest dat ik me verstopte en voortdurend bang was. Ze zou er beslist niet blij mee zijn geweest dat ik me er door één verkeerde beslissing van liet weerhouden het leven ten volle te leven.'

'Lieverd –'

'Ik heb heel veel nagedacht over hoe het tussen ons is, over hoe fantastisch we het samen hebben, en over hoe ik me voel als ik bij jou ben. En ik ben tot de conclusie gekomen dat ik een enorme dwaas ben. Dus ben ik in het vliegtuig gestapt en hierheen teruggekeerd, en nu heb ik nog maar één vraag voor jou, die je hopelijk volkomen eerlijk zult beantwoorden, omdat die erg belangrijk is.' Haar hart ging als een gek tekeer en haar handen trilden. 'In Parijs zei je dat het een vergissing was geweest tegen me te zeggen dat je van me hield. Was dat omdat je wilde dat je het niet had gezegd, of omdat je niet van me houdt? Je zei namelijk ook dat liefde niet iets was wat je naar believen aan en uit kon zetten.'

'Het ging er niet om dat ik niet van je hield, ik had het alleen niet moeten zeggen. Daarmee had ik je van streek gemaakt. Bang. Je gedwongen weg te gaan van een plek die voor jou als thuis voelt, en van mensen die je als familie beschouwt. Daarom was het een vergissing. Jij had hier een leven waarmee je gelukkig was, en dat heb ik op losse schroeven gezet.'

'Dat was ook hard nodig. Ik was er gelukkig mee, maar het was geen compleet leven. Je had gelijk toen je zei dat ik me verstopte.'

'Na alles wat jij hebt meegemaakt, zal niemand je dat ooit kwalijk nemen.'

'Maar ik wil me niet meer verstoppen. Dat wilde ik je vertellen. Daarom ben ik teruggekomen. Om te zeggen dat ik er klaar voor ben eindelijk weer echt te gaan leven, en om te zeggen dat ik... dat ik van je hou.' Het was zo eng die woorden uit te spreken, dat ze er bijna in stikte. 'Ik hou echt van je en als jij nog steeds denkt dat je van mij houdt, kunnen we misschien proberen niet in paniek te raken en er iets mee te doen. Een relatie te hebben die zich zowel binnenshuis als buitenshuis afspeelt. Ik zou af en toe naar Boston kunnen gaan en jij zou wat vaker hier kunnen komen.'

Hij zei niets. In plaats daarvan staarde hij alleen maar naar haar, zijn haar donker van de regen, zijn wimpers aan elkaar geplakt.

En zij wachtte, nauwelijks nog in staat adem te halen, het enige geluid het zachte getik van de regen op de bladeren. Waarom zei hij nu niets? Had ze hem de stuipen op het lijf gejaagd? Even voelde ze paniek opkomen, maar net toen ze zichzelf ervan had overtuigd dat ze zijn gevoelens helemaal verkeerd had ingeschat, trok hij haar tegen zich aan en bracht zijn mond naar de hare.

'Ik denk niet dat ik van je hou, ik weet het,' zei hij, zijn lippen tegen de hare. 'Maar ik was er absoluut niet zeker van dat jij ook van mij hield.'

'Heb je niet in je telefoon gekeken? Je moet twintig gemiste oproepen hebben. Ik heb twintig keer gebeld om je te vertellen dat ik van je hou, maar je nam niet op.' Doordrenkt van regen en geluk sloeg ze haar armen om zijn nek. 'Ik hou van je. Ik hou van je met mijn hele wezen, met alles wat ik in me heb. Ik kan het niet uitzetten. Dat is tegelijkertijd ook mijn grootste minpunt, denk ik.'

'Toevallig vind ik dat nu juist een van de mooiste dingen aan jou. Ik hou van je passie en van je loyaliteit aan de mensen die je dierbaar zijn. Ik vind het fantastisch dat je me twintig keer hebt gebeld om me te vertellen dat je van me houdt. Ik hoop dat je dat elke dag gaat doen.' Zijn stem was hees en hij trok haar dicht tegen zich aan. 'Ik was hier heel lang zo weinig mogelijk geweest, omdat deze plek altijd zoveel tegenstrijdige emoties in me losmaakte, maar gedurende deze zomer ben ik er weer verliefd op geworden en dat komt door jou. Ik zag Snow Crystal door jouw ogen. En het komt ook door jou dat ik het weer heb goedgemaakt met opa.'

'Dat zou je uiteindelijk toch wel hebben gedaan. Ik heb je alleen een duwtje in de goede richting gegeven, omdat je liefde niet mag negeren. Het is belangrijk mensen te zeggen dat je van ze houdt, iedere dag weer. Dat heb ik wel geleerd.'

'Je hebt het ook tegen iedereen gezegd, behalve tegen mij.' Sean maakte een kreunend geluidje en kuste haar toen. 'Je hebt het tegen mijn broers gezegd, tegen mijn grootvader... werkelijk tegen iedereen, behalve tegen mij. Ik had me er al bij neergelegd dat nooit van je te zullen horen.'

'Omdat ik bang was die woorden tegen jou uit te spreken. Dan zou-

den ze namelijk een heel andere betekenis krijgen. Dat heb ik altijd geweten. Ik was als de dood. Wanneer je van iemand houdt met alles wat je in je hebt, kun je ook alles verliezen.'
'Of alles krijgen.' Hij trok haar weer tegen zich aan, in een poging haar te beschermen tegen de regen. 'Ik heb altijd gedacht dat een relatie draaide om het brengen van offers. Opa heeft me doen inzien dat ik juist dingen opofferde.'
'Je moet helemaal niets opofferen. Je werk is belangrijk voor je en ik zou niet willen dat daarin iets veranderde. Je bent een fantastisch arts. Wat jij toen voor Sam hebt gedaan...' Ze huiverde even. 'Je bent ongelooflijk goed in je werk en daar moet je ook goed gebruik van maken.'
'Dat zal ik ook zeker doen, maar dat kan ook dichter hier in de buurt. Jouw werk is hier. Jouw leven.'
'Walter heeft weer aan je kop lopen zeuren. Jij moet doen wat voor jou het beste is.'
'Dit is voor mij het beste en dat heeft niets met mijn grootvader te maken, al is het wel fijn dat ik mijn familie vaker zal zien en meer bij Snow Crystal betrokken zal zijn. Maar ik wil dit voor óns. Ik ben al bij het plaatselijke ziekenhuis geweest om te praten over de mogelijkheid de orthopedische afdeling te komen versterken. Dat is uiteraard niet een-twee-drie geregeld, maar tot het zover is, redden we ons vast ook wel. Mijn auto heeft de rit van Boston naar Snow Crystal deze zomer zo vaak gemaakt, dat hij inmiddels vanzelf de goede kant op gaat.'
Tegen de boom gedrukt kusten ze elkaar nogmaals vol overgave.
Haar hand gleed onder zijn overhemd. 'Misschien kunnen we beter naar Heron Lodge gaan.'
'Ja. Nee. Wacht.' Met enige moeite slaagde hij erin zijn mond bij de hare uit de buurt te houden. 'Er is nog meer wat ik tegen je wil zeggen.'
'Dat kan later ook nog.'
'In mijn zak...' Het klonk gesmoord, omdat zijn lippen inmiddels tegen haar hals lagen.
Ze deed haar ogen dicht. 'Wat is er met je zak?'
'Doe je hand in mijn zak.'
'Ik weet niet wat je...' Haar vingers sloten zich om een klein vierkant doosje. 'Wat is dat?'

'Dat is voor jou. Maak maar open.' Met een smeulende blik in zijn blauwe ogen keek hij in de hare. 'Maak maar open.'

Met trillende vingers deed ze wat hij zei en staarde toen naar de schitterende smaragd op een bedje van fluweel. Nu begonnen haar knieën ook te trillen. 'Een ring. Jij loopt met een ring in je zak rond?'

'Die had ik al bij me die dag dat ik je vertelde dat ik van je hield, en hij is ook mee naar Parijs gevlogen. Ik heb hem voortdurend bij me gehouden. Ik kon het niet over mijn hart verkrijgen hem terug te brengen naar de juwelier, omdat ik dan onder ogen zou moeten zien dat jij me had afgewezen.'

'Sean –'

'Had je misschien liever een diamant gehad? Deze deed me aan het bos denken en het bos is helemaal jouw plek.'

'Ik vind hem prachtig.' Ze ging op haar tenen staan om haar mond stevig op de zijne te drukken. 'Echt prachtig. Hij is volmaakt.'

'Ga je hem ook dragen?'

'Voor altijd en eeuwig. Ik hou van je. En ik zal je twintig keer per dag bellen om je dat te vertellen.'

'Daarmee kan ik wel leven.' Hij haalde de ring uit het doosje en schoof hem om haar vinger. Toen kuste hij haar, het haar uit haar gezicht strijkend. 'Je bent doornat.'

'Jij ook.'

'We kunnen naar Heron Lodge gaan, of naar het huis. Het is familieavond.' Om zijn mond speelde een glimlachje. 'En aangezien jij op het punt staat officieel lid van de familie te worden, moeten we daar waarschijnlijk bij zijn.'

'Heeft Jackson mijn baan al vergeven?'

'Nee, maar hij dacht wel dat je echt niet meer zou terugkomen. Toen hij over extra hulp in de keuken begon, vermoordde opa hem bijna. Trekken we een sprintje? Nou ja, we zijn toch al nat.'

'Ik heb alleen wel mijn koffer nodig. Daar zit iets in.' Ze trok het ding onder de boom vandaan, waar ze hem had achtergelaten, waarna Sean hem van haar overnam. Toen renden ze hand in hand naar het huis, waar ze hijgend en druipend van de regen aankwamen.

Zijn hand sloot zich nog iets steviger om de hare. 'Ben je er klaar voor?'

'Natuurlijk.'

Sean zette de koffer neer, deed de deur open en trok haar naar binnen. 'Kijk eens wat ik op de stoep heb gevonden?'

Er viel een verbijsterde stilte en het volgende moment begon iedereen tegelijkertijd te praten. Maple stuiterde op haar af, Jackson kwam overeind om haar stevig in zijn armen te sluiten en Elizabeth wisselde een veelbetekenende glimlach met Alice.

'Ik zei toch dat ze terug zou komen?' zei Alice. 'Waarom luistert er nooit iemand naar mij?'

'Ik wist ook dat ze zou terugkomen.' Elizabeth liep op haar af om haar even te knuffelen. 'Je bent doorweekt! Waarom heb je haar zo lang in de regen laten staan, Sean? We moeten zorgen dat je weer droog wordt.'

'Het is geen probleem. Ik heb het niet koud. Ik ben ongelooflijk blij jullie allemaal weer te zien, en ik heb een cadeautje meegebracht.' Ze maakte haar koffer open en haalde er een trommel uit. 'Deze heb ik voor jullie gemaakt en meegenomen uit Parijs.' Ze legde ze op een bord.

'Cakejes?' vroeg Kayla.

'Madeleines,' zei Sean met rauwe stem, zijn ogen op Élise gericht. 'Ik ben heel blij dat je die hebt gemaakt.'

Ze glimlachte. 'Het werd tijd. Tijd dat jullie die zouden proeven. Als jullie ze lekker vinden, zet ik ze op de kaart van het Boathouse, als een stukje Parijs.'

Een stukje van haar verleden.

'Ik hoop maar dat ze lekkerder zijn dan die dingen die jij pannenkoeken noemt,' bromde Walter.

Ze haastte zich naar hem toe om hem stevig te omhelzen. 'Ik hou van je, Walter. Hoe gaat het met je?'

'Ik weet niet waarom iedereen dat steeds weer aan me vraagt, want het gaat prima met me.'

'Dat is mooi,' zei Sean, 'want we hebben jullie iets te vertellen.'

Hij was nog niet uitgesproken of Alice had Élises hand al gezien. 'Je hebt haar een ring gegeven. O, Sean.'

Elizabeth glimlachte breed. 'Ik wist wel dat ze van je hield. Een vrouw weet dat gewoon.'

Walter fronste zijn voorhoofd. 'Ik wist het ook. Ik was degene die hem duidelijk moest maken dat hij verliefd was. Verbazingwekkend hoe dom je kunt zijn met zoveel hersens.'

Met zijn ogen rollend trok Sean Élise tegen zich aan. 'Ze heeft ja gezegd, dus nu kunnen jullie ons verder met rust laten.'

'Ben je op je knieën gegaan?'

'Het regent dat het giet. Dat zou zijn broek niet overleven.' Nu was het Tylers beurt Élise te omhelzen. 'Welkom in de familie. Ik ben blij dat de kogel door de kerk is. Als jullie elkaar maar niet voortdurend gaan zitten aflebberen, meer vraag ik niet. Daarop word ik door Jackson en Kayla al veel te vaak getrakteerd. Ik stel voor hierop te drinken, alleen heeft Sean het grootste deel van de drank al over de tafel gegooid. Goddank zijn er servetten.'

'Ze was al familie,' bromde Walter, 'en dat zou ze ook zijn gebleven, of ze nu wel of niet met Sean zou zijn getrouwd. En ja, daar moet zeker op gedronken worden. Champagne. Jackson? Hebben we champagne?'

'Ik heb helemaal geen champagne nodig om dit te vieren. Hier te zijn is al meer dan genoeg.' Élise voelde de tranen in haar ogen prikken. 'Jullie zijn me allemaal heel dierbaar en ik hou ontzettend veel van jullie.'

Tyler kromp ineen, achteruit teruglopend naar zijn stoel. 'Als jullie zo wee gaan doen, heb ik echt alcohol nodig. Een krat of zo. Jackson, plunder de kelder!'

Zonder aandacht te schenken aan de anderen, trok Élise Sean naar zich toe. 'Ik hou van je. Ik zal altijd van je houden Dat wil ik je ten overstaan van iedereen vertellen en dat zal ik je iedere dag weer vertellen.'

Kreunend liet Tyler zich in zijn stoel zakken. 'Ik ga verhuizen.'

'Het is belangrijk te zeggen wat je voelt.'

'In dat geval moet je weten dat ik me nogal misselijk voel.' Hoofdschuddend draaide Tyler hun de rug toe. 'Zeg maar wanneer ik me weer veilig kan omdraaien.'

Lachend gaf Jackson hem een biertje. 'Het is geen champagne, maar het verdooft wel de pijn die het aanschouwen van ware liefde bij je veroorzaakt. En kunnen we, na al deze opwinding, dan misschien weer verder gaan met onze plannen voor de winter? Het skiseizoen komt eraan en we moeten er alles aan doen ervoor te zorgen dat dat het beste seizoen ooit wordt.'

Zonder Seans hand los te laten liet Élise zich op een stoel zakken, in de wetenschap dat haar leven in ieder geval niet beter kon worden dan het nu was. Ze pakte een madeleine en dacht aan haar moeder. Voor het eerst toverde de herinnering een glimlach op haar gezicht.

Sean ging naast haar zitten en pakte er ook een. Hij nam een hap, glimlachte toen. 'Lekker.'

'Ja.'

Onder de tafel sloten zijn vingers zich nog iets steviger om de hare, terwijl hij de tafel rond keek. 'Neem mij ook maar mee in die plannen voor het winterseizoen. Ik zal hier wat vaker zijn.'

Jackson trok een wenkbrauw op. 'En neem je dan je eigen overhemden mee?'

'Dat hangt ervan af. Ik vind die overhemden die Kayla voor je koopt, wel mooi. Misschien dat ik er af en toe eentje leen.'

Alice pakte haar breiwerk. 'Hebben jullie gezien dat de sjaal die ik aan het breien ben, precies dezelfde kleur heeft als Élises ring?'

'Die madeleines, of hoe die dingen ook heten, zijn verrukkelijk.' Kayla pakte er nog een. 'Die moet je zeker op de kaart zetten.'

Brenna glimlachte. 'Als je te veel van die dingen eet, zal ik genoodzaakt zijn onze ochtendroute twee keer zo lang te maken.'

Het gesprek ging alle kanten op, iedereen praatte door elkaar en Élise zat stilletjes te genieten. De O'Neils. Ze hield van hen allemaal. Maar het meest van al hield ze van de man die naast haar zat, en die weigerde haar hand los te laten. De man die alles uit zijn handen had laten vallen en naar Parijs was gevlogen om bij haar te zijn. De man die haar terras had afgemaakt zodat het Boathouse op tijd de deuren kon openen. De man die haar de waarheid had laten inzien wat haar moeder betrof en die haar de moed had gegeven weer lief te hebben. En ze wist dat liefde een geschenk was dat ze nooit, maar dan ook nooit, als iets vanzelfsprekends zou beschouwen.

Nog steeds kon ze maar moeilijk geloven dat het leven zo goed kon zijn. Ze draaide haar hoofd om naar hem te kijken, haar hart overlopend van liefde. Toen kuste ze hem, niet gehinderd door het feit dat ze publiek hadden. 'Ik hou van je.'

Sean glimlachte naar haar. 'Ik hou ook van jou. Zullen we naar huis gaan?'

Naar huis. Naar Heron Lodge. 'Het is familieavond.'

Tyler maakte een gesmoord geluid. 'Ga alsjeblieft! In godsnaam, verdwijn, en laat de rest van ons rustig eten. En kom niet terug voordat jullie vijf minuten samen kunnen zijn zonder aan elkaar te zitten.'

'In dat geval…' Élise stond op en Sean pakte zijn jas en sloeg die om haar heen.

'Het regent nog steeds. Dat wordt weer een sprintje. Ben je er klaar voor?'

'Ja.' Ze was er meer dan klaar voor. Toen hij de deur opendeed, liep ze glimlachend met hem de regen in, haar hand stevig in de zijne.

Genoten van dit boek? Lees ook de *Manhattan*-serie van Sarah Morgan

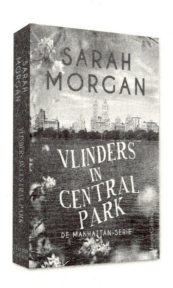
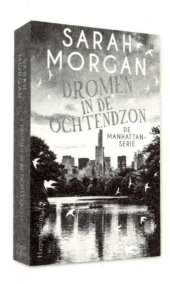
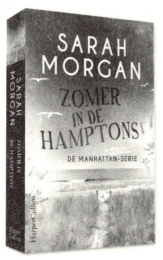
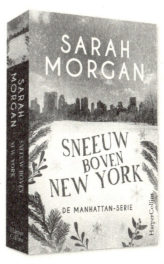

Voor meer informatie: **www.harpercollins.nl**
HarperCollins Holland @harpercollins_holland